字造海洋

香港。文學。海洋讀本

黃冠翔 翔
葉倬瑋 瑋

——主編

中華書局

推薦序一
海與我

陳國球

年前編《香港文學大系 1919-1949》，翻閱梁之盤編的
《紅豆》，見有署名「風痕」（我一直懷疑風痕就是梁之盤）
的一首〈蜑歌〉：

> 漫漫的夜之海裏
>
> 一孃蜑歌在蜿蜒盪漾：……
>
> 冶媚的鮫人灑淚成珠
>
> 那是澈灩漣漪底晶髓……
>
> 這仲夏夜底夢霧如醉
>
> 竟浸酥千古的憂鬱酸辛！

我想起小時候母親說：「你是蜑家丟在岸邊的棄嬰，是
爸媽把你撿回家餵養。」我從小聽原子粒收音機的華南海域
天氣預報，聽電台漁民點唱，祝福「網網千斤」！

＊＊＊

小時候，我家住大角咀；每逢過年，就過海到港島表姑
母家拜年。渡輪由深水埗到上環；這一航線的水影浪花，霧
雨四合的汽笛聲、渡輪靠岸的震盪搖晃、藍衣水手的吆喝，
也是我上香港大學以後的風景。直到城市民歌響起：

夜渡欄河再倚

北風我迎頭再遇

動盪如這海

城在兩岸凝神對視⋯⋯

趕上最後一班渡輪的我苦苦思索。「海天一色無纖塵，皎皎空中孤月輪」；依稀聽見有明代人在朗誦唐詩，翻騰滾動的鮫人珠淚，化作論文的萬千方塊。

＊　＊　＊

畢業後我在浸會學院任教，卻租住維多利亞市北角的天后廟道。游泳棚確如李育中詩所說，「早已凋殘了」；但媽祖天后仍在守望這個海島，左鄰有琴（琴行街）、右里有書（書局街）。還有自海上浮現的七姊妹石；還有，還有也斯的〈北角汽車渡海碼頭〉：

親近海的肌膚

油污上有彩虹⋯⋯

偏窄的天橋的庇蔭下

來自各方的車子在這裏待渡

待渡的人如我，有一天也搭乘陳滅的小輪，望着：

舊霓虹印在海上

發光美術字歇力宣揚自己

唯標誌的倒影失去原形

碩大而感傷，頹廢地飄移

* * *

　　飄移是香港的命運，沒有例外；浪去浪來，我飄移到遙
遠的清水灣。在這裏，我遇上正在思考「時間光陰應該怎樣
為我們充分地釐定命題」的楊牧；每當黃昏彌漫，他看着窗
外，那深墜的水灣：

　　寶藍略帶靛白，以及萬頃微波中沉默無聲的大小島
　　嶼，遠近率意地佈着……視線勉強可以拋及的最遠的
　　水平線應該就是沒入南海的臨界，無限浩瀚地往充滿愛
　　與恨之傳奇的印度洋延伸。

　　清水灣指向海洋的深遠，可縱放目光，尚友人文；我在
這裏十六年的歲月，遇上了究問忠孝形名的高辛勇、為范柳
原懺情的李歐梵、重塑耳聞證人的鄭樹森……。這裏還有
異日隱喻石頭的潘國靈、魚幻人形的謝曉虹、用字花笑成一
館文學的鄧小樺……，以及削肉削骨以赴朝歌的張暉。

* * *

　　接着，我逐浪而來到「水懷珠而川媚」的大埔；大學宿
舍雖隱在八仙嶺下一片翠微之間，遠眺卻是余光中緬懷的吐
露港上雲幻古今的海光。宋代方信孺詩説：「潺潺愁雲弔媚

川，蚌胎光彩夜連天」；晨曦吐露以外，明珠光照曾是這邊海港的歲月記憶。據說南漢時後主募集蜑民成團，「以石縋索繫足，蹲身入海五七百尺」，在海中打撈鴉螺珍珠。在媚川都十年的我，卻也糾集同道，在艱苦困頓之中，探採香港文學的夜光珍珠，編為《香港文學大系》。波蘸嵐搖，歷史上的採珠人已然遠去；今日我們之不懈，可會是昔日綠綺園鄧爾雅所說：

記得遺民書尚在，井中史與伯牙琴？

＊＊＊

香港教育大學葉倬瑋與嶺南大學黃冠翔兩位固是有心人，他們以「島」、「渡」、「灣」、「港」、「魚」為測量尺，偵察香港的人與文、土地與海洋之間種種喜怒哀樂、愛恨恩怨，編成這部《字造海洋：香港‧文學‧海洋讀本》；當中載記的風土人情，正是我賴以成長的基礎養分。看到一篇一頁的文稿，每有鏡開天地的感覺，於是也隨手摘記個人一些與海相關的經驗與記憶，權充本書的推薦序文。

二〇二三年十一月五日
成稿於清華相思湖畔

推薦序二
面向海洋的香港文學

須文蔚

華文文學史上，最早面向海洋的作家，當屬清代的魏源（1794—1857），他在 1843 年出版 50 卷的《海國圖志》，把視野投向海洋，思索海防如何兼顧，放眼海外諸國的現代化，但他終究沒履踐歐美的土地，一切只是文獻上的神遊。魏源在 1947 年從廣州渡海到香港，從海上初識香江的山丘與市景，心神蕩漾，寫下〈香港島觀海市歌〉，題記很生動：

> 香港島在廣東香山縣南綠水洋中，諸嶼環峙，藏風宜泊，故英夷雄踞之。營廛舍樓觀如澳門，惟樹木鬱蔥不及焉。予渡海往觀，次晨甫出港，而海中忽湧出數山。回顧香港各島，則銳者圓，卑者矗，盡失故形，若與新出諸山錯峙。未幾，山漸離水，橫於空際，交馳互驚，漸失巘崿，良久化為雄城，如大都會，而海市成矣。自寅至巳始滅。幻矣哉！擴我奇懷，醒我塵夢，生平未有也。其可以無歌？

當香港從海浪與水平線上浮現時，魏源望着已經由英人管治的港島，自然風光如蓬萊仙山，城市文明又雄偉新潮，開拓了他認知西方文化的經驗，警醒了他心中自負的華夏情結。

從海洋上看香港，或是從香港放眼海洋，顯然有着糾結

的歷史，說不清的故事，複雜的衝突。黃冠翔與葉倬瑋主編的《字造海洋：香港‧文學‧海洋讀本》一書，詳細追索香港文學中的海洋經驗，以跨越文學、人文地理學與生態學的眼光，精選出經典文本系列，展現出香港市民漂泊在渡口的徬徨，作家詩意棲居於海島之濱的情懷，更凸出了當代海洋生態書寫的反思。

　　無論是香港市民或是觀光客，一定都有着穿梭在港島與九龍渡口的經驗，忙於工作與生計的倉皇感，固然是島上的共同記憶，但更大的淒涼絕對是香港蜑家人的身世。蜑家人以出海捕魚維生，日常生活都在漁船上，停泊在避風塘內，自成一個特殊的族群。《字造海洋》中，有多篇文章提及蜑家人，蘇偉貞的《沉默之島》細細描寫：「停泊在港灣內的船隻肚腹亮着燈人影晃動看電視、吃飯、洗澡、晾衣服。」風痕的〈詩三章‧蛋歌〉以優美的文字歌唱：「浪漫的夜之海裏／一孃蜑歌在蜿蕩漾：／黑色的雲英被它底／金輝雪亮的歷歷花紋／照耀得澄明無比了」，柔情中帶着同情。最能貼近蜑家人的不安與動盪生活，莫過於陳滅的〈船和家〉，詩人懷念兒時的玩伴，也目擊了在搖蕩裏的蜑家人生活：

> 風靜的晚上
> 向我談起苦澀的海水
> 帶腥味的魚以及你們
> 睡覺時從一端搖到另一端

　　在香港近海漁業衰退後，陳滅的詩作頗有以詩作史的

意義。

　　香港共有 263 個島嶼，富有盛名的離島如長洲、大澳、南丫島、蒲台島與坪洲，是我赴港時，總要抽空搭渡船拜訪的秘境，有漁鄉風情，有客家文化，有舊時歲月，有跨山越海的壯遊路線。《字造海洋》中最迷人的莫過於離島書寫，港台作家記錄別具特色的風光與景致，更藉此安頓身心，讀來既親切，又開展出不同作家特殊的觀點。在離島寧靜無擾的山水中，王良和的〈山水之間〉最具有浪漫情懷：「我想，也許在這裏我們會有一所小小的房子，會有屬於自己的家，像那些漁人和農民一樣。葉慈在〈湖心的茵島〉中，不也渴望結一座小小茅廬嗎？種九行豆畦，搭一個蜜蜂的窩巢。幾年之後，我應該有幾本著作了，可以在柔和的燈光下一起展讀，回想過去的日子，山水見證我們年輕的歲月，以及攜手走過的每一段路。」也吐露出在遠離塵囂的小島上，能夠搭建自身的希臘小廟，體會自然帶給人心安定與充滿創意的力量。

　　海洋書寫從過去的擁抱自然環境，關心漁民或探險家生活，隨着「綠色研究」（green studies）的出現，作家開始以更具批判性的角度，以及豐沛的生態知識，關心環境污染，動物迫害，此時面對的是工業、政治、商業對海洋與其中生物的傷害與威脅。《字造海洋》也確實表達出香港作家黃秀蓮與麥樹堅對白海豚與鯨的關心，也指控海上觀光的粗暴，以及海島樂園中對鯨豚的禁錮。

　　相信《字造海洋》會帶領香港讀者，特別是學子面向大海，啟發氣質不同的人們，或許以浪漫的田園精神，藉由

走讀文學與旅遊，讓海島、渡口、港灣與漁族都深植在靈魂中；或許以更紮實的生態書寫，更考究的海洋歷史敘事，把曾經埋藏在下南洋的庶民記憶，把陳冠中在《建豐二年》中〈浩雲 一九七八年九月二十日 東海〉一節中，提及的海上大學夢想，一一還原，絕對會有更精彩的海洋文學續篇。

前 言
在香港讀海洋

黃冠翔

一

　　海洋的廣大無垠、波濤洶湧，自古以來是人類敬畏且欲征服的對象。習慣「腳踏實地」的人們不甘受制於陸地有限的空間，於是踏上畏途，登上輕舟揚帆航向滾滾海濤，把自己的生命完全交給未知、交給大自然。野心與冒險精神乃一體兩面。海的神祕感和吸引力來自於它的變幻無常、難以預測，颶風、海盜、水怪加上豐富的想像力，凶險更帶來征服的刺激與快感。東西歷史浪濤中多少千古文人對海洋的書寫融合着想像、慾望和經驗，形成人類精神文明與文化的珍貴資產。

　　香港是一個移民社會，歷史上不同時期大量移民或為躲避戰亂、或為政治理念、或為攢錢餬口，前仆後繼湧入香港，無論這些人出於主動或被動，面對未知的前途離鄉背井，或多或少都具有冒險性格，至少在競爭激烈的香港地要能掙一口飯吃，需有過人的堅忍毅力。香港環海，居住於此的人們即使不為搵食，生活範圍和視線所及皆離不開海，況且來往香港島與九龍半島必須過海，可以說海是此城的一部分，照理說市民對海洋應有豐沛的感情與想像，香港應能孕育出傑出的海洋書寫及批評體系。

　　在香港談海洋書寫或海洋文學（Sea Literature, Ocean

Literature 或 Maritime Literature），首先需面對一個基本問題：香港是否有「海洋文學」？如果有，應如何定義？如果沒有，又該如何談起？事實上，香港目前未有系統性討論海洋文學的研究，遑論相關定義和發展脈絡的爬梳。以往海洋文學在香港仍未成為一個文學類型，是因為「以海洋為書寫主題」的文學作品數量不多，所以不曾引起研究者的關注。然而可進一步追問，何以香港周圍環海，海洋資源豐富，卻未曾為文學提供良好的書寫環境及養分？

　　帶着這個疑問，我們開啟了對香港文學作品的搜索、閱讀與研究，發現文學作品裏出現海洋的比例偏低，遠不及描繪城市其他面向的主題。在為數不多的作品中，海洋大致以兩種形式出現，一種是以主體的形式現身，另一種則是字裏行間的偶然閃現，換句話説，海洋只是陪襯、並非主角。而後者的數量可能更多。這個現象延伸幾個問題：一、香港的「海洋文學」如何界定；二、海洋作為陪襯或是作為主體的整體文學表現，涉及歷史的變化，隱然有一個逐漸轉變的過程；三、海洋作品各有不同側重的主題與關懷。第一點牽涉到本書如何取捨作品的尺度問題，後兩者則是選輯主題的拿捏問題。在回答上述問題前，筆者認為需先了解周圍地區相關研究的概況，並以筆者較熟悉的台灣文學研究情況為

借鏡。

二

　　綜觀現當代華文文學創作，歷來雖不乏海洋相關作品，但海洋書寫長期未被視為獨立的文學類型而加以重視。直到一九九〇年代，隨着海峽兩岸文學研究的系統化和細緻化，海洋文學才作為獨立的文學類型受到較具規模的注意與研究。

　　於中國文學發展長河，早在《山海經》裏已出現「海上仙山」和「人魚」的想像，[1] 成為中國文學裏兩個重要的海洋元素。到《史記·封禪書》和《列子·渤海五山》後，「瀛洲」、「蓬萊」等島嶼名稱更成為神仙島的代名詞，流傳至今；魏晉南北朝張華《博物志》、任昉《述異記》和明代馮夢龍《情史》等作品都對「鮫人」（人魚）有「他者」（the

---

1　如《山海經·海內北經》寫到「列姑射在海河州中。射姑國在海中，
　　屬列姑射。西南，山環之。大蟹在海中。陵魚人面，手足，魚身，
　　在海中。大鯾居海中。明組邑居海中。蓬萊山在海中。大人之市在
　　海中。」對海洋充滿異國、異族的想像。

Other）的奇想與演繹。[2] 此外，有一種海洋書寫類型以觀海、望海為題，如曹操〈觀滄海〉、劉峻〈登郁洲山望海〉和吳筠〈登北固山望海〉等作，也大多是立足高山遙眺海洋，並非真的親身進入、體驗海洋，仍舊帶着極高的想像成分。於是，海洋在古典文學裏，大抵出自中原對於「夷」（邊疆異族）與「異」（未知領域）帶有幻想色彩的凝視。

一九九一年九月在福建舉辦了首次以「海洋文學」為題的學術研討會，儘管會議上對於「海洋文學」的定義及中國海洋文學的特徵為何，仍缺乏嚴格的學術定義，[3] 但已開啟中國學界對海洋書寫的關注，發展至今累積數百篇學位及期刊論文成果，亦時常舉辦海洋文學或海洋文化相關的研討會，研究議題橫跨中國古典文學、現當代文學、外國文學和區域研究等。

2　如張華《博物志》寫到「鮫人從水出，寓人家，積日賣綃。將去，從主人索一器，泣而成珠滿盤，以與主人」。或如任昉《述異記》亦有敍述「南海出絞紗，泉室潛織，名龍紗，其價百餘金，以為服，入水不濡」。又如馮夢龍《情史》則有：「昔宗羨思桑娣不見，候月徘徊于川上，見一大魚浮於水面，戲囑曰：『汝能為某通一問于桑氏乎？』魚遂仰首奮鱗，開口作人語曰：『諾。』宗羨出袖中詩一首，納其口中。魚若吞狀．即躍去。」的描述。

3　倪濃水：《中國海洋文學十六講》（北京：海洋出版社，2017），頁 1。

　　一九七五年朱學恕等人在台灣創立大海洋詩社，發行
《大海洋》詩刊，致力發展海洋文學。但有研究者指出，
一九八〇年之前「海洋」在台灣文學作品中較少作為關注的
焦點，只是故事情節發展的空間場景或意象，要到東年的小
說《失蹤的太平洋三號》發表後，台灣的海洋文學才算邁入
新的里程碑。[4] 一九九〇年代，由於作家廖鴻基和夏曼·藍波
安的有心投入，將台灣的海洋文學創作推向高峰。[5] 廖鴻基和
夏曼·藍波安都是長期於海上征討奔波又筆耕不輟的作家，
豐富的海洋勞動經驗與海洋生態知識作為他們書寫的底蘊，

4　吳旻旻：〈「海／岸」觀點：論台灣海洋散文的發展性與特質〉，《海
　　洋文化學刊》第 1 期（2005 年 12 月），頁 118-119。《失蹤的太平洋
　　三號》作者東年曾在 1974 至 1976 年間以發報員身份在遠洋漁船上
　　工作，此小說可說是據自身經驗創作的作品，於 1980 年《民眾日
　　報》連載，1985 年由聯經出版社出版。

5　廖鴻基在 35 歲時開始成為「討海人」，於海上曾從事漁撈作業、執
　　行鯨豚生態調查等工作，並據其自身經歷創作散文作品《討海人》
　　（1996）、《鯨生鯨世》（1997）、《後山鯨書》（2008）、《黑潮漂流》
　　（2018）、《23.97 的海洋哲思課》（2020）等二十餘種及小說《最後
　　的海上獵人》（2022）等。夏曼·藍波安身為蘭嶼達悟族人，以與
　　生俱來的海洋文化和原住民視野為基底，創作小說《八代灣的神話》
　　（1992）、《黑色的翅膀》（1999）、《大海浮夢》（2014）與散文集《冷
　　海情深》（1997）、《海浪的記憶》（2002）、《大海之眼》（2018）和《沒
　　有信箱的男人》（2022）等十餘種。

標誌着海洋文學的一種經典類型，卻也因此衍生爭議——海上經驗與岸上想像的對壘。亦即，作為海洋文學作品，作家的實際經驗是否為必然？「經驗」與「虛構」的比例是否成為篩選作品的標準？有論者從「自然書寫」的角度出發，將海洋文學視為「自然書寫的一股支流」，重視生態經驗的客觀描寫，而排拒過多的虛構與想像。[6] 亦有論者對此持質疑觀點，認為將具體海上經驗之有無作為區別是否屬海洋文學作品的標準，無疑是限制海洋文學發展的阻礙，畢竟從事航海、漁撈或以海維生又從事寫作的人實在少之又少，在「非虛構性」的客觀描寫之外，更應該深化海洋的想像性，使海洋文學有更多不同的可能性和發展性。[7]

除了作家身份與經驗的爭議外，歷來台灣學界在談海洋文學時，主要仍以「海洋性」的有無作為判別標準。所謂「海洋性」可大略分為兩種，一是具體的海洋元素，如書寫海洋或其相關題材；二是抽象的海洋精神，如冒險犯難、不

6　如黃騰德：〈從廖鴻基《鯨生鯨世》看台灣的海洋文學〉，《台灣人文》第 4 號（2000 年 6 月），頁 47-61。

7　吳旻旻：〈「海/岸」觀點：論台灣海洋散文的發展性與特質〉，頁 125-127。

畏艱難的堅毅心理等等。狹義的定義需要兩者兼具，廣義的定義則二者備一即可，然而，姑且不論抽象的海洋精神如何定義，即便是具體的海洋元素，是否包含海洋之外的港口、海濱、漁村等等空間，也都頗具爭議、暫無共識。[8] 採取狹義界定者如姜龍昭，他在〈論海洋文學〉一文中指出「海洋文學作品的背景，必須在海上，人物必須是生活、工作，戰鬥在海上的那些水手、漁民、和海軍」。[9] 但這個定義顯然已經過時，且如前述，過於狹隘的界定反而限制了海洋文學的發展。採取寬廣的定義者，如東年在〈山、海與平原台灣的對話〉一文提到：

8　有關台灣「海洋文學」定義的歸納整理，詳可參李友煌：《主體浮現：台灣現代海洋文學的發展》（台南：成功大學台灣文學系博士論文，2011），頁 11-14。值得注意的是，西方英語文學中雖然有許多以海洋為題材的作品，卻也缺乏明確的「海洋文學」的定義。參張陟：〈「海洋文學」與類型學研究〉，收入段漢武、范誼主編：《海洋文學研究文集》（北京：海洋出版社，2009），頁 55-59。正因為「海洋文學」難以用一個統一的、可全面概括的定義去規範，恰恰說明了它的複雜性、多元性與因地制宜。如何借助其他地方的研究經驗以探索香港海洋文學的內涵及發展的可能性，值得探究與深思。

9　姜龍昭：〈論海洋文學〉，《海洋生活》第 1 卷第 4 期（1955 年 4 月），頁 26-28。

　　海洋文學，就是描寫海洋以及相關海洋的現象、精神、文化以及人在其中生活的意義。

　　海洋文學的寫作就像我們一般所談的文學寫作一樣，能夠表現作者自己對生命、生活的感情、感受和思想，也能夠反映外在世界的歷史變遷、社會現實和文化；不同的只是以海洋和相關海洋的領域為背景。[10]

　　東年擴大海洋文學的定義與範圍，只要是藉海洋題材表現作家對生命、社會、歷史、文化等的感受與思想，皆可以納入海洋文學討論的範疇。廖鴻基進一步指出，海洋文學及藝術的產生乃根植於海洋文化、海洋環境，具有獨特的意義。[11]

三

　　值得注意的是，依現有對華文寫作的海洋文學研究成

10　東年：〈山、海與平原台灣的對話〉，《給福爾摩莎寫信》（台北：聯合文學，2005），頁 191、201。

11　廖鴻基：〈海洋文學及藝術〉，收入邱文彥編：《海洋永續經營》（台北：胡氏圖書，2003），頁 118、129。

果可知，「海洋文學」一詞最早見於一九五三年香港新世紀
出版社出版的楊鴻烈《海洋文學》一書，只不過雖然此書正
式提出「海洋文學」名詞，作者卻未進一步定義及解釋，而
是將海洋文學與山嶽文學、平原文學、天象文學、動植物文
學、人倫文學等文類並置，並在此框架下將中國文學與西洋
文學做比較。[12] 換句話說，海洋文學在當時已經作為一個獨
立的次文類（sub-genre）概念被提出。雖然「海洋文學」一
詞早在一九五〇年代的香港出現，卻一直未引起香港作家及
學者的注意，反倒是此書一九七七年由台北經氏出版社再
版，對後來台灣海洋文學研究具有重要參考價值與影響。[13]
此外，七十年代吳其敏主編的左翼藝文刊物《海洋文藝》，
以及二〇〇七年十月香港浸會大學曾舉辦名為「海洋與水岸

12　楊鴻烈言《海洋文學》為其「世界文學的比較研究」的第一編，
　　其他各編為山嶽文學、平原文學、天象文學、動植物文學和人倫
　　文學。楊鴻烈：〈楔子〉，《海洋文學》（香港：新世紀出版社，
　　1953），頁 1。

13　許多研究海洋文學的學位論文皆提及此書，如葉連鵬《台灣當代海
　　洋文學之研究》（中央大學中文所博士論文，2006）、王韶君《台灣
　　海洋文學的發展與文化建構（1975~2004）》（台北教育大學台文所
　　碩士論文，2006）、林怡君《戰後台灣海洋文學研究》（成功大學台
　　文所碩士論文，2007）等十餘篇，詳可查閱「台灣博碩士論文知識
　　加值系統」。

寫作」的國際作家工作坊，[14] 顯示海洋書寫在香港曾出現零星的水花。可惜一直未激起相關研究的浪潮。

根據政府資料，香港全域（包括新界、九龍、香港島和鄰近島嶼）的陸地面積為 1114.35 平方公里，而海洋面積為 1640.62 平方公里，[15] 海洋面積遠大於陸地。香港有豐饒的海洋環境，也產生相應的海洋文化和性格，如蜑家人的生活習俗、盧亭人魚的身份想像、生猛海鮮的飲食文化、天后媽祖及洪聖的崇拜信仰、海盜張保仔的鄉野傳說、英國與日本入侵的抵抗歷史和作為世界金融貿易中心的驕傲自信等，都是發展海洋書寫的豐沛資源。可惜香港在英國統治之下，長期填海造地的城市發展策略，使海洋不斷讓位給陸地，加上人口結構主要來自內陸移民，陸地觀點與生活習慣逐漸成為主流，都不利海洋文化的延續及想像。

香港島及諸離島星懸海上，與九龍半島對望，九龍則背靠新界諸山，可說整個香港地勢是背山面海，但從文學、文

14　林幸謙：〈海洋文學與海的精神美學——2007 香港浸會大學國際作家工作坊專輯〉，《作家月刊》第 65 期（2007 年 11 月），頁 5-10。

15　此為截至 2023 年 1 月的資訊，詳細數據參考香港地政總署網站（https://www.landsd.gov.hk）「資料庫＞地圖資訊＞香港地理資料」（最後瀏覽日期：2023 年 8 月 27 日）。

化角度看，香港長期都是背海之城。在城市發展歷史中，尚未出現如西方《老人與海》（*The Old Man and Sea*）和《白鯨記》（*Moby Dick*）一類磅礡的海洋文學名著，甚至在早期，海洋鮮少成為作家投射、想像、稱頌的對象，海洋隱身於陸地之下，被城界排拒於外，海洋在文學作品中佔比偏低。然而，這個現象到了一九七〇年代開始有了變化，受到本土意識興起的影響，作家們開始看到本地的海洋，一九九〇年代甚至到了千禧年代之後有更顯著的轉變，許多作家開始挖掘香港海洋文化的價值，以海洋意象及想像作為創作主體，「文學海洋」在香港開始受到創作者重視。本書的編輯初衷，便是想喚起讀者和研究者的興趣，去探尋香港文學中「海洋」的面貌，藉此找回這座城市的海洋文化及其意義。

回到本文第一部分遺留的問題。首先是有關香港「海洋文學」的定義問題，本書書名的「香港・文學・海洋」或可作為回應。選擇用「香港・文學・海洋」這三個詞組為題而不以「香港海洋文學」命名，乃因相關的研究現在才處於起步階段，我們認為應該經過長時間的討論，才能辯證出適合香港本地的「海洋文學」定義與內涵。「香港・文學・海洋」是三個中性客觀的名詞，也分別代表三個主體概念，能最大

範圍容納有關的文學作品，只要作品裏寫到海洋且能反映香港特色的，無論是體驗海洋生活（外在景致的描繪）、感知海洋意境、凸顯海洋元素、關注海洋生態、轉化海洋精神或者擁抱海洋文化，只要具備其一，都是我們考慮的對象，其中收錄範圍不限於香港本地作家。即使海洋在該作品所佔篇幅比例低，都有它背後的意義值得推敲。現階段若以狹義的海洋文學定義框限，在香港文學範疇中可稱為「海洋文學」者，恐怕不多。甚至，什麼是香港的「海洋文學」也是一個暫時存疑的概念，這部分有賴文學同好們激盪討論的浪濤，並交由時間淘洗、沉澱創作及研究的金沙。書名中的「字造海洋」即在凸顯此意，當城市發展朝「填海造陸」方向前進，文學能否以文字造回海洋？這個龐大工程有賴作家、讀者和學者們共同參與。

　　本書的選輯，不拘文類與年代，收錄具文學性和香港性（香港特色）的現代詩、散文和小說，唯部分文本篇幅較長，僅能以節選方式收錄重要片段。全書將五十一篇作品分為五個單元：「島、渡、灣、港、魚」，各單元有兩位編者撰寫的導言，單元主題選擇與香港海洋環境有關的五個關鍵詞，希望展現香港特色的同時，降低編者主觀情感對讀者閱讀的影響，期望把文本的豐富性最大程度留給讀者細細品

味。「島」的敍述空間為香港島和諸多離島，包括對於海島
起源的想像和各種生活、情感的描繪。「渡」穿梭於港、九
之間，或是往來更遠處，碼頭與渡輪總是承載旅者此刻的足
跡與思索。「灣」隨着綿延的海岸線不斷變遷，城市的形貌
也隨時改變，海灣與填海的虛浮，訴說着被覆蓋的昨日故
事，以及新生的明天。「港」是早期住民聚居和地方發展的
中心，維港和漁港是城市的兩種面貌及雙重性格。「魚」的
海洋動物書寫，有對現實環境的關懷，也有對虛幻意象的營
造。需特別說明，五個主題並非相斥的概念，在文學海洋
裏，可能彼此交集、共享意義。

四

　　本書能夠順利出版，須感謝各方的支持。首先感謝香港
教育大學文學及文化學系自二〇二一年起的支持，當時的系
主任 CLAPP Jeffrey Michael 博士希望我們主持一個知識轉移
型研究計劃，激發葉倬瑋博士與我產出「從海洋視野看香港
文學」的思索，從而建置了「香港・文學・海洋」閱讀主題
平台，作為該計劃第一期研究成果的具體展現。在閱讀平台
上，初步收錄了與海洋有關的八十篇香港文學作品，時間橫
跨一九三〇年代至今，海洋在香港文學中的面貌及其所佔篇

幅的多寡,反映這個城市裏的人(無論是定居者或過客)如何看待與想像海洋,並可從歷史縱深裏窺探人與海洋關係的變化。

感謝各位作家和授權人的慷慨成全,使本書的編選成為可能。感謝陳國球教授、須文蔚教授慷慨賜序,感謝中華書局(香港)有限公司看到了此議題的發展潛力,主動聯繫、催生本書的出版事宜,期望透過紙質媒介的傳播,觸及更多人加入相關文學作品的閱讀與討論,董事長趙東曉先生、副總編輯黎耀強先生和責任編輯葉秋弦小姐勞苦功高。感謝參與本書設計、排版、校稿等編輯工作的所有夥伴。感謝香港教育大學人文學院的經費支援,以及香港嶺南大學中文系、香港恒生大學中文系的支持,使前述研究計劃的第二期工作得以持續進行。相信在葉倬瑋博士與我的互相砥礪之下,加上恒生大學鄒芷茵博士的投入,第二期研究計劃成果更值得拭目以待。

本書容量有限,仍有許多滄海遺珠未能盡錄,或許留待續集。邀請各位讀者從現在起閱讀海洋、認識香港。

二〇二三年八月三十一日

對於海島的起源、想像和各種描繪，敍述對象包括港島及離島。

引言

　　本單元收錄的文學創作，以香港境內各島嶼為敍述對象或故事背景，進行對海島起源的想像和各種浮世繪的描摹，凸顯「島」作為敍事空間的獨特性。據《聯合國海洋法公約》定義：「四面環水並在高潮時高於水面的自然形成的陸地區域」謂之島（island）。島可能存在於海洋、江河或湖泊，其中又以海島遠離人類文明萌發的大陸，孤懸神秘未知的大海之中，而成為想像與慾望投射的對象。在西方文學脈絡裏，最早的海洋敍事為荷馬史詩《奧德賽》（*Odyssey*），記述奧德修斯在特洛伊戰爭結束返國途中，於海上漂流十年的故事，歷險期間，奧德修斯的船隊曾停泊多個海島，遭遇不同危難，島嶼在此已帶有未知與冒險的意味。回顧中國文學史，早在《山海經》裏已有神仙島的敍事，而後歷朝各代文學作品裏亦不乏對瀛洲、蓬萊等海上仙山的綺想，其中《史記·封禪書》記載秦始皇差遣童男童女入海求長生不老仙藥一事乃人們最為熟知的故事之一。在此姑且不論瀛洲、蓬萊所指何處，但自古為海上島嶼塗抹神秘色彩之想像，成為中國民間神話故事的母題（motif）之一，到了晚近的香港文學，亦見相似表現，例如馬蔭隱〈港行〉把隱身煙霧的香港島喻為海上「靈怪」，或西西在〈肥土鎮的故事〉裏把「肥土鎮」（香港島的隱喻）的起源想像成海中的天塌一角（飛土）、海龜背脊（浮

土），又或是〈浮城誌異〉的「浮城」指涉，皆替香港島從生成乃至發展歷程中的多變面貌染上超現實色彩。

　　包括香港島在內，香港全域現有大大小小共兩百六十多座島嶼，其中面積最大的是大嶼山，另有青衣、長洲、坪洲（舊稱平洲）、南丫島和蒲台島等大眾較熟悉的島嶼，亦有昔日懸於海心、後因填海工程或興建海上水庫而消失的島嶼，如昂船洲、奇力島、老鼠洲及馬屎洲等。二百餘座島嶼各有其名，但在世人眼中，大概只有「香港島」及其以外的「離島」之別。如此二分法，背後承載着城市發展的時間因素，更隱含中心／邊緣二元空間思維的價值觀。經過一百多年發展，香港島作為全球知名度最高的島嶼之一，摩天大廈、金融商貿和大量遊客交織共構，使香港島成為世界經濟和旅遊中心之一，象徵整個香港的價值所在。相較位居舞台中央、搶盡鋒頭的香港島，其他統稱「離島」的島嶼們則顯得平淡素樸。

　　香港離島的開發程度遠較港島低，得以保留較多自然風光及人文風情，與港、九鬧區氛圍大異其趣。要到離島，通常需在香港島的中環碼頭搭船前往，這段逐漸遠離繁華中心的船程，拋離凡塵喧囂，前往世外靜地，頗有航向「烏托邦」（Utopia）之況味。然而，香港文學中的離島卻非烏托邦式的國度，更多展現出貼近庶民生活的香港日常。如葉靈鳳〈充滿鹹魚味的長洲〉和綠騎士〈那次去平洲〉編織離島地區的逸聞及鬼古；葛亮〈龍舟〉、張婉雯〈離島戀曲〉和蘇偉貞《沉默之島》刻劃庶民生活之滄桑；鄧阿藍〈蒲台島二首〉和劉克襄〈南丫島——緩衝繁華競速的離島〉以寫景見長，歌詠

島上自然與人文風光；韓麗珠和楊牧家離水邊那麼近，〈貓和隱匿者的洞穴——屯門龍珠島〉與〈水灣〉兩文讓我們窺見作家身為城市住民，對海對島的獨特觀察與哲思。

在歷史長河的沖激之下，無論是濃妝艷抹的香港島，或薄施脂粉的離島，各自沉積肥沃后土，栽植精彩的傳奇故事。島是海上扁舟，島的故事，也是浮沉的故事。

港行

馬蔭隱

痛苦的心
劃破一度生的行程
孤寂地
我偷離祖國的懷胸了

這兒是香港吧
海的風
海的浪
海的霞煙
昏迷了的海島

海島，像神話的靈怪
夜罩落神秘與奧玄
另一面，還有
戰艦，商船，古舊的小艇
燈色下的海的奸笑
是亂世代的桃源洞呵
一種古老詩人的幽趣

我停留下
這繁榮的夜市
掃去曾經沾滿衣邊的征塵嗎

兩個星期久了

今天，仍是排行街道上

現代詩，原載香港《申報》，1939 年 4 月 12 日

充滿鹹魚味的長洲

葉靈鳳

　　長洲島在香港的西南角，與香港仔遙遙相對，中間隔了一座因發現石器古物而著名的舶寮洲（即南丫島）。天氣清朗的時候，站在香港仔的山上雖不易看得清長洲，可是站在長洲東灣的沙灘上，抬頭就可以望得見香港的瑪麗醫院等建築物。長洲是大澳以外的著名魚鹽之區，同時也是夏季游泳的一個好去處。每天從統一碼頭有直航的或經過坪洲和銀礦灣的小輪來往。若是有暇，約幾個朋友早上去，傍晚回來，即使不游水，也可以在島上各處逛逛，花錢又不多。這樣作一次短短的海上旅行，對於排除心身疲勞增進工作效能，是非常有效的。

　　長洲的島形狹長，兩頭大，中間細，所以名為長洲。外國人則因為它細狹的腰部和圓圓的兩端，像一隻啞鈴，稱它為啞鈴島。在島南稱為南便山的山上，從前就有許多西式的小別墅，多數是教會的建築物，後來在戰爭中被燬了，戰後經過重建，現在又是一番面目了。

　　長洲的市區中心就在那狹長的腰部地帶。輪渡泊岸的地點是向西的，這裏稱為長洲灣，是漁船灣泊和商店的集中地。從輪渡碼頭上岸，穿過滿是鹹魚味的街道，一直向前走，走完了街道不遠，就到了細腰的東面，這就是可以游水的東灣。就是在這地方，你向遙遠的海上東方望過去，就可以望見閃閃有光的香港山上的房屋了。

　　不游水的人，除了看看街上各式各樣的鹹魚，找一個地

方歇腳飲茶之外，還可以去看有名的張保仔洞和北帝廟。

　　説是張保仔洞，其實是同香港所有的一切有關張保仔的遺跡一樣，大都是好事家的假託，不甚可靠的。洞很狹小，要低身坐着滑進去，在裏面走一段路，從另一個出口爬出來。裏面什麼也沒有，不見傳説中的弓箭，更不要説海盜的金銀財寶了。

　　北帝廟在街市北端的盡頭，面向西方。這是長洲漁民認為「威靈顯赫」的一座古廟。但近年香火也冷落得多，遠不如前了。這有什麼辦法呢。漁民自己太窮了，餓着肚子償還高利貸還來不及，對於「神」只好馬虎一點了。北帝廟裏有從前著名的「刀椅」，還有一柄從海底撈起來的古劍。

　　關於長洲最有名的逸聞，是在半個世紀以前曾給海盜洗劫過一次的故事。這是一九一二年的事。當時海盜控制了孤立在小山上的警署，乘夜搜劫了一個整夜。其時長洲和香港沒有電訊和船隻連絡，所以根本不知道。直到一個漁民用小船划了一整夜划到香港來報信，香港人在第二天早上才知道這驚人的新聞。

散文，葉靈鳳《香港方物志》（香港：中華書局，1958 年）

那次去平洲

綠騎士

哪！你話鍾唔鍾意咯！

如果近來不是忙得毒氣攻心，老早已要寫寫關於平洲了。你知，有時苦口苦面得自己睇見都唔開胃。去平洲那兩天，很久沒有玩得那麼開心過了。

那天起初是很倒霉的。我們這些平日不慣遲到的雷達表人馬，竟連打尖兼搶閘也趕不到火車。你地知唔知火車臨開前噹噹大響嘅鐘聲係要來做乜聲嘅呢？原來是要來激死在天星小輪上等船泊岸的人。跑了上岸，嘿，架火車一陣間就睇唔見。香港樣樣都有 D 唔妥嘅，點知火車會準時開出咁唔正常。個個衰鬼平洲，又一日得一次船去咁矜貴，趕不到只好暫時返回老家。但神氣十足地背了一大袋東西出來，轉頭便回去，一定俾屋企人笑壞，只好跳上亡命飛車。點知我地三個人都唔識路，個司機亦唔知元洲仔碼頭在什麼地方，求其見了個碼頭便趕左我地落車，原來不是這個，只得施展絕頂輕功，不過，唔係話牙擦，總之在最後一秒趕到，另一隻腳還未踏上去，船便開了。見了那班朋友，有如他鄉遇故知，還未舒過氣，便索性一不做二不休，厚起臉皮不認遲到。

隻船好不長氣，駛了差不多三小時。和同船的傾吓，啊，原來而家 D 鄉下人冇話重係「相見無雜言，但道桑麻長」咁古老嘅嘞。佢哋第一句就問人：「馬票幾時至開彩

丫？」

　　天長地久有時盡，終於到了。吃得晚飯來已夜，講了一陣鬼古。我們的領隊名叫 Funny，他肚裏藏着一副錄音機，多每五鐘便播一隻鬼古出來。佢 D 鬼古，不但連我都唔怕，係人聽聽吓都會笑咁得意嘅。晚上借人家學校的課室來睡。把書桌拼起來。我用四塊半便凸出一雙腳，也可勉強夠，亞密便要足足五塊了。我雖然不怕黑，但一時瞓唔着，稔下稔下，雖然把吊頸鬼叫做人心果樹上熟是很詩意，到底唔係好可愛。又想起從前我家中有一個墨盒，晚上八時後便打不開蓋子的⋯⋯愈稔愈唔妥。亞密又不肯讓我留下一支蠟燭亮着。後來不知怎的陰差陽錯才睡着了。

　　第二天沿海邊繞了一個圈子。風景很美，一群人都好玩，所以很開心。平洲最特出是那些千層巖石，你一眼望過去便自然會睹物思皮想起很多人──譬如説，你們──的面皮。有些男孩子爬了上峭壁作狀拍照，好似被釘了上去晒乾精似的，成世都唔捨得下來，咪以為佢地好叻呀，其實上得唔落得，在稔計仔。

　　行行重行行，眨吓眼便到了斬頸州。嘩，真有抽刀斷頸頸更長，斬不斷理還亂之勢。咦，地上好似重有血跡斑斑，信不信由你。如果我沒有記錯，吃過午膳後我們便踱到去「龍落水」了。我只記得有人「泊！」的一聲開了水戒，滑了下水。唔係黑心，但係好難忍得住唔笑。上了龍背，實在乾得山窮水盡，只有到洲背有人家處借水買蔗，然後才下去「難過水」，這卻是全程最易過最寫意一段。然後到了我最喜歡的更樓石。

　　坐了一會便老遠跑出去碼頭接船，該有三個朋友這天才來的，還預備煲番薯糖水歡迎他們，但一個也接不到！

　　晚上拉了幾綑柴去更樓石旁起了個火，什麼他沒有得吃，一群人便傻分分地圍着火堆烘人肉乾。對面是大陸，近得差不多像尖沙咀的海面。大話點便可以說看見紅衛兵。我們中有些不知好歹的拿起電筒便打着三長兩短的訊號，如引了紅衛兵過來，唱〈東方紅〉也來不及。

　　這晚夜睡，一瞌上眼便得起來趕船，船未開已暈其大浪，回到家還得在半昏迷狀態下趕功課，若告訴人便只有被人罵自作自受，不過，都係好嘅！

散文，原載《中國學生周報》第 755 期，1967 年 1 月

蒲台島二首

鄧阿藍

（一）海前的廟宇

龕枱的塵積

沉默着一面鏡子

褪色懸掛着燭光

微幌手影的移近

海映朦朧中

水波爍浮着島邊

海風緩緩地觸手

自水涯邊沿移行

經過石滑間

在鏡壁的冷硬前

逐漸逐漸靜止

鏡海裏飄進岸煙

游移着一群浮影

我在香燭前回過頭來

一個小島遙對着廟門

點點海亮仍然邊流

手撫下的浪聲

廟前飄過陽光進來

飄着廟祝的説話

古廟的往事飄浮開去

佝僂背着煙影

遊人們聆聽着
面孔影幌雕柱上
柱漆模糊地褪映四周

遠海來的浪響流轉
祭枱下一座廢鐘
默對着角落
涼風隨潮聲進來
吹動地上捏皺的籤紙
風搖燈燭更暗淡了
參差的手影搖曳籤支
擠碰着的瘦削間
一支竹籤沙啞出筒邊
跌過一道窗光
揚起占語的灰燼下
落成更沉啞的聲音
燭水淌流着枱上
從火影中掙扎出來
像流向朝海的廟外

蠟燭漸次熄滅了
燭流凝頓枱沿上
越不過小塊的岸地
餘留下油燈的微光
跪墊前幌動指影

島 / 蒲台島二首

去拾起灰蒙的支籤

濛煙不斷地升散

我在浪聲中仰起頭來

樑塵網垂着祭紙輕飄

一隻風鈴

固定在神像頂上

沉色地懸擺懸擺

隨着風停

失去細碎的音聲

煙濛繼續地散升

我在風涼裏垂下頭來

倒蓋的漆黑下

久埋着鼓鐘的口形

龕桌下紙屑翻動

一些迷糊的字跡

跟隨風浸入暗縫裏去

昏暗中海光閃盪

搖動孤島的感覺

長鏡上沉寂深盡水裏

傳來門外海洋的遠聲

我在浮影前

緩慢地轉過身來

越過廟內的沉暗

廟外有人觀眺流海

岸路旁漁舟側放

停泊航行的痕跡

黝黑的胳臂伸出霉藻

濡物離開了殘艙

日晒下變回一攤海穫

我繞過張晒的破網

俯身細看漆髹下

鏽錨減退了多少蒼老

水底下多少沉重拉起

船浪再次旋渦起來

回響金屬的擊喚

船具操動着手影

汗水緩流波光的閃爍

沿粗臂上流着礁紋

滴流往海邊去

船輪螺轉着浪語滾滾

黑煙升吐停航的鬱悶

漸漸推送船隻

航回遠洋的方向

我呼吸到海的氣息

一些舟背在炙日下

蒸發累月的潛濕

深漬苔濕的鹽藏

白色已露出了閃望

長年與海洋磨擦

背痕暴晒開海之記憶

漁夫忍不住用手撫摸

彼此間粗糙的歲月

我在浪聲中

慢慢地回過頭來

廟牆的剝落下

祭物投影蒙塵上

一堆香燭停息久了

風涼着薰黑的缺口

廟角下焦灰碎散

飄濃船骸的長影

一個老婦顫拿着燒香

吃力地移近門檻

一步一步跨過斜光

尾隨濛煙繚繞入廟內

（二）**螺形的石旁**

浪沫濺散着雨水

一塊瀕海的石旁

螺群移背着小殼

穿越潮浪持續的雨天

來途時驟雨漸停

巨石上灰濛消散

冒出我們緩步的遠視

逐漸地冒出螺形

我們在螺石旁邊

雨後坐看海鳥飛行

坐看雨後船隻海航

船途航着遙遠

我們濡劃鳥的形狀

艙窗間拍動潮濕

飛翔透明出窗外去

帶動溽暑的悶熱

旅人疲累的窗望

飛墜着水面

浮現海角的沉暗

雨雲移近一道天虹

陣雨後陽光的驚喜

又於漸暗中隱退

雨濛再次落下來

船窗外抹着一切

一片灰色擴散開來

隱約着飛尋的痕跡

驟雨又再止落

一些小螺爬上岩壁

竭力攀近光線的初露

一些螺隨浪落回海去

一些人身站起雨濕

連手張開了聲嚷

圍繞着石螺

石隙旁掉下裂殼紛紛

乾竭脆薄着一隻空殼

透進日光的照射

我聽到浪濤迴響岩穴

翻轉另一隻螺子

觀察觸鬚遲緩地伸移

試探雨後的晴空

碰觸到手的溫暖

然後迅速地退縮

回到殼的濕暗裏去

夏日天氣的猶豫

驟雨剛歇了

螺蠕上繼續落下

敲着形石的堅硬

旅友們的互笑敲起

敲着移石的狂妄

我躺身細聽浪水激拍

螺石旁一些破殼

移現眼前的驚奇

雨中背起了陽光

蠕蠕穿越小小的彎虹

現代詩，原載《大拇指》105 期，1979 年 11 月

肥土鎮的故事（節選）

西西

　　最初的時候，肥土鎮的名字，並不叫做肥土。有的人說，肥土鎮本來的名字，叫做飛土；有的人卻說，不是飛土，是浮土。知道這些名稱的人，年紀都已經很老很老了，而且，他們所以知道肥土鎮名字的來源，還是從他們的祖父，或曾祖父，甚至曾曾祖父那裏聽來的。譬如說，花順記的夏花艷顏，她就是知道肥土鎮鎮名來源的其中一個人。夏花艷顏，如今她的頭上，已經長滿白髮了。

　　花艷顏年紀很小的時候，她的老祖父就這麼地對她說過：大花兒哪，肥土鎮本來是沒有的，許多許多年以前，這地方，還是一片汪洋大海。有一天，附近的漁民一早起來出海打魚，忽然看見天塌了一角，掉下偌大一塊泥土在海上，成為一片陸地，於是哩，我們這個地方就叫做飛土鎮了。飛土鎮，當然是因為整個市鎮的土地都是從空中突然飛來的。

　　不過，夏花艷顏的祖母，卻有另外一個不同的說法，她可是告訴花可久這樣的話：小花兒哪，肥土鎮嘛，其實是叫做浮土鎮。故事是在從前的一個早上，出海打魚的漁民，忽然看見近岸的地方，從海上冒出了一片青綠的土地。其實，從海上冒出來的土地，哪裏是土地，不過是一隻巨大海龜的背脊罷了。人們看見的一片青綠，只是海龜背上的青苔。所以，老祖母繼續說：小花兒哪，現在海龜仍在睡覺，要睡多少年，沒有一個人曉得，只要海龜一旦醒來，浮在海面的土地自然又會沉到水底下去了。肥土鎮，說得準確一點，應該

是浮土鎮。

　　無論什麼事情，從祖父的口裏和祖母的口裏述說出來，永遠是兩個模樣的，這，花艷顏和花可久知道得比什麼人都要清楚。就說一隻梨子吧，如果祖父說梨子倒甜得很，祖母一定說很酸；若是一鍋飯煮好了，祖母說米煮得太硬了點，祖父一定堅持說煮得太軟。不管怎樣，肥土鎮後來終於叫做肥土鎮了，既不叫飛土，也不叫浮土，祖父和祖母都沒有話好說了。

　　當夏花艷顏的老祖父和老祖母講起肥土鎮的名字本來是叫做飛土鎮或浮土鎮的時候，夏花艷顏的名字也還沒有成為夏花艷顏，她的名字只是花艷顏，花順記的大大小小則叫她做大花兒，而花可久，是小花兒，她們只是七、八歲的小丫頭罷了。花艷顏整天在花順記的樓上替祖父打理他那十三隻貓咪的生活起居，照顧牠們的飲食，而老祖父，大清早起來，就到樓下舖面的櫃枱前坐好，的的搭搭地打起算盤來，做售賣汽水的生意。

　　花順記的舖面，堆滿了竹籮、木架、冰箱和汽水瓶，舖面的背後，是製造汽水的工廠，巨大的氣鍋爐呀、洗瓶子的大水桶呀、打汽的入瓶機呀，擠得滿滿的。汽水裝進瓶子的時候，常常要叫氣壓把玻璃爆破，碎片到處飛散，傷害人體，因此，老祖父從來不准花艷顏和花可久這兩個小孩兒到樓下來，一定要她們留在樓上。花艷顏聽從老祖父的話，整日在樓上給老祖父打理貓咪；花可久不喜歡貓，所以，她總是跑到屋子外面去，沿着一條曲曲折折的小路，轉了一個彎又一個彎，她就可以走到叔叔們的家去玩了。

　　其實，花可久並不是不喜歡貓兒，她喜歡的可是一隻一隻完完整整有頭有尾的貓。花順記的貓和別家的貓要不同些，因為老祖父不喜歡貓兒到處跑到處跳，每次收養一隻貓，他總是把貓的尾巴砍掉。他是這樣做的：把貓抱到廚房裏，握緊貓尾巴，按在砧板上，手提菜刀，一刀斬下去，貓尾巴就血淋淋地留在砧板上了，彷彿這是一斬雞剁肉的事情。花可久看見過老祖父斬貓尾巴，所以，她看見貓就怕了，看見老祖父就繞路避開了。每次老祖父斬一次貓尾巴，老祖母總要在菩薩面前點一次香，一面不停地喃喃説道：罪過呀罪過呀。

　　花艷顏也許沒有見過老祖父斬貓尾巴，或者她見過，但她可憐那些貓，才對牠們特別溫柔，把牠們一隻一隻撫養得又胖又豐潤。為了保護貓兒，她連平日最害怕的蛇也不怕，真是一個奇蹟。那一次，樓上的水缸背後躲着一條蛇，花艷顏當然是不知道的，她掀開水缸蓋想打一勺水給貓喝，才看見水缸的背後有什麼在蠕動，那是一條黑黝黝的蛇。這一驚才叫花艷顏心寒，但她居然沒有把手中抱着的花珠朝水缸一扔，然後拔腿逃走。反而靜靜地把貓兒都趕到安全的地方，才跑到樓下告訴老祖父説，樓上的水缸邊有一條蛇。那條蛇，後來叫一夥人捉住了，老祖母説，不可以打死牠，不可以打死牠，結果，用一個布袋裝好，讓人拿到草地上放生。老祖母還在放蛇的地方插了香燭膜拜，彷彿那蛇是什麼神仙似的。

　　花艷顏除了替老祖父照顧他的貓咪外，偶然還要打理一些蝌蚪或蛐蛐，但做這樣的工作花不了她許多時間，因為

蝌蚪不久就變了青蛙，不知道跳到哪裏去了，而蛐蛐，總是活不過一個夏天的。蝌蚪或者蛐蛐，通常是叔叔們送給花艷顏和花可久的小玩意兒。花艷顏和花可久一共有兩個叔叔，她們才不知道他們的名字，只知道這兩個叔叔，彷彿就是一個叔叔似的，不但相貌一般，連生活習慣也相像，無論做什麼事，到什麼地方，總是兩個人一起。花家的人叫他們做花一和花二，至於誰是花一，誰是花二，也只有他們自己才分別得出來。叔叔們幾乎從來不上花艷顏這邊的家來，老祖父一天到晚忙得不得了，但叔叔們都不來幫忙，他們住在離花順記稍遠的郊外，住在一間很大很大的古老屋子裏，門外是一片更大更開闊的爛泥地，下雨的時候，到處成為沼澤，晴天的日子，則塵土飛揚。叔叔們可以一年三百六十五天躲在屋子裏不出門，下雨和天晴都和他們無關，因此，他們從不打傘，也不戴帽子。過節的時候，老祖父派個夥計去三催四請，說是一定要他們過來吃飯，他們才慢吞吞地步出家門，沿途上問了一些人家，才找到花順記的大門口。不過，在路上，他們倒記得要帶點什麼小玩意兒給花艷顏和花可久：街頭巷尾買兩個風車呀、小擔挑上選兩尾金魚呀，如果碰上天暖的夏天，他們忽然到花順記來了，就在河裏捉幾個蝌蚪，到樹叢間捕一把蟬。上一次，碰巧遇上個賣蛐蛐的，就買了兩個蛐蛐，分別盛在竹篾編的饅頭籠子裏。

花一花二整年整月待在自己的大屋子裏，他們一直忙些什麼，花艷顏可不知道，即使是常常到叔叔們家去的花可久也不知道。有一次，是過年吧，叔叔們帶了花艷顏和花可久上他們的家，兩個小女孩只看見滿屋子都是瓶子，那些瓶

子，幾乎和花順記的汽水瓶一般多，也都是盛載起五顏六色的水，只不過沒有汽，也不能喝。花順記舖子前面才車水馬龍哪，什麼三輪車、腳踏車、手推車、老虎車、滑板子，各式各樣運送汽水的交通工具都有，人來人往，輪子的吱吱咯咯聲，瓶子的框框朗朗聲，木屐的拖拖拉拉聲，還有銅板的輕晃，算盤子沉實的碰撞，誰說不熱鬧呢。可是叔叔們那邊卻冷冷清清，大門永遠是關上的，方圓一哩半哩路之內，一個人影也沒有，只有鳥兒從這邊飛到那邊，帶着一個灰麻影子掠過爛泥地。

花可久在叔叔家常常喝的只是白開水，她起初以為叔叔家那麼多瓶子，一定也是裝滿了汽水，可以讓她喝一個暢快，可是叔叔們説：小花兒，叔叔這裏沒有汽水，如果你想喝水，到這邊來。叔叔們結果給花可久喝的只是一杯白開水，他們連茶也沒有。那麼，叔叔們屋子裏那麼多的瓶子，和彩色水，又是些什麼呢？花可久可不曉得了，她只看見叔叔們把紅顏色的水從一個瓶子倒進另一個瓶子，又把綠顏色的水倒進不同的瓶子，奇怪的是，紅顏色的水流進了另外一個瓶子會變成紫色，而綠顏色的水流進了不同瓶子又會變成黃色，好像那是魔術，而這，就是叔叔家和花順記不同的地方。

只有花可久喜歡到叔叔家去玩。當老祖父到舖子前面的櫃枱那邊去坐着了，老祖母到對面糕餅店去聊一陣天了，夥計們開動了摩打製造汽水了，雜工忙着洗瓶子了，姑姑們坐在一個角落糊招牌紙了，花艷顏替老祖父餵貓咪了，於是，花可久就到叔叔家去玩了。她並不是真的要到叔叔的家裏

去，有時候，她也去敲敲大屋子的門一面叫嚷：叔叔開門，叔叔開門，小花兒來了。通常，她不過留在叔叔們的屋子外面，在爛泥地的附近走來走去，看看螞蟻沿着一棵樹爬上樹梢，或者就看看一條溝渠，黑顏色的污水骨碌骨碌地流，偶然有一隻蛤蟆跳出來。

叔叔家的大屋外面，四周本來是一片荒地，後來，荒地的一個角落，出現了一些廢物，也不知道是什麼人開始的，接着就成了一種習慣。許多人都把他們的廢物扔到這個地方來，於是，廢物愈堆愈多，漸漸地隆成一個小山丘，而且不斷地擴張，形成一個面積甚大的廢物池塘。把廢物扔到荒地來的人們，似乎也有一個定數，從來不把什麼魚骨頭、菜渣、吃剩的肉餅遺棄在這裏，他們只把家中體積比較巨大的廢物扔出來，而且是靜悄悄地，在夜裏吧，沒有人看見的時候。所以，到了天亮，荒地的一個角落忽然又會多了一兩件巨大的廢物，彷彿它們都是自己在半夜裏生了腳從鎮上的人家跑過來的。

廢物裏面，最多的就是家具和日常用的雜物，譬如漏水的臉盆和漱口盅、不能好好地站立的桌子和椅子、打碎了的鏡子、折了骨的傘、腳踏車上掛了彩的坐墊和蟲蛀的衣櫥等等。物體的品類愈聚愈多，偶然也有人到這裏來，撿拾一個缺口的水缸回去種花，或者綑一束木板回去當柴燒。至於沒有人要的東西，經過日曬雨淋，剝落的剝落了，瓦解的瓦解了，隨着時日的過度，竟也裂成細片，甚至變成碎末，終於化為灰塵。它們瓦解得特別快，叫人感到十分驚異，也許正是因為這個緣故，鎮上的人才認為這正是棄置廢物最適當的

地方。

　　花可久對這廢物的池塘充滿了好奇，這裏真是一個奇異的天地呢，她喜歡走到這裏來，看看最近又多了些什麼廢物。一個沒有了指針的小鐘嗎？還是一枝漏墨水的鋼筆？所有的廢物都可叫花可久細細看半天。偶然，她也拾一兩件回家去玩玩，譬如一個不能關上小門的鳥籠，一盞不再轉動的走馬燈。她把這些玩具帶回家去，老祖母也沒有說什麼反對的話，因為過了不久，它們就會消失了，花可久也把它們忘記了。

　　叔叔們都知道花可久喜歡待在廢物堆前面，他們告訴她別走到廢物堆裏面去，也不要逛得太遠，只在小路邊站站就可以了，因為廢物堆的盡頭，也許會有百足和毒蛇。花可久並不怕百足和蛇，但她知道，廢物堆的另一邊常年都濕漉漉，泥土很鬆，一腳踏下去，鞋子也不見了，膝頭也會給陷在爛泥裏，走路也走不起來。是因為這個緣故，花可久才沒有走到廢物堆的遠處，況且，那邊的廢物都有一種奇特的現象，所有的東西，輕輕一觸，幾乎都會崩潰下來，碎成一場暴雨。

　　花可久並不常常探望叔叔們，她只知道叔叔們正在不停地把顏色的水倒來倒去，轉換不同的瓶子。當他們工作的時候，屋子裏的一個窗子外面，忽然就會飛濺一片水花，從窗內冒出一陣霧靄似的煙花，那是叔叔們把水從窗內倒出來了。叔叔們常常是這樣的，一面把瓶子的水換來換去，看了一陣，把不要的水順手一揮，整瓶子的水就從窗口飛出來了。也是這個緣故，叔叔家的屋子外，偌大的一片乾旱荒

地，才變成了爛泥地，而且塵沙漸漸稀少起來。爛泥地的一邊，是一條小小的溝渠，把泥地裏滿溢的水匯集運送，流向肥土鎮外的大海。

叔叔們從窗口撥出來的水，有時候是一片紫色，有時候是一片藍色，輝耀在陽光底下，閃起銀光，像這樣的景色，只有花可久一個人看得見。而花可久，站在廢物堆的前面，站在溝渠的旁邊，等呀等，常常只是為了想看看叔叔們把彩色的水從窗內撥出來。她會自個兒想：該撥出來了吧，是哪一個窗子呢，是樓上左邊的第一個窗子，還是右邊的第二個窗子？而水的顏色，這次該是綠色，還是橘子色？這樣子，花可久很快就度過她快樂而無憂無慮的下午了。

當花可久回到家裏，天色已經暗下來，花順記一日的工作也暫時停歇，老祖父回到樓上來看看他寵愛的貓兒。這時候，樓上總是只有花艷顏和貓咪在一起，她那麼靜靜地坐着，柔寂而幽嫻，彷彿她也是一頭貓似的。老祖父總是問：大花兒，我的貓兒今天怎樣了？花艷顏總是答：很好，都聽話。於是，老祖父看看樓梯轉角的地板：一字兒排開了十三隻乾乾淨淨的陶貓碗，裏面整整齊齊地剛放下一條條有頭有尾的魚；另外又有十三隻陶水鉢，盛滿了不帶一絲灰塵的清水。花珠是一頭喜歡吃紙的貓，花艷顏一直記得把所有的紙藏起來，免得牠吃了嘔吐。老祖父點點頭，抱着三五隻貓，一起坐在搖椅上。坐在搖椅上的時候，也就是花艷顏和老祖父聊天的時候。

「汽水為什麼是甜的呢？」

「那是因為糖精的緣故。」

「汽水為什麼是彩色的呢？」

「那是因為香料的緣故。」

「汽水為什麼是有汽的呢？」

「那是因為碳化了的緣故。」

「爺爺為什麼會開汽水舖子的呢？」

「那是因為從前開汽水舖子的人把舖子留下了給我的緣故。」

「是一個藍眼睛的人是不是？眼睛為什麼會是藍色的呢？」

「那是因為他是外國人的緣故。」

「那個人為什麼把汽水舖子留下給我們了呢？」

「那是因為他要回家去了的緣故。」

「為什麼好好的忽然要回家去了呢？」

「那是因為他的國家要打仗了的緣故。」

「為什麼國家打仗，他就要回去了呢？」

「那是因為要回去服兵役的緣故。」

「什麼叫做服兵役呢？」

「就是去打仗了。」

「什麼叫做打仗呢？」

老祖父和花艷顏在樓上聊天的時候，花可久回家來了，花順記的舖面已經封上了排板，剩下一個窄窄的入口，等待沐浴的那些製造汽水的夥計們在門口乘涼。花可久拐一個彎，轉到巷子的後門去，經過種了許多花草的院子和養了一缸金魚的長廊，就是給煤煙熏得黑黑的廚房。老祖母悄悄點燃她的香枝，又要到菩薩面前去呢喃一些什麼。花可久握着

野花踏着高蹻回來了，她的高蹻，是兩截片字形的凳腳，她踩在上面，一腳高一腳低地走來。花可久把她的新玩具靠在屋後的門邊，才走進家門。到了明天，她從家裏出來，她的新玩具一定會無影無蹤的，這，花可久也不覺得可惜，認為一切事物的結局，大概也必定如此，而且是無聲無息的。

　　老祖母總是說：小花兒，又到叔叔他們那裏去了嗎，他們可好？快來洗洗手、洗洗臉。於是她放下手中裊裊冒煙的香枝，到水缸邊去打一勺水，倒在搪瓷的臉盆裏，握着花可久的手朝水裏一浸，塗上洗衣服的肥皂，吱吱咕咕地把小女孩的手臂搓洗一陣，彷彿那是兩條滑溜溜的魚一般。老祖母把飯菜擱在方凳上，讓花可久坐在小矮凳上吃，自己坐在板凳上看着，這時候，也就是花可久和老祖母聊一陣天的時候了。

　　「你又到叔叔家裏去過了？」

　　「叔叔給我喝白開水。」

　　「他們那裏沒有汽水。」

　　「他們為什麼不做汽水？」

　　「他們不喜歡做汽水。」

　　「那麼他們每天做什麼？」

　　「他們說：做研究。」

　　「什麼叫做——做研究？」

　　「我也不懂。」

　　「也是滿屋子一個一個瓶子。」

　　「不過不是用來裝汽水。」

　　「也是許多不同的顏色。」

「不過不可以喝。」

「做了許多年了是不是？」

「他們回來之後就做了。」

「從哪裏回來呢？」

「從船上回來。」

「坐船到哪裏去？」

「船到哪裏去，他們就到哪裏去。」

「他們也是船嗎？」

「他們是船上的水手。」

老祖母說，離開家鄉的人回來之後常常就和以前不一樣了。譬如叔叔們，沒有做水手以前，喜歡釣魚；一天到晚坐在海邊釣魚，可是，做過水手回來，魚不釣了，卻躲在屋子裏「做研究」，也不知道他們的船到過什麼地方，遇見過什麼人，總之，就和以前不同了。他們自己從來不說，問他們問題，他們也不答，常常有些大盒子從一個不知什麼地方寄來，寫的還是外國字，盒子裏有時候是一些厚厚的書，有時候就是滿滿的瓶子。老祖母說，叔叔們變成這樣子，還算是好的啦，那時候，老祖父的一個兄弟，到別的地方去做生意，不知得罪了什麼人，做了些什麼事，竟有一天，花家大門口忽然出現了一個木箱，寫上了老祖父的名字，打開來一看，裏面原來是他的兄弟，整個人給斬碎成七、八塊，不知如何運了回來。嗳嗳，所以我說哪，斬那些貓兒的尾巴幹麼哩。老祖母說到這裏就嘆起氣來，花可久飯也吃不下去了。

小說，西西《鬍子有臉》（台北：洪範書店，1986 年）

浮城誌異（節選）

西西

一　浮城

　　許多許多年以前，晴朗的一日白晝，眾目睽睽，浮城忽然像氫氣球那樣，懸在半空中了。頭頂上是飄忽多變的雲層，腳底下是波濤洶湧的海水，懸在半空中的浮城，既不上升，也不下沉，微風掠過，它只略略晃擺晃擺，就一動也不動了。

　　是怎麼開始的呢，只有祖父母輩的祖父母們才是目擊證人，那真是難以置信的可怕經歷，他們驚惶地憶溯：雲層與雲層在頭頂上面猛烈碰撞，天空佈滿電光，雷聲隆隆。而海面上，無數海盜船升起骷髏旗，大炮轟個不停，忽然，浮城就從雲層上墜跌下來，懸在空中。

　　許多許多年過去了，祖父母輩的祖父母們，都隨着時間消逝，甚至祖父母們自己，也逐一沉睡。他們陳述的往事，只成為隱隱約約的傳説。

　　祖父母們的子孫，在浮城定居下來，對現狀也漸漸適應。浮城的傳說，在他們的心中淡去了。甚至大多數人相信，浮城將永遠像目前這樣子懸在半空中，既不上升，也不下沉，即使有風掠過，它也不外是略略晃擺晃擺，彷彿正好做一陣子盪鞦韆的遊戲。

　　於是，許多許多年又過去了。

二　奇蹟

　　沒有根而生活，是需要勇氣的，一本小說的扉頁上寫着這麼的一句話。在浮城生活，需要的不僅僅是勇氣，還要靠意志和信心。另一本小說寫過，一名不存在的騎士，只是一套空盔甲，查理曼大帝問他，那麼，你靠什麼支持自己活下去？他答：憑着意志和信心。

　　即使是一座浮城，人們在這裏，憑着意志和信心，努力建設適合居住的家園。於是，短短數十年，經過人們開拓發展，辛勤奮鬥，浮城終於變成一座生機勃勃、欣欣向榮的富庶城市。

島／浮城誌異（節選）

鱗次櫛比的房屋自平地矗立，迴旋翱翔的架空高速公路盤旋在十字路口，百足也似的火車在城郊與地底行駛；腎石憑激光擊碎、腦瘤藉掃描發現、哈雷彗星的行蹤可上太空館追索、海獅的生態就到海洋公園細細觀察；九年免費教育、失業救濟、傷殘津貼、退休制度等計劃一一實現。藝術節每年舉辦好幾次，書店裏可以選購來自各地的圖書，不願意說話的人，享有緘默的絕對自由。

人們幾乎不能相信，浮城建造的房子可以浮在空中，浮城栽植出來的花朵巨大得可以充滿一個房間，他們說，浮城的存在，實在是一項奇蹟。

三　驟雨

每年五月至九月，是浮城的風季，風從四面八方吹來，浮城就晃晃擺擺起來。住在浮城的人，對於晃晃擺擺的城市早已習慣，他們照常埋頭工作，競賽馬匹。依據他們的經驗，風季裏的浮城，從來不會被風吹得翻側反轉，也不會被風颳到別的地方去。

在風季裏，只有一件比較特別的事情要發生，那就是浮城人的夢境。到了五月，浮城的人開始做夢了，而且所有的人都做同樣的夢，夢見自己浮在半空中，既不上升，也不下沉，好像每個人都是一座小小的浮城。浮人並沒有翅膀，所以他們不能夠飛行，他們只能浮着，彼此之間也不通話，只默默地、肅穆地浮着。整個城市，天空中都浮滿了人，彷彿四月，天上落下來的驟雨。

從五月開始，人們開始做浮人的夢。甚至在白天，午睡

的人也夢見自己變了浮人，沉默蕭穆地站在半空中。這樣的
夢，要到九月之後才會消失，風季過後，浮城的人才重新做
每個人不同的夢。

　　為什麼整個城市的人都做起同樣的夢，而且夢見自己浮
在空中？有一派心理學者得出的結論是，這是一種叫做「河
之第三岸情意結」的集體顯象。

小說，西西《手卷》（台北：洪範書店，1988 年）

水灣

楊牧

1

水灣大約就是寶藍色，可想而知，但因為什麼原因，現在表面上罩了一層銀灰。我起初不明白，不久就發現和海水接近的天本來先已經洋溢着霧氣，這應當就是原因。上個星期開始，你可以有點感受到真正的秋意，天地之間果然吹動着一種寒涼。海水是知道這些的，輕輕地牽扯着吹動的寒涼，以微微之波浪。今早太陽初升時，水灣幾乎完全藏在雲霧後面，遂慢慢解開，隨着愈升愈高的太陽。

一條快船正在橫渡。

那船切過寶藍的微波，切過銀灰的霧，迅速向島嶼較多的水域駛去。

「島嶼較多什麼意思？」

「散佈在沉寂的……」

它後面曳着一條發亮的白緞子，是兩舷激起的水紋，洶湧瞬息，彷彿是羞澀的，左右搖晃，隨即縫合，回歸沉寂，但船在繼續前進，迅速，的確像是滑行在冰上的。它忽然隱沒在一座小石岬後面，好像天地就這樣靜下來了，剎那又飛快地冒出，從小石岬的另一頭。於是它又繼續前進，這時感覺上它竟然是快樂的。

我坐在敞開的窗前，不時擡頭張望。因為窗子敞開，強烈的噪音就毫無保留地湧進來。那是構工的進度，非常雜亂。剛才當我看到快船橫渡時，曾經以為天地是沉寂的，靜

的。剛才那也許是幻覺。現在一切都錯不了了，窗外坡地上重機械前後轉動，升高，降落，水泥攪拌器沉悶地灌輸，左右輪替，鷹架後有鐵錘敲擊鋼筋，鉗子扭緊新鑄的銅索。太陽也照在這一切，這一切噪音上，閃光發亮，肆意充斥其間，砰碰叮噹轟隆拍答，肆意。

「肆意？噪音。」

我將窗子關上。站起來遠遠地遠遠地望海，玻璃窗外明亮美麗的海。我向前走一步，窗上一條橫板，寬可五寸，正好擋在我眉毛和眼睛之前。什麼都看不見了。

「什麼都看不見了？為什麼？」

「玻璃窗上特別設計的，一條五寸寬的橫板——意思是從外面看房子就好看——只要你站起來，靠近窗子站起來，正好就在你眉毛和眼睛之前，擋住你的視線。什麼都看不見了。」

「那就不要看好了。」

「不要看好了。」

「它就在那裏。水灣，和那些島，就在那裏。你知道它在那裏就好了。你不看它，它也在那裏。」

「那就好了。」

「你知道它在那裏就好了。」

「聽起來像沈從文。」

「是像沈從文——」

「那麼剛毅，表面上好像是消極。」

「不是消極。快船也在那裏。」

「知道它在那裏就好了。」

「『那邊山上樹葉極美，我歡喜那些樹木。』」

「『少想些。』」

2

　　我坐下。其實不見得一定如此。海更藍了，澄清幽靜，顯得無比深邃，大小島嶼仍在，而且可能比剛才又多了幾座大大小小的島嶼，是因為霧氣散去，就對我呈現。然而快船已經失去了蹤影。想必是走了，就在我的視線遭受窗上橫板阻擋的片刻，它就迅速移位，說不定藏到某一大島之後，這時候，仍然明亮美麗的下午，而銀灰的霧氣已經消散殆盡，天色依然是藍的，澄清幽靜，也顯得無比深邃。在我看得見的最遠處，左前方海角曲折，像琴譜一樣不規則地起落，而終止於一低低逶迤的山稜，有倒影彷彿映照，在強烈的太陽光下舞動，因着跳躍的光芒而舞動。天上飄過一朵白雲。右邊除了一座大島，星羅棋佈的是石岬海礁，但也都有草木籠罩，極為秀氣精緻。這些小小的小小的小島當初不知道怎麼產生的——誰知道它們怎麼產生（這是一個愚不可及的問題）——我意思是，當初不知道如何如何就擺成它們現在這個樣子了，如此的自然，和諧，隱藏了無窮的禪機，寓意，教訓。這些我想到了，偶然悠忽之間，但不能深刻探究，這些是存在的，只是我無從把握（你也無從把握）。然而就這樣剛好，它們的間距和姿態，這個擺法甚好。我看到它們了，向前延伸過去，一個比一個小，更遠更遠，終於沒有了，只剩一大片兀自藍着的海，向迢迢不可逼視的遠方浩瀚而去，東南偏東。安靜。我張大眼睛向前看，但什麼都看不

見了。安靜。構工不知道還持續在作嗎？安靜。總是在持續作的，只是因為我在思索着一些別的，張望着一些別的，努力尋覓藍色水灣裏的教訓，專致而虔敬，我竟於短暫的時刻裏遺忘了那曾經打擊過我的噪音。我是遺忘了，當我以全部的精神去追蹤一朵白雲飄過無比深邃的天，以擴張的想像去看小島在海面上主動佈置，洪荒太初，自然的，和諧的。我是遺忘了那噪音的存在，存在於晴空烈日之下，透過玻璃窗，若有（像現在我注意聽）若無（像剛才）。然則我的仲仲憂心確實是無謂的。這時又見一條小船在海面行駛，也是快速的，曳着白緞子水紋，如滑冰。它向左邊水域前進，穿梭於小島之間，近乎戲謔地改變着方向，真的是快樂的，快樂地向我呈現。它在向我呈現，也在對我告別，愈走愈遠，進入散去雲霧的遙遙迢遠，惋惜而用情，對我告別，而我只是安靜地坐在這裏，在高處。木然。我也惋惜而用情地對它告別，表面上好像是消極，但剛毅。它正在離開這水灣，向南中國海的方向逝去。

散文，楊牧《亭午之鷹》（台北：洪範書店，1996 年）

島／水灣

沉默之島（節選）

蘇偉貞

　　香港也是一個島。也許她出生在島上，所以她喜歡島嶼，喜歡島的可見，小而完整、孤獨。她在香港已經停留一段長時間，她為一個全球性香水公司在亞洲地區擔任巡迴顧問，公司希望得到她專業的市場需求分析，那是她當初應徵這份工作的理由之一。那時，她決意徹底由舊環境出走。

　　離開台灣前，她問那個晨勉：「跟我一起走好嗎？」晨勉搖頭，渾身散發嚮往正常生活的光亮，讓她無法直視。開始工作後，她經常出差，在亞洲地區走來走去，照說應當無法有效累積碰到對象的經驗，事實卻不。她接觸的人幾乎都是未婚洋高級主管，即使東方人，英文也像母語。這些「桃花」，她跟他們如同兩座島——必須經常、固定和他們聯繫卻各為主體。這也許相當投好男性心理吧，她的情感市場附着香水氣息輻輳開來。

　　總公司在香港設置亞洲地區總經銷中心，她人在香港時才需要每周固定進公司。她不住香港本島，住離島，每次渡輪載着她過海，車則停放市區，她住的那個島有不少人這樣生活。但是她並不覺得他們的生活是相同的，她喜歡流動的生活而非分級的生活。她思考過，其實她的生活是一片一片的，只有生活本身沒有因家庭教育養成的生活習慣。譬如她可以在很多地方閱讀，但是沒有在光線恰當、四周寧靜、空氣飄送咖啡香的地方閱讀的習慣。生活對她就是二十四小時轉動。從來沒有發生過任何事。她非常明白她和晨安以同樣

的方式對待生活，因為她們沒人教。

　　她住的那個離島，每到假期大批情侶蜂擁而至。有時為了好奇，晨勉會離開山坡上的屋子走到人群裏。黃昏時分，街上的燈是暗的，流動的人潮卻像螢光棒。成束成束地走進每處亮着燈的店舖裏。她夾雜人群裏如同街道一般暗。「離島假期」的名號打響後，連外國人到這裏都是成雙成對：她在別處旅遊，常看到隻身度假的外國人，在離島他們像恐龍一般絕了跡。

　　離島的度假村被隔成一單元一單元出租。度假村不大，房間卻不少，她從來沒看過那麼小的套房。白天那些情侶們在沙灘遊蕩、追逐，日正當中仍曝曬在烈陽下，發瘋病似的需要陽光，黃昏時則呼群引伴上街進餐或買回去煮。不管白天、夜晚，面外的套房總拉上窗簾，不知怎麼，像難民村。光看那些拼命發洩精力的男女，那些房間到夜裏，不知有多少性愛發生。

　　她曾對晨安說起這些，晨安大笑：「人家雙宿雙飛，那妳就更沒機會了。」晨安要她形容那些男女的長相給她聽，她想了想：「沒什麼特別，只覺得那些人不男不女，尤其男人，性徵不太明確。」

　　晨安樂了：「那妳怎麼知道他們做愛？」

　　「他們認為這是度假的一部分嘛！只得全套履行。看不出他們有什麼腦子。」她因為感慨衝口而出：「如果有一天我在人群裏發現單獨度假者，我就主動追求他。」晨安當下要她發誓。她發了誓。

　　關於香港，她從來沒一種主動感，她只是站在那裏等待

事情發生。香港是一個太現實的地方,沒有傳奇,那是她敢發誓的主因;其次,她的生命從來十分模糊,沒有可供分辨的時期,沒有愛情時期、友情時期⋯⋯,愛情時期裏又沒有什麼麥可、喬治、威廉時期⋯⋯,她看不出有「度假者」的可能。

那天,她又重新回到一個她熟悉的地方。

下飛機後,天色仍亮,晨勉出關後望了望天色,當下決定先回離島。在開往她的島的船上,尖峰時間,整船爆滿,人們趕離島吃晚餐,關於擠,這條船及船上的人大概都習慣了;她被逼得站到角落。

在那裏,她看見了丹尼。他一個人坐在角落看書,篤定閒適,沒有咖啡香,環境也不夠怡然,但是他本身發散寧靜氣息。她還不知道他的名字,先看見了他的生活習慣,是的,他正是一個有生活習慣的人。生活對他而言,是飲食習慣、旅行習慣、思考習慣、閱讀習慣的組合,她遇見他,遇見了他的習慣,並且整個人,包括身體內在被召喚吸引甦醒過來。但是那瞬間,她看見的,是一名單身前往離島的男人,並且在她生日這天,她立刻就想到允諾晨安的那則誓言。

她這些年也算見識不少人,知道她這樣的女人,什麼男人會注意。她站在原地沒動,丹尼抬頭看見了她,毫不猶豫起身走過來,請她過去坐,他有事請教她。他問晨勉島上哪裏可以住,還有吃的特色。他來以前,閱讀過很多書,但是根據香港本島那幾天的經驗,那些指南不太可靠,他十分迷惑。晨勉告訴他不是他或書的錯。香港充滿變數,而且中

國口味各有各的堅持，菜色花樣繁雜，沒有人可能在短時間內找對門道。丹尼放心了，丹尼來自德國，理性達到溫和，而且關注主題一致性。他恪遵一種教養，不隨便問女性住哪裏，他對她的好奇，僅此而已。他當她同樣到小島旅行，下班船就離開，理性到晨勉甚至只說了她的姓——霍，也能接受。這個姓的音，外國人也有，所以並沒因糾正他發音而引起的一連串情感效應。

晨勉上岸後幫忙問到一間海邊度假小屋，不是一般屬集在碼頭附近那種，是翻過山頭另一面海邊，地處偏靜，視野也望得較遠，她想到他那麼大個子在「迷你」屋裏打轉，不禁搖頭失笑。他問：「怎麼？」她說沒什麼。晨勉建議他租輛腳踏車來往碼頭及住處，還可以騎到山頭。丹尼問還有機會再見到她嗎？她說：「也許。」房東自我介紹叫「平姨」，急着帶丹尼去住處，怕他跑了。晨勉幫丹尼登記證件，發現他比她小六歲，並且了解他將在離島停留一周。她確定她不懂外國人，他們大部分可以在一個毫無回憶的地方待上很久，既不工作，也不追求什麼發生，就是待着而已。

他們在人群裏道別，她望着他鶴立雞群往更遠處流動，彷彿一株寂寞的海邊椰子樹幻影。正是滿月的日子，月亮東往西移騰空時會在海面上直直照出一道光橋，光橋隨着波浪流蕩而擴大；隨着月落，光橋逐漸縮短，天便亮了。沙灘上整晚有人閒蕩，人們到了離島上，突然成了夜貓子，晚睡也晚起。

事情的發生有時候比想像中簡單。她回到家，每周來打掃一次的清潔工將屋子整理得很俐落、她從不儲存食物，正

逢她生日，她照例跟晨安通電話，晨安要她去找外國人一起
過生日，趁機結束她的後童年時期，她叫晨安閉嘴。

估計第一波人潮已過去，九點左右，晨勉來到碼頭。沿
碼頭長岸排開陣仗，一簍簍魚、蝦、蚌類，這島上食物旗幟
鮮明，但關於用餐，說困難，又明明全在眼前。海水魚五彩
斑斕鮮艷，群體生鮮巡梭於水族箱裏，不像魚，像一枚枚藍
珊瑚、粉紅鑽、綠松石、珍珠白，她正發愁魚的大小，丹尼
出現她旁邊再平常沒有的說：「我可以和妳一道用餐嗎？由
妳點菜？」她從來不知道外國人這麼會認東方面孔。

他們坐在最靠近碼頭桌位，停泊在港灣內的船隻肚腹亮
着燈人影晃動看電視、吃飯、洗澡、晾衣服。有個小孩站在
船舷放風箏，淺藍色風箏，映在深藍天色，像枚方形月亮。

丹尼顯然看過這方面資料，了解他們叫蜑民，他沒指出
這些船民的專有名稱，但神情平靜，她感覺他知道，而且明
白蜑民要在船上過一輩子，這點，他比較難接受吧？他們對
坐視線望向對方身後，如彼此的複眼，立體而非平面風景。
離島上買海鮮跟煮海鮮分家，挑好海鮮後，會有店家來問你
怎麼做？蒸？炒？炸？望着店家派了個小孩來提走他們的海
鮮，丹尼問：「他們不會弄錯嗎？」她搖頭：「機會很小，反
正不是你的海鮮就是別人的海鮮，就那幾樣。」她首次發
現，兩個人用餐竟比一個人更難，點什麼都不對，不是太多
就是太少，通常是太多，一道某方不喜歡吃的菜，雙重地變
多，簡直是一大盤。一個人吃飯，沒有冒險的成分。

丹尼選了條艷藍色的海魚，再藍的魚煮過後，也變成紅
色，她不了解這中間有什麼原理，這也許重要，在這一刻不

重要，她舉杯説：「生日快樂。」丹尼的確擅於分析、歸納，當即明白是她生日，他敬她，並且很自然的俯過身子側臉吻她：「健康、美麗。」她笑了：「我要親你可沒那麼方便。」他頑皮地説了一大串德文，她挑眉質疑，他神色正經：「隨時候命。」他樂於俯身讓她容易親吻他。晨勉知道他德文不是説這些。而這種事不能往下猜。

晨勉有許多年都是一個人過生日，她非常重視自己的生日，幸福與不幸福兩種人特別重視生日吧！外婆在的時候，她不願意表現出來，外婆比較在意忌日，每年燒香給她父親；母親死了，又燒給母親。她則重視生日以及和母親的關聯，她甚至想像母親懷她前的歷程，這是她這輩子的前經驗。這些年來，無論她在哪裏，她一定會正式過個生日，感覺自己的存在。她現在愈來愈確定母親激烈的過去，帶給了她更深沉的生命記憶，她不是那種什麼事都沒有發生便長大的女子。她越過丹尼的肩膀看到海，也聽到喧囂的市聲在背後形成浪潮抵抗大自然，而丹尼年紀小得多，恐怕一切都還未發生吧？他是那種正在等待事情發生的男人嗎？

天邊急速陰暗下來，一道閃電從海面抽高，丹尼問她：「霍，小島上下大雨是什麼情況？」

「海浪明顯升高、雨水迅速流到海裏。無處可躲。」

丹尼搖頭：「我完了，我有恐雨症。」

「你怕雨？」

「嗯，德國很少下雨，對我是一種神祕經驗。」他不願意談這件事。晨勉看得出來，丹尼厭惡下雨，一個人天生的厭惡，是很難改變的。她莫名地突然低聲問：「好像你們的

生育率也很低？」丹尼：「年輕人結婚的很少。」這種問題跟下雨一樣，皆非丹尼所愛的話題。

丹尼從口袋裏取出一枚銀戒指，式樣簡單，戒面伸出一抹蛇信似的慰藉姿態，銀的成色配上戒指的式樣，彷彿一道寧靜的光，看得出來，這枚戒指有種特別的價值。

丹尼講話像中國人：「送給妳好不好？」不知是怕觸怒她，還是怕她誤會。這兩樣她都不會，她向來眼裏無視比她小的男孩。比她小，對她是不必要的負擔。

她和他不過一飯一船之緣。一位單獨前來離島旅行的外國人、又在她的誓言裏頭，要不要接受這枚戒指呢？接受了是不是就要實踐誓言？晨勉不安的是，這一切他並不知情，益發似命運之咒默默發生。

「妳戴戴看，如果不合適，就不用遲疑了。」

丹尼為她套上，有點鬆，她正想除下，丹尼扳直她手掌歪頭欣賞：「正好！」飾物最不需要語言，沒有國籍。在那一刻，晨勉原諒自己輕易接受丹尼的禮物，也暫時忘記丹尼是她的誓言。

她問丹尼：「你上一站在哪裏？」

丹尼：「關島，我喜歡島。」

一個喜歡島的男人對晨勉來說，比具備什麼好條件的男人都危險，她再度沉默下來。雨似乎隨時準備下下來，丹尼明顯不安，晨勉抬頭仰望天色：「也許不那麼快下來，這個島太小，烏雲不見得對得準。」丹尼笑了：「我就是討厭淋濕的感覺。雖然我喜歡游泳。關於水，一種什麼都不能做，一種是休閒。」

　　果然烏雲很快過去，他們的菜清爽可口，這對丹尼來講似乎也很重要，明確的象徵一種異國情調吧！晨勉發覺，丹尼內外就是一個男孩子，是個會主動思考澄澈的男孩，不是那種你丟問題給他才試着釐清思考的人。他不處理問題。

　　丹尼已經意識到她住在這小島上，但是還不了解她其他狀況，例如婚姻，因此他們唯一沒有談到的話題，就是婚姻。在晨勉看來，對兩個才認識的男女而言，他們的用餐時間太長了。

　　丹尼頗能飲酒、吃海鮮；他愛啤酒，說純淨。確定不下雨之後，他放心暢飲。夜不知不覺降低，幾乎平貼海面，與海水一般深藍近乎黑色。他們周圍人潮陸續搭船離去，雨水般疏散海中。獨留下的店家燈火通明，一張張適合家庭或團體進餐的大圓桌空了下來，頓時顯得數目龐大。只有他們這一桌，桌子跟人是在一起的；如在一個空的舞台上，鏡頭拉高定格。島上樹少，襯托得環境如畫只有人、海水、餐廳。

　　丹尼已經喝得五分醉意，一雙灰藍眼珠佈滿深海似的幽光，從海底發出，接近他心臟地帶。

　　母親說她父親也愛喝酒，喝完酒以後喜歡沉默的做愛；他的職業整天在外跑，他走到哪兒喝到哪兒做到哪兒，就是這樣的命，不要家庭，但是喜歡小孩和老婆。她最後一次去看母親，她母親這麼說，她忍不住哭了。她父親完全是個原人，只有原始的本能與意志。她這些年來所遇見的男人，最稀少就是這類人，她最渴望交手的也是這類人。但是，她的生活離這個可能愈來愈遠。她母親認識父親時，父親才剛服役回來，不滿二十三歲。是不是年輕才愈接近原始本能？她

在丹尼身上依稀識見這股氣質。

丹尼喝到六分醉意時，像片柔和的大海，滿眼沉默歡喜。小島的黑夜比白天更適合他，他在黑夜裏散發個性與光，與暗藍深海同歡；白晝，他獨特的個性，沒入光天裏。她終於看到一個人可以性格分明卻寬容、溫和。他的清澈反射到她身上，六分醉意的丹尼說：「多好的生活對不對？謝謝妳。」

大雨在丹尼七分醉意時傾盆倒下，丹尼拉了她騎上車就跑。依海的街道只有他們兩個人劃過，奔向更黑的盡頭；盡頭在山邊繞向海，雨將他們包圍，這一刻，他們彷彿擁抱在一起。雨水打在大海裏颯颯叩響，只見揚起千鑽萬星，像手工一個個絲線疙瘩綴出來的繡品，打子繡，是無聲的編織；她從來不知道原來大雨落在海裏這般寂靜如皈依。

丹尼終於問她住在哪裏，又問她：「妳說衣服淋濕的感覺可不可怖？不過現在我不太在乎。」

她住處較近，她有點後悔安排丹尼住那麼遙遠。他們此時已經全身濕透。她指引丹尼在她住的小巷坡道拐彎，他們奔進屋子時，如兩個人形水滴，她突然感覺屋子空間太小。彷彿他們將雨水帶進屋子，而雨水使他們膨脹。家裏沒有男裝，她只好要丹尼裹着床單，他們同時聯想丹尼床單內什麼都沒有穿，不禁相視而笑，晨勉說：「對不起，我沒別的意思，我是說你比我小那麼多⋯⋯」不是酒，但是她覺得語無倫次起來。

丹尼倒輕鬆接話：「沒有人規定在屋子裏穿什麼吧？」他沒有說如果她屋子裏有男人衣服他才傷心的俏皮話。

　　丹尼問她有沒有酒，她說有紅酒，比較酸的，丹尼說：「我嘗一杯好嗎？看看有多酸？」

　　雨水落在大海裏，近處反而不如遠距離聽來那麼激越，也許因為想像。大海在滾動，驅逐什麼，不是雨水吧？丹尼無法置信地看着她，晨勉也是第一次聽到。

　　晨勉對他說了和晨安發的誓，她希望他不是首次聽到，雖然他是，而且相信誓言的重要。他說短暫的快樂如做愛或吸毒，總是很直接、強烈；長的快樂便需要記憶了。

　　丹尼的酒量可能原本更好，但也許因為被雨浸泡過，他起身告辭時，是帶着八分醉意走的，平常他會醉到這程度嗎？不知道，至少那時候晨勉不知道。雨停了，他的酒雖未醒，但人是潔淨的，晨勉問他認得路嗎？他說：「我從不迷路的。」走錯了，他可以重來。這種人的意志力是空前的，像一種原始動物。他站在清涼的夜裏，對晨勉說：「也許妳該對我試試妳的誓言，妳從不失信對不對？」晨勉發現，當時已經不止深夜，遠處，天色朦朧，晴白的光正從各方面掩過來。難怪雨勢要收，太陽快出來了。

　　第二天接近中午晨勉才醒，戴戒指的手，睡眠中不自覺緊握成拳，戒指還在，白天是另一個味道。蛇信向着她，像面小鏡子，她發現戒環內刻着 Danne，原本這是丹尼的戒指。

　　她跟公司聯絡過後，覺得頭痛，她想只是宿醉。等到頭愈來愈痛，而且開始發燒，才知道原來不只宿醉。她在屋裏待了整整一天，居然有些坐立難安，熱度一陣陣由腳底沖到腦子，停留一陣子。溫度在腦際時，她什麼都不想，熱度自

己會蒸發出畫面，在她空白的腦海浮現丹尼騎車載她飛馳過一邊沉暗一邊燈光璀璨的街道。那時分，碼頭內的蜑民都睡了，船靜靜搖晃天光，雨珠無聲落在海面，最接近的耳朵是聽不見的，她昨天深夜確切這麼認為，但是怎麼可能呢？小島的雨水流道短，總是迅速匯入海中，島的四周蓄滿幾乎高於陸地的海水，島上每一寸土地則如剛曬乾的棉紙，踩上去傳出裂帛聲。她彷彿聽見有人在空地上徘徊。

將近七點薄暮時分，她想到該去沙灘散步，今天雖非假日，但除了冬天任何季節沙灘總擠滿人，但是七點左右，玩了一天的「餓」民走上街市，空下沙灘。她喜歡島，就因為四周環海有種隔離感。她喜歡夜裏逛沙灘的「毛病」則是念高中養成的，外婆老說「毛病」，是「毛病」而非「神經病」。外婆肯定她爸爸一定是外國人，所以她要去海邊眺望自己的故鄉。

她才步出大門，便看見丹尼騎了車迎面過來由坡道仰視她，背向大海，他周身一圈藍光。晨勉突然有點害怕，她對他全是光的記憶，他是神祇？注定要在她生命中顯示神跡？在她出生那天迎接她還不夠？他把單車放倒路邊，陪晨勉默默走了會兒，也不問她去哪裏。後來他伸手握晨勉觸及她體溫：「妳生病了？」

「對中國人來講，這不是病。」

「我來道歉，我在這條路上騎了一天車，希望見到妳。也謝謝妳昨天帶給我那麼好的食物和記憶。那是我旅行途中最有意義的一天。」理性達到溫和，仍是晨勉對他的第一印象。

「最有意義？」

「因為難忘、印象深刻還有妳。」

丹尼是那樣直接表達他的情感，這對晨勉來講，她認識的男人裏沒有一個具備這分勇氣與情操。雖然他們願意跟她結婚，但她從來不是結婚的問題，而是一種真正的熱情像她父母那種，從身體深處彼此需要、在他們不需要婚姻無視外在環境時結婚的自由。她父親離開了她母親，仍被母親執信的，就是父親原欲的愛，以及自己對他的愛。

她笑笑，兀自索然無味起來，那又怎麼樣呢？愛情就跟香水一樣，總會褪味，好香水跟劣質香水差別不過官能感覺。他是直接表達出來了，到此為止吧？一瓶好香水，非他所發明，他不創造這種愛的公式。

晨勉脫開他的手，取下戒指：「我戴過了，還你好嗎？」

丹尼搖頭：「妳不會相信的，這戒指從來沒有人戴得住。這是我小學時，我媽做給我的，我一直帶在身邊，用銀粉擦拭；她預言有一天將送給套得進的女子。後來我想也許我注定要找一個東方女孩，東方女孩纖細。我剛拿到經濟學碩士學位，家裏獎勵讓我出來旅行，我感覺這次一定會碰到這個人。」

「你常拿出來讓人試？」晨勉聲音暗暗的。怪不得他在整條船上看見她，而且到亞洲旅行、到這個島。當然，她並不懷疑他原先便喜歡島嶼。

丹尼大笑：「妳看，我就知道妳在乎，當然沒有，我只用眼光判斷。」

晨勉不悅：「你太相信你自己了。你母親是藝術家嗎？」

「嗯！很好的藝術家。」

「是啊，在你小學時就幫你『注定』找東方女子。」

「那是她非理性的一面，我爸喜歡她這點。」

「你呢？」

「看妳是理性的，還是非理性的。」

「我喜歡吃人，我們家族有這種遺傳。」她冷淡說道。

丹尼討好她：「吃人也可以很理性的。」

她本來不知道丹尼為什麼要取悅她，但是他同時表現了他的誠意。他讓她知道他不會有隱瞞她的行為——譬如他不會將所有的心事告訴晨勉卻偷窺她的反應；譬如他其實一點都沒有想過結婚以及不要孩子，孩子是很嚴肅的事；譬如他結了婚絕不離婚，他若和別人結婚便不再和晨勉來往；而且他不會為她多在小島停留。他這些說法聽來很無情，不乏矛盾，然而光明正大。晨勉了解他為什麼要告訴她這些。

令她吃驚的是，她在這場類似自我介紹敘述中，身心逐漸安定，彷彿找到了歸依。這是什麼歸依呢？他不會為她多停留；她不會去他的國家找他。

他們在沙灘上走到天色全黑。對海的燈火隔着水氣氤氳閃爍，海水並不全然漆黑，它會反映天光；油靜的水面彷彿對岸的燈海將燃燒過來。她走在丹尼前面，他們一前一後影子如彼此追逐。走着走着漸漸眼前又亮，街市的燈光，火把般點燃這個島。

丹尼伸手過來握她，晨勉說：「不要這樣。」她不喜歡這種太方便的小試探。

丹尼緊緊握着她：「不是，我是看妳還發不發燒。」

丹尼要她早點回去休息，她問他準備去哪裏，他説可以去她家喝昨天那種紅葡萄酒嗎？他想陪她。晨勉可以準確地分辨男人要什麼，丹尼站在這種世俗的嗅覺之外；他不像她相處過的外國男人，她和他們沒情感。

「你不擔心下雨？」她取笑他，突然心生喜悦。

他回敬她：「我今天沒喝醉，妳可能需要雙重的擔心。」

「什麼雙重？」

「妳的病和我啊！」

結果他們仍去了昨天的港邊露天餐廳，晨勉重新換批菜色，點了冰啤酒，完全跟昨天不一樣的生命展開。丹尼僅口頭上提醒她仍在生病，如此而已，他的理性就是不掃興。

這回他們同時望見月亮在海面上劃出一道光橋，光橋邊的船家和昨天一樣生活着，甚至在船上養狗，拿船上日子當平常日子。

「你知道蜑民們為什麼過這種日子，還要生孩子嗎？」晨勉知道為什麼，他們沒有出路。晨勉喝了口酒，察覺體溫往上升，情緒往下掉，掉入情緒的最底層。她這些年來一直是一個人，有時候難免孤獨。卻絕少像現在這般軟弱需要傾訴。

她嘗試説故事般對丹尼説起在獄中的母親，年輕即結婚、極需要女人的父親，過世的外婆，還有晨安。她極端複雜的家世，如電影本事，她不問丹尼要不要聽，她如低聲敍述給自己聽，整理她三十歲以前的生命。

她可以確信的是，丹尼是一個冷靜而感應絕佳的聽眾，他像一座燈塔。當她陳述母親獄中那張最後見到的年輕、無

視痛苦的臉，她和晨安這輩子都欠一份回報之情──她母親承擔了她們。晨安不要孩子，她則不清楚自己究竟要不要婚姻。丹尼堅定的發出訊號：「霍，這不是罪過，對妳想告訴他的人說這個故事，不要覺得羞恥，這是妳的祕密。但不是不可告人。」

他引領晨勉說出身世，他的故事，她的家以前一直異常，她到那刻才確信這些其實並不那麼嚇人。

「丹尼你知道嗎？我現在才覺悟人生原來可以因為不堪而特殊。我比你大六歲，但不比你了解人生。」

「這跟年輕沒有關係──」他有一點困難地說：「我是說愛跟年齡沒有關係。」他側身望海，不願意她看見他害羞的表情。他也是第一次說愛嗎？像她第一次說身世？那麼，愛情一定是他最大的祕密了，如她的身世對她。她完全沒有想到。

小說，蘇偉貞《沉默之島》（新北：印刻出版，2014 年）

龍舟

葛亮

于野的印象裏，香港似乎沒有大片的海。維多利亞港口，在高處看是窄窄的一灣水。到了晚上，燈火闌珊了，船上和碼頭上星星點點的光，把海的輪廓勾勒出來。這時候，才漸漸有了些氣勢。

于野在海邊長大。那是真正的海，一望無際的。漲潮的時候，是驚濤拍岸，不受馴服的水，依着性情東奔西突。轟然的聲音，在人心裏發出壯闊的共鳴。

初到香港的時候，于野還是個小孩子，卻已經會在心裏營造失望的情緒。他對父親說，這海水，好像是在洗澡盆裏的。安靜得讓人想去死。

父親很吃驚地聽着九歲的兒子說着悲觀的話。但是他無從對他解釋。

他們住在祖父的宅子裏，等着祖父死。這是很殘酷的事情。于野和這個老人並沒有感情。老人拋棄了大陸的妻兒，在香港另立門戶。一場車禍卻將他在香港的門戶滅絕了。他又成了孑然一人。這時候，他想到了于野的父親。這三十多年未見的兒子是老人唯一的法定繼承人。

祖父冷漠地看着于野，是施捨者的眼神。他卻看到孫子的表情比他更冷漠。

這裏的確是不如七年前了。

　　于野站在沙灘後的瓦礫堆上，這樣想。他已是個二十歲的年輕男人。説他年輕，甚至還穿着拔萃男校的校服。其實，他在港大已經讀到了第二個年頭。而他又確乎不是個孩子。他靜止地站着，瘦長的站姿裏可以見到一種老成的東西。這老成又是禁不起推敲的，二十年冷靜的成長，使他避免了很多的碰撞與打擊。他蒼白的臉，他的眼睛，他臉上淺淺的青春痘疤痕，都見得到未經打磨的稜角。這稜角表現出的不耐，是他這個年紀的。

　　是，不如七年前了。他想。

　　哪裏會有這麼多的人，七年前。

　　中三的時候，于野逃了一次課，在中環碼頭即興地上了一艘渡輪，來到這裏。船航行到一半，水照例是死靜的。所以，海風大起來的時候，搖晃中，于野幾乎產生了錯覺，茫茫然感到遠處應該有一座棧橋，再就是紅頂白牆的德國人的建築，鱗次櫛比接成了一線。

　　沒有。那些都是家鄉的東西。但是，海浪卻是實在的。

　　靠岸了，香港的一座離島。

　　于野小心翼翼地走下船，看到衝着碼頭的是一座街市。有一些步伐閒散的人。店舖也都開着，多的是賣海鮮的舖頭。已經是黃昏的時候，水族箱裏的活物都有些倦。人也是。一個肥胖的女人，倚着鐵柵欄門在烤生蠔。蠔熟了，發出滋滋的聲響，一面滲出了慘白的汁。女人沒看見似的，依舊烤下去。一條瀨尿蝦蹦出來。于野猶豫了一下，將蝦撿起來，扔進水族箱。蝦落入水裏的聲音很清爽，被女人聽到。

女人眼神一凜，挺一下胸脯，對于野罵了一句骯髒的話，乾脆俐落。于野一愣神，逃開了。

　　一路走過，都是近乎破敗的騎樓，上面有些大而無當的街招。灰撲撲的石板路，走在上面，忽然撲哧一聲響，濺起一些水。于野看一眼打濕的褲腳，有些沮喪，這時候看一個穿着警服的人，騎着一輛電單車，很遲緩地開過來。打量一下他，説，後生仔，沒返學（上學）哦，屋企係邊啊。他並不等于野答，又遲緩地騎走了。于野望着他的背影，更為沮喪了。

　　路過一個舖頭。黑洞洞的，招牌上寫着「源生記」。于野探一下頭，就見很年老的婆婆走出來，見是他。嘴裏發出咄的一聲，又走回去。將舖頭裏的燈亮起來了。于野看到裏面，幽藍的燈光裏，有一個顏色鮮艷的假人對他微笑。婆婆也對他由衷地笑，露出了黑紅色的牙床。向他招一招手，同時用手指揮了揮近旁的一件衣裳。這是一間壽衣店。

　　海灘，是在于野沮喪到極點的時候出現的。

　　于野很意外地看着這片海灘，在瀰漫煙火氣的漫長的街道盡頭出現。

　　這真是一片好海灘。于野想。

　　海灘寬闊平整，曲曲折折地蔓延到遠處礁岩的腳底下，略過了一些暗沉的影。乾淨的白沙，鬆軟細膩，在斜陽裏頭，染成了淺淺的金黃色。好像蛋撻的脆皮最邊緣的一圈的顏色，溫暖均勻。

　　于野將鞋子脱下來。舀上一些沙子，然後慢慢地傾倒。

沙子流下來，在安靜的海和天的背景裏頭，發出簌簌的聲音。猶如沙漏，將時間一點一點地篩落，沒有任何打擾。風吹過來，這些沙終於改變了走向，遠遠地飄過去。一片貝殼落下來，隨即被更多的沙子掩埋。頭頂有一隻海鳥，斜刺下來，發出慘烈的叫聲，又飛走了。

于野在這海灘上坐着，一直坐到天際暗淡。潮漲起來，暗暗地湧動，迫近，海浪聲音漸漸大了。直到他腳底下，于野看自己的鞋子乘着浪頭漂起來。在水中閃動了一下，消失不見。

七年，于野對這座離島的造訪，有如對朋友，需要一些私下、體己的交流。

他通常會避開一些場合，是有意識的擦肩而過。清明、一年一度的太平清醮、佛誕。通常都是隆重的，迎接各色生客與熟客。這離島，是香港人紀念傳統的軟肋。後來回歸了，這裏又變成了駐港部隊的水上跳傘表演基地。每年的國慶，又是一場熱鬧。

海灘是紛繁的，然後又靜寂下來。這時分，才是給知交的。靜寂的時候就屬於于野了。他一個人坐在這靜寂裏，看潮頭起落，水靜風停。

但是，人還是多起來。當于野在一個星期二的早晨，看見混着泡沫的海浪將一只易開罐推到了腳邊，不禁皺了皺眉頭。觀光客，旅行團，在非節假日不斷地遭遇。當他們在海灘上出現的時候，歡天喜地的聲音才在海風裏吹過來。政府又將海灘開放，帆板與賽艇，在海面上輕浮地劃出弧線。

　　他終於決定，選擇晚上來。這島上喧騰的體溫，徹底沉頓。穿過燈光閃爍的街市，火黃的一片。在這火黃將盡的時候，就是一片密實的黑了。

　　這一天，于野站在沙灘後面的瓦礫堆上，遙遙地望過去。看見湧動的人頭，無奈地抖一抖腿。端午這天來，實在是計劃外的事情。父親將那女人接回家裏了。若是她老實地待在醫院裏安胎，于野是不會出門的。

　　端午，在這座城市，或許是個蕭條的節日。這裏的人，對春夏之交素無好感，悶熱陰濕的天氣，可以在空氣中抓出水來。端午前後，吃粽子，間或會想起屈原這個人。而到了農曆五月初五這一天，平凡人家，通常是輕描淡寫地過去。

　　所以，于野看見海灘在黃昏的時候，竟然繽紛成了一片，實在出於意表。遠處有些招展的旗幟。有些響亮的吶喊。望得見穿着不同顏色背心的男人扛着龍舟走過來，一面喊着號子。

　　待這些龍舟在沙灘上穩穩擺定，于野禁不住走近前。這些船，通體刷着極絢爛的色彩。龍的面目可掬，都長着卡通的碩大的眼，一團和氣。龍頭被打扮得花枝招展，纏着紅綢，插着艾草。

　　于野倏然明白，這是島民一年一度的龍舟競渡。

　　選手們在岸上熱身。供圍觀的人品頭論足。

　　一個長者模樣的人，一聲令下，龍舟紛紛入了水。

　　這時候有鼓樂響起，不很純熟，氣勢卻很大。于野這才

看到，岸上的人群中，還有一群年輕的男孩子，站得筆直，雪白色的制服和黑褲。其中卻有兩個，底下穿的是斑斕的蘇格蘭裙。黑紅格的呢裙底下，看得見粗壯的小腿。這大概是這島上應景的樂隊，繼承的也是傳統，卻是來自英倫的。

就在這鼎沸的聲音裏頭，過去十幾分鐘，龍舟遙遙地在海裏立了標杆的地方聚了，那裏才是比賽的起點。

一面鮮紅的大旗，迎風嘩地一搖。就見龍舟爭先恐後地游過來。賽手們拼着氣力，岸上的吶喊響成一片，不知何時又起了喧天的鼓聲。那是船上的鼓手，打着鼓點控制着搖槳的節奏。

一條黃色船，正在領先的位置。鼓手正站在船頭，甩開了胳膊，大着力氣敲鼓，身上無一處不動，洋溢着表演的色彩。

于野在這喧騰裏，有一種不適。但是，他又逼迫自己看下去。很意外地，耳膜在這擊打之下，產生了快感，一觸即破。或者說，其實是甦醒了。在祖父的宅子裏，沉悶幽黯的流年侵蝕下，退化的感覺，在這喧騰噬咬下甦醒了。

于野不禁跟着吶喊了一聲，喊得猛烈而突兀，破了音。他有些羞慚地住了口。但是並沒有人聽見。他的聲音，被聲浪徹底地吞沒。

這時候，海天相接的地方，波動起來。亮起了火燒一樣的顏色，是夕陽墜落。龍舟們行進得愈發地快，好像也被燎上了火。人們也愈發振奮起來，聚攏，再聚攏。

到了衝刺的階段，卻有一條紅色的船，一連超越了好幾條，最後超過了黃色的那條，到了近岸的位置，居了第一。

裁判將大旗插到紅色龍舟的船頭上。于野心裏一陣悵然，覺得失之交臂。

與鋪墊相比，這龍舟的賽事，過程太過簡潔。

樂聲又響起。這回卻不同，沒有嘈雜，是那兩個穿格子裙的男孩，吹奏風笛。蒼涼暗啞的單純聲響，遠遠鋪展，和這雀躍的背景有些不稱。

暮色到底降臨，使得這表演的性質近乎謝幕。

人漸漸都散了。樂隊的其他成員，開始交頭接耳。龍舟又被扛起來，緩緩挪動開去，這回沒有人喊號子。龍頭上巨大的眼睛和喜樂的面目，未得其所。吹奏風笛的男孩子，並排地邁動步伐，吹出的聲音更沉鬱了一些。兩個人，臉上令人費解地莊嚴肅穆，好像是參加喪禮的樂師。這時候，于野看見一個白色影子，緩緩跟隨這支樂隊，消失在暗沉裏。

人終於走光了。海灘上再次安靜。這安靜是屬於于野的。他欣慰地嘆一口氣，坐下來。

于野四望一下，確信這是他熟悉的那個海灘。海那邊匯聚了一些褐色的雲，月亮升起來，在雲的間隙裏行進，漸漸躲到礁岩背後去了。溫度下降，有些涼。

他瞇起眼睛，將這海灘的輪廓梳理一遍。看見瘦長的影子，那不是這海灘慣有的。是一個彎曲的昂首的形狀。于野站起來，遙遙地望過去，仔細地辨認，發現是一隻被遺落的龍舟。

這龍舟在這沙灘上，籠在月光裏頭，份外地安靜。沒有了游弋的背景，終於成了一個死物。

于野走過去，摸一摸那龍的頭，還是潮濕的。彩色的綢成了淨濕的一條，有氣無力地搭在龍角上。角上掛着一支槳，槳葉纏上了水草。于野拎起來，突然，有什麼東西落在他腳上，窸窸窣窣地，驚惶間爬走了。是一隻小蟹子。

于野吁了一口氣，扔下船槳，轉身要走開。

背後有風，響動織物的聲音，隱隱間有些寒氣沿着耳畔襲來。

于野回過頭，看見一個白色的身影立在船尾。

白色的身影說，你在做什麼？

于野站在原地，慌亂了一下，鎮靜下來。因為這聲音很好聽，有着游絲一樣的尾音。

于野說，沒幹什麼？

白影子走過來。是個女孩子。看上去和于野的年紀相仿。她抬起頭，撩開頭髮，是張蒼白圓潤的臉。

你不是這島上的。

于野沒有答話。看女孩的白裙子在海風裏飄揚起來。這裙子的質地非常單薄，絹一樣。于野想，她會覺得冷。

女孩湊近了一些，打量他，然後說，原來是拔萃的，名校。

于野抬起手，有些不自在，擋一擋襯衫上的校徽。一面說，畢業了。

女孩笑了，笑得有些發苦。這時候月光亮了一些，于野看清楚了她的面目。女孩長着那種細長上挑的眼睛。眼角很鋒利地向鬢角掃上去，大概就是人們說的鳳目。這在廣東人

裏是很少的。

　　這眼睛的形狀，讓她的神情變得有些難以捉摸。女孩説，畢業了還穿校服，扮後生？

　　于野説，對，扮後生。

　　女孩問，你是不是常來這裏？

　　于野想一想，點點頭，又有些不甘心地問，你怎麼知道？

　　女孩眉毛挑起來，像在于野身上尋找什麼。于野聽見她輕輕地説，你雖然不是這島上的人，但你身上有這島上的氣味。

　　女孩説了這句話，朗聲笑起來。這笑聲在夜風裏打着顫，有些發飄。

　　于野皺一皺眉頭，覺得這笑聲不可理喻。但是，不由己地，他覺得這陌生的女孩的笑聲，吸引了他。

　　待女孩的笑聲平息了。于野鼓起勇氣，問，你是這島上的？

　　女孩的神情，突然變得嚴肅了，她説，是吧。

　　于野不知如何接，輕輕地「哦」了一聲。

　　女孩遙遙地指一指島的西邊，説，我住在那裏。

　　為什麼來？來看龍舟競渡？

　　女孩攏一攏裙子，在海灘上坐下來，同時指了指身邊。于野愣一愣，也坐下來。

　　女孩側過臉看他一眼，頭髮被風吹動，髮稍掠向一邊。頸上的皮膚很白，看見得透明的，青色的血管。女孩並沒有

説更多的話，于野感覺到有一股涼意襲來。

女孩説，聽你的口音，你不是在這兒出生的。

這句話刺痛了于野，卻也在靜默之後，為兩個人的交談打開了一個缺口。

于野抓起一把沙子，緩緩地，任沙子從指縫中流下來。

他想起了母親。

來到香港的第一年，母親去世。父親是于野唯一的親人了。這個寡言的男人，為打理祖父的公司，未老先衰。原本不是做生意的料，做到了鞠躬盡瘁。敗頂，大肚腩，外加風濕性心臟病。沒有戀愛，偶爾有性。不同的女人在家裏出入，如同走馬燈。然而，有這麼一天早晨，一個女人讓于野感到面熟。這個女人從乾衣機裏，拿出衣服，一件件疊好。看見于野，將整齊的一摞，襯衫，睡衣，底褲遞到他手上。説，你的，拿好。

于野臉一紅。將衣服擲在地板上。

七年過去了。

這面目樸素的女人仍然沒有名份。

每年于野的生日禮物，都是她買的。如果是應景也就罷了，但偏偏每樣禮物都買到了于野的心坎裏。于野是個物欲淡漠的男孩，只喜歡極少數的東西。當十二歲那年，他看見書桌上多了一隻限量版的鹹蛋超人。這玩具曾令他朝思暮想，那感覺如同折磨。

他拒絕。女人捉過他的手，將禮物放在他手裏。

那是雙綿軟溫熱的手。

女孩說，以前，端午賽龍舟，要先唱「龍船歌」，你聽過麼？

于野搖搖頭。

女孩輕輕哼唱，于野聽不懂詞句，但覺出了旋律的沉厚。女孩唱一段，將歌詞念出來。「鑼鼓停聲，低頭唱也，請到天地初開盤古皇，手拿日月定陰陽，先有兩儀生四象，乾坤廣大列三綱……」

女孩說，這是首古曲，早就沒人唱了，是家傳的。我們家沒有男丁，祖父就教給了我。

于野靜靜地聽。這歌很長，女孩不知疲倦地唱下去。

他想起，女人也是愛唱歌的。最愛唱一首《茉莉花》。

好一朵美麗的茉莉花，好一朵美麗的茉莉花，芬芳撲鼻滿枝丫，又白又香人人誇……

那晚女人唱著這首歌。于野經過她的房間，門虛掩著。于野看見她的身體。女人在父親身上扭動，好像一隻白海豚。于野只見過一次白海豚，在屯門。光滑豐腴的白海豚，從海面上一躍而起，同時甩了一下尾巴，發出喑啞的叫聲。

他看見父親放下手中的紅酒，走過去，撫摸她，將她穿好的衣服剝落，如同蟬蛻。他看見她跨坐在父親身上，再一次地，如同白海豚一般呻吟，淺唱。父親發福的身體上，顛簸中的，是她滑膩的背與臀。父親是她的船，在慾望的海潮中，且停且進，漸行漸遠。突然，她禁不住嘶喊了一下，這

聲音令于野忍無可忍。他在膨脹中，掙扎着走了幾步，拉下了電源總閘。

黑暗中，于野欣慰地聽見，這對男女從欲望的潮頭，掉落下來了。

夜裏，于野夢見自己騎在一頭白海豚身上，白海豚平穩地游動，忽而在空中翻騰了一下，他也跟着牠旋轉，翻越，在茫茫然的海浪中穿梭，起落。然而，就在他們沿着最高大的浪峰攀登的時候，他感到背上一陣銳利的痛。他回過頭，看到父親手中的匕首，滴着血。他虛弱地在空中抓了一下，擊打了一下海面，慢慢地，慢慢地跌落在陰冷濕滑的海底。

于野猝然醒來，坐起，見自己籠在清亮的月光裏頭，無處藏身。他愣一愣神，羞慚地將底褲脫下來，扔到了床底下。當他放學回來的時候，看見那條底褲正與其他衣服一起，在陽台上濕漉漉地滴着水。女人放下手中的晾衣竿，回過頭，對他笑一笑。笑得很溫柔。

于野突然覺得喉頭發乾，他從包裹拿出一聽（罐）可樂。想一想，又拿出另一聽，遞給女孩。

女孩側過臉，看見可樂鋁罐。突然驚叫一聲，她掩住面，嘴裏說，拿開，拿開。紅……

女孩神經質地抖動，將頭放在膝蓋間。于野突然感到厭惡，但是，他還是將可樂放回包裹。

女孩說，我要走了。

于野並沒有抬頭。

月亮已經升到頭頂。一輪上弦月，發着陰陰的光。

于野看見海灘的東邊，是一排長長的建築。偶有一兩個窗子亮着燈。其中一個在他在看的時候，迅速地熄了。

這些混凝土的小樓原是民居，後來因為來島上的人多了，便被島民改建成了簡易的度假屋。只是看起來，生意並不景氣。

于野是不預備回家去了。躊躇了一下，向那邊走去。

經過了剛才落腳的瓦礫堆。于野突然停住。他揉一揉眼睛，看到，一堆碎石下面，無端地開出一枝艷異的白色花朵。在夜色裏招搖得不像話，于野看一看，更快走過去。

度假屋外面，有一個門房。看起來兼營着小賣部的營生。賣零食和飲料，租借燒烤工具。在醒目的地方，還擺着各式的保險套。于野掃了一眼，一個精瘦的男人走過來，說，要浮點的，還是水果味的？新貨。

于野說，我要住店。

男人拿出一本簿子，問，一個人，過夜嗎？

于野抬頭望一眼黑黢黢的天，說，嗯。

男人戴上眼睛，打量他一下，說，身份證。

于野將身份證掏出來，男人看一看，又向他背後掃一眼，說，沒別人吧。

于野並沒答他。男人自說自話，現在做生意不容易，小心駛得萬年船。去吧，三〇三。望左拐，第二個門洞。

于野上了樓，聽見木樓梯在腳下吱吱嘎嘎地響。

上到三樓，找到三〇三，看見似乎新漆過的一扇門，本

應該是亮藍的顏色，在日光燈底下有些發紫。

于野掏出鑰匙，打開門。一百來呎的房間，裏面還算整飭。牆上貼了淡綠的牆紙，星星點點地綴着草莓的圖案，經了年月，有些舊。靠牆砌了一個木枱，上面擺了個床墊。床單和被罩也是淡綠的，透着白，看得出洗了很多次。電視是有的。打開冷氣機，隆隆的聲響過後，房間卻也涼快下來。

靠陽台的地方，居然還擺了一個電飯煲。于野將鍋揭開來，裏面擺了整齊的一副碗筷，只是碗沿上殘了一塊。

于野將陽台的門打開，腥鹹的海風吹進來，味道有些不新鮮。聽得見海浪迭起的聲音。月亮已經不見了，眼前是界線模糊的一片黑。在靠近礁岩的地方，辨得出有一條弧形的影，那是被人遺落的龍舟。

這房間裏有個僅容得下一人的小浴室。沒有門，掛了一個粉色的半透明塑膠簾子。于野將簾子揭開，看見迎面的白瓷磚的牆上，赫然八個黑色大字：

禁止燒炭，違者必究。

濃墨重彩。

于野想起男人看他的眼神。明白了。這幾年，來離島燒炭成了香港年輕人流行的自殺方法。多半是為殉情。于野倏然感到這警告的滑稽，燒炭如果成功了，誰又去追究誰。

不知道這裏是不是案發現場，這樣想着，他笑了一下。將水龍打開，熱水不錯，有些發燙。

于野脫了衣服，沖洗。浴室裏擺了沐浴乳，于野擠了些在手上，是廉價的香橙味道。他皺皺眉頭，將水開得更大

了一些。簾子受了水的擊打，霧氣繚繞間，顏色陡然變得妖嬈，似是而非的桃色。

　　他關上水龍，熱氣散了。鏡子裏是張蒼白的臉，發着虛。

　　浴室裏有一條浴巾。于野沒有用。濕淋淋地出來，將衣服鋪在床單上，躺在上面，晾乾。天花上有些赤褐色和黃色的痕，大概是因為雨天陰濕，蜿蜒流轉。

　　這時候，于野聽見敲門的聲音。他沒有動彈，聲音更急促了一些。他猛然坐起，將浴室裏的浴巾扯過來，裹在腰間。打開門，看見精瘦的男人手裏舉着一條鑰匙，説，你落在門上了。後生仔，小心點。他接過鑰匙，關上門。

　　回過頭，卻看見一個人立在眼前。是那個女孩。

　　她還穿着晚上的白裙子，頭髮泛着潮氣，披掛在肩頭，在燈底下閃着光，彷彿幽黑的海藻。

　　于野的眼神硬了一下。他走近一步，將女孩攬在懷裏。當他使力的時候，女孩掙扎，浴巾落下來。

　　他用嘴捉她的唇，她偏開臉去。他箍緊了女孩的腰。女孩綿軟在他臂彎裏，像一匹纖弱輕薄的白色綢緞。這種感覺刺激了他。于野摸索着，要將裙子剝落下來。那裙子卻滑膩得捉不住。他一使勁，索性將它撕裂了。

　　這裙子裏，只有一具瓷白的身體。

　　這身體也是半透明的，頸項間，胸乳，肚臍，甚至私處

的都看得見隱隱的綠藍的血管，底下有清冷的液體流動。

于野感覺這身體深處的涼意，在侵蝕自己火熱的慾望。

他等不及了。他進入她，在同時間打了一個寒戰，像被冰冷的織物包裹住了。這虛空感讓于野在匆忙間沒着落地抖動，無法停止。

他想起那女人的身體，不是這樣的。

暑意褪去的十月夜晚。那身體走進他的房間。將他脅裹，他感到的只有熱，砥實的火一樣的熱。燃燒他，熔化他，將他由男孩鍛鍊成了男人。

那樣的熱他只經驗過一次。卻讓他着魔。

他跪在那人腳邊，哀求她。他要她給他，就像她給他鹹蛋超人。

女人撫摸自己的膨脹起的腹部，搖頭，然後輕輕捏他的臉，用激賞的口氣說，孩子，好樣的，一次就搞出了人命。比你老子強一百倍。

他說他不明白。

女人冷笑，你造出了你爸的另一個繼承人，他會搶去你的飯碗。

他回憶着那女人給他的熱。在詛咒中，又使了一下力，同時感受着身體冰冷下去。

女孩只是微笑地看着他。他猛醒，想抽身而退，卻動彈不得，更深地嵌入進去。倉皇間，他咬緊牙關扇了她一巴掌，他看見明艷的血從她嘴角流出來。這時候，有冰涼的液

體滴到他背上。他轉過頭，看見天花板上，赤色的裂痕間，正充盈着紅色的細流。汩汩地，在他頭頂積聚成碩大的艷紅的水滴。

第二天的清晨，天亮得很早。

陽光照進來，落在年輕男人赤裸的身體上。他已經沒有聲息，但是神情鬆弛，臉上還掛着笑意。

沙灘上很熱鬧，一些人七手八腳地拖動一條龍舟。龍舟神情喜樂，在海潮迭起的背景中，栩栩如生。而瓦礫堆旁邊，也聚攏了一些人。遙遙地有一輛警車，開動過來。

漸漸人頭攢動。原來，半年前失蹤的女孩，骨骸在瓦礫底下被發現，已經腐爛，難以辨別。

女孩白色綢緞衣服的碎片，卻十分完整，在陽光底下熠熠生輝。

正在蒐集物證的女法醫，突然驚叫。人們看見這面色羞紅的年輕女人，顫抖着對警司說，她在屍體裏發現了男子新鮮的體液。

聖彼得醫院裏，一個女人臨產。女人在凌晨時突然陣痛，被從家裏送過來。因為嬰兒體型巨大，只好進行剖腹產。手術室外，是憂心如焚的中年男人。他心神不寧地給夜不歸宿的兒子打電話。無人接聽。

一個鐘頭過去，傳來嘹亮的啼哭聲。所有的人鬆了一口氣。

初生的女嬰，在眾人的注視下，突然間停止了哭泣。她打了一個悠長的呵欠，倏然睜開了眼睛。成人的眼睛，眼鋒銳利，是一雙鳳目。

小說，葛亮《浣熊》（台北：印刻文學，2013 年）

南丫島
——緩衝繁華競速的離島

劉克襄

　　初次去南丫島，彷彿遠離了香港。甚至，遠離了亞洲。

　　那回一如所有遊客，從中環搭渡輪前往。出發前，我未預期，邂逅的竟是一座荒涼、乾旱，多丘陵和岩塊，充滿地中海風貌的島嶼。

　　那時而像希臘島嶼，又摻雜着南義大利風光的魅力，讓我幾乎忘了它的現實位置，卻也因它清楚座落於香港的南方海上，我不免有了另類的思考。

　　許多大都會都是靠着一二條通往海岸鄉野的鐵道，讓市民的集體焦慮有所發洩。比如，台北有一條淡水線捷運，通往淡水海岸。縱使非例假日，照樣吸引遊客前往。東京也有江之電鐵道，平時就載着都會男女和學生，通抵湘南海岸。這些通往海岸，作為城市人宣洩情緒的管道，中途也都有腹地。經過一段綠色鄉野，透過適時綿長的洗禮，摻雜列車的輕度搖晃，那種暫時遠離都會的愉悦，才會逐漸浮現。

　　香港周遭都是海，地鐵四方奔竄，因為容易抵達，無腹地緩衝，反而失去了這種情境。有時不免也憂疑，香港是否缺乏一條逃離城市的海岸幹線，讓港民少了透氣的環境。海，反而是圍籬。幸乎，香港雖沒有這樣鮮明的鐵道，卻因了南丫島（或者其他更不知名的諸多離島），出現了更大的緩衝。

　　很少都會像香港，熱鬧和繁華呈現多樣的塊狀，又因微

妙的歷史獨立於一區。地理上被海隔開，生活區塊也分割成蜂窩般的密室。它的光鮮亮麗，飽含着更大現實的虛幻、緊迫，以及不安全感。

作為第三大離島，南丫島在我的香港地圖裏，遠比它的實際範圍更加龐然。長期以來，它都在調節着這一塊狀都會的情緒。這城若是一座監獄，南丫島無疑是香港最重要的放風區，失落的一角。

當其他都會的市民仰仗着鐵道迎向海岸，靠着海洋的開闊和明亮，紓解上班的壓力鬱悶。港人卻搭乘渡輪，越過漫漫海水，回望自己的孤獨。南丫島在邊陲，優雅地散發着微光。它更是香港的提示，緩衝了香港的速度。

從台灣遠眺香港，最慨嘆的，就是少了一個像南丫島的大離島。可以半個小時就抵達，遠離最熱鬧的都會，又全然地跟現今的時空隔絕。

我初次去，從索罟灣上岸。抵達天后宮時，天空盤旋了好幾隻麻鷹，往更南的方向滑去。突然間，想起翻過此山，那頭便是擁有美麗沙灘的深灣和石排灣。這幾個香港最偏遠最被人遺忘的村落，許多人搬遷後不再回來，人丁稀疏得比天空的麻鷹還少。

一路只見零星的菜畦，少數的農民蹲在田埂裏，更多老人圍坐在士多旁邊的榕樹下。我們或一廂情願的以為，南丫島是香港人發洩情緒之地，其實它本身也隱浮着都會偏遠地區的多樣問題。都會人去那兒解決自己的情緒，卻忘了它也有本身的不安。除了這種鄉野小村的缺少維護，迅速沒落，它還有環保失衡、農耕凋零等麻煩，點出了我們素來不願意

面對的窘境。

　　還有，走在縱貫島嶼的家樂徑上，左右皆有大煞風景的人為地標。先是發電廠的三支巨大煙囪，蠻橫而唐突地矗立。可是再怎麼不喜歡，你還是必須接受它的存在。登高遙望，右邊則出現風車造型的風采發電站，雖說環保，那種科技的外貌仍跟小島的淳樸格格不入。

　　所幸沿途海岸風光明媚，礧硊山景和蔚藍大海在眼前纏綿，更在遠方交織。晨昏時散步，鄉村小徑鋪陳出香港街景無法展現的舒適。所謂的南丫島情結，其中之一便在此從容散步。

　　但山徑旁配有山火拍的設施，告知着此地相當乾燥，獲水不易。灌叢環境在香港分佈面積相當廣泛。崗松和山棯等群落，加上芒萁、鱗子莎等植物，無疑是火災的溫床。島民在此長年維生，唯有尋找避開東北風面南的山谷，在那兒尋找寬闊的腹地，傍水生活。

　　抵達洪聖爺灣泳灘時，友人禁不住海水誘惑，下海泅泳去。這是六七年前，友人隱居在島上經常前來的地方。但此地接近榕樹灣，地理位置非常便捷，縱使非例假日，現在都無法寧靜了。

　　有時為了避開人群，她會到更隱祕的蘆鬚城。先前在家樂徑漫遊時，遠眺海崖下一角，只見一淨白沙灘偎處山腳，一二洋人在水裏浮潛。我用望遠鏡眺望，欽羨中，看到如牆之漁網圍堵着。不禁好奇問道，「為何要圈出游泳的範圍？」

　　友人輕鬆回答，「那是防鯊網。」對友人來說，遊客顯然比鯊魚更煩人。

洪聖爺灣泳灘旁有一小小有機農園，友人在戲水時，我走進去觀賞。菜畦間，有些零星的蔬果栽種着。友人偶爾贊助性地購買，但價錢不菲。有機農耕在香港的遠景，她不太看好。

我興致高昂地走逛，發現栽植的蔬果物有限，菜色亦不佳。時節即將入冬，按理說，應該豐收啊？檢視其栽種的面積，還有耕作的環境。我研判，這只是自給自足的小型家園，仍處於實驗階段。在台灣或日本，不少有機農耕環境充滿企業經營的理想，也具備穩定量產的成熟度了。正因如此，我愈加珍惜此一有機農園的象徵意義，尤其是當南丫島的農業沒落，原住島民大量出走時。

沙灘旁，一棵老樹下，蹲坐着一位老婆婆，看守着一攤果物。仔細瞧，賣的是黃皮。味甘帶甜，橢圓狀的黃皮，頗有未馴化的野果滋味。這種香港在地的水果，猶盛產郊野。中環、灣仔等菜墟或士多也常可看到。它們彷彿古老的香港化身為水果，來跟我作伴。

我買了一串解饞，老婆婆很感激，不停地跟我聊天。只可惜，她講的是廣東話，我沒幾句聽懂。只見她比手畫腳，大抵知道黃皮是她自家種的。至於還說了什麼，就不知道了。

周遭沒其他遊客，我們一起遠眺着洪聖爺灣沙灘，直到友人上岸。跟一位陌生的老婆婆，如此安靜寂寞地並肩，竟有一份荒涼的親切。

黃昏時，走到榕樹灣。周遭山谷屬於背風區，出現了蓊鬱的樹林，林子旁一間農舍不顯眼地座落着，大蕉和薑花在

四周蔚然生長。彷彿台灣南部的某一寧靜鄉下，但更接近南洋的熱帶野村景致。怎麼感覺，都不是香港。

香港島的龍脊曾被《時代周刊》（亞洲版）選為亞洲地區最佳都會遠足徑。我一直不解，很懷疑寫作者有無來過南丫島，或者走進其他郊野公園。又或者，只以大山大海的壯闊作為標準。

慢慢接近幾間農舍，遠看時，還以為是黃泥磚屋，等接近細瞧，才確定是更接近近代的花崗石建材，不免泛起小小的失落。但能和早年的老房子碰頭，依舊充滿興奮，好像在台灣遇見老式三合院。

友人遇到了一位昔時鄰居，仍在半山租一小屋居住，繪畫為生。當許多南丫島住民遠離時，不少帶有嬉皮傾向和喜愛追求藝術生活的西方人，可能會選擇這樣異國情境之地旅居。尤其是榕樹灣附近，古老房舍、小雜貨店和商家的門面擺飾，充滿了中西交雜的異國風情。那氛圍又透露着某一悠閒的況味，保留了早期香港的模樣。

我更驚奇，島上只有小型消防車，沒有其他車輛。任何遊客一登岸，很自然地都像島民，走路速度變慢，溶入海灘的悠閒、小村的從容。輕鬆慵懶的生活步調，當然適合不少東西式餐館和酒吧的混合存在，多數遊客可能也是為此而來。

各個樣式餐廳的座落，遂帶來一角的小繁榮。比鄰的商店小舖，販售的貨物也算充裕。我的筆記本塗鴉着涼粉、豆腐花、雞蛋仔、魚蛋豬皮和鹹魚蝦乾等等，還有紅酒、起司之類的西方食物。它們多由香港島運輸過來，和本島少數

蔬菜搭配。如此林林總總的奇妙混雜，似乎很富足。我想像着，自己也在此旅居一段時日，面對這一愜意生活的小島，竟有着奇妙的快樂。

其實，我一登岸，印象最深刻的，應該是路旁設有沙坑等設施，提供給貓狗上廁所使用。這一設施提醒我，南丫島似乎是香港較適合寵物居住的地方。榕樹灣附近，很多配帶頸圈的貓狗，人前人後優雅地晃蕩着。許多商店收銀處擺置着小小的募款箱，上面標示着「南丫島愛護動物協會」。顯見此島住民尊重寵物，認同牠們生活權利的意識，遠比其他地方還高，相信人權亦然。

島上的「南島書蟲」又是一個美好註記，裏面擺設了一排書架，堆疊的西文書籍內容多為有機、生機和環保飲食。愛貓的老闆，大體要宣揚善待地球。更微小觀之，或許也是要我們珍惜、呵護南丫島吧。你可以隨手取閱，聆聽音樂，觀賞貓的優雅、慵懶，一邊享用餐廳提供的西式素食。簡單的輕食，提醒了我們在此的審慎旅遊。於是，香港又和南丫島切割了。

我也很難想像，黃昏時，竟不是在此食用瀨尿蝦和芝士龍蝦的海鮮大餐。但有一回如此，相信更能清楚感覺，香港第三大島的存在。從海水的靜緩起落，估量出它跟香港的微妙距離。

散文，劉克襄《四分之三的香港：行山・穿村・遇見風水林》
（香港：中華書局，2014 年）

離島戀曲

張婉雯

　　船泊岸的時候，風就會夾着海水的鹹味、海面的垃圾味、渡輪的汽油味，在岸邊翻起來，於是島上的人就知道有一批人要來，又有一批人要走了。英杰把單車停下來，看了看：外來的多是遊客，來這裏玩半天，當晚就走；碼頭兩旁小攤子的人已在招手了。英杰把腳一蹬，單車便又箭也似地，穿過這熱鬧的人群，向着通濟村的方向去了。

　　到了村口，四周靜悄無人，因為英杰沒有發現蔡婆正坐在屋外納涼。蔡婆搖着蒲扇，坐在屋外樹下的藤椅上。遠遠看去，準會以為她是睡着了。然而有時她又會突然睜開眼睛，看着前面的某些什麼。福福守在蔡婆旁邊。福福是一條黑色的老唐狗。英杰的單車駛過，牠只張開一隻眼睛，看着他走了，便又無精打采地閉上眼睡去。

　　蔡婆的孫女佩欣在樓上的露台晾衣裳，看見英杰騎着單車在樓下經過。她把剛洗好的手帕向着陽光一揚，英杰的單車便從手帕下溜過，然後遠去。

　　英杰放好單車，拿着藥包，悄悄地進屋了。撩起門簾一看，美好面朝着裏面，躺在床上。英杰走過去，把手放在美好的額上，還是有點燙手。美好覺得有人，就醒了，轉過身來，看見英杰還沒摘下帽子，身上只穿着一件背心，兩邊胳膊都曬紅了。英杰拿開手，說：「三契姨，藥買回來了。」美好在枕上點點頭，說：「不是叫你穿有袖的衣裳嗎？」英杰笑着說：「趕着去就忘了，我現在去煎藥。」美好咳了兩

聲，說：「洗洗面再去。」然而英杰已經轉身出去了。

美好又咳了兩聲，閉上眼，卻再也睡不着了。風扇在旁邊「胡胡」地低吟着；美好想起了久違了的蟬聲。她慢慢地坐起身來；窗外有些東西在閃動，是遠處榕樹的枝在微微地搖晃，好像一隻毛茸茸的大手，在河裏擺動。陽光穿過樹葉打在地上，像水點濺開來。遠處傳來一陣陣的狗吠；美好把頭擱在冰涼的窗框上，跟着陽光向外邊望去。

蔡婆忽然聽見福福吠了，就知道有陌生人來了。果然，兩個行山打扮的年輕人，背着背包，手裏拿着行山杖，正向這邊走來。福福先是耳朵轉了轉，見那兩人愈走愈近，便站起來走上前。年輕人登時站在原地；其中一個高的拿起行山杖，在空中揮動，福福便猛吠起來了。蔡婆「噓」了一聲，福福便走到蔡婆的身邊，只是不肯蹲下來。蔡婆招招手，示意高個子過來，高個子便一邊瞟着福福，一邊慢慢走近。蔡婆拿起平時用來當拐杖用的長傘，在高個子的行山杖敲了敲，瞪了他一眼。兩個年輕人對望了一眼，訕訕的，也就走了。

蔡婆把身子向後靠，藤椅便「咯吱咯吱」地叫起來了。這個夏天好像特別長。她看着那兩個人，往通濟小學那邊走去。看着看着，這次蔡婆真的睡着了。

通濟小學有一個不大像學校的名字；然而，這的確是一間小學——起碼曾經是。

起通濟小學的人，叫做陳仕安。這好像一個讀書人的名字，然而陳仕安是個不識字的漁民。陳仕安是本村人，後來不知怎地，在外面發了財，就回到島上修橋補路，還起了小

學。有人提議學校的名字就叫「仕安小學」，陳仕安說：「我不要拿錢買個虛名，我要實實際際的。」於是，陳仕安就把學校改名為「通濟小學」。

最光輝的時候，通濟小學有百多學生，一至六年級都齊了。由 ABCD，到甲乙丙丁，到一二三四，都是師範畢業的老師教的。更有好幾年，通濟小學六年級的英文，是地地道道的洋人教的呢。西洋人的名字叫彼得，本來是為了吃海鮮來的，豈料一踏上岸，他就被一個女孩子迷住了。這女孩子是裁縫的女兒；彼得為她住了下來，在通濟小學裏當上了英文老師——老一輩的還記得，婚宴上新郎哥彼得老把筷子掉到地上。過了好幾年，兩個人生了一個女孩。有一天，彼得說去釣魚，出了家門，就沒有再回來了。有人說，他掉進海裏去了，也有人說他可能跟別的女人跑了。也有人說他拋妻棄女回英國老家了。

裁縫的女兒拖着六歲的孩子，坐在碼頭的石墩上哭了大半年。終於有一天，蔡嬸，也就是現在蔡婆，在碼頭買魚的時候，不小心讓魚跳到裁縫的女兒身上了。裁縫的女兒哭着，冷不防被大魚嚇了一跳，馬上站起來。蔡嬸連連說了幾句「不好意思」，裁縫的女兒忽然不哭了，說：「你要賠罪的話，這尾魚請我和我女兒吃。」蔡嬸以為自己聽錯了，轉念一想：她也許是傷心過度，有點瘋傻。於是蔡嬸便點點頭。就這樣，裁縫的女兒一手抓着魚尾巴，一手拖着孩子，回家去了。那魚在她手上，還是鮮蹦亂跳地扭着呢。自這次之後，裁縫的女兒就不哭了。她把家裏的衣車找出來，在家闢了個小角落，替人家改衣服，後來又縫一些小手帕、小手

袋，賣到碼頭的小店裏，做遊客的生意，就這樣把孩子拉扯大了。

　　孩子長大了，成為恆昌雜貨的沈太太。沈太太原來有個美麗的名字：依蘭。依蘭姓荷頓，長了一雙啡色的眼睛。第一次見依蘭的人，總以為她是西洋人。小時候，母親帶她到市場買菜，賣叉燒的請她吃叉燒，賣花的送她一枝小黃菊，辦館的老闆送她一塊餅乾。於是依蘭一直以為自己有很多選擇。她坐在窗前，任由外面的男人在等待，慢慢地，拿出她外祖父遺下的針黹箱，慢慢地穿針，慢慢地畫紙樣，慢慢地刺繡……直到雜貨店的沈先生出現在她的家門前，而母親老了。依蘭需要一個願意照顧她母親的人。於是她把旗袍做好，在婚禮上穿上，大家看見繡在上面的那隻孔雀，像活生生附在依蘭身上似的，都嚇了一跳，圍起來看，幾乎把新娘本人忘了。那一晚開始，依蘭就變成沈太太，而她的母親在她結婚後兩年就亡故了。沈太太再沒有做衣裳。旗袍成為了那一夜的奇蹟，然後，如同依蘭這個名字，漸漸被人遺忘。

　　現在，沈太太坐在櫃面內，攔在她前面的是一個玻璃櫃；第一層放着男女裝手帕，第二層是底衫，有背心的，也有短袖的；女裝的領口上比男裝的多了一道幼細的花邊。第三層是的確涼襯衣、孖煙囪。手帕旁邊有一排排髮夾、啪鈕、指甲鉗等事物，日用的，零碎的，像沈太太的生活。然而她遠遠看見佩欣來了，便高高興興地從櫃台裏拿出五色線來預備着。佩欣一定喜歡這種新來的顏色。

　　佩欣來恆昌，卻不是為這些。恆昌的櫥窗內，放了那一襲最精緻最華麗的旗袍。淺粉紅的底，袖口與領口鑲上金

邊，鈕是逐顆逐顆打出來的繩結，裙身繡有一隻孔雀，雀頭在左邊的胸口，雀身一直向下繡，到了裙襬的位置，雀屏就打開了，滿滿的藍和綠佈滿了佩欣的眼睛。這麼多年了，雀屏的顏色未免有點褪，但手工還是看得出來的，那一針一線像怕跳出來似的，緊緊地抓着裙身。佩欣每次都借故買點什麼，然後站在櫥窗前端詳端詳；有一次，她在學系的縫紉室裏縫了一個窗簾，讓沈太太在太陽猛時掛上。佩欣在九龍的大學裏讀時裝設計。她已經決定了，畢業功課就是做一件類似的禮服。今天的太陽也極好。佩欣來了，還未走進店中，便先在外面把簾子掛下來。

對面的全叔看見了，也走到外面看看，然後在門前鋪好竹蓆，把大罐陳皮倒開來曬。全叔拿起其中一片，湊到鼻前嗅嗅，滿意地笑了。陳皮止咳順氣。余小姐這兩天要用呢，趕緊挑幾片好的。

余美好吃了感冒茶，晚上精神好些了。她覺得肚子有點餓，便坐在床沿上，在黑暗中摸着拖鞋。客廳只有微弱的燈光；美好出了房間，只有廁所燈開了，屋裏沒有人。飯桌上放了一個倒轉的筲箕，美好打開一看，湯碗裏有飯，很多蕃茄，菜心的花沒摘乾淨。美好微笑起來。

見窗外的榕樹下掛着一點燈光。美好把飯翻熱了，拿着走到屋外。英杰盤膝坐在樹下的石頭上，在燈光中抬起頭看着她笑。美好便坐在他的身邊，看見他手裏拿着兩片葉子，地下也堆了一堆，便問：「你在幹什麼？」英杰道：「編東西。」美好聞到一陣檸檬的香味，說：「這是屋後的香茅？」英杰點點頭：「沖茶喝喝不了這麼多，由它枯了太

可惜了，不如用來賺錢。」美好「吓」了一聲：「賺錢？」英杰把手裏的東西遞給美好，美好放下碗接過；那是一塊小小的墊子，用香茅葉打十字編成的，像手掌般大。美好問：「這是杯墊？」英杰笑着點點頭。美好又問：「編這麼多，你拿去賣嗎？」英杰又低頭編起來，說：「寄回紐西蘭，那邊有個同學，家裏開精品店。我同學說，一個可以賣五個紐元，他付郵費，另外利錢分四成給我呢。」美好吃了一驚：「五個紐元？那不是幾十塊港紙了？」英杰說：「我先編十來個試試。如果好賣，你就在這邊做起來，我在那邊聯絡，賣到不同的店去。」美好分不清他是認真還是說笑，只好低頭默默地扒飯。

飯吃了一半，美好忍不住放下筷子，說：「你真是長大了。」英杰雙手沒有停下來，說：「今年生日我二十三歲了。」美好嘆了口氣：「那時候你像個小冬菇似的站在我面前。」英杰想一想小冬菇的樣子，大笑着說：「你說的是二十年前了吧？」

英杰見她發呆，便問：「其實你有沒有想過小學關門之後的生活？」美好說：「有是有，不過想得不多。待下個月初，學校交回了，那時再說。」英杰先是不作聲，半晌又道：「不如到紐西蘭，你可以在我家的餐廳幫忙。」美好笑着說：「我多少年沒說英文了？到了那邊成了啞巴了。」英杰說：「我可以教你。」美好沒答。英杰嘆了口氣：「不過你在這裏教音樂，在餐館幫忙太浪費了。」美好笑着，拿起杯墊拍一拍英杰的頭。一陣檸檬的香味飄過；他的側面像黑夜裏一種奇異的白色花朵。

　　美好把飯碗放在一旁，拿起英杰的水壺，説：「以後蔡偉業搬到西環了，他説外面的遊戲機中心款式又多又新。」英杰忽然呵呵地笑着：「那肥仔告訴我，通濟的圖書館裏有一幅畫，到了晚上眼睛會轉來轉去。」美好幾乎把茶都噴在地上；她掏出手帕來抹嘴，説：「那是小學創辦人的畫像。這鬼古在我讀書時已經有了，準是他姐姐告訴他。」英杰剛又編好一個墊子，問：「他姐姐也是通濟小學的？」美好點點頭：「他姐姐是我頭幾年教書時的學生，現在也讀大學了，和你差不多年紀。」

　　英杰把墊子放下來，説：「不如到通濟小學走走，看看是不是真有鬼。」美好嚇了一跳：「現在？那兒一個人也沒有。」英杰説：「這才好玩呢，反正我回來兩個月了，還沒去看過。」

　　晚上的通濟小學，看起來比日間的時候反而新淨些。黃色的大閘，沒有鎖上，一推開便進去了。長方形的平房，六個門口整齊地對着操場，藍色的大門全都緊閉着。外牆淺藍色的油漆像枯樹的落葉，大塊大塊地掉下來，露出裏面白色的石灰。操場上豎起幾根鐵枝，上面掛一個尼龍繩結成的網，鐵枝下放幾塊大石頭壓着，就是小學生用的籃球架了。校舍後面是一棵大龍眼樹。美好抬起頭來，説：「我試過爬上去摘龍眼，學生在下面接着。」風吹來，吹動了樹，漆黑的天空好像忽然搖動起來。美好不禁用手揉一揉眼睛。英杰走過去，把樹幹搖了搖，説：「可惜天黑了，不然我現在就爬上去看看。」美好説：「現在還未到時候呢。」

　　他們繞到校舍的另一邊，卻發現其中一個窗有光。美好

停下來，拉着英杰說：「這裏不就是圖書館麼？」英杰也呆了呆，隨即躡手躡腳走到窗旁，卻被一連串「汪汪」的狗吠聲嚇得向後退步。佩欣把頭伸出窗外，看見美好和一個年輕人站在那兒發呆，便拍拍福福的頭：「福福別吠，你不認得蜜斯余麼？」

美好站在外面往內望，只見佩欣一個人，便問：「怎麼你一個人在這裏？這裏又黑又靜。」佩欣說：「我在這裏做功課。嫲嫲在家裏看電視。」她一邊說，一邊往英杰身上盯。英杰對她笑了笑，她便別過臉去。美好說：「我們進來看看。」

他們穿過校舍中間的走廊；兩邊的課室門沒關上，月光透過來，斑駁地落在課室內的桌椅上、地上。往前看，走廊的盡頭是校長室；那道門是通濟小學的房間中最高的，緊緊地閉着。美好緊跟在英杰後面快步走，英杰回過頭來，說：「三契姨，你快把我推在地上了。」

佩欣早把圖書館的門打開，站在門口等着。美好從英杰的身後轉出來，跳進燈光下，說：「你真大膽，一個人在這裏溫習。」她一面說着，一面只管四面看：這麼多年來，美好從來沒有在晚上來過通濟；這小小的圖書館，從她在這裏讀書、教書，三十年來好像沒有變過——三十年？美好又想一想：的確是三十年了。

美好走到書架前，拿起一本書，拍走封面的灰塵，是謝冰瑩的《女兵自傳》，白色的封面，上面畫有一枝蘭花。她把書放回書架，嘆了口氣。佩欣說：「剛才我把圖書館的地掃了一遍。」美好點點頭，看見英杰站在門口，那畫就在

英杰的頭上，不禁笑了。英杰抬起頭來，只見畫裏的男人穿着西裝，頭髮三七分界，架着一副金絲眼鏡，鏡片後的眼珠圓圓地睜着，好像不喜歡被人注視，又好像被看的人嚇着似的。

美好站在英杰旁邊，看着佩欣說：「對了，我們剛才談起你來了。」英杰說：「這位就是蔡偉業的姐姐？」美好給他介紹：「這是蔡佩欣。他是我契姐的兒子英杰，從紐西蘭回來探望我。你弟弟告訴他，說圖書館有鬼呢。」佩欣指着那畫笑起來：「這幅畫吧？是我告訴他的。」英杰向佩欣笑了笑，佩欣也就回說聲「哈囉」。

美好走到佩欣剛才坐着的位置旁邊，翻一翻桌面的書，裏面是穿着各種衣裳的人像。英杰把手插進袋中，在旁邊瞥了瞥，問：「你讀時裝設計？」佩欣點點頭。美好說：「佩欣從小到大成績都很好，她說要到外國留學呢，紐西蘭有沒有時裝設計學校？」英杰和佩欣都哈哈大笑起來。英杰說：「沒有人到紐西蘭讀時裝的，除非佩欣打算為擠牛奶工人設計制服。」美好瞪了他一眼，對佩欣說：「已經很晚了，多讀一會好回去了。」英杰又到處看了看，和美好走了。

回家的路上，佩欣想起上次見到英杰的時候。那一次，他戴着一頂鴨舌帽，坐在村口的樹下，不知怎的睡着了。之後又有一次，見到他在全叔的店裏走出來。有時又見他騎着單車經過。佩欣只知道他不是這裏的人。

我又是不是這裏的人呢？佩欣想。暑假過後，她便又回到宿舍了。爸媽住在西環，地方很小，況且她也不想與父母住。放假的時候，佩欣就回島上看蔡婆和弟弟。然而最後一

個暑假快結束了。我想到外面闖一闖。人生就這麼一次,好
歹也過一過留學生活,也許將來我會是另一個譚玉燕、張露
露,佩欣想。然後佩欣又想起蔡婆。福福在佩欣旁邊,輕快
地走在鋪滿月光的路上,像一個跳躍躍的孩子。可是福福老
了;牠已經十一歲,是個老人家了,像蔡婆一樣。佩欣不知
道福福聽見一些她聽不見的聲音。牠朝遠遠的左邊看去,什
麼也看不見,卻分明聽到兩個人在吵架。聲音遠着呢,而且
是熟人的,不妨事。福福只輕輕地嘀咕了一下,便守在佩欣
的旁邊回家去了。

　　終於,全叔也聽見沈先生和沈太太的吵架聲了。説清
楚一點,是沈太太在哭,沈先生在店內,背着沈太太坐;真
聽不下去時,便把椅子搬到外面,木無表情地望沒什麼人的
街。全叔隱隱約約地聽了兩天,大概是沈先生前一陣子跟朋
友返大陸旅遊,做了一些不該做的事。他也想不到平時針戳
也不作一聲的沈先生會這樣做。人不可以貌相啊,全叔想。

　　沈太太坐在櫃台後面,兩隻手肘抵在冰涼的玻璃上,手
帕掩着眼睛,可是眼淚還是不住往外流。她覺得整個自己都
掉進玻璃櫃裏去,甚至是碎成玻璃櫃的一部分了;路過的人
可以徹底地看透她,連她的心臟肺腑都看得見。她彷彿回到
六歲那年,看着母親坐在石墩上,拍着大腿,嚎啕大哭的樣
子。所有路過的人都朝她母女看。想起獨力養大自己、早已
過世的母親,沈太太哭得更淒涼了。

　　這一天,全叔忍不住了,泡了一杯花旗參過去,放在玻
璃櫃台上:「有事慢慢講,慢慢講。」

　　沈太太沒有答腔,依舊哭着。沈先生木然坐在門口。全

叔遞上一支煙，把沈先生請到自己的店裏。兩個男人沉默地吸着煙，誰也沒說什麼。

　　一個星期後，那個下雨的下午，沈太太突然出現在蔡婆的家。她手上拿着一個布包。蔡婆讓她到屋裏坐，沈太太便在客廳坐下，把布袋端端正正地放在大腿上。她在等佩欣回來。

　　佩欣卻在美好家裏。美好見她臉有點紅，便開了風扇，倒了一杯水給她。佩欣把她找來的外國設計學校資料都攤開了，美好看得眼花繚亂，便把英杰也叫來了，三個人圍着茶几坐着。風扇向兩邊搖着頭，不時輕輕翻起各種顏色的紙角。

　　美好其實不太懂。師範畢業已經十多年了；之後，一直在通濟教書，快連尖沙咀都不認得了。她覺得自己已經和時代脫節。佩欣告訴她：「紐約、巴黎、倫敦，這三個地方的學校是最好的，如果想便宜一點，東京的也可以。」美好一面聽，一面看着窗外的一棵蕃茄，在細雨中更翠綠了；上面結着青色的、細小的果子，不留心看是看不出來的。英杰就坐在窗前，托着頭，似乎是很留心地與佩欣商議着。他背着光，看不見他的表情。雨細得一點聲音都沒有。

　　「三契姨，你說是嗎？」英杰忽然說。美好這才回過魂來，發現他們的話已經飛到老遠去了。她只好打了兩個噴嚏，站起來說去泡茶。於是廳裏只剩下英杰和佩欣兩個了。英杰看着美好的背影，彷彿在自言自語：「中藥吃了好幾劑了，還不願看西醫。」佩欣「噗」一聲笑出來：「你這句話不要讓全叔聽見。」英杰苦笑着搖搖頭。佩欣把聲音壓低一

點點，説：「蜜斯余有時是很固執的。」英杰點點頭。佩欣又説：「我小時候曾經很討厭她。」英杰「哦」了一聲，佩欣沉默了一會，還是告訴了英杰：「我從小到大都沒音樂天分，上音樂課唱歌時只是對嘴型。有一次，她發現了，當時沒揭發我，下課把我叫到教員室，教訓了我一頓，其他老師也在看，美術老師也在看。美術老師一向覺得我是好學生呢。」英杰笑着説：「她只想到課室裏有其他同學，就沒想到教員室裏有其他老師。」佩欣也笑了：「後來長大了，就算了。她教書倒是很認真的，雖然教音樂，有時放學後也教我們別的功課。到了我弟弟時，幾乎所有科目都是她教了。」英杰嘆了口氣：「就是太認真了，腦筋不太轉彎。我代她向你道歉。」佩欣「哈」一聲説：「這可奇怪了，又不是你得罪我。」英杰站起來，轉身推開窗，兩手撐在窗台上，看着天空，雨已經下完了。

　　廚房裏傳來叮叮噹噹的杯盤聲；英杰向佩欣笑了一笑，便走過去了。佩欣獨自坐在木椅上，翻動手上的本子。這本子就是佩欣腦海中的天橋，模特兒穿起自己設計的服裝，冷眼看着腳下的群眾；鎂光燈照亮了天橋的路，高跟鞋上的腳步搖搖晃晃，彷彿隨時會從橋上掉到塵世來。

　　「畫得真美呀。」蜜斯余的聲音忽然在耳畔響起，把佩欣嚇了一跳。美好把本子接過，逐頁逐頁翻看。蜜斯余的腰板挺得很直，雙腳合攏着，就像站在黑板前的樣子。英杰在美好身後，把托盤放到几上，也把頭湊過來了。美好説：「佩欣一向很能畫，就是上課有時心散一點。」英杰向佩欣擠擠眼睛：「我知道通濟小學雖然結束了，這種調調是永遠不會

完的。」美好又瞪了他一眼，把本子還給佩欣。

佩欣回家的時候，沈太太已經等了兩個小時了。蔡婆把茶添了又添，兩個在看下午重播的電視劇。福福突然站起來搖尾巴，佩欣便進門了。沈太太依舊坐在那兒，看着佩欣微笑。佩欣有點詫異，説了聲「沈太太好」，蔡婆便説：「你跑到哪兒去呢？沈太太等了你好久了。」蔡婆有點耳聾；她不知道自己説話特別大聲。

佩欣還未回答，沈太太便説：「沒關係，是我自己來的，佩欣不知道。」蔡婆一拐一拐地過去把電視關了，屋子頓時靜得令人耳朵生痛。福福把後腿抬來，「蓬蓬蓬」在耳後的地方搔癢。沈太太説：「我有一件東西送給你。」説着就把布包交到佩欣手上。佩欣和祖母對望了一眼，打開布包，露出那隻金光燦爛的孔雀來。佩欣雖有點料到，但還是吃了一驚。蔡婆搶在前面説：「這太貴重了，不能收。」沈太太笑着説：「我要搬了，家裏沒地方放，況且我也沒機會穿，不如送給佩欣。」蔡婆整天坐在屋外，也約略知道沈家的事，便説：「沈太太，人誰沒過錯，幾十年夫妻了。」沈太太沒作聲。佩欣也勉強笑着説：「不如你再考慮一下。」沈太太嘆了口氣，説：「我不是搬到別的地方，是我媳婦快要生孩子了，我兒子叫我過去幫忙。恆昌也沒什麼生意，老頭子一個人看店夠了，他自己照顧自己吧，我不管他了。」説着，她把佩欣上上下下打量了一遍，又嘆了口氣。

沈太太走了之後，佩欣把旗袍拿回房間，攤開在床上。她撫摸着那些飽滿的針線。將來我的婚紗也要這樣的刺繡，佩欣想。她忍不住走到露台伸了一個懶腰；手帕晾了好幾

天，早乾了，迎着風，像一張快樂的旗幟，向着空曠的街飛舞。

英杰在全叔的店裏等着。他拿起一片形跡可疑的物體，問：「這是什麼？」半晌，全叔冷冷地答：「說了你也不明白。」英杰聽他口氣不善，便不作聲。又半晌，全叔才說：「這是當歸。余小姐已經大癒了，病好之後就要調理調理。」英杰又問：「當歸是女人吃的藥吧？」全叔瞥他一眼：「胡說，藥只分體質，哪裏分男女？這都是一知半解的人在胡說八道。」英杰又把旁邊一片陳皮拿起來，湊到鼻前，一陣熟悉的味道充滿他的記憶：「這個我吃過的。」全叔又冷笑起來：「廢話，中國人，哪一個沒吃過陳皮？」要不是藥還沒執好，英杰就要站起來走了。

全叔忽然放下天秤，說：「中醫與西醫不同啊，西醫是頭痛醫頭，同一個病就開同一種藥。中醫不同啊，你感冒了，和余小姐感冒了，就是兩回事了。你年紀輕，多是一時的風寒，發散了就好。余小姐大你幾年，教書又辛苦，我一把她的脈，就知她是氣虛體弱，懂麼？」雖然全叔的眼睛看着空氣，英杰也只好答「懂」。全叔又拿起秤子，說：「所以啊……你是余小姐的哪一位？」英杰想不到他突然這樣問，如實答道：「她和我媽媽是結拜姐妹，我媽媽以前也是在這裏住的。」全叔打量了英杰一下，問：「令壽堂是哪一位？」見英杰答不上來，又問：「我問你，你媽媽是誰。」英杰說：「我媽叫陳玉蘭。」全叔吃了一驚：「陳玉蘭的孩子這麼大了？她很早就搬出去了。」英杰說：「我們十年前移民，我媽現在在紐西蘭。」全叔從鼻孔裏「哼」了一聲，說：

「番書仔，怪不得什麼也不懂。」英杰想：要不是看你一把年紀，我早就跟你開火了。

全叔把藥包丟在櫃台上：「執好了，五十六個半。」英杰低頭數錢，數完抬起頭來，卻不見全叔的蹤影。他回頭看看，卻見全叔在店裏面的小房間裏，獨自坐在窗前。

英杰回來把藥煎上了，便坐下來幫美好摘豆芽。他問：「三契姨，藥材店的全叔也認識我媽？」美好把摘下來的豆芽根放在報紙上，說：「對呀，你媽那時常拖我到他那裏拿陳皮梅吃。他的兒子又是我的中學同學。」英杰「哦」了一聲，然後才說：「我覺得他很難相處。」美好聽了，知道英杰一定受過氣了，便微笑着說：「他以前不是這樣的。以前我們成群孩子到他那裏，他把山楂餅、嘉應子一把把抓給我們吃呢。」英杰說：「你和他很熟？」美好 想了想，說：「以前更熟一點，我和他的兒子讀高中時一起乘船上學，每天早上都到他家裏。」英杰聽了，便說：「你們拍拖？」美好哈哈大笑，重又抓起一把豆芽。英杰看着美好說：「我猜對了？」美好笑着說：「別只管瞎說，快動手。」

過了一會，英杰又說：「我一定猜對了。」美好說：「好囉嗦，陳年舊事，與你什麼相干。」英杰只管問：「後來呢？後來呢？」美好說：「後來便分開了。」英杰問：「為什麼？」美好把摘好的豆芽放在笝箕裏：「十來歲的感情，開始與分開都沒什麼理由。現在是理由太多，不想開始。」說着，她站起來，把豆芽拿進廚房，放在水龍頭下沖洗。

吃飯的時候，英杰又問：「全叔的兒子，現在怎樣了？」美好想不到英杰還要追問；她猶豫了一下，說：「五年前死

了，肝癌死的。」英杰沒想過會是這個答案，一時不敢作聲。美好說：「兒子死後，全叔也大病一場，之後性情就變了。」英杰看着美好的神情，說：「早知道不問，別說了。」

美好打起精神說：「佩欣剛才打電話來，問我們明天有沒有空。」英杰頭也沒抬：「幹什麼？」美好說：「她說蔡偉業想回通濟摘龍眼，問我們去不去。」說着，她拿手肘碰碰英杰。英杰抬起頭看着她，說：「這裏就只我和你，用不着打暗號。」美好見他把面都急紅了，不禁有點詫異，說：「開玩笑罷了，況且佩欣是個好女孩。」英杰低下頭，一味把飯往口裏撥，含糊地說：「我沒有說她不好，只是與我沒關係。是你剛才說的，有些事情沒有理由。」美好有點下不了台階。她放下飯碗，走進廚房，揭開藥吊子的蓋，一陣苦澀而潮濕的藥氣攻上來。該差不多好了，美好便把薄荷放進去。她打開旁邊的紙包，依然是葵花牌山楂餅，多得她吃不完，像以往一樣。

全叔坐在店裏，一邊為眼前的張姑娘把脈，一邊拿眼溜着滿店的街坊。這兩天陰晴不定，傷風的人就多了。二十年前，整條通濟下村就有好幾個中醫，然而大家只來看全叔。他說得出每個人的名字，還記得他們的生活習慣，幹哪一行：林師奶炒菜不下薑，寒。陳先生在外面當廚房，老站着，膝蓋容易痛。張伯吸煙吸得兇，多痰。

全叔對張姑娘說：「舌頭伸出來看看。」張姑娘依言做了。全叔看一看，閉上眼睛，問：「最近有大便嗎？」張姑娘說：「最近不大暢順，三四天才有一次，覺得急，又出不了來。這和傷風有關係嗎？」全叔猛地睜開眼睛，把張姑娘

嚇了一跳：「誰說你傷風？你這是中氣不足，所以常覺頭暈，四肢無力，大便也不夠氣，自然便秘了。你以為頭暈就是傷風麼？」

張姑娘不敢作聲，乖乖把藥拿回家去了。下一個是黃師奶的小孫子，才歲半。全叔拖着孩子的手，笑着說：「噯呀，先喚一聲來聽聽。」孩子卻別過面去了。黃師奶說：「這兩天不願吃飯，別的倒沒什麼。」全叔把孩子的嘴巴輕輕打開，說：「出牙了。」

大家都滿意地離開了。全叔看着人逐個逐個來，然後逐個逐個去，就這樣，太陽便下山了。他的兒子阿鏗早回來了，和一個女同學在店入面做功課。阿鏗老是把窗口的位置讓給女孩子坐。女孩梳着一條馬尾。早上，她和他的兒子一起上學。後來美好再沒來了，不過在村裏碰見，還是會跟他打招呼，喊一聲「全叔」。後來阿鏗就搬到外面住了；後來他也帶過好幾個女孩子回家，每次都把窗口位讓給人家；後來他進了醫院，後來就沒有後來了。

全叔拿眼溜着。現在陪着他的，是一瓶瓶白朮、蓮子、淮山、黨參⋯⋯他不服氣，但後來還是兼賣了洗頭水、沐浴露、洗衣粉。有時他會想，那一天自己突然死了，就讓街坊把店裏的東西分了吧。那幾十支洗頭水護髮素夠他們各人用幾個月。全叔走到門外坐着。恆昌今天沒開門，天色倒是很好。這裏是再也沒什麼新鮮事的了，不外乎是哪一個來，哪一個走。全叔又點起香煙，把恆昌的窗簾掛上，然後又把陳皮拿出來。

這個晚上，美好躺在床上，覺得有點涼，便坐起來把風

扇關了，重又躺下來；可是不久她覺得有點熱，便又坐起來開風扇。如此重複了好幾遍，她終於知道自己失眠了。

通濟村的夏夜有許多聲音。風吹過樹，偶爾有些什麼掉在地上，「噗」的一聲，可能是大塊的落葉、果子；蟋蟀的綠色的長腿使勁地磨擦着；蟬在震動牠的翅膀。

美好索性起床，走到廚房翻起冰箱來了。冰箱的光讓她瞇起了眼睛。裏面有幾棵白菜、幾個蕃茄、晚餐吃剩的半碗豆腐、一碗節瓜粉絲。正翻着，忽然後面有人説：「你在幹什麼？」美好回頭過去，見是英杰站在廚房門口，便説：「我以為是誰，嚇我一跳。」英杰説：「我才嚇一了跳，我是聽見聲音出來的。」美好「噗」一聲笑了：「睡不着，就肚餓了。」英杰笑着搖頭：「索性開兩罐啤酒吧，喝了睡覺去。」

兩人便把餸菜翻熱，坐在窗旁的小几前吃起來。英杰看看大鐘，説：「半夜兩點半爬起來吃飯，你常常都是這樣？」美好正忙着把豆腐裏的豆豉挑出來，沒有答腔，半晌才説：「間中吧，忘了你在這裏，把你吵醒了。」英杰看她一眼，只見她連頭髮也沒梳好。英杰説：「學校下個月就有人來收了。」美好點點頭。英杰開了啤酒：「所以你睡不着？」美好沒言語。英杰又問：「還有什麼工夫？」美好説：「沒什麼好辦了，要簽的文件校長走之前已簽好，傢俬、文具、書本，大家都點好記下了。同事留下來的東西我都分好了，能用的就捐掉，不能用的，看哪一天你幫忙拿到垃圾站去。」英杰笑問：「那幅畫呢？」美好也笑了：「你要麼？帶回去給你媽。」

凌晨兩點半，碗筷碰撞的聲音特別響亮。廳燈開了，一

隻飛蛾便撞到紗窗上，急速地拍動雙翼。英杰低頭呷了口啤酒，說：「你捨不得吧。」美好說：「那也沒辦法。」半晌，又說：「節瓜粉絲還是加個鹹蛋更好。」

英杰一小撮一小撮地吃着粉絲，慢慢地咀嚼。然後，他說：「三契姨，你變了。」美好沒有作聲，只是一小口一小口地吃着豆腐。英杰又說：「你以前不是一個容易放棄的人。」美好笑道：「你不明白。」英杰說：「我怎麼不明白呢？說來聽聽。」美好說：「世事不是你想怎樣就怎樣的，你將來就明白了。」英杰放下筷子：「你老把我當成小孩子。」美好也放下筷子：「你生什麼氣？」英杰說：「我哪有生氣了？」美好說：「沒生氣，那麼大聲幹什麼？」

她也聽到自己的聲音在耳邊嗡嗡作響了。英杰拿起啤酒罐，走到窗前，看着紗窗外的那隻飛蛾。他清楚地看到蛾的翅膀是透明的淺褐色；牠的美麗無法追得上塵世的光和熱，只能在外邊團團轉，直到自己筋疲力盡為止。

美好說：「對不起。」英杰沒有答腔。美好攔不下臉來，眼圈就紅了。英杰沒有朝她看，卻走到另一邊，把客廳的燈熄掉。漆黑中，他走到窗前，拍一拍紗窗，說：「走吧。」

風在窗外，穿過綿密的桑樹的葉。美好覺得那聲音像下雨，又像誰的手穿過樹蔭，穿過潮濕的空氣，細小的樹葉在指縫間翻動，向她伸過來。英杰依舊站在窗前，說：「我是認真的⋯⋯你跟我回紐西蘭吧。」他的聲音聽起來像夏天裏一片被遺忘的枯葉，扁平的、乾燥的、隨時會燃燒起來。美好並不覺得冷，但她還是抱着自己的臂膀。她看見自己裸露的雙臂，在黯淡的月光下無所遁形。她勉強笑了笑，說：

「你瘋了。」說這話時,她覺得自己也瘋了。

　　飛蛾得到釋放,果然飛走了。牠飛着飛着,飛到福福的頭上,福福把頭搖了搖,牠便飛到蔡偉業房間外的大樹上。牠安靜地伏在那裏,翅膀上的圓形花紋像一雙大眼睛,看着窗內的蔡偉業。蔡偉業正在做夢。他看見自己在通濟的課室裏和其他同學一起上課,老師卻變成了他的母親。蔡偉業蹲下來;他要在母親點到他的名字前逃走。他在同學的鞋子與桌椅的腳之間穿插,爬來爬去,就醒了。

　　蔡偉業張開眼睛,發現自己仍躺在家裏的床上。他想尿尿,可是又有點怕。他看出窗外,外面的樹變成一個肢爪張狂的黑影。蔡偉業閉上眼睛,又忍不住張開來看,好確定那其實是與白天一樣的樹。他拼命地盯着,發現樹背後的天空已開始透出藍色的光——天亮了。蔡偉業登時鬆了口氣,幾乎是馬上又睡着了。他沒想過再醒來的時候,他的祖母已經不在了。

　　天剛亮,福福就不停地在門外吠,終於把佩欣吵醒了。佩欣翻過身來,睜開眼,看看鬧鐘,才六點半,便又轉過身去。正要睡去的時候,她忽然想:嫲嫲應該起來了。福福依然拼命地吠。佩欣又張開眼,想了想,便爬起身來。

　　福福的吠聲幾乎把門也搖下來了。看見佩欣開門,牠「嗚嗚」叫了兩聲,轉頭便跑。佩欣跟着福福跑到樓上,撩開門簾,只見蔡婆還安靜地躺在床上。佩欣走過去,拍着蔡婆的手,見沒反應,又拍她的臉。

　　「阿嫲,阿嫲,」佩欣沒命地搖着蔡婆尚暖的身體,然而蔡婆已經不在了。

　　他們呼喊着。後來，太陽出來了。這依舊是一個晴朗的早上。

　　摘龍眼的約會一直到蔡婆的身後事完結之後才實現。喪禮上，大家知道蔡偉業要摘龍眼，便約了日子。那時龍眼也快過造，通濟小學也快要關門了。然而通濟卻是許久沒這麼熱鬧過。樹上的龍眼許多被鳥吃了；蔡偉業爬上去，英杰站在下面看着。沈太太和美好到花圃那邊，試着把那邊的繡球花拔出來，移植到村口的榕樹下。

　　之後沈先生也來了。他站在那兒好一會，吸了一支煙，把煙頭丟在地上，踩熄了。大家都在忙着。沈先生索性拿起掃帚，把操場的落葉掃起來。他將落葉放在一個鐵桶裏，把點着的火柴丟掉去，葉子便馬上「嚦嚦」地燒起來；灰白的煙從鐵桶裏湧出，撲向他的臉，嗆得他一陣咳嗽，掉下眼淚來。他希望自己化成一陣煙，一撮灰，消失了，便沒有人記得他做過些什麼。孫子已經滿月了，他還沒見過一眼；兒子打電話給他，他自己不願多講，匆匆便掛線。通濟村的人碰見他都裝作若無其事，讓他更難過。那一晚，全叔對他說：「要道歉呢，就趁大家身體還硬朗的時候。」沈先生知道這話是對的，但就是拿不出勇氣。

　　龍眼摘完了，英杰便找人去吃。經過圖書館，看見佩欣站在書架前，便倚在門口，只說了一聲「嗳」。佩欣也說了一聲「嗳」，一面仍是低頭揭着手上的書。英杰把龍眼放下來，走過去，看見又是《女兵自傳》，回頭看看無人，便把書從佩欣手上拿過來，合上了，塞在她手上。佩欣呆了一呆，便急忙把書放進手提包。兩個人對望着笑起來。

英杰說：「留學的事，怎麼樣了？」佩欣說：「申請了三間學校，一間在倫敦，一間在紐約，一間在東京。」英杰說：「你懂日文麼？」佩欣搖搖頭說：「到了那邊，逼著要講，自然就懂吧。」英杰點點頭。

他走到陳仕安的畫像前。白天看上去，畫中人好像一下子蒼老了許多，嘴角旁邊兩道法令紋清清楚楚。佩欣走到英杰旁邊，說：「學校收了，再也沒有鬼故事了。聽說你媽也是通濟小學的舊生，你拿回去讓她留念倒好。」英杰笑道：「三契姨也是這樣說。」

佩欣問：「那麼，你什麼時候回去？」英杰說：「八月尾。」佩欣又問：「一個人回去？兩個人回去？」英杰一時摸不透她話裏的意思，回過頭來，只見佩欣淡淡地笑著。靜默了半刻，他嘆了口氣說：「我也不知道。」

佩欣還是看著畫，說：「那麼，有一件事告訴你。」英杰也看著畫：「請說。」佩欣說：「如果紐西蘭有時裝設計學校的話，我可能會到紐西蘭的。」英杰雖然猜到佩欣的心意，心還是突突地跳起來，只好不作聲。

之後，全叔也來了，美好開了校長室的門，大家便到裏面的沙發上、地氈上坐下來。蔡偉業替福福抹抹腳板，也把牠帶進來了。沈太太從市區帶了西餅來，還有剛摘下來的龍眼，茶果、酸梅湯，大家分著吃。這是蔡偉業第一次到校長室。他看著那硬木造的深褐色辦公桌，背後一張高大的黑色皮椅。美好說：「要不要坐坐看？」蔡偉業便真的坐上去了，大家都笑起來。美好把自己的電話寫下來，交給蔡偉業：「到了新學校，有功課不明白的，打電話來吧。」沈太太把孫子

的照片帶來了，大家傳來看，沈先生也看了。沈太太又把才編了一半的嬰兒帽拿出來。佩欣接過來看，是簡單的平針，用三支棒針來編成一個圈，毛冷是黃白兩色的，捧在手裏好像一朵雞蛋花。

　　那天晚上，他們在學校操場裏搭了一個燒烤爐，又玩又吃地過了。到了晚上十點多，大家才各自散了。英杰抬起陳仕安的畫像，走在美好的後面。街燈照着地上，好像一片燦爛的月光。英杰覺得美好今個晚上出乎意料地愉快，便搭訕着説：「大家都好像沒什麼傷感。」美好説：「這一天總要來的。」英杰沉默了一會，説：「我月尾也回去了，下個月開學了。」美好並沒有回過頭來。英杰等着，比整個暑假更漫長。

　　終於美好開口説話了：「我有一個老朋友在中環開琴行，她叫我幫忙教琴，我答應了。」英杰看着美好的背影；她穿着一件淺藍色的棉背心，下身是一條藍色條子的半截裙，腳上一對涼鞋。她把雙手繞在背後。英杰記得，他十六歲那年的聖誕，美好到紐西蘭探望他一家，在一個花園的小徑上，她也是走在他前面；草的腥味瀰漫，就像這一刻。她和他的時間永遠屬於假日，像一個注定要醒的夢。英杰低頭看着自己的腳不由自主地向前行，問：「那麼，你留在這裏，還是搬到外面去？」美好説：「我留在這裏。我答應了佩欣，替她照顧福福。」

　　英杰早料到美好會這樣決定。他又説：「還有一年我便畢業了，我也得考慮留在紐西蘭，還是回來。」美好説：「英杰，這是你自己的前途，沒有人能為你決定。也許到時你會

有更好的……選擇。」

　　英杰沒有話可說了；他覺得自己在這時候，唯一能做的就是稍為任性一下。於是他抬起頭，看着天空，大大地嘆了口氣。美好聽見了，依舊在前面低頭走着；半晌，她忽然說：「我一直以為你還是個小孩子。我錯了，你已經長大了。」說着，她回過頭來，在黑暗中對他嫣然一笑。

　　那一刻，英杰覺得自己的身體內有些什麼蕩漾着，快要滿溢出來了。他努力地控制着自己，過了一會才說得出話來。他說：「可是我還記得小時候你教我唱過的一首歌。」美好問：「哪一首？」英杰便唱起來：

Perhaps love is like a resting place

A shelter from the storm

It exists to give you comfort

It is there to keep you warm

And in those times of trouble

When you are most alone

The memory of love will bring you home

他們便在回家的路上一同唱起來。

小說，張婉雯《微塵記》（香港：匯智出版，2017 年）

貓和隱匿者的洞穴
── 屯門龍珠島

韓麗珠

　　起初，我無法想到這裏被命名為「龍珠島」的原因。

　　龍珠使我想到許多年前一本並不吸引我的漫畫。後來我才知道，「琵琶洲」是這裏本來的名字。可以想像，要是從高空俯瞰，必然可以看見從黃金海岸橫越到岸的另一端的，筆直的路徑，通往一個橢圓形的小島，那形狀，就像一柄很久未被彈奏的琵琶，懸浮在海面。或許，這裏就像許多別的地方，因為種種忌諱或偏好，被消滅了原來的名字，換上一個意義含糊而不會引起強烈愛惡的指稱，只有磨平個性才不會互相刺痛──我不知道，住在這片土地上的人是否也遭遇着相似的命運而渾然不覺，當我逃遁到這島上時，曾經這樣想。

　　在蟠龍半島和黃金海岸之間，有一扇墨綠色的簡陋閘門，門前懸着一牌不起眼的塑膠板：「私家重地，閒人免進」。（剛剛來到這裏的時候，那還是一扇發鏽而沒有鎖上的鐵門，而管理員是個友善的人，從不阻撓外來者，直至後來，門上才安裝了密碼鎖）

　　我無法肯定，究竟是什麼原因，使我選擇了這裏，作為躲藏之處，很可能，因為在租金和地價日益高漲的情況下，人們只能隨着數字的上升或下跌而飄浮。也有可能，是通往島上那狹小的短堤，兩旁是起伏不定的海面，和浪濤拍岸的聲音。一邊是工整而高尚的住宅，而另一邊是遙遠而隱約的

山坡的線條，它們時常陷入了濃霧之中，似乎和天空接連成了一塊，有時候，低飛的白鷺就停靠在某塊岩石上歇息，在發呆的垂釣者的不遠處，不一會，鳥又拍着翅膀，沒入了天空和海之間某個看不見的角落。這個城市的海愈來愈瘦小，我總是擔憂它們終會完全消失，因此，每一次經過，我都忍不住靠着欄杆，看着海，嗅着帶腥的空氣，讓泊泊流動的水把新的東西帶來，或把舊的東西帶走。

除了居民，幾乎沒有外來者會到來島上，並不是因為「私家重地，閒人免進」的勸籲（雖然這個牌子確立了小島封閉的特質），而是島上根本沒有商店、公共設施、食肆，或任何可供娛樂或郊遊的場所，甚至沒有公共交通工具可以直達，除了計程車和私家車，往來島內和島外，唯一可以依賴的，就是自己的雙腿。（對於隱蔽者來說，這裏就是個完美的洞穴）

只有四至五層的低矮樓房、房子前花園裏的藤製鞦韆，爬在樓房外牆上的蔓藤、種類繁多的樹，以及各個巨大窗子內的吊燈和家具，是島上別具特色的景致。有時候，我在外面吃過晚餐回家，走過短堤，抬起頭，便會發現那片沒有高樓大廈遮蔽的天空，放肆地綻放滿天星星，一個半圓形的銀黃月亮詭異地懸在半空，似乎快要掉進水裏去，像馬格列特的畫。有時候，大型犬隻的吠叫會從某幢房子裏傳出來，但那叫聲不是憤怒或飢餓，而是苦悶，在那裏，所有狗都被拴着牽扯着在街上散步，要不就被困在屋裏，而貓卻在街上自由地蹓躂，或凝視遠方出神，並且全都有過胖的傾向，因為每天晚上出現的餵飼者，從不吝嗇給牠們足夠的伙食。其中

一隻全身披毛都成了一片片硬塊，懷疑患上嚴重皮膚病的黑貓，得到的待遇跟別的流浪貓並無二致，而據說早前經常出沒的另一隻三腳貓已被某戶人家收養。（對於隱蔽者來說，貓隻得到善待的地方，就可以成為安身之所）

我住在島的盡頭，那群最老舊的樓宇裏其中一個單位。一名計程車司機告訴我，四十年前，那樓群本來是鄰近賭場附設的酒店，供所有意猶未盡的客人，在緊湊的賭博和賭博之間，有一個休息的房間，也有另一種說法是，那裏曾經是一個軍人的宿舍，後來才改作住宅的用途，而無論哪一種說法，都向我闡明了這裏所有單位都沒有廚房的原因。

在最寒冷的一天，風在外面呼嘯，吹得整幢房子隆隆作響，夾雜着某種像極嬰兒哭喊的動物哀號，使我以為是鬼魅。後來在某個夜裏，我偶爾打開陽台的落地玻璃門，一隻毛茸茸的影子拖着長尾巴竄過，我定了定神，牠也在遠處回過頭來探視我，我才明白，原來在深夜裏呼叫的是前來借宿的貓咪。於是我再也不敢在晚上輕率地打開陽台的門，為了避免牠受到驚嚇，只會在玻璃前窺探，靜靜地期待貓的光臨。

或許，這裏的居民與貓能和諧共處，並不只是因為心性良善或喜歡動物，而是基於一種同樣身處城市邊緣而仍然存活的同病相憐，或對命運的感恩。畢竟，在小島被地產商收購而建起超級豪宅，或租金瘋狂上漲之前，屬於少數的人和貓仍能找到一個暫時容身的洞穴。

散文，韓麗珠《回家》（香港：香港文學館，2018 年）

貓和隱匿者的洞穴——屯門龍珠島

港九對渡，或是往來更遠處，碼頭與渡輪總是承載旅者此刻的足跡與思索。

渡

引言

　　維多利亞港區隔香港島與九龍半島，十九世紀末，已有渡輪接載民眾往返港九。一九七二年海底隧道通車、一九七九年地下鐵路啟用，在此之前，長達八十多年，渡輪是香港居民過海的唯一交通工具。蘇子夏編於一九三〇年代末的《香港地理》，描述當時「第一大市區」的「域多利城」（即港島北由堅尼地城至灣仔沿海一帶），就寫出了各式碼頭盤踞的情況：

> 　　自堅尼地城至中環，有碼頭絡繹，雪廠街底有天星碼頭，為香港九龍間輪渡往來最短之路線，每渡一次，需時僅約七分鐘。其西之統一碼頭又稱油蔴地碼頭，亦為往來港九各處輪渡之樞紐。省港澳汽船碼頭又在其西，上環與西營盤有往來中國沿海各港之碼頭若干處。[1]

　　渡輪經驗是香港人舊時的生活日常，中環、西環至灣仔，遍佈工業區和貨倉，幾家重要報章的總部亦在這兒。香港市民從九龍到港島工廠上班，文化人去報館交稿領酬，渡

1　蘇子夏：《香港地理》上冊（香港：商務印書館，1940），頁 32。

輪和碼頭在香港文學裏，有相當高的曝光度，它們不僅見證香港的社會發展，也是作家敏銳情思的觸媒。本單元選編的作品，不難看到其中深蘊時代特色的抒情。

一九三〇年代，粵港往來頻繁，渡海經驗同時包含着兩地的情感連結。適夷〈香港的憂鬱〉，視點在電車、巴士、渡輪、山頂不斷轉移，作者卻看不到這座城市跟內地艱難時期的共情，這使他頓感憂鬱寂寞，呼籲同感寂寞的人努力打破地域與人心的隔閡。

二戰後緊接國共內戰，出現了移民潮；東西方冷戰，香港受對華禁運令影響，反而促進了工業的發展。香港社會的生活節奏愈來愈急促，隨之而來的是生活壓力。黃凝霖寫於一九五〇年代初的〈渡海船〉，想像自己化身渡輪，自然憧憬成為推動社會進步的齒輪。但也斯和馬若兩首詩，就流露出都市機械化催生的另一些情緒。〈北角汽車渡海碼頭〉寫汽車魚貫上船，井然有序，但對城市發生之事情漠不關心。這何嘗不是以物喻人？「在柏油的街道找尋泥土」只是詩人的虛無遐想吧？〈失業，坐在黃石碼頭前看海〉的失業者在碼頭看海，時空像凝定，只有耳朵被水聲充滿，才證明時間仍在流動。黃石碼頭位處西貢，六七十年代西貢居民需要在這裏坐街渡（一種小型渡輪，提供短途客運服務）到大埔滘碼頭（已關閉），轉車才能到達市區。失業的詩人在這個偏僻碼頭呆望，自覺脫離了都市的呼吸脈搏，孤寂無比。

一九七六年，香港古物古蹟辦事處成立，處理法定古蹟和歷史建築評級。除了政府推動外，民間的文化保育意識在幾次富爭議的事件中快速提高，例如中環天星碼頭

（二〇〇六年）和皇后碼頭（二〇〇七年）的拆卸，社會各界就經濟發展和文化保育的利害關係有過激烈討論。碼頭運輸功能的存廢，並非討論的焦點，它以何種形態「存活」，如何讓文化記憶在生活紮根，是不少文學作品追問的問題。潘國靈〈天星碼頭〉以聲音追認前塵，鄭政恆〈在碼頭吹吹風的日子〉深信記憶和情感同樣拿不走，乃至於廖偉棠〈中環天星碼頭的歌謠〉的魔幻調侃，都可見一斑。

原來，渡海的不止是渡輪，還有泳者。維港渡海泳自一九〇六年起至二〇二二年，已舉辦超過七十屆，期間因為抗戰、水質污染、疫情等因素而停辦；而頗長時間裏，渡海泳的終點都在已拆卸的皇后碼頭，後來才遷至鰂魚涌、灣仔或尖沙咀。陳滅撰寫〈廢墟碼頭〉時，渡海泳已停辦了近三十年。他重新召喚引身入海的泳者，卻無法追覓廢墟的靈魂，海港成了出售的蒸餾水，城市化為沙漠，看似堅實的歷史原來如積木般一揮就倒。

百年回望，渡的意義跟香港都市發展、社會心理同一律度。通過文學的明鏡，看見或遠或近的泳者，便不感到孤獨。

在海船上

夫灃

自己因為有一點事情，預備着北上。天氣是這樣的熱，可是擺不去的旅程，是不讓人有所思議和遲緩的！於是在一兩日間，便把許多關於旅行的用品辦妥，朋友代我在旅館買了船票，送了我下船，把行李睡具佈置好在一個大艙子之後，於是我便開始我獨個兒的旅行生活了。

這次我是第一次遠行的，我對着這陌生的生活，感到興趣，感到異樣的興奮，但我心中也不免有點憂懼。

我曾經在書本上看過許多旅行雜記和讚美航海生活一類的記載，實在我亦曾經為這種動人的故事誘惑過，我好像試欲嘗一嘗這鮮味兒。不過，我是未有經驗的啊，我迷惘着。

我們的船，是從香港到上海。朋友説，晚上九時這船要起錨了，你不要遠遠地離開她。我很是驚心，我老在我的舖位躺着。

是下午六時吧，工人還在船上忙着，用機器把大包大包貨物從小艇吊下底艙來。後來搭客陸續地來了，我們的船艙不禁熱鬧起來。忽然，賣藥的，賣水果香蕉的，賣毛巾一類日用品的……種種式式人都組合起來，人聲鼎沸，恰如一個市場了。

這於我是一個難堪的忍受，殺豬般的機器運貨聲，汗氣與煤氣的異臭，一些討厭而粗惡的叫賣，使人連呼吸也將要窒息了。

可幸這種紛亂狀態維持不到許多時，船中鑼聲響着！

於是一般小販都鳥飛兔走了，船也蠕蠕的與萬家燈火底香港揖別。

我正想乘着這安靜的時間，將息日間疲倦了的精神。誰知船中做小買賣的夥計們，便繼續擺起他們的家當了，什麼雞蛋糖水，魚生雞粥的叫賣，洋洋盈耳，不絕如縷；而我們的顧客是這樣頻繁的，似乎許多天的晚餐都留在這一夜做總算帳：食之又食，徹夜不睡！這種熱鬧夜市的景象，於我的嘉惠，無疑地便是來個 —— 失眠了。

第二天早上船飄入了大海，風浪如山一般的拋擲着，我們許多昨夜飽食的搭客，於是開始在嘔吐了。小孩驚啼着，婦女呻吟着，四顧同艙的搭客，如死蛇一般蜷伏着，動也不動，既似兵燹後的災區，又似電影上描寫的世界末日，這是書本上給我航海奇景的誇耀，已失掉在九霄雲外了！只有一股股腐物發酵的臭味，乘着風浪的呼號攻襲過來。

到晚上，風浪也漸漸平息了。搭客一窩蜂似的都蠢動起來，於是喧嘩聲與索食聲大作。船上一些寧波籍的夥計，用着他們粗豪的聲音和污穢的手在叱指着搭客吃飯，隔我不遠的幾位煙容鵠面的搭客，也都津津有味地在開始他們吞雲吐霧的工作了。

在昏暗的艙角裏，沒有陽光，沒有愉悅，而是一些煩惱的歎息，一些淡淡的鄉愁？

在海船上，這是一些易於白髮的生涯吧！我味着那縷縷的煤煙與沉澱在這個如死海一般苦悶的水程上，我知道獨個兒的旅行是個如何寂寞味兒。

機聲軋軋晝夜不斷地響着，人老是昏沉沉的，一個好夢

兒也做不出來，也不是熟睡，也不是清醒，如此牛馬般度着可憐日子！但，也許不在我們大艙間「共存共榮」的「高等華人」，他們在船的高處，領略着山光水色，呼吸着新鮮空氣，吃着洋麵包，會做出兩首英文詩，或者淺笑地唱着他們的晚禱詩歌吧！

五日後，這由香港來的船，於一大早進了上海的黃浦江，船是那麼的緩緩地航着，於是我們這大艙間的一群，雖然煤屑給我塗上一個餓莩那麼的臉，但也歡欣雀躍，相對不禁啞然失笑了！

我獨個兒，便是如此第一周兒到達上海的。

散文，原載《紅豆》第 14 期，1935 年 7 月 15 日

香港的憂鬱

適夷

　　習慣了祖國血肉和炮火的艱難的旅途，偶然看一看香港，或者也不壞；然而一到注定了要留下來，想着必須和這班消磨着、霉爛着的人們生活在一起，人便會憂鬱起來。

　　滲雜在雜沓的人群中，看着電車和巴士在身邊疾駛而過；高坐在電車的樓座裏，看着那紛攘的街頭，這兒雖有一點近代文明都市的風味。但是抬起頭來。看見對座的一些領呔打扮筆挺的先生，捧着一張印刷惡劣的小報，恬然無恥的讀着淫穢的連載小說，心頭便感到荒涼。

　　從九龍夜歸的輪渡上，望着燈火璀璨的山島是美麗的：乘高纜車登上高巔，在南峰的秋風裏，瞻眺蒼茫雲天中星羅棋佈的島嶼，點點的漁舟好似風在青空，可是遠遠地卻聽見一聲聲試炮的聲音，就禁不住惆悵了。

　　骨牌的聲音掩滅了機關槍的怒鳴，鴉片的煙霧籠住了炮火，消耗者的安樂窩呀，也響起防空演習的警報。

　　如果對跳舞廳的腰肢和好萊塢的大腿並不深深地感得興味，香港便使人寂寞了。但是香港也並不都是梳光頭髮和塗紅嘴唇的男女，在深夜的騎樓下，寒風吹徹的破蓆中，正抖瑟着更多的兄弟呢？

　　跟許多荒涼的內地一樣，在炮火的震盪中，荒涼的都市也會滋長出生命來的呀，如果踏入了開拓者的腳跡。

　　朋友們，叫喊着寂寞，只會使人更加寂寞：讓我們和寂寞鬥爭吧，戰壕是到處可以挖掘的！首先，讓我們來挖掘

開，這把人和人相隔絕了的堅牆！

散文，原載香港《星島日報》，1938 年 11 月 17 日

渡海船

黃凝霖

　　我願意做一艘渡海船
不停地左右兩岸奔航。
　　把一批一批向左岸去的人，
送達他們的目的地；
　　把一批一批向右岸去的人，
送達他們的目的地。
　　我知道，當人們想到彼岸去的時候，
都企望着我底來臨，
　　但當他們抵達了目的地，
便馬上把我遺忘了。
　　遺忘我也罷，
其實令人追憶
　　是一回傷腦筋的事，
只要我能看見一批一批
　　達登彼岸的人們底歡欣，
也就心滿意足了。
　　我願意做一艘渡海船，
不停地左右兩岸奔航。

現代詩，原載香港《星島日報》，1953 年 5 月 28 日

北角汽車渡海碼頭

梁秉鈞

寒意深入我們的骨骼
整天在多塵的路上
推開奔馳的窗
只見城市的萬木無聲
一個下午做許多徒勞的差使
在柏油的街道找尋泥土

他的眼睛黑如煤屑
沉默在靜靜吐煙
對岸輪胎廠的火災
冒出漫天裊裊
眾人的煩躁化為黑雲

情感節省電力
我們歌唱的白日將一一熄去
親近海的肌膚
油污上有彩虹
高樓投影在上面
總是如此幌盪不定

沿碎玻璃的痕跡

走一段冷陽的路來到這裏

路牌指向鏽色的空油罐

只有煙和焦膠的氣味

看不看熊熊的火

偪窄的天橋的庇蔭下

來自各方的車子在這裏待渡

現代詩，原載《中國學生周報》第 116 期，1974 年 1 月 20 日

失業，坐在黃石碼頭前看海

馬若

我看着海。

灰灰濛濛的霧游移着
不定的
這裏那裏

如此難以捉摸的
這個接近夏季的早晨
竟感覺寒冷

我看着海。

很久了，是吧？
滿耳都是動盪的水聲了。

現在，有些船隻開始遠行
天也有了光
海
逐寸
逐寸
擴
張

一邊白
另一邊仍然灰暗

我看着海。

也許，沒有人會相信
天未破曉前
我已經走了一大段的路

但我為什麼要坐在黃石碼頭前
告訴你這些呢？

現代詩，原載《素葉文學》第 3 期，1981 年 11 月

天星碼頭

潘國靈

那麼多人來送別，那便不是一個人的事了。

腳架、攝錄機、照相機、手提電話濟濟一堂，咔嚓咔嚓，你很久沒得到那麼多的注視。人們不忘把自己也拍進鏡頭，今天還在，明天，就是歷史了。

仿古是滑稽的東西，清拆是悲哀的字眼。消滅香港的政府，把半世紀三位一體的元神打碎了。

三位一體：大會堂、皇后碼頭、天星碼頭。在這裏，真的可以看見天、看見星，海風柔柔，月圓的時候，高高的明月掛在天空，在城市已大幅變成屏風之時，這一片天空，格外珍貴。本來已可觀景，又何需觀景台。

有時乘一趟天星小輪，不過為了吹吹海風、吸吸海水的味道、聽聽摩托的聲音、看看船員把繩圈套進碼頭柱子的準繩。

或者，留得住記憶的只有聲音。銅鐘的聲音，伴着雪糕車的聲音。斗零的聲音太沉重，遙遠的蘇守忠敲木魚去了；或者，更多人記得的，是威廉荷頓與蘇絲黃的邂逅，然而也是老去了。

二〇〇六年十一月十一日後，機械鐘沒入歷史，成為
展覽品。抗議標語說：「我們不是要博物館銅鐘，我們要的
是活生生歷史。」忽然我明白，文化批評家阿當諾何以說
「Museum and Mausoleum」。博物館與陵墓，原來是同義詞。

散文，潘國靈《消失物誌》（香港：中華書局，2017 年）

在碼頭吹吹風的日子

鄭政恆

風很大的日子
我跟你到碼頭吹吹風
碼頭是我們的
鐘樓是我們的
官僚不是我們的
謊言不是我們的

風很大的日子
我跟你到碼頭吹吹風
聲音是我們的
行動是我們的
拆毀不是我們的
破壞不是我們的

風很大的日子
我跟你到碼頭吹吹風
空間是我們的
理性是我們的
憎恨不是我們的
利益不是我們的

風很大的日子
我跟你到碼頭吹吹風
海是我們的
愛是我們的
十二月風很大的日子
在碼頭吹吹風的日子
是我們的

現代詩，原載《字花》第 6 期，2007 年 2-3 月

中環天星碼頭歌謠

廖偉棠

「黑夜裏的謊言他們白天説，他們早上説
中午説在大氣電波裏説在金色帷幕背後咬耳朵説
他們説他們説。潔白的骨骼他們黑夜裏拆，
他們黃昏拆他們早上拆他們侮辱着晨光拆他們
在黑犬的保護下拆在海風的沉默下拆他們拆他們拆。」

我是四十九歲的碼頭我在嚴寒中搖着頭，
我搖着頭摸着肋間的傷口看着政府裏的孫子們擦着手，
我搖着頭一任尖叫的海鷗點數我的骨頭，
我端出了一盤血給這些孫子洗手，洗他們烏黑的手，
我敲打着大鐘的最後一個齒輪唱着四十九年前的歌謠：

「呵雨水淌過我的前額我看見對岸的火車站多麼遙遠
多麼遙遠，它終將消失不見終化成維港上空一縷煙；
呵雨水淌過我的胸膛我的心臟，我看見維港愈來愈瘦
愈來愈瘦，它終將消失不見終變成售價十元的一張明
信片，
這香港終將消失不見終變成一個無限期還款的樓盤。」

「雨水呵我的妹妹我的證人，現在請輕柔地拭去
我身上的瓦礫它們咯得我生痛，請輕柔地拭去這四十
九年

　　我身上的腳印、戀人們的身影、那些呢喃的夢話和鐘聲⋯⋯

　　請輕柔地安慰這些為我哭泣的年輕人，讓他們帶走我的每一塊鐵

　　　為了日後的鬥爭。」

現代詩，原載《明報》2006 年 12 月 17 日

廢墟碼頭

陳滅

是生活還是世界以恆久的耐性拍打
我們內心堅固而幽微的碼頭？
潮退時露出了歷史，是更深的傷痕
前進時潮漲，教我們又再退後
誰人撲通一聲引身入海？
誰到沉沒的船艙尋訪失散的靈魂？

海水凝結了時流，只湧動渡海泳者
來自那同樣湧動的年代，遠遠就能看見
鹽味的海風帶他們到終點那隱約的碼頭
把皇后的名字，逐一置換成自己的名字

從碼頭上岸的渡海泳者都濕透了
碼頭卻即將乾涸，海港蒸發了一部分
包裝成蒸餾水，可以批發可以零售

到最後海水還真的凝結了時流
經過商場到乾涸的碼頭上岸
只見一尊一尊渡海泳者銅像、自決者銅像以及
不由自主者銅像，墓碑一般的廣場
無水之岸只停泊一葉無水之舟
城市從自我認定的沙漠裏，乾枯為真的沙漠

沙粒會否在大海飄浮，在岸邊積聚？

小孩把沙粒又再堆砌成一座一座城堡

那理想，那以水和沙建造的烏托邦

什麼記憶，什麼集體組合的島

我們十年積累的生活，像參加比賽

頒獎台上一次又一次的倒數

像積木，像由下而上的歷史

那麼隨手一揮就推倒

現代詩，陳滅《市場，去死吧》（增訂版）（香港：石磬文化，2017 年）

隨着綿延的海岸線不斷變遷，這座城市的形貌也隨時改變，海灣與填海的虛浮，訴說着被覆蓋的昨日故事，以及新生的明天。

引言

　　「灣」一般有兩個意思，其一指的是水流彎曲的地方，如河灣（bend），其二指海岸彎曲可停泊船隻的地方，如海灣（bay，規模較大的海灣為 gulf）等。香港、九龍和新界共四百多公里曲折綿長的海岸線擁有為數眾多、規模不一的海灣（bay），這些天然海灣既是香港最早原居民蜑家人的棲身之所，也是後來商賈與軍事的必爭之地。自十九世紀中葉英國人登陸後開始推行填海造地政策，一百多年來香港全境的土地面積增加超過 78.2 平方公里，約等於一個香港島的大小，[1] 換句話說，有一個香港島面積的海洋消失在香港境內。不僅如此，陸地上的自然景觀和人文記憶亦隨着填海工程的進行而悄然覆蓋，最顯而易見的變化是，許多曾經為海灣的地方已成商業或住宅大廈林立之地，如銅鑼灣、筲箕灣、長沙灣、土瓜灣、荃灣、柴灣、小西灣等，現今雖存地名，而「灣」字卻已名存實亡了。

1　據香港特別行政區政府地政總署的官方資料，截至 2023 年 1 月止，香港島、九龍、新界和島嶼總共填海面積為 78.2 平方公里，而香港島的面積為 78.64 平方公里，自有填海工程以來，香港新增的土地面積之大，約等於一個香港島。詳細數據參考地政總署網站（https://www.landsd.gov.hk）「資料庫＞地圖資訊＞香港地理資料」（瀏覽日期：2023 年 8 月 15 日）。

　　於是「灣」在香港既是早期曲折的海灣，又是後來經人工「截彎取直」的海岸線及其鄰近陸地所形成的海岸地帶，其間的過渡更蘊含動態意義。儘管型態有異、形貌數變，但「灣」——海洋與陸地的交界地帶——一直是香港居民生活的重要場景，本單元所收錄的作品都是述說香港海岸變化或發生在海灣地帶的故事。

　　在未有海洋觀的古代，人類認為海岸是天然的地界屏障，是權力所及的終點，這就是海岸的「界限性」（boundedness）。陸地與海洋的交界，是一個天然的有形界線，就這層意義言，一方面鞏固自我意識、確保家園／國土領地範圍，卻也容易形成自我侷限的視野。然而，隨着對海洋的探索與知識日增，人類逐漸明白海岸的「連結性」（connections）價值，海、陸交界處也是一個充滿各種可能性的接觸地帶，是不同文化碰撞的區域。近代歷史給我們的啟示，無論是海權時代之後的殖民擴張或是經濟貿易，都仰賴海岸提供的連結性。

　　香港的傳奇性在於海洋，更在於其開放且多變的海岸地帶。諸多關於海盜和女神的傳說和想像都根植於此。十九世紀初張保仔等海盜集團橫行海上，成為中原王朝力有未逮的民間邊陲武裝力量，與清軍、日本、歐洲海上勢力鼎足而立，大小戰事、強人足跡遍佈港九離島等海岸，成王敗寇的故事流傳百年。歐人憑藉先進的航海技術，船堅炮利強行東來掠奪資源、打開貿易門戶，卻也帶來商機，許多華人菁英階層趁勢崛起，奠定城市發展基礎。殖民擴張與經濟發展乃一體兩面，可說是海岸連結性的尷尬曖昧之處。

　　香港也是在這樣的歷史背景中發展起來的，但海灣地帶對香港人的意義不僅是提供討論經貿發達或殖民文化歷史的媒介而已，更重要的，它是日常生活的空間。香港依山傍水，人們的生活與海洋息息相關，從早期的漁業捕撈到後來的商業貿易，都來自於天然環境的恩惠。漫長的海岸線坐擁許多良港、海灣與泳灘，乃「我城」人搵食、居住及休閒匯聚之處；人們在城裏作息，到處離海僅咫尺之遙，望海可成日常，移步海旁聽海親海亦非難事，於是騷人墨客或其筆下的小人物們在此上演一齣齣瑣碎卻情濃的港式傳奇，如侶倫〈前宵——殘絃小曲之三〉、陳冠中〈太陽膏的夢〉、余光中〈吐露港上〉和〈海緣〉、關夢南〈看海的日子〉、潘國靈〈石頭的隱喻〉、樊善標〈〔 　 〕〉、王証恒〈濕重的一天〉和黃勁輝《張保仔》諸作，有親情，有愛情，有人生百態，有愁思苦緒，亦有傳説演繹。

　　長久以來政府的填海政策牽動城市發展並急速改變城市面貌，隨着時間推移，海岸線的飄忽不定及海濱樓群的倏忽而起，空間與景觀的無常帶來生活的惆悵與感慨。女神天后（又稱媽祖）最早散居於香港各區海岸，隨着填海工程持續擴大，許多天后廟被迫從海旁退後至內陸，終於隱身於市街高樓之間，廟前遼闊的海景被石屎森林取代；文學上，葉靈鳳的〈海旁的變化〉、吳煦斌的〈銅鑼灣海旁大道〉、董啟章的〈城牆之城〉、陳志華的〈O城記〉和王良和的〈存在與不存在：華富邨石灘的記憶與想像〉等作品，或議論或抒情，書寫香港因填海而起的各種往事回憶及省思懷想，與女神天后同樣成為香港物換星移、滄海桑田的（不）在場見證者。作

為日常空間的海灣可說是這座城市居民情緒與思緒激盪的交界處，也是都市經濟發展和文化自然保育的碰撞點，其捲起的洶湧波濤更讓海灣成為創作文學的重要地帶。

前宵
——殘絃小曲之三

侶倫

夜，媚眼含着酒精的淚珠。

浴過了雨的山野，輕流着秋夜的氣息；草和花，和許多無名的枝葉，承受了天的惠澤，像失意了底痴心的情男，仰首下跪，等着最後的啟示；在預感着死刑底宣佈下，突然卻得到柔滑的舌尖捲來了甜膩的津液一般的歡欣。一切都在曼舞輕歌，招展搖曳。這幽美的感恩壇上，除了秋底噓氣的輕寒，傳播着和諧的音樂的旋律，還有像舞的顫動中洒出的醉人的香味。充滿着這山野的夜裏。説是天上嗎？沒有人保證。説是人間呢？卻近乎褻瀆了。説彷彿從撒哈拉的酷熱走到西北利亞樣的清寒，他的心是熄滅了青春底火燄的。讓一個少年來感覺罷，這簡直是解放於火爐邊的蒸熱，寄身於溫泉的湖沼。生的活躍燃燒着春情的靈魂，是少女，她眼睛要惺忪；是男的呢，會跨進了夢。

在這夜裏，兩雙鞋子輕刷着碎屑底沙。

心是默着的，口也是默着的，但不是沉迷於自然的舞蹈與懂歌，也不是探討鞋底與碎沙的交語。是咀嚼着周遭的和內在的，現實的和空靈的情調底總和所給與的悽哀的味。微微牽起一縷難斷的思絲，想着不知何日還能再得，這在青春生命中僅是一刹那的小夢；只有一宵，便要帶着我的青春到不安定的異鄉消磨去，這才醒覺起，沉重地壓在兩顆心上的，是死嚙住心靈深處的離愁！

走了呵，我們還有着媚眼含住酒精的淚珠一般的夜。

——多美麗的夜咧！

輕輕的在身旁飄過來的是這麼一句低語。咀嚼這讚嘆的韻末中，是潛藏着多少寂寞的難耐，多少言非所欲的悲哀！夜是美麗的，但是兩副喉頭所同樣蘊蓄着的，是夜的讚歎麼？

偷偷的從一雙含愁的眼睛裏探到了「你為什麼不説話呢？」的味，自己仍然是默默地。

……我望望天空，望望下面的港灣；找尋着滿足一個人兒底希望的話語。天空是離人之心樣的陰陰鬱結着，港灣是離人之前路樣的渺渺茫……

——好長的路喲，你覺得它像什麼？多麼善於體會的呢？她一步一步的為兩顆縛着惜別底柔絲的心解着離情。

——像什麼，你説？

——像古美人的腰帶。你説？

——像倦睡的女神伸出來等待着情郎的臂腕。

——真是詩人呵！

——…………

——這下面的港灣你又怎樣説，東方的 Napies 麼？詩人。

——看見嗎？那上面飄浮着的燈影和波光，是傾國的公主鋪下的天鵝絨的枱布，是綴飾着無數量的光芒閃爍底寶鑽的；安排了流霞明盞，準備從征的武士的餞筵。那一陣陣小輪的汽笛，不是催人提刀上馬的笳聲？

——真的做詩了！

如果那是詩，我不該做詩嗎？這周遭的和內在的一切，都充盈着淒涼的美；詩一般的夜。

——再做一篇咧。那些船，遠遠地的，可是睡着了的魚兒嗎？

——是的，當牠們一條醒了的時候，將要載着一顆顆孤獨的心向渺茫的前途飄去。牠又把孤獨的心音帶回來給一顆顆焦急的心。

久久的寂寞又梗在兩人之間了。我悄悄的問自己，還有沒有更愚笨的創作！沿住輕柔的腰邊搭住的手依然滿滿的輕柔；指頭卻抹過一滴泠泠的水分：是葉上跳下來的雨珠麼？我看見她捏住巾的手揩她低垂的眼。

敏銳的直覺使我明白了怎樣一個場面，神經麻木着了。我詛咒我的嘴為什麼無端做出那樣失敗的詩，可是它卻成功了換取一個同伴底珍貴的淚！啊，我的遠離對於一個人底應該充實的青春已經是一件罪過，為什麼還添上銳利的一箭呢？我們有着的是媚眼含着酒精的淚珠一般的夜！

一個人為同伴煉成底純青的火，又給粗心的同伴澆熄了。

無言地兩個頭都低着，舐着自己釀成的苦酒。要再裝作泰然自若的歡顏，是過分的企圖了。我重重的咬着嘴唇，輕輕的嘆息！……

雨絲挾住花香飄，樹葉碰擊的旋律的柔波，連環地，軟弱地在半空迴旋；彷彿伴人噫噫長嘆。這是諷刺的告訴：走了呵，儘任你怎樣的珍重這個良夜，別離終竟是逃不掉不會

再見個良夜的明朝！

離愁燃起了火，心像火山似的要爆裂開來，火燄的昇華成了一顆顆的液體，然而我不使它掉下，僅是一夜了，粗心的同伴已澆熄了純青的火，水晶的宮殿成了冰柱；矜持還有什麼用處？然而，惟其僅有一夜，才要勉強掙扎呵！讓眼淚留着去盪漾來日的箋上的心語罷；為什麼要用悲哀裝飾這個良宵？為什麼不可以有一個美一點的印象的良宵？

一顆顆的液體終於從眼眶掉下，魔鬼展着勝利的笑了。人呢？重重的咬着嘴唇，輕輕的嘆息！

閃爍的寶鑽仍然在天鵝絨的枱布上吐着光芒；催人上馬的笳聲仍是那樣淒厲。遙望一條一條睡去了的魚，帶着更重的離愁的兩雙鞋子，仍是慢慢的前走。走呀，走盡這條長路走到夜梢，銜接住的就是可詛咒的征途了。想起了明朝，靈魂就戰慄；步伐便漸漸的慢下來，像爬行的蝸牛。蝸牛走過留下一道白痕，我們呢？我想説……

我望着天空，我望着港灣，找尋着可以解慰一個人兒的詩料。天空是離人的心樣的陰陰鬱結着，港灣是離人之前路樣的渺渺茫……

仍是默默地前走。叢林在面前展開，叢林又在周圍擁抱。兩雙鞋子止住了。雨後的殘月光，從疏葉處漏了下來，寫着模糊的疎影；我發見我眼前的是個白衣天使的塑像。慢慢的伸出兩條聖潔的臂腕，苦笑地。我耳邊彷彿迴旋着警惕的低語：走了呵！……

躊躇是多餘的事，一雙手也自然地的伸了起來，領受這應得的賞賜，我要痛飲這別的前夜從聖潔的天使手上賜與的

寶盃，在這杯中。

宇宙在心靈消滅，兩個靈魂合抱了。

走了呵，我們還有着媚眼含住酒精的淚珠一般的夜！

散文，原載《紅豆》第 4 期，1934 年 3 月 14 日

海旁的變化

葉靈鳳

平時，香港人提到干諾道[1]，總喜歡再加上兩個字，不說「海旁干諾道」，就一定要說「干諾道海旁」，因為這條道路是面臨海旁的，所以如此表示。

不過，由於填海工程這種情形，眼看就要發生變化了。尤其是自美梨道以西，一直到統一碼頭的這一段干諾道，早已不是海旁了。大會堂、皇后碼頭、尖沙咀碼頭、郵局碼頭，以至新的統一碼頭，都已經是建立在干諾道以外的從海中新填出來的土地上的。海旁的填海工程仍在繼續進行，眼看再過一兩年，干諾道就要像現在的德輔道一樣，不再是海旁了。

而在七八十年前，當時的德輔道，也像現在的干諾道一樣，是稱為「海旁」的，後來由於填海，在德輔道之外築成了一條新路。這就是干諾道。從此德輔道就成為從海旁數過來的第二條馬路，將「第一」讓給干諾道了。

現在眼看干諾道又將讓位，因為當統一碼頭以西的填海工程繼續完成後，又有一條新的海旁馬路出現了。

香港不過百多年的歷史，但是海旁的面貌變化很大，因為這一帶一直不斷的在填海拓地。不到二十年前，香港人還可以在今日大會堂停車場的地方釣魚。

1　干諾道，一八八九年第三次擴展海岸，建成這第三馬路。

　　有一次有一輛停在這裏的汽車，忽然自動的滑下海去，淹死了坐在車中的一個妙齡女子。這事再過十多年，就要被許多人忘記，說起來也沒人肯相信了。

　　事實上，不僅干諾道是填出來的，就是今日的德輔道也是填出來的。

　　在香港島成為英國殖民地之初，在今日中環一帶，開山築路，築成的第一條馬路，就是今日的皇后大道[2]。馬路以外，就是海灘和碼頭了。後來進行第一次的填海工程，這才築成了德輔道[3]。

　　皇后道築成之始，完全是瀕海的，不過那時的海旁未經開闢整理，沒有碼頭的地方就是成堆的崖石和沙灘，彷彿今日的淺水灣或是石澳那樣。

　　在今日畢打街口，即亞細亞行面前，就有一座碼頭，稱為畢打碼頭。在雪廠街口，也有一座碼頭，這是專門起卸雪塊用的。

　　這些天然的大雪塊，全是不遠萬里之遙，從美國運來的，運到香港，在這裏的碼頭上岸，存入附近的「雪廠」備用。這座雪廠，就是今日牛奶大公司的前身，所以牛奶公司，又稱「牛奶冰廠」，因為「冰」本來就是「雪」，而雪廠街之名，也就由此而來。當年在皇后道雪廠街口以外，就是大海了。

2　皇后大道，於一八四二年築成。

3　德輔道，一八五九年開始填海，一八六二年完成。

當年香港海旁的情況，不僅今日中環的皇后道是瀕海的，就是大道東那一帶也是面臨海濱的。建築物後面，至今仍有許多大岩石，附近還有一座望海觀音廟，都是當年這裏是瀕海的證據。後來這裏也填海了，這才出現了莊士頓道。

有許多年，灣仔一帶的莊士頓道，就像今日的高士打道一樣，是瀕海的，後來這裏陸續填海，就出現了軒尼詩道、洛克道、高士打道。

現在，高士打道的外面也在填海，不久就要像中區的干諾道一樣，也將不成其為瀕海了。

香港對於「與海爭地」的填海工程，一向進行得很積極。香港政府每次在實施一項填海工程之前，照例要事先頒佈通告，說將在某某地段之間進行填海工程，有關人士若是有意見或是表示反對的，可在一定時間向當局投訴。

這類通告，一般人都視為「官樣文章」，不加注意，不知此舉是非常重要的，因為在香港舉行第一次填海工程時，就因為事前不曾徵求沿海一帶有業權的業主同意，結果鬧出了一場大風波。

這也是早年香港的一段掌故。由於它幾乎是與中國居民無關的，因此知道的就不大多。

這還是香港開埠初期的事情。當時曾將中區沿海的地段，分成若干單位，公開招投，由那些外國商行投得。由於還是草創時期，海旁一帶不要說沒有上落碼頭，就是堤岸也沒有，全是亂石和海灘，因此土地開投時，都附有附帶條件，即每一單位的瀕海地段，投得之後，業主除在地段內建築貨倉房屋之外，還有權在自己的門前修築石壆堤岸，並且

可以建築碼頭伸至海中，以便自己商行起卸貨物。

　　因此當時海旁的各大外國商行，都有自己的私家起貨和卸貨的碼頭。

　　這是香港開埠初年的情形，有一年秋季忽然颳了一次大風，將海旁岸上的寮屋葵棚，以及海旁的石壆堤岸和那些私家碼頭，全吹毀了。

　　當時當局為了一勞永逸計，就進行建築永久性的堤岸，並且趁機將沿海的海灘淺地和亂石加以整理，進行了最初的填海工程。

　　當時政府大約認為這是市政建設工程，一時疏忽，忘了這些瀕海地段批給那些大商行時，附有附帶條件。他們都是有權在海中建築私家碼頭的。這樣一來，填海工程自然侵犯了這些碼頭的地段，因此那些大商行都指摘政府侵犯了他們的權益。

　　為了初期的填海工程，當時香港的那些大商行，也就是海旁地段的業權所有人，曾經同政府爭執了很久，認為他們當初向政府批地時，是附帶有出海卸貨碼頭的，現在在他們門前填了海，取消了他們的私家碼頭，而且將來在對面建築房屋，使他們的商行地位不再是在「海旁」，都與當時的批約不合，認為政府侵犯了他們的權利。

　　這場爭執繼續了很久。當時那些商行的勢力很大，最後還是政府讓步了事。當局受了這次教訓，連忙修改法例，因此以後每逢填海，總是事先張貼佈告，聲明凡是有異議者應在限期內提出反對，否則事後即不能表示反對云云，就是鑑於當年的那一場官商的填海風波而來。

自銅鑼灣到今日英皇道一帶的海旁，近二三十年的變化也很大。老居民都記得，從銅鑼灣到英皇道，電車本是沿了海旁行駛的。今日的維多利亞公園，本是避風塘，居民站在電車站附近，就可以向艇家買海鮮。

在七姊妹[4]一帶，不僅電車沿了海旁行駛，這裏更是全港游泳棚的集中地，彷彿今日的亞公岩、南灣、中灣一樣。人們下了電車，就可以跨上海邊的竹橋，走入游水棚。南華、中華、華人等等遊樂會的游水棚，規模都很大，櫛比而立，一到夏天，就使得當時很荒涼的七姊妹熱鬧非常。

這種盛況，直到日軍進攻香港才起變化。九龍的日本炮兵，集中向這一帶攻擊，先燒了海旁的火油倉，然後再擊毀了那許多游水棚，最後並且從這裏登陸，向西進攻，於是香港便落在日軍手上。

戰後，七姊妹海旁一帶，還殘留着不少游水棚的石屎躉，直到政府積極在這裏進行開山填海工程，這裏的海旁舊面目才完全被抹去了。

老香港俗稱皇后道為「大馬路」，這是因為它不僅是香港建築最早的一條馬路，同時也是從海旁數過來的第一條馬路。

在當局還不曾與海爭地，用填海方法來發展海旁以前，曾經先向山上發展，自中環向東着手開闢了第二條橫貫東西的大路，這就是今日半山的那條堅尼地道。

4　七姊妹，原是一條土著村落，位於現在的七姊妹道一帶。香港開埠後，逐漸改建為市區，原有村落不復存在。

　　在老香港的口中，他們不稱這條路為「堅尼地道」，總是喜歡叫它為「二馬路」。因為當時除了大馬路（即是那條皇后道），它是島上的第二條築成的馬路，所以人們都稱它為二馬路。

　　後來當局改變計劃，向海發展，填海築成了今日的德輔道等等，「大馬路」成為鬧市中區，不再瀕海了。

散文，葉靈鳳《香島滄桑錄》（香港：中華書局，1989 年）

銅鑼灣海旁大道

吳煦斌

走在寬闊的道旁

一個騎單車的女孩回頭看我

一面吃一隻桃

夏天的道路總是敏捷的

從前這裏有一個海

窗玻璃上有逃竄的水光

浪斑白了頭

風來氣味就來了

我們站在水的石階上

看天升起來

霧升起來

飄散

對岸的城市亮起纍纍的燈火

黯淡的星宿哩

旋又熄滅了

寂靜裏有海的履聲

海的遠方是風車和茶

樹梨和葡萄

現在它的肚子都漲滿石頭沉下

交叉的天橋攀過

沉落臂膀穿過它的胸腹

這上面有樹哩

這堅固的海洋

扶枴杖的樹在鐵欄裏開着白毛的花

對開的大廈裏一個婦人從露台上伸出頭

拍掉地氈上的塵埃

敞開的窗子在風裏捲着簾子的舌頭

逝去的事物仍在抖動

這一面是雨繡的鐵絲網

一個小孩拖着長耳狗走過來

在網上揩手又去了

不遠的網眼裏有一朵紅色的花朵

哪裏來呢

十二月的太陽花吧

竟開在夏天裏

它在這錯誤的季節裏做什麼？

現代詩，原載《中國學生周報》第 1127 期，1974 年 7 月 5 日

太陽膏的夢

陳冠中

他們都去了沙灘

淺水灣就像一個世俗化了的已婚婦人，失去了一份貴婦的尊嚴及氣派，換來了更多的容忍及爽朗。現在的淺水灣是最民主的地方，管你是闊少奶奶還是放長假的女工，管你是坐平治還是六號Ａ巴士而來，同樣的海水以同樣的溫度擁抱你。人人皆平等，不過如果你肯用功保持等邊三角形的身段及古銅的膚色，就比較佔優勢。

一個沙灘就只是一個沙灘。

以前依達小説裏，淺水灣的晚風及背景裏的古堡可以使階級懸殊的少男少女一見鍾情。張愛玲的《傾城之戀》裏，一對成年男女也要在灣畔椰林間傾談才發現對方的性感本質。記得小學的社會課本，有一課「淺──水──灣」嗎？淺水灣，這個與我們一起長大的名字，現在已不是以情調吸引我們，而是以更實惠的、更多樣化的平民玩意拉攏我們。你除了可以在沙灘漫步外（如果不介意周圍喧鬧的人群的話），還可以BBQ、曬太陽、吃漢堡包、賭牌、聽收音機、拜神。你還可以游水。淺水灣的傳奇性漸漸褪色，它已經愈來愈真實；每年有二百五十萬人踐踏的地方，總談不上神秘吧。淺水灣酒店──在一個以五時花六時變為特色的城市，已算是奇蹟──以前出賣的是它底艷光逼人的糜爛，現在則是出賣沒落王孫的靡爛。那醜陋的天后壇巍立在灣的一角，更提醒我們貴族的無能及平民的愚蠢。這一切，我都

表示歡迎。淺水灣現在是一個實實在在的海灘,有着各式各樣的消費設備,群眾的湧至,更不斷證實它的路線正確。淺水灣是我們夏日現實生活的一部分,而我們只希望開開心心玩幾個鐘頭。

一個沙灘就只是一個沙灘。

我以去沙灘為藉口,終日無所事事。有什麼比游泳更健康?每年香港去沙灘的人次達二千萬,總不能説是怪癖吧。

香港對我的鞭笞

九個月前,波士頓等待着寒流的宰割,我駕着車子去邁亞米。一出了麻省幹線,我就知道自己做對了:近幾年來,在高速公路上飛馳,差不多已是唯一可以引起我興趣的事情;一有機會,我便駕車出走,離開城市。我的車子,已是我生命中最親密的一部分;我了解我的七三年紅色火鳥,就如我了解自己的身體。我想,我一生再無其他願望了,把車子駛上高速公路是我最高的滿足。讓我永遠不離開車子吧!為揸車而揸車,沒有真正的目的地。再見,成功人士的世界。

但回到香港後,駕車給我的樂趣突然失去。偶然,我駕着家裏的平治 450SL,心想,天殺的,這不是我心目中的揸車。我希望的是單獨一個人、默默無聲、不惹人注目。我揸車是為了表現自己的無能,不是為了表現自己的社會地位、高尚口味、男子氣概。同時,最重要的是,我知道在香港,我不能夠整天揸車。我戒了汽車。

我開始去沙灘。我發覺由機器回歸自然並不困難,保持

無所事事就很困難。我是蓄意逃避工作的。我是甘心去符合社會的定見：我願意做「樹大有枯枝」的枯枝。我願意扮演敗家仔、二世祖這些無傷大雅的社會歹角。如果你生長在一個事事成功的家族，有兩個成功的兄長及三個同樣成功的姊姊，你大概可以有權不學他們。不過我還未能全面地與他們所代表的東西背道而馳。暫時，我只能證明我不及家族其他成員能幹、頭腦不如他們敏銳、態度不似他們踏實。更不用說，我的幹勁分是負數。暫時，我只能證明我的不同。

家族其他人開始覺得我有點古怪，有些更自作聰明，開始說：家聰是知識分子。去你的知識分子！我不明白為什麼一個唸了幾年書然後決定不好好做事就會被人稱為知識分子，把知識分子也說成為職業的一種。我只是想成為一個愚蠢、無能、庸碌的正常人，沒有深謀遠慮，現在就是快樂。我不急於由 A 趕到去 B，我停滯不前以便好好欣賞路上的風光。我現在只希望沒有人會妨礙我伏在沙灘上，不做任何事。

崇拜太陽的部落

正如車輛不能完全取代步行，輪渡的方便未能使我們忘記游泳的樂趣。難得的是這項人類最古老的技能仍然保持最現代化的形象。我發覺許多不懂游泳的人也在沙灘曬太陽，為的是給人一個與游泳有關的形象。因為游泳就等於外向、好動、活潑這些現代青年的形象。平常我們說「去游水」，其實大部分時間是在岸上。所以，不同揸車，游泳可以消磨整天的時間。

　　兩個月來，躺在沙灘曬太陽的同時，我知道了很多東西，只不過這些東西是沒有「實際」用途的，既不能累積，亦不能帶來物質報酬。對一般人來說，這些東西沒有意思，知道了等於不知道；這些東西根本不是「東西」。我正是要求自己這樣子；只去知道一些冇用的東西。我知道淺水灣有六個浮台、三個瞭望台、一百四十個垃圾桶；我知道共有二十八名救生員，假日更增至三十八名；熟客們說，今年的海灘較往年骯髒；管理員說，今年的泳客較往年多了百分之八十，端午節一天內就有十萬人。我發覺，最多人的時間是中午。

　　我發覺一個人皮膚的色調是可以不斷改變的，黑完了可以更黑。許多時候我以為自己的膚色已不能再深了，但幾天耐性下來，量變到質變，整個人的色澤又加深了一級。現在的淺水灣頭，到處瀰漫着太陽膏的氣味，太陽膏狂熱是我回港後印象最深的事情之一。記憶所及，名模特兒 Doris Hardoon 是香港最早以古銅膚色示人的非勞苦大眾。她打破掘路工人對陽光膚色的壟斷，簡直是從上而下的革命。陽光是免費的——可見流行的東西都有一個共同點，就是：大量供應。只希望你不要在的士夠格花光了錢，留下一些買太陽膏。市面太陽膏大致可分兩種，一是用來防止曬黑皮膚，二是用來幫助曬黑皮膚。後者的吸引力較大：正如很多人去旅行都要拍照留念證明他曾去旅行，曬太陽的人也希望膚色有轉變以證明他曾曬太陽。我現在用的是椰子香味的生番太陽油，曬後膚色近非洲小黑人，給人一種骯髒的感覺，頗合我的胃口，但很明顯不是人見人愛。古銅、牛奶朱古力、黑朱

古力、黑炭屎——每個人要自己決定自己夏天的色澤。我看似一塊黑炭屎,而實際上我亦感覺到自己好像一塊黑炭屎。

曬太陽的秘訣是:你愈黑就愈可以曬多些時間。太陽在每天早上十時至下午二時,距離地面最近,但皮膚對陽光的吸收力,是由皮膚色素的多少決定,皮膚受到太陽曬之後,除了產生維他命 D 外,還在表皮「結黑」,以後陽光對皮膚細胞的破壞力也相應減弱。黑人對陽光的抵抗能力比白人強三十三倍,東方人介乎兩者之間。澳洲有個學者叫安德遜,發覺皮膚長期受紫外光照射,可能導致皮膚癌。有人用動物作試驗,以強烈紫外光連續照它一千六百八十小時至二千二百四十小時,發覺真的會引起皮膚癌。但我們理會才怪。引起癌症的毒源,carcinogen,多得難以計算,所有的警告只能當作談話資料來處理。現在,我還在找尋中國人,不,我自己皮膚顏色的極限。

寂寞長泳者

今天是星期二,淺水灣對時間是敏感的,星期二的早上,弄潮兒的人數未足以吵醒她。我浮在水中已有兩小時了罷?太陽已由七時的淺黃色變了鐵白色,我仰臥的臉有點辣麻麻的感覺。海水也開始暖了,垂放在浮床側的雙手是我的探熱針。我有點口渴。真是荒謬,四周都是水,卻在鬧口渴。兩個鐘頭內腦中的一片空白,受到了本能渴望的打擾,逼使我清醒過來。我的大腦已罷工兩小時,海天與我為一,我宋家聰不再存在。Gestalten。道的境界。可惜現在,渾忘的經驗幻滅了,兩個鐘頭內腦中的一片空白,受到了本能渴

望的打擾，逼使我清醒過來。我想回到岸上喝點水，明知四周是水但不能喝是痛苦的。但是我應否努力游回岸上喝水呢？這樣處心積慮去做一件事是違背了我兩個月來無為而無不為的信念。我在水平線轉過頭望向沙灘，弧形的陸地模糊得近乎美麗。我繼續打不定主意。我應該尋求美，還是追求形而下的滿足？我決定留在水中，但不夠一秒鐘後，我已開始游向岸。

　　二十年前，一個寂寞的小孩子也是在淺水灣游水。當時他不知道人比水輕的道理，人吸入空氣後，與水的比重是 0.967 至 0.989 比 1，但他還是拼命在游。那時候，他已知道別人做得到的事，他也可以做到。他要向自己證明，他樣樣都會是最好的。當他終於自信地雙腳離開水底時，他感到自己的人性潛質跨進了一步。游泳使他成長。在水裏，一個人，他暗裏相信他就是自己的主宰。沒有事物可以攔得住他。後來，他又學曉了騎單車、駕駛汽車汽艇、潛水及滑雪。他還學曉了許多許多東西，足以支撐兩個高等學位及無數獎牌。但學曉游泳一剎那的興奮已經不再來了。現在，他浮在水中已有兩小時了，有點口渴。現在，他希望忘記所有學來的東西，可能除了游泳。

　　我如何走到這個地步，成為崇拜太陽的白痴，我也不記得了。我只記得，游泳使我做到我想做的事情，就是，不做任何事情。

大隻佬與汽艇保養的藝術

保持男子氣概的確愈來愈難。以前三十歲不結婚，人家

說你是花花公子,現在以為你是同性戀。以前做大隻佬,人家說你想吸引異性,現在以為你性無能。其實男子氣概作為一種理想形象是可笑的(**有什麼道理要人人去學那四方臉的查理士布朗臣?**),作為一種實際形象則是不可能的(**你不能保證永遠的勃起**)。我不是同性戀、大隻佬或性無能,但我已過了三十歲;然而我並沒有任何中年危機,因為我能夠將那男子氣概的包袱放在它應去的地方:垃圾桶。我從來沒有比現在更覺得像一個人。

我在淺水灣認識了一群大隻佬及一群同性戀者,他們為着不同的原因都來沙灘曬太陽;身體建築師們為了健美,陽光縱隊為了漂亮。我認為他們都有追隨自己生活方式的權利;我認為淺水灣的容忍精神應該發揚光大。

女人則是我更喜歡相處的一種動物。我得承認,淺水灣不是美女的集結地。但若果你能體諒異性亦是普通人,那麼你會有一個更好的時光。我觀察所得,在沙灘認識異性並不難,但你不要採用傳統的追求方式;你要若無其事、自然大方、閒話家常開始,不要太多奢望,不要把對方當作性對象(更不能把自己當作性象徵)。在這個性就容易愛就難的年代,你必須培養平等對待異性的態度。

男裝泳褲的潮流逐漸與女裝比堅尼接近。今年的新潮人物都已換上 Speedo 的薄身三角泳褲,這種奧林匹克泳將的牌子能夠流行,不全是因為男人喜歡暴露,而是男人對潮流比前更敏感了。身材欠佳的男女都穿上暴露服裝,不會是因為他們希望自暴其醜,而是他們被潮流逼得透不過氣來的一種表示。潮流的規律比人的自制更有力。

　　我不介意男人暴露，因為我亦不介意女人暴露。如果她竟有漂亮的身材，那則更是額外收穫了。不過，我得承認，淺水灣不是美女的集結地。你在遊艇上發現她們的機會可能更大。遊艇河是我唯一不懂得拒絕的場合，尤其是當那是一隻美麗而驕傲的遊艇的話。可能我們真的不應該為自己的階級抱歉，尤其是當你是屬於擁有遊艇那個階級。如果你不是親歷其境，你是不能想像得到一天去三四個海灘的樂趣。同時，你是不能想像得到，海灣中心的水是如何比海灘邊的水清晰。

　　貼士：汽艇發生故障，先看看隔濾器是否須要清理，及油喉是否受物體阻塞。

哈囉，夜歸人

　　今年流行的輕便熱帶服裝（夏威夷恤、露肩衫及碎花裙），把日間的海灘熱潮帶進晚間，一套便裝，早晚合用。Vidal Sassoon 有一種髮型，游完水毋須人工吹乾就可以見人。現代 epicurean 日間去海灘游水，晚間在海灘開其熱帶派對，精力是你唯一大量需要的東西。年青人的世界。

　　我承認自己有點落伍。我的心智大約一九七四年後滯留不前。我底意識形態的組合成分是：嬉皮、樂與怒、禪、馬古沙、大麻、瑜珈、冥想……當大家從反叛的一代變為 me-generation，我發生認同危機。當我的同班同學穿起布祿士兄弟的西裝，到華爾街上班去，我只躲在公寓裏，喝着罐頭啤酒，然後蒙頭大睡，希望時間過得快些，快些返轉頭。回到香港後，我知道如果我表現得較為有朝氣，家族一定逼我去

觀塘當製衣廠經理，或去旺角當酒樓董事。你明白嗎，那時候我就會被捲入他們的那套邏輯中，不能自拔。你明白嗎，我必須在兩套邏輯系統中選擇一種；在成就趨向與快樂趨向、在商品規律與人文規律、在為將來而耕耘與為現在而生活之間，我要後者。我看穿了，家族那套的邏輯的背後假設了多少人性的犧牲。我不能學家族其他人，每星期去一次教堂念幾回經，捐些錢，就可以把良心換回來。他們的做法未能符合我對昇鍊救贖的定義。在他們那套邏輯橫行霸道的時候，我宋家驄不會去工作。我不想人格分裂。

以上，就是我的亡友宋家驄了。九個月前，在麻省幹線上，宋家驄汽車撞大樹逝世。我知道他是故意的。他那種人，能夠將每一種邏輯推到極端來暴露該種邏輯的弱點；他能夠將我們以為是與生俱來的東西還原為可以改變的歷史產物。如果他活着來到香港（正如他在信中對我說），他亦會因為看不到社會任何的整體出路而轉向享樂主義，正如我文中形容的宋家驄。他是一個先要用道理說服自己然後才能作出行動的人，所以才會選擇一個完全非理性的下場。他有太多的智慧，逼使他看穿了各種騙人承諾及虛偽的社會關係，但他只有太少的勇氣，使他不能面對現實。他選擇了死亡。

至於我，我的選擇很簡單：妥協。現在我是一個表現優良的銀行行政人員。這間華資銀行自從給外資收購後，中國人老闆已沒有發言權，外國的管理層為了訓練自己的幹部，大量提升我這類擁有現代科學管理頭腦的新人來代替舊員。我的外籍部門經理，學生時代是反戰分子，我們有時放工後

一起去酒吧度快樂時光,亦會東拉西扯 Eldridge Cleaver 及 Tom Hayden 的近況。我想,我很快又會升職了。

　　至於去沙灘,我只是為了開開心心的玩幾個鐘頭。一個沙灘就只是一個沙灘。

小說,陳冠中《香港三部曲》(香港:牛津大學,2004 年)

吐露港上

余光中

　　如果你是一隻鷹，而且盤旋得夠高，吐露港在你的「鷹瞰」下就像一隻蝴蝶張着翅膀，風來的時候更加翩翩。這是一位女孩子告訴我的。她當然不是那隻鷹，沒有親眼看過。每次從台灣或歐洲飛降香港，也不經過這一片澄碧，所以我也無法印證。不過她的話大概沒錯，因為所有的地圖都是這麼畫的。除了「風來的時候」畫不出來之外，地圖真能把人變成鷹，一飛縮山、再飛縮海、縮大地為十萬分之一的超級老鷹。我不説超級海鷗，因為海鷗低掠貼水，鷹翅才高翔而摩天。

　　我就住在那蝴蝶左下翼的尖上。

　　那就是説，在一岬小半島上，水從三面來，風，從四面來。面前這一汪湛藍叫吐露港，也有人叫做大埔海。還是叫吐露港好，不但名字美些，也比較合乎真象，因為浩淼的南中國海伸其藍肢，一探而為大鵬灣，再探而為吐露港，面前的水光粼粼已經是灣中之灣，海神的第三代了。但不可小覷這海神之孫。無數的半島合力團堵，才俘虜了這麼一個海嬰。東西寬在十公里以上，南北岸相距也六、七公里，在叢翠的簇擁之下，這海嬰自成一局天地，有時被風拂逆了，發起脾氣來，也令人惴惴想起他的祖父。

　　群山之中，以東南的馬鞍山最峭奇，不留餘地的坡勢岌岌，從烏溪沙的海邊無端削起，在我們是側看成峰，旭日要攀登許久，才能越過他礙事的肩背，把遲來的金曦鏢射我們

的窗子。

　　和我的陽台終古相對，在迢長的北岸橫列成嶺，山勢從東而西的，依次是八仙嶺、屏風山、九龍坑山、龍嶺，秤也秤不盡的磅磅礴礴，遠了，都淡成一片翠微。正如此刻，那一脈相接的青青山嵐，就投影在我遊騁的眼裏，攤開的紙上，只可惜你看不到。有時候我簡直分不清，波上的黛色連綿究竟是山鎮着水，還是水浮着山，只覺得兩者我都喜歡，而山可靠像仁者，水呢，可愛像智者。智者樂水，也許是因為水靈活善變吧。不過山也不是一成不變的。夏天的山色，那喧呶的綠意一直登峰造極，無所不攀。到了冬天，那消瘦的綠色全面退卻，到山腰以下，上端露出了遲鈍的暗土紅色和淡褐色。在艷晴天的金陽下，纖毫悉現，萬象競來你眼前，像統統攝入了一面廣角魔鏡，山嵐在青蒼之上泛起了一層微妙的紫氣，令人讚羨裏隱隱感到不安。陰天，山容便黯澹無聊，半隱入米家的水墨裏去。風雨裏，水飛天翻渾然攪成了一色，借着白氣彌漫，山竟水遁失蹤，只留下我這一角危樓在獨撐變局。雨後這世界又都回來，群山洗濯得地潔天清，雨濕的連嶂疊巒蒼深而黛濃，輪廓精確得刀刻的版畫一般。其中最顯赫最氣派的，是矗屏在正北的八仙嶺，嶙峋的山脊分割陰陽，一口口咬缺了神州的天空，不知女媧該如何修補？喬志高說，他每次數八仙，總數到九個峰頭。其實所謂八仙，不過取其約數，當不得真的，否則豈不要過海去了？通常也只能指認最東邊的是仙姑峰，山麓一直伸到船灣淡水湖邊去濯足，最西邊的純陽峰「道貌」最峻拔，據說近一千八百英尺。這些峰頭在吐露港上出盡了風頭，每一次抬

頭，總見他們在北空比高競秀，肩胛相接，起伏的輪廓頂在天際，是沙田山居最最眼熟的一組曲線了。

八年前初上此樓，面對這鏡開天地雲幻古今的海光山色，一時目迷神飛，望北而笑。樓居既定，真正成了山人，而山人，豈不是「仙」的拆字嗎？繪着紫徽的中大校車氣咻咻從前山盤旋到後山，如釋重負地喘一口大氣，停在我住的第六苑樓底。這裏已經是文明的末站，再下去，便是海了。這裏去校門口近一公里，去九龍的鬧區有十幾公里，去香港本島呢，就更是山一程，水一程，紅燈無數，「長停復短停」。台灣的航空信只飛一小時，到我的信箱裏，往往卻要一個星期。這裏比外面的世界要遲兩日。「別有天地非人間」嗎？風景的代價是時間，神仙，是不戴錶的。

頭兩年隔水迢迢看八仙連袂，只見帆去檣來，波紋如耕，港上日起日落，朝暾與晚霞同在這鏡匣裏吐露又收光。看海氣濛濛，八仙嶺下恍惚有幾村人家，像舊小說裏閒話的漁樵。到夜裏，黑山闃闃，昏水寂寂，對岸卻亮起一排十六點水銀燈，曳長如鍊，益加牽人遐想。「那對面，究竟是什麼地方呢？」我們總這麼問。

兩年後我們買了那輛綠色小車，第一次遠程便是去探對岸。一過大埔鎮，右轉上了汀角路，漸覺村少人稀，車輛寥落，便在八仙嶺下了。我們沿海向東閒閒駛行，八仙的翠影在左窗競走。奇怪的是，怎麼近在額際了，反不如預期中那麼蔽空排雲，壓迫仰望的眉睫？也許是隔了水的感覺吧？水，真是一種靈異之物，偌大的一盤盤一簇簇山嶺，一落入她的深眸淺靨裏，竟然不自矜持，怎麼就都倒了過來了？隔

了一鏡奇詭的煙水，什麼形象都會變的。

　　過了三門仔檣桅修挺的小小漁村，再向前五、六公里，就停車在大尾篤，羅漢松危立的懸崖下，沿着斜坡，步上了平直的跨海長堤。猝不及防，那麼純粹又那麼虛幻的閃閃藍光，左右夾擊來襲我兩頰。左頰是人開的淡水湖，除了浪拍堤下碑大的白石之外，水上不見片帆，岸上不見人煙，安靜，乾淨得不可思議，真的是「藍溪之水厭生人」。右頰是神開的吐露港，只見滿帆大舸，舴艋小船，在活風活水裏趕各自的波程，最得意的是馬達快艇，尾部總是曳一道長長的白浪，水花翻滾，像一條半里的拉鍊要拉開吐露港但不久被海風又縫上。隔着洋洲和馬腰二島，背着半下午的淡淡日色，南岸的煙景眺不真切。目光盡頭，你看，中文大學後山的層樓相疊相錯，那麼纖細地精巧，虛幻得渺不足道，背光眺來，更令人疑作蜃樓海市了。我在其中度過的歲月，諸般的時憂時喜，患得患失，於是也顯得沒有意思。如果藍色象徵着憂愁，就讓這長堤引刀一割，把淡的一半給裏面的湖，鹹的一半給外面的海吧。堤長二公里，那一端接上白沙頭洲的平岡，只可惜堤身太直，失去縈迴之趣，而迎風是蕭蕭的蘆葦，不是依依的垂楊。不過遊人並不在意，堤上的少年只管騎單車，放風箏，水上的就自划小船。最好的時候該是渺無遊人，獨自站在堤上，聽風，聽水，如果真夠靜，風和水也會洩漏一點天機。

　　從跨海長堤沿着淡水湖的西岸向北駛行，坡勢陡起，不久湖水低低落在背後，四周山色裏再回望八仙嶺時，已經轉到我們的左側，但見仙姑峰高舠的側影，不再是八仙連袂同

遊了。山道迴旋，遍生馬尾松，野梨，細葉榕，和相思樹的崗巒便繞着車頭俯仰轉側，真想不到海角這半島上，丘壑之勝，還有這麼多變化。

新娘潭在山道右面。循着羊腸陡徑穿過雜樹叢草盤到谷底，就得小潭一泓，澗水淙淙從亂石裏曲折下注，遇到石勢懸殊，就形成迴流或激起濺波，看水花自生自滅，即開即謝，謝了再開。山鳥脆鳴，在潭邊的石壁上盪起了回音，但是我無法參透那禪機，更無法陶然忘機，只要遊客之中有三兩個惡客提來電晶體的放錄音機，效力奇大地污染水石的清音。

幸好一過了新娘潭，遊客就少了。再向北去，漸漸就鳥稠人稀，四山無語，只剩下八仙嶺後坡上一叢叢野墳亂碑，在荒寂裏怔怔相對。有時山道轉處，會見一頭黃牛領着兩隻幼犢，或越過路去，或施施然迎面踱來，令人吃驚。那些畜生也許是經過世面，見了龐然猛捷的車，卻意態從容，毫無畏縮。這一帶原是燒烤野餐的好去處，有一次我們和維樑兩家在路旁的草地上野餐，竟來了三頭黃牛，看來一母二子，也是一家，在我們盛宴的四周逡巡，顯然有意參加。那母牛氣噴噴的寬鼻子甚至嗅到沙拉盒子上來了，一個分神，橘子已被銜去一隻，只見上下顎一陣錯磨，早已囫圇吞下。嚇得大家請客又不甘，逐客又不敢。糾纏了半小時，那一家人，不，那一家牛才怏怏拂尾而去。

再向北行，就真的接近邊界了。腳下水光一亮，眼界為之豁然開敞，已到新界最北端的沙頭角海。這水域雖然不如吐露港那樣波瀾吞吐，風雲開闊，卻也是大鵬灣所浸灌，灣

口正接廣東的海岸。灣之南端是一座孤村，只有三五小店，叫做鹿頸，正是我們每次長程海山之遊的迴車之處。這小村竹樹掩映，村口有石橋流水，小吃店前總有雞群在閒步啄食。我們常愛坐在店前的長條凳上，吃一碗熱湯蒸騰的雲吞麵，不是因為有多麼好吃，而是喜歡那不拘形跡不分內外的一點野趣，和店主那種內地婦人的親切古風。

從中大來到這裏不過三十公里，實際上當然說不上是什麼長程之遊。曾經，我長途馳騁的最高紀錄是一天一千一百公里；三十公里在高速路上，不過是十幾分鐘的事情，舊小說裏「一盞茶的功夫」。但是偎在山腳水畔的鹿頸，只是一座邊村，連邊鎮都够不上，再向北去只有一車可通的窄路，路的盡頭是麻雀嶺，嶺的那頭便是大陸的河山了。遠，在邊界。遠，在文革荒誕的歲月。遠是三十年陌生的距離，從中年的這頭眺那頭的少年。巡邊的警車到此就回頭：到此就感覺山已窮，水已盡，幾乎一伸手就摸得到另一種呼吸。

再回到沙田時，天就晚了。回到樓居的窗口，吐露港又在那下面敞開它千頃的清澄，倒映着不知不覺間暗下來了的八仙翠影。如果是晴艷無奈的黃昏，便坐在無限好的霞光裏，不忍開燈，怕燈一開，黃昏就留不住了。燈雖是古典，晚霞才是神話。但是一爐煉丹的霞火能燒多久呢，不久，燈還是亮了。一燈亮，千燈都亮了。燈的溫柔安慰着港上空寂的夜色，桌燈脈脈，是全世界都棄你而去時仍守住你夜讀的那一罩溫柔。

夜的吐露港無言而有情。兩岸的燈火隔水相望，水銀的珠串裏還串着散粒的瑪瑙，暖人冷目。夜深時，我遠望北岸

的那一串銀燈，相信對岸的什麼亮窗裏或者昏窗裏也有誰的眼睛正對着我這盞桌燈，但這樣的相守相望，雖長夜如此，卻永遠不能證實，而同時，水上的倒影也在另一個世界守着我們。

晴夜的水上，有時燦放一簇簇的漁火，每船二燈，金睡蓮一般從我腳下一直飄泊到東北的灣口，最後在馬達勃勃聲中圍成一圈，合力收網。秋乾的夜裏，八仙嶺的山火野燒，艷媚了港上所有的窗子。有時火勢燎過半座山，有時幾條火舌爭吐紅焰，可以維持幾小時的壯烈夜景，連海面也灼灼動容。

夜的吐露港不但好看，也自好聽，只要你自己够靜，便聽得見。春雷一呼，萬蛙齊應，以喉音腹語取勝的蛙族，為夏喉舌，喧來了熱門的炎暑。黃昏以後，鳥聲一齊交班給樹下低而細清而晰的蟲聲，那時斷時續的吟吟唧唧，像在陪伴我誦詩的哦哦，燈下幻覺就是小時候在江南後來又跟去四川的那一隻。有時星沉夜永，谷底的人家會送來幾聲犬吠，隔着寒瑟的空間，顫顫地，更增荒涼。是為了什麼呢，夜歸人嗎，賊嗎，還是鬼呢？至少醒着的不止我一個人吧，雖然不睡有不同的原因。

最後是什麼聲音也沒有了，除了風聲和潮聲，古來最耐聽的聲音。而這些，吐露港，就是你一直想說的故事嗎？

散文，余光中《記憶像鐵軌一樣長》（台北：洪範書店，1987年）

灣／吐露港上

海緣

余光中

1

曹操橫槊賦詩，曾有「山不厭高，海不厭深」之句。這意思，李斯在〈諫逐客書〉裏也説過。儘管如此，山高與海深還是有其極限的。世界上的最高峰，聖母峰，海拔是二九〇二八英尺，但是最深的海溝，所謂馬利安納海淵（Mariana Trench），卻低陷三五、七六〇英尺。把世上蟠蜿的山脈全部浸在海裏，沒有一座顯赫的峰頭，能出得了頭。

其實也不必這麼費事了。就算所有的橫嶺側峰都穿雲出霧，昂其孤高，在眾神或太空人看來，也無非一鉢藍水裏供了幾簇青綠的假山而已。在我們這水陸大球的表面，陸地只得十分之三，而且四面是水，看開一點，也無非是幾個島罷了。當然，地球本身也只是一丸太空孤島，注定要永久飄泊。

話説回來，在我們這僅有的碩果上，海洋，仍然是一片偉大非凡的空間，大得幾乎有與天相匹的幻覺。害得曹操又説：「日月之行，若出其中。星漢燦爛，若出其裏。」也難怪聖經裏的先知要歎道：「千川萬河都奔流入海，卻沒有注滿海洋。」浩斯曼更説：「滂沱雨入海，不改波濤鹹。」

無論文明如何進步，迄今人類仍然只能安於陸棲，除了少數科學家之外，面對大海，我們仍然像古人一樣，只能徒然歎其夐遼，羨其博大，卻無法學魚類的搖鰭擺尾，深入湛藍，去探海若的寶藏，更無緣迎風振翅，學海鷗的逐波巡

浪。退而求其次，望洋興歎也不失為一種安慰：不能入乎其中，又不能凌乎其上，那麼，能觀乎其旁也不錯了。雖然世界上水多陸少，真能住在海邊的人畢竟不多。就算住在水城港市的人也不見得就能舉頭見海，所以在高雄這樣的城市，一到黃昏，西子灣頭的石欄杆上，就倚滿了坐滿了看海的人。對於那一片汪洋而言，目光再犀利的人也不過是近視，但是望海的興趣不因此稍減。全世界的碼頭、沙灘、岩岸，都是如此。

中國的海岸線頗長，加上台灣和海南島，就更可觀。我們這民族，望海也不知望了多少年了，甚至出海、討海，也不知多少代了。奇怪的是，海在我們的文學裏並不佔什麼份量。雖然孔子在失望的時候總愛放出空氣，說什麼「道不行，乘桴浮於海。」害得子路空歡喜一場，結果師徒兩人當然都沒有浮過海去。莊子一開卷就說到南溟，用意也只是在寓言。中國文學裏簡直沒有海洋。像曹操〈觀滄海〉那樣的短製已經罕見了，其他的作品多如李白所說：「海客談瀛洲，煙濤微茫信難求。」甚至《鏡花緣》專寫海外之遊，真正寫到海的地方，也都草草帶過。

西方文學的情況大不相同，早如希臘羅馬的史詩，晚至康拉德的小說，處處都聽得見海濤的聲音。英國文學一開始，就嗅得到鹹水的氣味，從〈貝奧武夫〉和〈航海者〉裏面吹來。中國文學裏，沒有一首詩寫海能像梅士菲爾的〈拙畫家〉（Dauber）那麼生動，更沒有一部小說寫海能比擬《白鯨記》那麼壯觀。這種差距，在繪畫上也不例外。像日希柯（Théodore Jéricault）、德拉克魯瓦、寶納等人作品中的壯闊

海景，在中國畫中根本不可思議。為什麼我們的文藝在這方面只能望洋興歎呢？

2

我這一生，不但與山投機，而且與海有緣，造化待我也可謂不薄了。我的少年時代，達七年之久在四川度過，住的地方在鐵軌、公路、電話線以外，雖非桃源，也幾乎是世外了。白居易的詩句「蜀江水碧蜀山青」，七個字裏容得下我當時的整個世界。蜀中天地是我夢裏的青山，也是我記憶深處的「腹地」。沒有那七年的山影，我的「自然教育」就失去了根基。可是當時那少年的心情卻嚮往海洋，每次翻開地圖，一看到海岸線就感到興奮，更不論群島與列嶼。

海的呼喚終於由遠而近。抗戰結束，我從千疊百障的巴山裏出來，回到南京。大陸劇變的前夕，我從金陵大學轉學到廈門大學，讀了一學期後，又隨家庭遷去香港，在那海城足足做了一年難民。在廈門那半年，騎單車上學途中，有兩三里路是沿着海邊，黃沙碧水，飛輪而過，令我享受每一寸的風程。在香港那一年，住在陋隘的木屋裏，並不好受，卻幸近在海邊，碼頭旁的大小船艇，高低桅檣，盡在望中。當時自然不會知道：這正是此生海緣的開始。隔着台灣海峽和南中國海的北域，廈門、香港、高雄，佈成了我和海的三角關係。廈門，是過去式了。香港，已成了現在完成式，卻保有視覺暫留的鮮明。高雄呢，正是現在進行式。

至於台北，住了幾乎半輩子，卻陷在四圍山色裏，與海無緣。住在台北的日子，偶因郊遊去北海岸，或是乘火車

途經海線，就算是打一個藍汪汪的照面吧，也會令人激動半天。那水藍的世界，自給自足，宏美博大而又起伏不休，每一次意外地出現，都令人猛吸一口氣，一驚，一喜，若有天啟，卻又說不出究竟。

3

現在每出遠門，都非乘飛機不可了。想起坐船的時代，水拍天涯，日月悠悠，不勝其老派旅行的風味。我一生的航海經驗不多，至少不如我希望的那麼豐富。抗戰的第二年，隨母親從上海乘船過香港而去安南。大陸變色那年，先從上海去廈門，再從廈門去香港，也是乘船。從香港第一次來台灣，也是由水路在基隆登陸。最長的一程航行，是留美回國時橫渡太平洋，從舊金山經日本、琉球，沿台灣東岸，繞過鵝鑾鼻而抵達高雄，歷時約為一月。在日本外海，我們的船，招商局的海健號，遇上了颱風，在波上俯仰了三天。過鵝鑾鼻的時候，正如水手所說，海水果然判分二色：太平洋的一面墨藍而深，台灣海峽的一面柔藍而淺。所謂海流，當真是各流各的。

那已是近三十年前的事，後來長途旅行，就多半靠飛而不靠浮了。記得只有從美國大陸去南太基島，從香港去澳門，以及往返英法兩國越過多維爾海峽，是坐的渡船。

要是不趕時間，我寧坐火車而不坐飛機。要是更從容呢，就寧可坐船。一切交通工具裏面，造形最美，最有氣派的該是越洋的大船了，怪不得丁尼生要說 the stately ships。要是你不拘形貌，就會覺得一艘海船，尤其是漆得皎白的那

種，凌波而來的閒穩神態，真是一隻天鵝。

　　站在甲板上或倚着船舷看海，空闊無礙，四周的風景伸展成一幅無始無終的宏觀壁畫，卻又比壁畫更加壯麗、生動，雲飛浪湧，頃刻間變化無休。海上看晚霞夕燒全部的歷程，等於用顏色來寫的抽象史詩。至於日月雙球，升落相追，更令人懷疑有一隻手在天外拋接。而無論有風或無風，迎面而來的海氣，總是全世界最清純可口的空氣吧。海水鹹腥的氣味，被風浪拋起，會令人莫名其妙地興奮。機房深處沿着全船筋骨傳來的共震，也有點催眠的作用。而其實，船行波上，不論是左右擺動，或者是前後起伏，本身就是一隻具體而巨的搖籃。

　　暈船，是最殺風景的事了。這是海神在開陸棲者的小小玩笑，其來有如水上的地震，雖然慢些，卻要長些，真令海客無所遁於風浪之間。我曾把起浪的海叫做「多峰駝」，騎起來可不簡單。有時候，浪間的船就像西部牛仔胯下的蠻牛頑馬，騰跳不馴，要把人拋下背來。

4

　　海的呼喚愈遠愈清晰。愛海的人，只要有機會，總想與海親近。今年夏天，我在漢堡開會既畢，租了一輛車要遊西德。當地的中國朋友異口同聲，都說北部沒有看頭，要遊，就要南下，只為萊因河、黑森林之類都在低緯的方向。我在南遊之前，卻先轉過車頭去探北方，因為波羅的海吸引了我。當初不曉得是誰心血來潮，把 Baltic Sea 譯成了波羅的海，真是妙絕。這名字令人想起林亨泰的名句：「然

而海，以及波的羅列。」似乎真眺見了風吹浪起，海疊千層的美景。當晚果然投宿在路邊的人家，次晨便去卡佩恩（Kappèln）的沙岸看海。當然什麼也沒有，只有藍茫茫的一片，反晃着初日的金光，水平線上像是浮着兩朵方蕈，白得影影綽綽的，該是鑽油台吧。更遠處，有幾隻船影疏疏地佈在水面，像在下一盤玄妙的慢棋。近處泊着一艘渡輪，專通丹麥，船身白得令人艷羨。這，就是波羅的海嗎？

去年五月，帶了妻女從西雅圖駛車南下去舊金山，不取內陸的坦途，卻取沿海的曲道，為的也是觀海。左面總是挺直的杉林張着翠屏，右面，就是一眼難盡的，啊，太平洋了。長風吹闊水，層浪千摺又萬摺，要摺多少摺才到亞洲的海岸呢？中間是什麼也沒有，只有難以捉摸，唉，永遠也近不了的水平線其實不平也不是線。那樣空曠的水面，再大的越洋貨櫃輪，再密的船隊也莫非可憐的小甲蟲在疏疏的經緯網上蠕蠕地爬行，等暴風雨的黑蜘蛛撲過來一一捕殺。從此地到亞洲，好大的一弧凸鏡鼓着半個地球，像眼球橫剖面的水晶體與玻璃體，休要小覷了它，裏面擺得下十九個中國。這麼浩淼，令人不勝其，鄉愁嗎，不是的，不勝其惘惘。

第一夜我們投宿在俄勒岡州的林肯村。村小而長，我們找到那家暮投臥（motel），在風濤聲裏走下三段棧道似的梯級，才到我們那一層樓。原來小客棧的正面背海向陸，斜疊的層樓依崖而下，一直落到坡底的沙灘。開門進房，迎面一股又霉又潮的海氣，趕快扭開暖氣來驅寒。落地的長窗外，是空寂的沙，沙外，是更空寂的海，潮水一陣陣地向沙地捲過來，聲撼十方。就這麼，夢裏夢外，聽了一夜的海。全家

四人像一窩寄生蟹，住在一隻滿是迴音的海螺裏。

第二夜進入加州，天已經暗下來了，就在邊境的新月鎮（Crescent City）歇了下來。那小鎮只有三兩條街，南北走向，與濤聲平行。我們在一家有樓座的海鮮館臨窗而坐，一面嚼食蟹甲和海扇殼裏剝出來的嫩肉，一面看海岸守衛隊的巡邏艇駛回港來，桅燈在波上隨勢起伏。天上有毛邊的月亮，淡淡地，在蓬鬆的灰雲層裏出沒。海風吹到衣領裏來，已經是初夏了，仍陰寒逼人。回到客棧，準備睡了，才發覺外面竟有蛙聲，這在我的美國經驗裏，卻是罕有，倒令人想起中國的水塘來了。遠處的岬角有燈塔，那一道光間歇地向我們窗口激射過來，令人不安。最崇人的，卻是深沉而悲淒的霧號，也是時作時歇，越過空闊的水面，一直傳到海客的枕前。這新月鎮不但孤懸在北加州的邊境，距俄勒岡只有十哩，而且背負着巨人族參天的紅木森林，面對着太平洋，正當海陸之交，可謂雙重的邊鎮。這樣的邊陲感，加上輪轉的塔光與升沉的霧號，使我夢魂驚擾，真的是「一宿行人自可愁」了。

次日清早被濤聲撼起，開門出去，一條公路從南方繞過千重的灣岬伸來，把我們領出這小小的海驛。

5

仁者樂山，智者樂水，聖人曾經說過。愛水的人果真是智者嗎？那麼，愛海的人豈非大智？其實攀山與航海的人更是勇者，因為那都是冒險的探索，那種喜悅往往會以身殉。在愛海人裏，我只是一個陸棲的旁觀者，頗像西方人對貓的

嘲笑：「性愛戲水，卻怕把腳爪弄潮。」水手和漁夫在鹹風鹹浪裏討生活，才是真正下水的愛海人。真正的愛海人嗎？也許是愛恨交加吧？譬如愛情，也可分作兩類：深入的一類該也是愛恨交加的，另一類雖未必深入，卻不妨其為自作多情。我正是對海單相思的這一類。

　　十二年來我一直住在海邊，前十一年在香港，這一年來在高雄。對於單戀海洋的陸棲者，也就是四川人嘲笑的旱鴨子而言，這真是至福與奇緣。世界上再繁華的內陸都市，比起就算是較次的什麼海港來，總似乎少了一點退步，一點可供遠望與遐思的空間。住在海邊，就像做了無限（Infinity）的鄰居，一切都會看得遠些看得開些吧。海，是不計其寬的路，不閉之門，常開之窗。再小的港城，有了一整幅海天為背景，就算劇台本身小些，觀眾少些，也顯得變化多姿，生動了起來，就像寫詩和繪畫都需要留點空白一樣。有水，風景才顯得靈活。所以中國畫裏，明明四圍山色，眼看無計可施了，卻憑空落下來一瀉瀑布，於是群山解顏。巴黎之美，要是沒有塞納河一以貫之，縈迴而變化之，也會遜色許多。台北本來有一條河可以串起市景，卻不成其為河了。高雄幸而有海。

　　海是一大空間，一大體積，一個偉大的存在。海裏的珍珠與珊瑚，水藻與水族，遺寶與沉舟，太奢富了，非陸棲者所能探取。單戀海的人能做一個「觀於海者」，像孟軻所說的那樣，也就不錯了。不過所謂觀於海當然也不限於觀；海之為物，在感性上可以觀、可以聽、可以嗅、可以觸，一步近似一步。

香港的地形百轉千迴，無非是島與半島，不要説地面上看不清楚了，就連在飛機上觀者也應接不暇。最大的一塊面積在新界，其狀有如不規則的螃蟹，所有的半島都是它伸爪入海的姿勢。半島既多，更有遠島近磯呼應之勝，海景自然大有可觀。就這一點説來，香港的海景看不勝看，因為每轉一個灣，山海洲磯的相對關係就變了，沒有誰推開自己的窗子便能縱覽香港的全貌。

鍾玲在香港大學的宿舍面西朝海，陽台下面就是汪洋，遠航南洋和西歐的巨舶，都在她門前路過。我在中文大學的樓居面對的卻是內灣，叫吐露港，要從東北的峽口出去，才能匯入南中國海。所以我窗外的那一片瀲灩水鏡，雖然是海的嬰孩，卻更像湖的表親。除非是起風的日子，吐露港上總是波平浪靜，潮汐不驚。青山不斷，把世界隔在外面，把滿滿的十里水光圍在裏面，自成一個天地。我就在那裏看渡船來去，麻鷹飛迴，北岸的小半島蜿蜒入水，又冒出水面來浮成蒼蒼的四個島丘，更遠處是一線長堤，裏面關着一潭水庫。

6

去年九月，我從香港遷來高雄，幸而海緣未斷，仍然是住在一個港城。開始的半年住在市區的大平洋大廈，距海岸還有兩三公里，所以跟住在內陸都市並無不同。可是中山大學在西子灣的校園卻海闊天空，日月無礙。文學院是紅磚砌成的一座空心四方城，我的辦公室在頂層的四樓，朝西的一整排長窗正對着台灣海峽，目光盡處只見一條渺渺的水平

線，天和海就在那裏交界，雲和浪就在那裏會合了。那水平線常因氣候而變化。在陰天，灰雲沉沉地壓在海上，波濤的顏色黯濁，更無反光，根本指不出天和水在哪裏接縫。要等大晴的日子，空氣徹徹透明，碧海與青天之間才會判然劃出一道界線，又橫又長，極盡抽象之美，令人相信柏拉圖所説的「天行幾何之道」（God always geometrizes.）。其實水平線不過是海的輪廓，並沒有那麼一條線，要是你真去追逐，將永無接近的可能，更不提捉到手了。可是別小覷了那一道欺眼的幻線，因為遠方的來船全是它無中生有變出來的，而出海的船隻，無論是軒昂的貨櫃巨輪，或是匍行波上的舴艋小艇，也一一被它拐去而消磨於無形。

　　水平線太玄了，令人迷惑。也太遠了，不如近觀拍岸的海潮。孟子不就説過嗎，「觀水有術，必觀其瀾。」世界上所有的江河都奔流入海，而所有的海潮都撲向岸來，不知究竟要向大地索討些什麼。對於觀海的人，驚濤拍岸是水陸之間千古不休的一場激辯，岸説：「到此為止了，你回去吧。」浪説：「即使粉身碎骨，我還是要回來！」於是一排排一列列的浪頭昂然向岸上捲來，起起落落，一面長鬚翻白，口沫飛濺，最後是絕命的一撞之後噴成了半天的水花，轉眼就落回了海裏，重新歸隊而開始再次的輪迴。這過程又像是單調而重複，又像是變化無窮，總之有一點催眠，所以看海的眼睛都含着幾分玄想。

　　西子灣的海潮，從旗津北端的防波堤一直到柴山腳下的那一堆石磯，浪花相接，約莫有一里多長，十分壯觀。起風的日子，洶湧的來勢尤其可驚，滿岸都是譁變的囂囂。外海

的劇浪，搗打在防波堤上，碎沫飛花噴濺過堤來，像一株株旋生旋滅的水晶樹，那是海神在放煙火嗎？

7

西子灣的落日是海景的焦點。要觀賞完整無缺的落日，必須有一條長而無阻的水平線，而且朝西。沙灘由南向北的西子灣，正好具備這條件。月有望朔，不能夜夜都見滿月。但是只要天晴，一輪「滿日」就會不偏不倚正對着我的西窗落下，從西斜到入海，整個壯烈的儀式都在我面前舉行。先是白熱的午日開始西斜，變成一隻燦燦的金球，光威仍然不容人逼視，而海面迎日的方向，起伏的波濤已經搖晃着十里的碎金。這麼一路西傾下來，到了仰角三十度的時候，金球就開始轉紅，火勢大減，我們就可以定睛熟視了。那紅，有時是橙紅，有時是洋紅，有時是赤紅，要看天色而定。暮靄重時，那頹然的火球難施光焰，未及水面就漸漸褪色，變成一影遲滯的淡橙紅色，再回顧時，竟已隱身幕後。若是海氣上下澄明，水平線平直如切，酡紅的落日就毫不含糊地直掉入海，一寸接一寸被海的硬邊切去。觀者駭目而視，忽然，宇宙的大靶失去了紅心。

我在沙田住了十一年，這樣水遁而逝的落日卻未見過，因為沙田山重水複，我樓居朝西的方向有巍然的山影橫空，根本看不見水上的落日。西子灣的落日像是為美滿的晴天下一個結論，不但蓋了一顆赫赫紅印，還用晚霞簽了半邊天的名。

半年後我們從市區的鬧街遷來壽山，住進中山大學的

　　學人宿舍。新居也在紅磚樓房的四樓，書房朝着西南，窗外就是高雄港。我坐在窗內，舉頭便可見百碼的坡下有街巷縱橫，車輛來去。再出去便是高雄港的北端，可以眺覽停泊港中的大小船舶，桅檣密舉，錨鍊斜入水中。旗津長島屏於港西，島上的街沿着海岸從西北直伸東南，正與我的視線垂直而交，雖然遠在兩三里外，島上的排樓和廟宇卻歷歷可以指認。島的外面，你看，就是淼淼的海峽了。

　　高雄之為海港，扼台灣海峽、巴士海峽和南中國海的要衝，吞吐量之大，也不必去翻統計數字，只要站在我四樓的陽台上，倚着白漆的欄杆，朝南一望就知道了。高雄港東納愛河與前鎮溪之水，西得長洲旗津之障，從旗津北頭的第一港口到南尾的第二港口，波涵浪蓄，縱長在八公里以上。貨櫃進出此港，份量之重，已經居世界第四。從清晨到午夜，有時還更晚，萬噸以上的貨輪，揚着各種旗號，漆着各種顏色，各種文字的船名橫排於舷身，不計其數，都在我陽台的欄杆外駛過。有時還有軍艦，鐵灰色的舷首有三位數的編號，橫着炮管的側影，扁長而驃悍，自然與眾不同。不過都太遠了，有時因為背光，或是霧靄低沉，加以空氣污染的關係，無論是船形艦影，在茫茫的煙水裏連魁梧的輪廓都渾淪了，更不說辨認船名。

　　甚至不必倚遍十二欄杆，甚至也無須抬頭望遠，只聽水上傳來的汽笛，此起彼落，間歇而作，就會意識到腳下那長港有多繁忙。而造船、拆船、修船、上貨、卸貨、領航、驗關、緝私、走私……都繞着這無休無止的船來船去團團轉。這水陸兩個世界之間的港口自成一個天地，一方面忙

亂而喧囂，另一方面卻又生氣蓬勃，令碼頭上看海的人感到興奮，因為這一片鹹水通向全世界的波濤，在這一片鹹水裏下錨的舳艫巨舟曾經泊過各國的名港。高雄，正是當代的揚州。

每當我燈下夜讀，孤醒於這世界同鼾的夢外，念天上地下只剩我一人，只剩下自己一人了，不是被逐於世界之夢外，而是自放於無寐之境。那許多知己都何處去了呢，此刻，也都成了夢的俘虜，還是各守着一盞燈呢？忽然從下面的港口一聲汽笛傳來，接着是滿港的迴聲，漸盪漸遠，似乎終於要沉寂了，卻又再鳴一聲。據說這是因為常有漁船在港裏非法捕魚，需要鳴笛示警，但是夜讀人在孤寂裏聽來，卻感到倍加溫暖，體會到世界之大總還是有人陪他醒着，分擔他自命的寂寞，體會到同樣是醒着，有人是遠從天涯，從風裏浪裏一路闖回來的，連夜讀的遐思與玄想都不可能。我抬起頭來，只見燈火零落的港上，桅燈通明，幾排起重機的長臂斜斜舉着，船首和船尾的燈號掠過兩岸燈光的背景，保持不變的距離穩穩地向前滑行，又是一艘貨櫃巨輪進港了。

以前在香港，九廣鐵路就在我山居的坡底蜿蜒而過，深宵寫詩，萬籟都遺我而去，卻有北上的列車輪聲鏗然，鳴笛而去。聽慣了之後，已成為火車汽笛的知音，覺得世界雖大，萬物卻仍然有情，不管是誰的安排，總感激長夜的孤苦中那一聲有意無意的召呼與慰問。當時曾經擔憂，將來回去台灣，不再有深宵火車的那一聲晚安，該怎樣排遣獨醒的寂寞呢？沒想到冥冥中另有安排：火車的長嘯，換了貨輪的低鳴。

　　造化無私而山水有情，生命裏注定有海。失去了香港而得到了高雄，回頭依然是岸，依然是一所叫中大的大學，依然是背山面海的樓居。走下了吐露港的那座柔灰色迷樓，到此岸，又上了西子灣這座磚砌的紅樓，依然是臨風望海，登樓作賦。看來我的海緣還未絕，水藍的世界依然認我。所以我的窗也都朝西或西南偏向，正對着海峽，而落日的方向正是香港，晚霞的下方正是大陸。

散文，余光中《隔水呼渡》（台北：洪範書店，1997 年）

城牆之城

董啟章

　　我，維多利亞，V城風物誌修復工作合寫者之一，大回歸時期新生代，企圖跨越這五十年的另一種城牆，但我所知道的，只是一個永遠無法到達自己的城牆的V城。大回歸時期的V城，結束了殖民時期以來一百五十六年沒有城牆的誠惶誠恐的日子，安穩於新城牆的庇蔭。V城彷彿已經不止是一個城市，而是被收納進一個更大的國度，又或者是V城已經擴張成一個更大的國度，而我們知道，城牆就在這更大的國度的邊緣。我們相信城牆的存在，甚至可以瀏覽它的存在，但沒有人能走到城牆下面，亦即來到大V城的盡頭，因為城牆總在我們的一步以外，隨着我們腳步的前進而向外推移。V城的城牆因其無可到達、無可跨越、無可丈量，於是也近乎無限大。在這無遠弗屆的城牆中，我們經驗着沒有疆界的自由，但無可到達也因此而無法得見的城牆，卻同時取消了所謂內外的區分、彼我的差異，於是亦泯滅了自由的意義，排除了逃出的可能，結果反而是締造了最純粹的封閉。

　　我整裝出發，走上這次注定徒勞的尋找城牆邊緣的旅程。我可以想像送行者告誡我，維多利亞，小心太陽熊熊焚燒的沙漠，瘴癘毒氣瀰漫的雨林，雪崩如巨洪的尖峰，江河的暗湧和漩渦，因為V城已經不止是一個城市，而覆蓋着或被覆蓋以文明以外的空白和歷史以外的荒蕪。我只是向善意的送行者微微一笑，大無畏地向着V城的城牆座落的方

向、也即是任何一個方向邁步。可是我沒有看見在荒漠上、在背後的日落底下，作為前驅的自己的長長影子，因為沿途所見的除了是城市，也是城市，就像坐着循環線的地下列車，窗外的廣告影像和符號，掠過，停駐，又掠過。我只是向着影像中的沙漠、雨林、尖峰、江河微微一笑，知道自己不過是 V 城風物誌修復工作合寫者之一，無可避免地回歸自己工作的場域，埋首於清理文字和資料的堆積和障礙，走進自知為虛幻的時光旅程中。而所謂旅程，實際上不過是以膨脹的詞藻、過度的語言，逼向那無可踰越的城牆，大回歸的分界線，歷史和地域想像的邊限。

根據 V 城風物誌撰寫者劉華生的記載，V 城在大回歸之前的總面積不過是一千〇九十多平方公里，當中島的部分佔七十八平方里、半島佔四十六平方公里，稱為新領地的部分連同各大小離島佔九百六十六平公里。島位於 V 城南部，島以北是半島，半島以北是新領地。新領地包括在島以外的二百多個大小離島，北部則與大大陸接壤。維多利亞城，亦即殖民者最先佔領並開拓的城區，V 城的發源地，位於島的北岸，與半島構成 V 城的中心城區。在環繞着中心城區的新領地上，分佈着沙田、大埔、粉嶺、上水、馬鞍山、屯門、將軍澳等多個衛星城市，以大量運輸系統聯繫。V 城全部城區面積的百分之二十五建設在填海而來的土地上，海岸線持續地向外推移和互相銜接，各個區域實際上已經連成一體，所謂島、半島和新領地的地理區分只是懷想式的名字而已。在 V 城內部，無所謂城市和鄉村的分野；在 V 城的外部，除了北部與大大陸接壤之處，便只有不規則散

佈的島嶼，以及曲折和不斷修改的海岸線；是以 V 城在長達一百五十六年的殖民時期中，也是一個沒有城牆包圍的城市。

劉華生記述的 V 城是一個沒有城牆包圍的城市，但城牆在 V 城隨處可見。造牆不單是 V 城居民的手藝，更是生存的基本技能。在 V 城的任何一個角落都可以看見這種居民自建的小型城牆，有的樹立在馬路旁一支交通燈的四周，有的築造在升降機的門內，有的把辦公桌團團圍住，有的護壘着公園的鞦韆，有的堵住了可以眺望海景的高級住宅的落地玻璃窗。街上常常可以遇見拉着裝上了活動輪的箱子的居民，隨時畫地為牢，掏出磚塊砌造城牆。這些不斷衍生的小城牆，或高可隱身，或僅及跨步而過，但都具有屏障的象徵和實際作用。在固定的磚牆以外，又有活動城牆，以板塊圍籠而成，可穿在身上，或裝設在汽車車身外面。又有各種命名為牆的屏障物，如書牆、樹牆、公文夾牆、麵包牆、鞋盒牆、胸罩牆、紅酒牆、屏幕牆、雷射碟牆、人牆等，皆為人們就地取材，用以自我遮蔽和保護的堆砌物。與物質層面相對，在集體意識層亦浮現了隱形／隱喻城牆的意象，亦即所謂胸中城府現象，幾為 V 城居民普遍的存活和處事法則。也有人把這稱為空中城閣現象。

住在沒有城牆包圍的城市中，V 城居民都自行建造自己的城牆，或把城牆攜帶於心中，是以城牆之城的城牆無限小，但也無限多，以至相加起來，其總和可能無遜於環繞 V 城建造一座連續的城牆的長度。V 城於焉成為了名副其實的城牆之城，為無數小城牆所堵塞，居民自絕於來往，在自我

封閉中守護着心靈和想像的自由。

沒有城牆的城牆之城，必然會產生思想矛盾者、模稜者，於是在大回歸之前就有所謂坐牆人的出現。很難說準坐牆人究竟是城牆意識的挑戰者還是觀望者，是超脱樊籬還是另一種形式的固步自封。

關於坐牆人，V 城風物誌撰寫者

劉華生有這樣的描述：

那天下午，我趕在五時正郵差收信前到街上寄信給維，卻發現路旁的郵箱給一座不知是什麼時候砌起來的的正方形城牆圍堵着。我環繞着那平面面積約二米乘二米的城牆走了一遍，卻沒找到門口，只看到在高約三米的牆頭上垂下來的一雙腳和腳上的一雙破舊的人造皮鞋子。那雙鞋屬於一個白髮老者。老者有着坐牆人那種不知是洞察世情還是老謀深算的滿是皺紋的面孔，但他身旁並沒有坐牆人必定攜帶的兩件東西之一的梯子，只有兩件東西之二的手中捧着的時鐘。

看見他臃腫的身體危坐在薄薄的牆壁上，雙腿搖搖擺擺的樣子，我有點擔心地問：老先生，你是怎樣上去的？梯子剛剛給孩子偷走了，那些死仔包！總共四個人呢！老人噘嘴回答。要不要我幫你下來？不！不！我不能下來！老人連連擺手，身子向後縮，差點就要掉進牆裏去，牆裏隨即傳出一陣粗暴的咒罵聲：死老鬼快給我滾下去，別坐在我的牆頭！別以為你一把年紀我就不敢動你，看我把你轟下來你信唔信？老人不驚也不怒，反而露出嘲笑的臉容，以拖長的

音調説：井底之蛙，井底之蛙！牆後好像傳出槍枝上膛的聲音。你講什麼？你敢再講一次！老人轉以憐憫的眼神俯視牆後躁暴的自閉者，説：井　底　之　蛙你以為你建造的牆堅固嗎？好似我這樣的一個死老鬼，也只消輕輕一推，它就要倒下來了。説着，老人突然伸腿踩了旁邊的牆頭一下，頂部的幾塊磚頭立即鬆脱，其中一塊還飛墮在路旁，摔得粉碎。我下意識地閃躲開去。牆裏無聲。老人頗自得地繼續説：你睇！這就叫做固若金湯嗎？我睇係唔湯唔水吧！等我話你知一個秘密，最堅固的城牆係睇唔見的城牆，最恆久的城市係睇唔見的城市，而這個城市就掌握在我的手裏。老人説話有先知的口吻，手中祭着護身符一樣的時鐘，向城裏人招手：來，後生仔，來睇下這個。牆頭上慢慢露出了五個指頭，又五個指頭，然後是一個戴眼鏡的中年男子的瘦削面容。

　　跟着發生的事情有點突然，但又彷彿預言或詛咒應驗一樣的必然。一輛屬於市政府城牆清理隊的推土車從街口左搖右擺地駛進來，毫無警告地向着老坐牆人所在的城牆碾過去。車上的司機一手把着駕駛盤，一手叉着裸女雜誌，聽見我大呼小叫才回過神來，慌忙煞車。車頭的巨剷剛剛陷進脆弱的磚牆中，四邊形的城牆立刻塌了兩邊，老人倒臥在紅色的磚泥碎塊中，看不清楚流了血沒有。司機從推土機上跳下來，聳聳肩，一副事不關己的樣子。瘦男子眼鏡歪在鼻樑上，額頭有一條血痕，敗軍之將似的呆呆望着半塌的城牆。老人奄奄一息，在還未停止跳動的胸口，抱着那個時鐘。

　　那個時鐘不過是路邊小販攤檔上常見的那種四方形塑膠便宜貨，褪至啞青色的外殼頂部有一顆大大的圓形響鬧按

鈕，正鎖定在停止響鬧的位置。透明鐘面上有一塊曾經貼上
貼紙又撕下的指頭般大的痕跡，奶黃色的鐘褥上有十二個笨
拙的阿拉伯數目字，和可能是夜光的十二個白玉色圓點子，
黑色的時針和分針、紅色的秒針和銀色的短小響鬧針都指向
十二時，不知是正午還是子夜，而且停在那裏。

解除封鎖的郵箱給零亂的磚塊堆着，我想起手中還捏
着要寄的信。信上有維的名字、我潦草的字跡和快將停用的
女皇頭像郵票。維從來也沒有讀過我寫的東西。最近的郵局
在五時便關門了。我看看手錶，指針指着五時正。我再看看
錶，也是五時正。我彷彿有預感，我將永遠無法走出這個五
時正。

小説，董啟章《V 城繁勝錄》（香港：樂文書店，1998 年）

〔　　〕

樊善標

1.

那以後會有整個海的〔　　〕

〔　　〕如海　撼動太透明的窗子
玻璃象徵脆弱　勢將抵擋不住
入冬後鐵定的冰寒　我會記得
避開窗邊　像避開撕裂自己的人
避開星光　燈號閃爍的夜航船
在冷雨中痛哭失聲的燈塔

（黑焰沉默地翻騰
於是〔　　〕就此進駐了）

我以為就是這樣　以為就是這樣

2.

我以為就是這樣　以為就是這樣

（於是〔　　〕就此進駐了
黑焰沉默地翻騰）

在冷雨中痛哭失聲的燈塔

避開星光　燈號閃爍的夜航船
避開窗邊　像避開撕裂自己的人
入冬後鐵定的冰寒　我會記得
玻璃象徵脆弱　勢將抵擋不住
〔　〕如海　撼動太透明的窗子

那以後會有整個海的〔　〕

現代詩，原載《呼吸詩刊》第 6 期，1999 年 2 月

看海的日子
——給妻

關夢南

坐在海邊
我們從來沒有
像今日這樣
靠近過

結婚三十多年了
我抱歉在公司的時間
多過在家裏
我抱歉與你散步時
仍想着明天的事
現在退休了
讓我把全部的溫柔
還給你

以後　我們可以手握着手
走遍香港的人文山水
昨日搭巴士到元朗舊墟吃碗麵
今日或者又到
南屯門的海濱吹吹風
倦了　就在巴士上打個瞌睡吧
有時你靠着我的肩

有時我靠着你的肩

如果寫詩還可以賺錢
我會帶你走更遠的路
如果不能
每日吃完晚飯後
就讓我們走到尖沙咀的海邊
談談往事

只要有你在身邊
我永遠有說不完的話

現代詩，原載《成報》，2006 年 10 月

O 城記

陳志華

　　我一直想着要寫一本有關 O 城的書，書名也想好了，叫做《O 城記》，英文就是 *The Story of O City*。不過阿花説這名字不好，容易教人想起《O 孃》（*The Story of O*）。我倒覺得無所謂。説不定會有男性讀者誤以為它是色情小説，連忙買回家，在床上捧讀起來，翻着翻着，等待文字在逗號與逗號之間放肆挑逗，慾望在破折號之後徹底崩壞決堤，翻到最後，才發現原來是自己弄錯了。也説不定我真的可以當成色情小説來寫，不是常有學者把過去的 O 城喻為娼妓嗎？O 城曾經是安儂國的殖民地，也曾經是阿卡國水手前來尋歡的地方。然而這些都已是大家講過上千遍而且俗套到不行的故事了。我可以怎樣去寫我的 O 城故事呢？這是最讓我頭痛的問題。阿花提議，或許可以從 O 城的名字説起。根據傳説，O 城的先民聚居於海邊，有天在沙灘上發現了一個很大的窟窿，像個無底洞，裏面什麼都沒有。先民都認為這是神仙顯靈，紛紛在洞的四周上香祈福，後來就把這個地方命名為 O 城了。不過也有説法，指先民當年發現的並非窟窿，而是一面巨大的鏡子，因此先民的後代往往被鏡像迷惑，把左手説成右手，又把右翼説成左翼，甚至完全分不清左右。坊間還有很多有關 O 城名字緣起的傳説，然而這些陳年故事都太遙遠了，我眼下的 O 城，是個高樓密佈的城市，有數不清的購物商場，人們走路的步伐都很急速，我實在無法想像先民圍着無底洞燒香的情景。不過阿花説，看看

在購物商場前前後後繞了一圈排隊認購紀念火炬的人龍吧。於是我看見了先民的影子。O城原來一直沒變，彷彿仍有一面鏡子躺在沙灘上閃閃發亮，而O城的居民有時候就像那位沉迷色情小說的男讀者，猛然低頭，就照見了一副急色的模樣。

浪豪角

要講述O城的故事，不能不提浪豪角這個地方。每個星期天晚上，魔術師先生都在那兒的行人專用區表演，引來大批途人圍觀。他的禮帽可以變出兔子；他揮一揮魔術棒，就能夠把途人手上那些過時照相機和手機一一變走。我跟阿花去看他表演，他遠遠看見我們，滿高興的向我們招手，我們口袋裏的鈔票就馬上不翼而飛。其實無需魔術師先生揮動魔術棒，不少人來到浪豪角，也會自動把口袋裏的鈔票花光，換取各種最新款式的貨品。

浪豪角是O城人口密度最高的地方。很多人都說，它根本就是O城的縮影。這地方從前不叫浪豪角，它叫爛頭角，因為地形好像一隻破牛角，伸到海裏去。然而O城人嫌這名字不好聽，所以當浪豪商場落成之後，就索性把地名改了。不過有姓名學家指出，新名字容易叫人想起O城人揮霍浪費和財大氣粗的一面，反而舊有名字更能道出O城人甘為「爛頭卒」的拼搏精神。也有人認為新名字聽上去太像樓盤名字了。可是不要緊，不是常有人打趣說O城其實是被地產商統治了嗎？

魔術師先生繼續揮動魔術棒，旁邊的小食店就消失了，

變成連鎖便利店；公園消失，變成公路；街市消失，變成高檔超市；書店消失，變成纖體中心；學校消失，變成補習社。這種魔術表演頗受歡迎，因為 O 城人都善忘，儘管偶然會懷舊，但很快又把消失了的東西忘得一乾二淨。最後魔術師先生把自己都變走了，剩下滿街蹦蹦跳跳的兔子。這才讓我記起浪豪角本來最為人樂道之處，不是它的豪奢，而是兔子一樣的機靈，以及生生不息的生命力。

鐘區

O 城雖然被泥黃色的海水包圍，不過並非錢鍾書筆下的「圍城」，儘管曾幾何時，城裏的人想逃出去，城外的人又想衝進來，然而不少逃出去的人，現在都回來了。O 城又經常被過多的懸浮粒子遮住它的面貌，可也不是卡爾維諾口中的「看不見的城市」。它的確有點像席克拉城，永遠都在建設，到處是起重機；也有點像安那塔西亞城，讓人拼命工作去成就慾望，享受的同時又成了奴隸；還有其他城市，彷彿也可以找到 O 城的影子，都很像，可是都不像。

要描繪 O 城，人們大都由它的心臟說起。它的權力中心設在一個叫做鐘區的地方。那裏標榜精英，強調競爭。鐘區沿海有一座鐘樓，本來是當年安儂國的殖民者用來安排居民作息時間的指揮塔。殖民者離開以後，鐘樓就留下來，繼續為 O 城報時。那裏的鐘聲，早已成為了不少 O 城人日常生活的一部分。可是為了擴建城市，創建新地標，O 城政府決定把鐘樓拆掉。如今我每次路過鐘樓原址，都感到一陣失落，彷彿是截肢後的幻痛，那個消失了的部位，仍在暗裏抽

動我的神經。

　　沒有鐘樓的鐘區，時間過得比從前更快，生活節奏更加急速，即使是遊行示威，也講求效率，講究秩序，盡量在遊行期間説出訴求，然後盡快散去，讓交通盡早回復正常。以鐘區為核心的 O 城，依舊被泥黃色的海水包圍，城裏的人但求海水不犯食水，擔心食水變鹹；然而一旦看準時機，又爭相下海弄潮。懸浮粒子仍然沒有消散跡象，能見度持續變壞，已經令人無法看得清楚 O 城的未來。

官富灣

　　小時候，我曾經以為官富灣就是 O 城的中心。據説那裏從前是鹽場，後來就成了市集，還建了很多工廠。我在那裏的診所出生。我媽説，我出生的那天，她挺着大肚子，頂着烈日，沿着富民路，由街頭一直走到街尾，才抵達產科診所。那麼，富民路就是我最早走過的街道了。那時候父母剛結婚，在官富灣租了個小房子。可是由於房子太小了。不久我們就舉家搬到山上的蘇茅邨去。

　　雖然離開了官富灣，不過我們一家還是會經常回到那兒；那時候外婆住在蘭田邨，舅婆住在牛頭谷，而官富就在我們的中央，每一次前去探望外婆和舅婆，我都必須經過那裏。富民路是官富灣最熱鬧的街道，沿街有許多銀行和食肆，還有一家「紅 M 快餐店」，門口放了個六尺高的「M字額小丑」，終日向着途人咧嘴傻笑。雖然這個快餐店吉祥物的樣子有點嚇人，不過小時候我總渴望吃到那裏的牛肉包。富民路還有官富戲院，我爸會帶我和弟妹去看《動物奇

趣錄》，看着草原上的野獸怎樣互相廝殺，生物之間如何環環相吃。

後來 O 城政府決定把蘇茅邨拆卸重建，我們再次搬家。我曾經居住的房子，唸過的小學，盪過的鞦韆，溜過的滑梯，如今都不在了。對 O 城人來説，長大就是一個不斷失去的過程。連官富灣也將要面臨重建，政府決定把富民路一帶去皺整形，我出生的診所，將會變成一幢七十層高的玻璃屋。「M 字額小丑」大概可以在那裏不斷咧嘴傻笑，然而官富戲院卻無以為繼。我本來打算到那兒觀看《上班族奇趣錄》，還沒來得及，它就「光榮結業」了。

大魚洲

O 城共有二百多個大大小小的島嶼，其中一個叫做大魚洲，不但是 O 城最大的島嶼，而且經常有很多大魚出沒。除了大魚，還有海豚。根據記載，數百年前已有海豚在 O 城一帶水域游來游去。近年由於大魚洲進行多項大型填海工程，於是有人提出憂慮，擔心工程影響海洋生態。也有人發現不少海豚都被船隻的螺旋槳打得遍體鱗傷。政府為了表明保護海豚的決心，把海豚列為吉祥物；而 O 城人也愈來愈喜歡海豚，認為牠們聰明靈巧，充滿活力，簡直就是 O 城的象徵。

我第一次踏足大魚洲，是在初中的時候。那時我就讀海豚中學，老師帶隊去看海豚，我們在海邊拿着望遠鏡，看了半天，但沒有看到海豚的蹤影。後來我終於有機會看到海豚。那一年，鄰近的京城有大批市民上街抗爭，事件震動了

整個 O 城，不同地區都有人舉行集會以作聲援。我跟幾個同學乘船去參加集會，竟然就看見了海豚的背鰭，正在海中自由游弋。事件結束後，大魚洲有海豚集體擱淺，當時的安儂國殖民者為了安撫受驚的居民，就承諾在大魚洲興建一個規模龐大的世界級水族館。

大魚洲的水族館落成啟用，飼養了上萬條魚，還有幾頭懂得跳火圈的海豚。前去欣賞的遊人都為海豚那些高難度的跳躍動作拍掌歡呼。不少人都把當年海豚集體自殺的悲劇忘掉了，偶然更有人會跑出來說那是傳媒憑空捏造的。阿花拉着我到大魚洲看海豚。牠們隨着馴獸師的指揮棒，不停跳來跳去，做出指定動作後就會得到一條魚作為獎勵。我看牠們被關在水族館裏，不知怎地，就想起頭一次看見的那頭海豚了。

堆填谷

我居住在堆填谷，那裏住宅大廈林立，到處都是樓盤。地產商為了吸引顧客，都把樓盤起名為天宮皇府什麼的，但毋須名副其實，譬如海景豪庭，不一定有海景，亦不需要豪華，浴室可能連窗子也沒有，更沒有適合曬晾衣服的地方。偶然還會出現屏風一樣的樓盤，像圍牆一般擋在前面。居民為了擁有一個狹小的空間，都得付出高昂的價錢。房子跟房子擠在一起，打開窗戶，就可以跟鄰居握手了。但我從來沒有這樣做，我連怎樣稱呼鄰居都不知道。

堆填谷的土地由填海而來，除了興建大量住宅，還有垃圾堆填區，遠看是一片青草地，下面都是垃圾。垃圾釋放

沼氣，會爆炸；還會滲出污水，流入大海。據說由於缺氧，堆填區內的垃圾分解得比正常緩慢。也許若干年後，人們掀開堆填區的草皮，仍然可以掘出很多垃圾。我不期然想起那個有關 O 城名字的傳說。如果先民真的曾經在沙灘上發現一個大窟窿，按照 O 城人的習性，是否也會拿它用來盛載垃圾？

當我開始記下有關 O 城的種種時，那個先民發現的窟窿就一直在我的腦袋裏縈繞不去。先民到底拿什麼把它填滿了？我只知道 O 城仍在不斷填海，不斷擴建，堆起更多財富，堆起文化藝術，堆起政治變革。「O」是圓圈，是生命循環不息，是貨如輪轉，是可口甜甜圈，是光環，也可以是孫悟空頭上的金剛箍。「O」是由零開始，可以把很多東西填進去，充滿無盡的可能性；然而也可以是虛空，底子不夠，內裏空空洞洞。

我置身堆填谷，抬頭看見屏風樓盤上一點點的燈火，也看見了 O 城的月光。「O」，原來除了是個洞，還是那月光的倒影。

小說，陳志華《失蹤的象》（香港：kubrick，2008 年）

石頭的隱喻

潘國靈

1

小時候，我的母親很喜歡說故事，說一些很奇怪的故事。譬如說，有一個女子因為思念遠去的丈夫，立在山頭上等呀等，吸取日月精華，就成了一尊石像。人們給她一個名字，叫望夫石。望夫石懷裏抱着一個孩子。我聽着覺得有趣。後來她帶我到一個山頭，遙看了這尊望夫石，於是我相信，再奇怪的故事都有可能是真的。

她說女媧補青天，精煉了三萬六千五百零一顆石頭，全用光了，除了零零丁丁剩餘的一顆，這一顆後來墮落凡間，就成了一塊通靈寶玉。母親說，你知嗎？你出世的時候也是啣着一塊石頭來的，所以我就叫你做「石仔」了。我知道母親又在給我編織故事，但與其說她是杜撰者，不如說她是說故事者——負責把故事收集、再用一把口來搬演的人。她說的故事有着樟腦的味道，神鬼仙怪妖佛魔，什麼都可以變成石頭似的。或者因為我的名字叫「石仔」吧，她說的所有關於石頭的故事，我特別聽得入心。有時我不能入眠，哄着她給我說故事，她隨便都可以說一個，有時我使性子，非要她給我說一則石頭的故事，不讓她離開我的床沿，或撳熄我的床頭燈。她笑說，人家收集石頭，你卻是收集石頭的故事呢。

在這之前，我其實並不知道世上真有石頭的收集者。

石頭有不同大小、不同年輪、不同形狀、不同密度、不同紋理、不同質感。一次跟母親旅行時，我看到兩個孩子在灘岸一堆碎石堆中，撿拾石塊如尋寶似的，原來他們在挑選一些晶瑩剔透的，向路人兜售。母親路過，給了兩個窮孩子幾塊錢，換回一塊似玉又似石的東西。母親把這塊玉石放在我的心口，說，回家在它身上戳一個小孔，穿一條繩子，繫在脖子上給你掛着，作你的生日禮物。那年，我十一歲。母親又說，不是人人戴玉都好的，但石仔你一定會。果然，隨着年月，這片本來喑啞的玉變得愈發通透、綠裏帶白，拿它在陽光之下照，可以看到玉的內心。我天天把它戴在身上，只在沐浴的時候把它脫下來，而後來，即使沐浴我也懶得把它脫下，乾脆就讓它跟我每天洗滌身體吧。再後來，它不見了。我不知道我怎麼把它丟失，只是當我把它想起來時，它已經失掉了。又或者說，恰是它的不在，我才重新把它想起來。總之，從此，它由一塊玉石，又變回一個石頭的故事。

所有故事都可以變成石頭的，母親說。我記着，好像領悟了一點世情。

2

每天放學，母親都會在學校門口等我。拖着我的小手，回家路上我們會路經一條石板街，一級一級如石梯般層層遞落，母親說：「石仔，你看這條石板街，日子有功石頭都被路人的鞋子磨蝕了，其中，有我們的份兒。」我看看石級，果然給磨得光溜溜，但凹凸中也綻放着明暗有致的缺口

裂縫。

在許多次回家路上，我想我一定問過母親你關於生之奧秘，譬如，「媽媽，我是從哪兒來的？」我當時以為母親你什麼都知，但這個問題你沒有答。或者應該說，不曾給過我一個滿意的答案。「你叫石仔，不就是從石頭爆出來的嗎？」又說：「你當然是從我的肚子出來的嘛。」其他的媽媽也好像這樣跟孩子說過。

只在一次你帶我到寶雲道上看一塊巨石，一柱擎天的，你揭開了謎底。「這塊石叫姻緣石。」是的，「姻緣石」三個字，以紅色墨彩寫在大石之上，我看到，但「姻緣」這兩個字，當時於我還是有點深奧。你說，「媽媽為了懷你這骨肉，就來到這姻緣石摸摸，誠心求拜，結果靈驗了。所以，我就把你的名字叫作石仔。」原來，「我是從石頭爆出來的」──不全是一個笑話。

你給我翻開書本，從頭細說，石仔，人類祖先從石器時代開始，原始人居於岩穴中，所以我們稱他們為「穴居人」。他們很聰明，學會擊打燧石取火，有了火就有光明，我們現在反而不懂得的。但，石仔，你不要以為所有狀似石頭的東西，都一定是石頭。譬如說，有一種魚，不動的時候與石頭無異，但牠們不是石，牠們是魚，所以人們稱他們為「石頭魚」。一些怪石，長年暴露於天地間，吸取日月精華，會成精。譬如從前有一個石家莊，石家莊裏有一座石廟，石廟門前有一對石獅，經過百年光景，一天，石獅忽然不見了，人們說石獅成精，逃出生天。

我一直不明白而沒問出口的是，母親，你的名字叫陳

玉。以你對石頭的敏感，不可能不知道有一個成語，叫玉石
俱焚。由此我猜想溫婉輕柔的母親你，靈魂內也許有我所不
知曉的凜烈。

3

「石仔，你喜歡石灘多一點，還是沙灘多一點？」我記
得有一次你這樣問我。

其實應該是我先問你：「你喜歡山多一點，還是海多一
點？」你的答案很年輕，年輕得如同我當時一樣，都是比較
親近海的。然後你問：「那你喜歡石灘多一點，還是沙灘多
一點？」那天是我們第一次結伴出行，來到石澳，我答：「我
叫石仔，當然更喜歡石灘啦」，於是我們就棄走沙灘，走到
更遠一點，人跡稀少的石灘。我並不是存心握你的小手的，
但原來在石灘上步行，對一個女孩子來說是有點難度的，更
別說那些受海水滋潤染有青苔的，連我走起來都得格外留
神。於是我伸出了幫助之手，你接着了，一步一步，上上落
落，在由石頭堆成的灘畔中，我們挑選了屬意自己的一塊。
選定了，這裏陽光不太猛烈，石頭表面比較平坦，即使潮漲
海水也不會濺上來，充當我們的天然座椅實在是理想極了。
我們坐下，聽白色的浪花拍打石灘，融入了我們的喁喁細
語，海水在陽光的照耀下閃出一鱗鱗銀光，整個畫面看來都
是清藍的。

是的，母親，十八歲那年，我生命中有了第一個女子。
她與我是同校同學。她修文學，我修哲學。我告訴了你。你
說，石仔，現在輪到你給媽媽說故事了。哪裏有愛情，哪裏

就有故事；我的故事早已枯乾，你的卻有待生長。

4

　　你知嗎？我們曾經是恆久的夙敵。她說，既是恆久，又如何曾經？果然是唸文學的，一下子就把我的語法錯誤找出來了。我當時並未理解，曾經的東西，的確是可以恆久的。於是我就正色道：「我說的是，哲學和文學曾經是死對頭。你有沒有聽過，柏拉圖把詩人逐出理想國？」「但後來，亞里士多德又把詩人接回來呢。」可以搭上嘴就好了。在偌大校園，如果當時有所尋索，應該就是一個跟我可以談上文學、哲學的知心友。我們竟然懂得將初習的學問轉化成日常的話題，請相信我，無論當時如何幼稚，這完全是出於真心而無半點炫耀之意。崇尚知識名牌大抵一如現在年輕人追逐消費商品——如果後來大學生不再把柏拉圖、亞里士多德掛在口邊，只是我們把這兩位先賢逐出了我們的理想國。

　　文學跟哲學遇上，其實是在一門「希臘神話」的選修科。老師說薛西弗斯觸犯眾神，被宙斯降罰，於陰間把一塊巨石滾上山，由於它本身的重量，巨石每到山頂便滾下來，他又得從山下把它推上山頂去。這徒勞無功、無止境的工作，神祇看以為是最可怕的酷刑。你在我兩行前把頭擰過來，看了我一眼，好像在給我傳情達意。但我不是一塊巨石呀，我只是一片小石。我行走的步履很輕，時常像飄的，你說。

　　當「希臘神話」其中一堂課說到 Medusa 的故事，你就拿它作自己的英文名字了。話說希臘神話中有蛇髮女妖三姐

妹，其中一個是麥杜莎，為凡間一個美麗女子，竟斗膽與智慧女神雅典娜比美，被雅典娜施法，將其秀髮變成無數毒蛇，誰人只消看她一眼，便會立刻變成一塊石頭。你說，你現在注定是我的囊中物了。

「難道你寧願變作女妖嗎？」

「總比平凡的好。」

「那我不敢直望你了。」

「不，我要你看着我。」

我把視線從手上的書本，抬到你的面龐上。

「不，不要看着我的眉頭，我要你看着我的眼珠子，直望進去。」

我看進去了。

「看到什麼？」

「魔鬼。」

「還有呢？」

「美麗。」

「這個當然。還看到什麼？」

「自己。」

「對了，我的魔法已經生效了。」

「但你好像還欠一頭蛇髮。」

「沒問題，我會找髮型師弄弄的了。」

5

所以，當我第一次帶你回家的時候，你的頭髮已變成一盤蛇髮，一束束捲曲像蛇的波浪，染上了啡棕色的，散落

在兩膊之上。陳玉跟 Medusa 見了第一面。也許是你的蛇髮太搶眼，我發覺母親不時定睛盯着它。我不敢告訴母親關於 Medusa 的典故。我只偶一不慎喊了你的名字一趟，母親聽到了，差不多都開口問了：「麥？」我打趣說，你的花名叫麥提莎，因為你喜歡吃一種叫麥提莎的朱古力，你接口說，是呀日子有功頭髮就變成啡色了。母親笑說，是嗎，那下趟見面我給你送一盒。你乜斜着眼望過來，跟我發出一個好像恍若共謀的暗笑。母親被我們隔於暗笑之外。我第一次覺得，我好像欺騙了母親一點什麼。

其實也毋須顧忌的。母親應該沒聽說過 Medusa。關於石頭的故事，我長大後發現，母親並不如我小時候想像的那麼無所不知。她會知道，金玉良緣、木石前盟、終生誤、枉凝眉。她會知道，金馬成精、石獅作祟、老榕成精，種種的古老傳說。但西方故事的一大片世界，是她所不曾探索的。她不知道，有一個神話英雄叫薛西弗斯，每天被懲罰把巨石滾上山，巨石到達山巔又會滾回山腳，如此來回復返，永劫回歸。她不知道，有一個哲學家叫海德格，說存在被置於被遺忘的狀態，就像我們平日穿鞋子忘了鞋子的存在，只有當我們在鞋子裏放一塊石子，方才復知它的存在。這是我在存在哲學課中學到的。她不知道，有一個俄國文學理論家叫 Victor Shklovsky，說文學之道在乎陌生化，其金句是「To make the stone stony」。這是麥杜莎在文學理論課中學到而轉告我的。轉告的方式是一首詩，我十九歲生日時她給我寫的一首，尾句是：「使石頭成其為石頭」。

母親，我沒聽你說故事很久了。從什麼時候開始呢？現

在竟已想不起來。或者是我第一次鬆開了你的手。第一次推開了你。某天我說了這一句話：媽媽，我大個了，你不用再天天跟我說故事了。也許並沒有真的說出口，只是我在生活中，切切實實這樣做了。在你面前我收起了一度張開的耳朵。

6

你一再喚我：「不要看我的眉頭，看我的眼睛。」我看進去了，黑色瞳孔中有自己。刹那間你又閉上眼睛。「我不讓你看。我不想你變成一塊頑石。」「不會的，Medusa，就算我是一塊石頭，也是一塊有情的石頭。」趁着你閉起眼睛，我把嘴巴印在你的嘴巴上。又或者是為了迎接第一個吻，我們才閉上眼睛？濕潤、柔軟、細膩，懂得捲動的，那的確不是一塊石頭。我知道了。

我告訴你，關於石頭，小時候母親給我說過很多。你回嘴說：「以後，我會給你說更多。」竟然帶點醋意，女子，實在不是我所能明白的生物。

你說，石器時代已經太湮遠了。

你說，石獅沒有了，因為已經變作銅獅。

你說，這個城市已經沒有石家莊，這個城市叫石屎森林。

你拉我到石澳，在海灘上撿石仔打水漂，我創下了石仔在海面上彈跳六下方才沉沒的紀錄。你說我果然名不虛傳。

我帶你到寶雲道看姻緣石，你說早見過了，要看就要看沒見識過的。最近也要去天涯海角。我一臉問號，你說，天涯海角你也不懂？你虛有其名呀。就是兩塊石，在海南島，

一個在左邊，一個在右邊，上面分別有人用紅色墨彩寫上：
「天涯」、「海角」。

後來又説，不，天涯海角都太普通了，英國威爾特郡有
一個著名巨石陣，是史前建築遺跡，至今其起因和建造方法
仍是一個不解之謎，懷疑可能是外星人留下的。這才是真正
深奧有趣的玄學故事。你説，大學畢業怎都要去一趟歐遊，
這是我們要去的其中一站。我面上略有難色，因為我們並未
有足夠的積蓄。

未去到歐洲前，我們去了一趟澳門，你説這裏也很有歐
陸風情。我們踩在議事亭前地的鵝卵石上，細意漫步，我説
「鵝卵石」這名字真有趣，我其實從沒見過鵝卵。你説鵝卵
石給許多路人的鞋子磨得光溜溜，其中有我們的份兒。這個
故事我倒似曾相識，一定是你轉化自我的。

二十歲生日時，你給我在電台點歌，我喜歡民歌組
合 Simon & Garfunkel，你特別挑了一首 *I'm a Rock*。「I am
a Rock，I am an Island / And a rock feels no pain / And an
island never cries⋯⋯」你説歌詞多酷，男人要 cool 才型，
我説如果我真的變了一塊頑石，你還會喜歡我嗎？你説無論
我是頑石岩石礦石隕石鑽石鐘乳石活化石，都一樣喜歡。因
為無論我是什麼石，都是你的傑作。

「你忘記我就是蛇髮女子 Medusa 嗎？」

「或者我要考慮把英文名字叫作 Perseus。」

「好的，我就把我的頭顱交給你。」

你把頭顱放在我的肩膊上，柔軟恍若無形的身體蓋在被
子裏，只露出了誘惑的頭顱，紅色蛇髮披散在我臉上。我無

力招架，任它遮蔽了視線。反正我們都準備關燈了。蛇在被子下蠢蠢欲動。

麥杜莎呀麥杜莎呀，我不過望了你一眼何解我就變了一塊堅硬的石頭。

7

石仔，還有什麼故事呢？輪到你説故事給母親聽了。是的，是的，你告訴過我了，關於你的麥提莎，這名字太滑稽。滑稽不是我所喜歡的。我就叫她麥子好了。麥子落在石頭上，如果麥子不死，也算是登對的。你以為西方的知識我不懂嗎。媽媽可是看過聖經的。我説，找天帶她上來吃趟家常便飯吧。但你始終沒再帶她來。

你告訴我，這個麥子很頑皮。她把一小片石塊放在你的鞋子裏。你在學校宿舍一覺醒來，把腳套進鞋子中，飛奔趕校巴赴早課，走着走着覺得有東西硌在腳底，脱掉鞋子，竟然就找出一小塊石子來。你馬上就想到這是麥子的鬼主意，因為前晚你才跟她説一個叫什麼海德格的哲學家，説什麼存在平日被置於遺忘的狀態，就好像人們平日穿鞋子，根本忘了鞋子的存在，唯有在鞋底放一塊石頭，人們才想起鞋子的存在。這是你説故事的方式，不是我的，但我聽過一次，就可以用你的話語複述出來，也可以説，現在是孩子教母親了。

我懂得這個哲學家的故事。因為，如果這個世界有神，祂最近也把一小片石塊放在我的腎上了。我不知它在體內沉睡了多久。直至它發出了微痛的呻吟，我感覺有些東西在體內騷動。微語把我帶到超聲波機之下，醫生説，腎臟結出石

子來了，我方才省起，我把我的內臟也忘記許久了。為什麼
是腎，不是膽，不是胃，不是膀胱？是所有器官都適合石頭
生長的嗎？醫生說，這腎石體積極小，差點連超聲波都走漏
了眼，因為那麼細小，用激光擊碎是不太可能的。「我給你
開一些藥，讓它自動溶解，希望它可以透過尿管排泄出來。
但這個說不準，會給你密切檢查，看石子有沒有增大。也給
你一些止痛劑。」微痛的呻吟逐漸演變為陣痛的叫囂，再
而擊起劇痛的巨響。那麼的一小片怪石就夠你承受了；止
痛劑也敵不過它。這個時候，我倒想好像那個哲學家所言，
把存在統統都忘記，我的器官，我的身體，以至我的靈魂。
從小至大，我給你說了那麼多關於石頭的故事。結果最後的
一片，竟然長到我最私密的身體之上，我卻對它守口如瓶，
你假日自宿舍回家，我一聲不吭，至痛得難以承受的時候，
也只是把房門關上。石仔，不知你有沒有發現母親比以前沉
默了許多？我好像曾經告訴過你，所有東西最終都是會石化
的。我只是沒想到，譬喻最終是變成事實了。其實也不是沒
想到的，一切只差時間。

　　你大學畢業，說想去一趟長旅行，說這是很多大學生的
一道畢業儀式。我明白你的意思，當然不是邀我同遊。你有
你的世界，我可以做的，是在旅費上給你支持。我知道，你
這塊石子，是擲到海上愈彈愈遠一下兩下三下回不來了回不
來了。對此我有足夠的心理準備，或者也可說，你慢慢讓我
習慣了。一個月的離別也不算很長。我只是有點難言之隱。
想不到是這個時候，偏偏是這個時候。當石塊在我腎上遊弋

每遊一下就像螺旋輪在體內猛鑽一輪。我感覺它正在體內滋生，有了愈發壯大的力量。它的力量把我一分一分的侵蝕。我在床榻上而你在天涯海角處。

聽說所有東西都是會石化的。柔腸要多久才變成鐵石心腸。物化是唯一的歸宿。我不抱怨，這純粹只是痛楚的呢喃。

你回到家中也許我安然無恙也許我身在白色巨塔。回到家中你給媽媽在床畔說故事好嗎？說說你去了什麼地方踩過什麼石地摸了那塊石牆看了什麼石頭？我的故事早已枯乾，你的卻正在上演。只是當記，如果有窮孩子在灘岸撿拾石子，就給他們幾塊錢買一塊吧。這樣的孩子遠至中國的北極村都有。就給我寄回一塊中國最北的石頭。是的，十一歲生日我給你掛在脖子上的一片玉石你還記得嗎？你把它丟失了。我最近一個人在家中無所事事竟然在櫃桶底翻了出來。原來它一直沒有丟失只是你把它遺忘了。現在就放在你的床頭。回到家中如果我不在你見到它時請想起媽媽。如果你喜歡或者你可以把這塊玉石送給麥子，讓她知道我們的故事。

小説，潘國靈《靜人活物》（台北：聯經出版，2013 年）

存在與不存在：華富邨石灘的記憶與想像

王良和

1 釣魚台

大家都叫它釣魚台，喜歡釣魚的人，站在石欄前，把魚絲拋到海中，拇指和中指輕捏魚絲，靜靜等待。

我在雜貨店買三毫子麵粉。麵粉都用滿是電話號碼的黃頁包摺，在石灘拆開，添些海水，石頭上搓一會，搓成小圓餅，手掌滿是漸漸乾燥的白點，合掌搓着搓着，粉如雨下，手掌變回肉色，空氣充滿麵粉誘人的香氣。

魚絲拋到水中，眼前的海水好像更加柔藍，海浪沖拍着釣魚台的基座，沙沙的聲音湧上來，海風把魚絲吹成弧形，傳來突突突突的輕顫，一挫，魚絲有點沉。「有魚！」當然都是泥鯭。泥鯭上水，總是撐起腹背上的刺，給刺中，要痛幾分鐘。膠桶裏的泥鯭不動了，陽光下烤着烤着，眼睛無神，身上的黑斑紋漸漸褪色變白，暈出顏色更淡的圓圈，好像脫皮的樣子，風吹過聞到腥氣。

這就是華富邨的釣魚台，從瀑布灣道左轉，落斜路，經過華美樓，左轉，走過多岩石的下坡路，來到海邊，就見到向外伸出去的方形大平台，右邊還有一道爬進海中，像彎曲手臂的短石橋，水漲時，海水高高低低在橋上掩映。這時候，華富邨晃晃蕩蕩的，好像浮在水面。

2 瀑布灣

1971 年，新落成的四座雙塔式大廈，華昌樓、華興

樓、華生樓、華泰樓，屹立在地勢較高的山坡，連同已建成數年的十二座舊長形大廈，華富邨居民人數大增，不斷有人搬來，滿街衣着樸素的孩子。十歲的小男孩，用祖帶揹着幾個月大的弟弟，四條紅祖帶在胸前打一個大結，拖鞋踏踏踏，落斜路，轉入街市裏，混在人堆中，再也看不見。幾個小男孩，汗衣，短褲，走下華生樓的樓梯，走向 4 號巴士站，走到一半，轉身爬出欄杆，蹲在山坡上，一點一點滑下來。路過的人抬頭望一望，沒有搖頭，也沒有慨嘆，見怪不怪。

這時候，我正和星球人，已滑下這個斜坡，跳到路上。右轉，過馬路，下行，經過華建樓、寶血小學，右轉，走進公園，爬下亂石磊磊的山坡，來到沙灘上。瀑布的崖壁不算高，水並不大，有點污濁，一道黑濁的溪水緩緩流入大海。

我們在沙灘上挖一個深洞，用報紙遮住洞口，紙邊壓些沙，然後走到濕灘處蹲下，一邊玩堆沙，一邊斜眼偷看。

有人走到沙灘上來了，沒有踏到報紙。

有人走到沙灘上來了，又沒有踏到報紙。

「哎喲！有個窿！邊個咁衰？」

中年女人中招，一隻腳踏了個空，連報紙踩進洞裏。

我和星球人雙掌用力壓沙，目不轉睛，死命盯着這一座金字塔，嘴角辛苦顫動。女人走遠了，沙灘爆出一陣笑聲，沙之塔笑得倒下了，一塌糊塗。

在瀑布灣，我們偶然會脫下 T 恤，在鹹淡水的交界處，用 T 恤當魚網，彎腰捕捉小不起眼的金鼓、釘公。或者低頭在沙堆中尋火石，把兩塊淡黃色的火石撞擊得嚓嚓響，火花

一閃一閃。

「拿報紙來。」

星球人把陷阱中的報紙撿起，跑過來。我對着報紙一角，拼命敲擊火石，嚓嚓嚓，火花一閃一閃，非常美麗，摸摸敲擊過的石角，熱熱的，卻沒有燃着報紙。

「試試鑽木取火。」

在山坡折了兩條樹枝，把一條的枝頭弄尖，我兩手一前一後，按住躺着的樹枝，星球人不斷搓動雙掌中的樹枝，鑽着鑽着，沒鑽出火，卻鑽出了樹汁。

「嘩，好痛！手掌熱到起火！你來鑽！」

「做實驗，實驗做完了。」

3　石頭記

我們在瀑布灣挑了最好的五六塊火石，走到華泰樓樓梯口的圓形石櫈上，一塊一塊放好，把撿來的紙皮撕成一塊一塊，用原子筆寫着：一毫、二毫、三毫。三毫子的當然是最大塊的，比搓好的麵粉團還要大。

原來在街邊賣東西，是有一點膽怯的，最怕看見同學。

下班時間，行人來來往往，上樓梯，落樓梯。

第一次當起了無牌小販——售賣美麗、可以擦出火花的石頭。

一個人瞄了一眼，上了樓梯。

一個人問，這是什麼石頭？

火石，可以打火。

現在還有人用石頭打火？史前時代呀？劃火柴就得啦！

説完，笑一笑，上了樓梯。

一個男人停下來，瞄了一眼，這是什麼石頭？

火石，可以打火，像這樣子，嚓嚓嚓，很好玩的。你看，嚓嚓嚓，真的有火。

哪有人買這些石頭？坑渠都有得執啦。

坐了兩個鐘頭，沒有人收買可以帶來快樂的石頭。我開始想，原來他們不覺得這些石頭好玩又有趣，一毫子都不買。我們當寶的石頭，他們隨時丟進坑渠，丟進坑渠都沒有人撿。他們究竟喜歡什麼呢？

嚓嚓嚓，天黑了，火花愈來愈明亮，從兩塊石頭的交擊處閃出來。

有人上樓梯，有人下樓梯。

這裏真的住了很多人。

七點半，天真的黑了，星球人和我分了圓檯上的火石，捧回家去。

回到家中，我把火石全丟進了垃圾桶。

4　石灘與暗流

釣魚台左邊的石灘，水退的時候露出一大塊礁石，礁石旁是一小片沙地。我沒有泳褲，穿着啡色的校服短褲學游泳，蛙泳的撥水與蹬腳，先是手腳齊一的做一下，雙手按沙地，然後兩下，再增加至三下、四下才按沙地。慢慢的，我像青蛙浮在水面，雙手划水，雙腳蹬水，頭在水面上仰，一邊游一邊看風景。

每天清早七點，不管盛夏寒冬，總有幾個戴泳帽的中年

人在近岸處游泳，兩三個人頭入水出水，有規律地在浪裏隱現；還有兩三個人，在岸邊甩手壓腿，做熱身運動。平日黃昏，或者星期六、星期天下午，總有幾個人在這裏搬石頭，砌平台，岸邊疊放了大包大包的英泥。黃昏，太陽慢慢西沉，那個戴着泳帽的男人，雙手仍捧着一塊大岩石，從那邊搬到這邊，放好，搖幾下，再找些小石頭，塞進石間的空隙裏，再搖一搖，壓實，鋪上水泥。

然而，這邊的石灘不久給封了，鐵網圍成邊界，擋住要到石灘和釣魚台的人，鐵門上了鎖。一塊大鐵牌豎立在當眼的山邊，寫着：水污流急，切勿游泳。可是，要到石灘游泳和釣魚的人，從圍欄與山坡間的空隙中，還是踩出了一條窄窄的路來。

有一段時間，不知什麼原因，泳棚的人，轉移陣地，來到近海邊停車場的石灘游泳，又開始在那裏搬石頭，其他人跟着到這裏游泳。

望着泳客捧着一塊一塊大石，我就想，好不好主動幫忙呢。但我只是看着，無法融入他們的世界。他們的夢想，好像和我沒有什麼關係。

直到有一天，我對海有了不一樣的體會。就是在這個石灘，在離岸不遠處游着浮着，海中忽然湧起強大的暗流，把我沖向瀑布灣。我連忙反方向游，可怎麼划水踢水，都無法逆流而進，還是跟着暗流朝瀑布灣的方向漂，離我下水的石灘愈來愈遠。

我忽然想起那些水鬼的傳說，華富邨昔日可是個亂葬崗。山坡偶然有幾塊墓碑鋪成的石路，某一處石灘的淺水

處，更有三塊長方石板，兩塊平放，一塊斜斜擱着，游倦
了，我總喜歡游到這裏，踏着這些方平的石板上岸。一個泳
客説，那是墓碑，建屋邨時，從亂葬崗掉到海裏，碑石反轉
了，字都朝下，看不到。愈想愈心寒，海水忽然變冷。這
時，我感到水流中有一雙手，不斷拉扯我的腳。我加緊踢水
上升，水流又把我往西邊的方向推。太陽正在下山，愈往西
漂愈看得清楚，雲影都染成血紅。我想，我可能會淹死了。
眼前浮現那一塊警告板：水污流急，切勿游泳。怎麼辦？前
面近岸處有一塊大岩石。我已經沒有氣力了，就放鬆身體，
不再逆流而游，隨着暗流向右漂，緩緩踢水，讓身體一點一
點向西岸漂移。向大岩石漂去。兩手總算抓住了那塊大岩
石，喘着氣休息。

　　仰臉，看見海邊的華明樓，家家戶戶在落日的餘暉中
靜靜曬着露台的衣服。高處的華生樓，這時候，媽媽一定在
家中打麻雀了，大廳升起好聽的噼啪牌聲。第一次進邨，就
是搬家那天，坐在貨車裏，貨車從薄扶林道的斜路左轉，穿
進短短的隧道，彷彿有光，一出隧道，左邊，柔藍的大海，
浮着一座像鱷魚的小島，然後是迎來一座座新潔的高樓。高
樓中間的街道，在陽光下閃閃生輝。貨車裏的摺枱、碌架床
板、鐵皮箱、火水爐，第一眼看見這美麗的屋邨，都開心得
咣噹咣噹輕輕碰撞起來。然後是我第一次乘電梯，第一次站
在二十一樓井形圍欄前，慌得後退，貼着牆壁走路……

　　隔着這樣的距離仰望華富邨，它多麼高峻啊。只要仍看
到它，就好像抓住一條無形的繩纜，不安中隱隱有了慰藉。
瀑布灣公園一帶，此時正飄着幾隻風箏，有的像魚在天空中

緩游，有的像長了尾巴的菱形小屋，虛虛浮着。

　　幾分鐘後，強勁的暗流過去了，海水變得平和寧靜。我放開大岩石，往岸邊游去，總算順利上了岸。回頭一望，海藍如舊，浪湧如舊，下水的石灘，遠遠的依稀可辨。我彷彿輪迴歸來，有了對死亡的想像。

　　那個石灘，不久又被鐵欄圍封。

5　鄰居教練

　　鄰居梁先生和他的三個子女，星期天也喜歡到華富邨的石灘游泳。

　　梁先生是揸的士的，太太是工展小姐。太太婚後成為家庭主婦，愈來愈胖，梁先生穩定地瘦，得力於經常游泳。

　　梁先生不斷慫恿三個子女和我比賽游泳，大約二十呎的距離，從水底的這一塊岩石，到那一塊岩石，他站在終點數一二三。每一次，我都是游第一。他的大兒子，外號大眼仔，屈居第二。梁先生對大眼仔說：「你看他，踢水踢得多快，他就是靠一對摩打腳。」然後梁先生教我倒後游泳。我以為是背泳，我說我會呀，便仰天向後左右手車輪划水，游了幾步。他說，不是的，不是這一種。是好像向前游，而其實向後退──兩臂前伸，豎掌，手指朝天拼攏，兩掌急速做左右抹窗的動作，水花愈多愈好，而腳掌用力向上扚，輪流下鋤，產生後推力。好難啊，花那麼多氣力，身體只能向後慢慢移動。

　　最快樂是看見梁先生的女兒阿美俯身學習浮水，她的長髮一蓬一蓬的浮在水面。我們笑她披頭散髮，十足女鬼。

她每次浮水後起身，總是讓前面的長髮濕濕的下垂，遮住臉孔，然後伸出雙臂捉我們，還發出「嗚嗚」怪聲，如泣如訴。這可把我們逗笑了，又嚇怕了，轉身加速游走，或乾脆潛到水底。

還有一個大哥哥教我游泳。他是我的鄰居，住在二十一樓另一邊的「方井」，平日在電梯口教我翻觔斗，在石灘教我游泳。他潛到深水區，出水的時候舉着一隻很大的帶子，看得我們眼都紅了。我剛學會游泳，他鼓勵我游到過了人頭的水域，伸長腳都觸不到石頭或沙地。「好深水！好深水！」我正想回頭，他游過來，把我按到水裏。我拼命掙扎，撲上水面吸氣，他又把我按到水裏。我死命掙扎，大喊：「透唔到氣！透唔到氣！」馬上喝了幾口海水。我發了瘋地推開他，他又把我按到水下，我張大口呼救、哭泣：「唔好！救命！咳……透唔……到……咳咳……氣……」鼻子又嗆了海水。我想我真的要窒息死了。這大哥哥可是我信任的人。我不想死，拼命蹬腳。他又把我按到水下。這時，我感到水底有什麼東西把我往上推，我被送到水面，他終於放開我了，我拼命游回岸邊，坐在石灘上喘着大氣，一邊咳一邊哭。回頭望望海中的他，他咧嘴笑着。等我平伏了，他在深水區鉤着手指：「來呀！」

6 海底世界：美麗與危險

這是我能體驗到的，香港最美的海灣。

喜歡游泳的人，成了朋友。他們把潛水鏡、蛙鞋借給我。華富邨的海水異常清澈，戴上潛水鏡，看見自己被一群

一群的火點包圍。火點的背上，有一個大黑點，海龍王練毛筆字，每條魚點一點。這是我在華富邨認識的魚，偶然釣到，沒想到在水底見到那麼多。有人把拆下的雨傘骨磨尖，加上車輻條、木板、強力橡筋，製成魚槍，出水時高舉被魚槍貫穿的石蟹。我也曾自製魚槍，拆下一根雨傘骨，在後樓梯抵着粗糙的水泥地磨呀磨，把一端磨尖，橡筋穿過另一端的圓孔，在水底拉弓似的把魚槍後拉，一鬆手，魚槍軟軟地推進少許，就下沉了。只好徒手掀開石頭——沙泥滾滾，一隻青紅的石蟹，從石頭下竄出，邊逃走邊舉起兩隻鉗子，盯着我。看到大蟹總是特別興奮，禁不住追，並且伸手，卻又忌憚那對鉗子。戴上粗布手套時，膽子就大得多了，抓到大石蟹，出水一看，竟是隻小蟹——潛水鏡把石蟹放大了。

　　某一處石灘的水底零零星星埋伏着海膽，密匝匝的黑長刺在水流中晃動，好像盤算着什麼。所以我就中招了，上岸時腳一踩，哎喲的叫了一聲，上水後只見腳掌淌着血，拔掉斷刺，有一根插得太深，拔不出來，要翹着腳掌一跛一跛回家，用指甲鉗拔。下次游泳穿上白布鞋，再下次游泳，上水前總提醒自己，瞪眼看一看水底有什麼。

　　水母也是常見，我們口中的白炸，有的很大，微黃，垂着一叢長髯，大家知道厲害，看到必遠遠避開。可是有一年夏天，華富邨的海面，漂着很多沒有觸鬚的水母。有人張開五指一撈，整個水母出水，圓圓的在掌中，十足大菜糕，卻無比晶瑩，陽光下水灘灘的清亮。他把水母拋到石灘上，大家走過去看，有人用手指戳，說，一點都不痛。於是，大人小孩，都伸手在水中撈水母，拋到岸上，這裏，那裏，一隻

一隻躺在岩石上，陽光下曬溶了，軟軟的不成形狀。我和星球人也撈了很多，還像擲雪球的互擲，水母在岸上飛，我們在岩石間縱跳閃避。

幾天後，我在淺水中看見一隻很小的水母，只有一圓硬幣大小，手掌一撈，火燒電殛！瞪眼一看，水中的小東西垂着三四條長長的觸鬚。上岸後看看手掌，一條條血紅的傷痕，又痺又痛，真的被火燒傷了。馬上拖着受傷的手回家，塗了很多莪朮油，第二天，第三天，塗了幾天莪朮油才消痛。

許多年後，一個新認識的朋友說，他和一個友人在深水灣游夜水，雙雙被白炸炸傷，他受了重傷，他的朋友死去了。他說：滿身鞭痕，痛不欲生。

我聽後背脊發涼，眼前是黑暗的深海，無形的閃着幽光的東西，一收一縮，一晃一晃。

7 清晨的釣魚台：夢幻樂園

我最喜歡清晨的釣魚台，母親有時會七點幾到那裏，手裏捏着錢包。

魚船駛近岸邊的聲音。

有的從左邊的石灘靠岸，有的從右邊的石橋靠岸。漁民把一盆盆魚蝦蟹端到釣魚台上，又把一圓網一圓網的魚蝦，用長繩吊着，縛在釣魚台的石欄，浸在海裏，隨時拉上來。盆裏還有各式海螺、海星、麵包蟹。這充滿色彩的世界，是我童年的夢幻樂園。

竹籠中的海蛇，有毒，蓋子蓋着。有人買時，矮胖的男

人打開蓋子，抓一條出來生劏，斬了頭，剝皮，帶血的去皮的粉色肉海蛇，在透明膠袋裏捲來纏去，掙扎着。

我最喜歡看漁民稱魚蝦時，用黑褐色的大稱鉤一把勾穿膠袋，放水才稱，或者乾脆用手撕下膠袋一角，讓水流走。

媽媽買了一尾石斑，見我老盯着盆子中金黃的珊瑚魚，就問賣魚的女人，可不可以把珊瑚魚送給孩子玩。女人想了想，就取膠袋，盛水，把魚撈進去。

家中的鋼書架本來有一個魚缸，養的魚都死了，空着。我在石灘挖了一桶海沙，提回家倒進缸中，用一個紅色的塑膠勺子，放在馬桶邊接水，拉了幾十次沖水掣，用沖廁的海水養那珊瑚魚，後來又把釣到的石九公、青衣、泥鯭放進缸中，把餵淡水魚的紅蟲倒進水裏，牠們也吃。

我是多麼快樂呢，第一次養海水魚。那可是有錢人的玩意！

五六天後，魚的眼膜漸漸變得白濁，眼睛腫了起來，一條一條死了，水也開始發臭。

8　聖誕老人的禮物

二〇一四年，梁振英在施政報告中宣佈重建華富邨，而我，已經離開華富邨二十多年了。這時候去追尋華富邨的歷史，是趕潮流的庸俗行為，我得承認，我是這樣的一種人。但另一方面，我想通過追尋一點華富邨的歷史，去醫治我的病。我怕有一天，你問我記得華富邨嗎？我懵懵懂懂，反問你：華富邨是什麼？

回憶是一種治療方法（我其實一直在自我拯救）。談到

華富邨，我首先想到的，是從雞籠灣到瀑布灣，那曲折的海岸線，柔藍的大海，像鱷魚蟄伏的小島。有時想，如果沒有這一片海灣，我今天會變成怎樣的人？

然後是從地面拔起，高聳入雲的方形巨井，在井底仰望天空，總是一片方方正正的藍，偶然飄過一片白雲。烏雲當空的時候我不會仰望天空。有時想，如果沒有這些巨井，我今天會變成青蛙嗎？而我從來不會想像自己變成王子。

然後是一間簡樸的房子，水泥地，鐵枝搭起的碌架床，沙發、椅子、飯枱、電視機、奶白光管。有時想，如果沒有這間寬敞的房子，我們仍是七八個人擠在板間房嗎？希望不會坐上隨時翻沉的橡皮艇，尋找可以容身的地方。

我在網上找到一張黑白照片，高空拍攝快將建成的華富（一）邨，周圍仍有建屋的空地，瀑布灣山上還有不少農田、村屋，沿海都是陡峭的山坡，只有零零星星的樹，而我搬到華富邨時，山坡已種滿樹。於是我想起來了，剛搬到華富邨，除了流連於瀑布灣、石灘，我還常常和弟弟、星球人到仍未建屋的荒廢農田挖馬屎莧、番薯，華生樓的後山仍有桑樹、番石榴樹，初夏可以摘桑子吃，可以摘桑葉養蠶蟲，野地有龍珠果。

不久，我又找到另一張鳥瞰華富邨的彩色照片，大概是八十年代初的華富邨，邨口已屹立着華富閣，還有消防員宿舍。華貴邨未興建，雞籠灣村未清拆，邨口未填海。我從高空下瞰，看見一個小孩在雞籠灣村外的沙灘挖沙蟲，卻挖到一個狗的頭骨。你用一根短棍頂着狗頭，從山坡爬上華樂樓，當街舉着骷髏頭走到華生樓，乘電梯，到了十二樓，把

狗頭放在一戶人家的門外，馬上衝回家打電話給吳永定。

「哥哥去咗街。」

你對聽電話的吳永定的弟弟説：「聖誕老人送了一份神秘禮物給你們，快打開門看看呀！」

吳永定的弟弟放下話筒，你很快在電話中聽到一把驚恐的聲音：「哎呀，骷髏頭呀！」

你立即掛上電話，狂笑大笑，笑到飆眼淚。

許多年後，你和妻子在茶樓飲茶時提到這件事，仍笑得很開心。你的妻子笑了，説了一句：「咁鬼曳！」想了想，好像她就是吳永定的弟弟，打開門，驚見一個找上門來的骷髏頭，忍不住又笑着加了一句：「乞人憎！」

沒有這個狗頭做引線，我想，我不會記得吳永定了，他和我鬥過彩雀，他的笑容和聲音突然清晰起來，他的牙齒很白，膚色很黑，他弟弟「哎呀，骷髏頭呀！」的語聲就在耳邊，震顫着震顫着，非常鮮活。現在，我連他弟弟的樣子都記起來了，臉白淨，穿着寶血小學的校服，咬着珍寶珠。

我在天空上，俯視着一張地圖，在發現狗頭的地方加上了「我在這裏」的記號。又不斷尋找泳棚、釣魚台、瀑布灣、荒廢農田、小溪、遊樂場、巴士站，在不存在的地圖上，加上「我在」的標記。這時候，我忽然想起王國維的詩句：偶開天眼覷紅塵，可憐身是眼中人。華富邨變成了迷宮，不同時空的建築物，奇門遁甲般詭密地移動，刻刻斗轉星移，使我迷路。我看見我在這裏走過，又消失了，或者躲了起來，在迷宮遇到另一個相識的人，大家把手指放在嘴邊，輕輕噓了一聲，説：「有人監視我們，小心被他發現。」

我以為我再不會記得他們了，看見那麼多的我和他，仍然活着，沒有死去，在華富邨的山邊，在華富邨的石灘上，走來走去，時隱時現，我不禁熱淚盈眶。

9 記憶的真實與虛構

我在三聯書店買了一本去年出版的書，書名《蟑螂變》，作者是王良和。這名字我未聽過，很陌生。買下這本書，僅僅因為最後一篇文章，題目叫〈和你一起走過華富邨的日子〉，這就和我有關了。我在坐地鐵回家時，迫不及待翻看這篇小說。哦，主角，一個叫「程緯」，一個是「我」。「我」是誰？讀了大半仍不知道，你你我我的糾纏不清。

看畢整篇小說，一句話：失望！寫華富邨竟然沒有專寫石灘的章節，只說在藍塘麵包店買麵包皮用泥鯭籠浸泥鯭，瀑布灣成了黑社會毆鬥的場地。我也是在華富邨長大的，從未聽過瀑布灣有黑社會打鬥，上網找了大半天，一條資料都找不到，沒有新聞報道，沒有人分享見聞；反而是很多居民見到 UFO，電視節目都探討過這咄咄怪事，作者呢，卻無一字道及。最離譜的是小說中一個鬼古都沒有，寫華富邨怎能沒有鬼古？都不知他是不是「真・華富人」。

寫小說之前，上維基百科找一找，都會找到華富邨的歷史啦，看完才寫，起碼寫出一個地方的若干歷史：

華富邨（Wah Fu Estate）是香港最著名的公共屋邨之一，由前香港屋宇建設處建築師廖本懷先生負責設計。華富邨分五期落成，華富（一）邨於一九六七年

十一月至一九六九年二月分階段落成，而華富（二）邨則於一九七〇至七一年分階段落成，而一九七八年加建的華翠及華景樓也同告落成。華富邨的人口在高峰時共有約五萬人。

一九六八年九月二十七日，時任香港總督戴麟趾主持華富邨的開幕典禮，同時亦慶祝香港屋宇建設委員會第二萬五千個單位落成（位於華美樓九樓）。華富邨在落成之初，並未吸引太多市民申請，原因是該邨遠離香港市區，而且交通非常不便，對外交通僅能夠依靠一條狹窄的薄扶林道，加上屋邨原址為雞籠灣墳場及香港日治時期的亂葬崗，令到不少迷信的市民不願意申請入住。至落成該年，香港政府為了吸引市民入住，而播放了一齣名為「華富新邨」的宣傳影片。

一個屋邨建築在無家可歸的亡靈之上，注定要與鬼同住。聽說很多建築工人把墓碑扔到海中，所以華富邨水鬼特別多。據我真實的經驗，華富邨的居民，無一不在口耳相傳，不斷添油加醋的鬼故事中生活——屋邨剛建好，尚未正式有人入住，已有亡魂迫不及待搬進去，慶祝新居入伙，在烏燈黑火的單位裏打麻雀，建築工人常常聽到「碰！西，死晒！」的笑聲，一陣一陣，起起落落，就像潮水的聲音。一個長髮少女老是在黃昏時蹲在海邊洗臉，一張臉久久浸在水裏，專候最後一個游泳的人上水的一刻，讓他一睹芳容……可惜我不會寫小說，否則我一定會寫一系列真珠都無咁真嘅華富鬼古，就叫做「華富邨：鬼咁愛你」。在梁振

英宣佈重建華富邨後，肯定有市場。

不過，話説回來，原來這個王良和，寫過一篇小説，提到華富邨有鬼。在《蟑螂變》XX 頁到 XX 頁，對了，就是那一篇〈降身〉，開端寫幾個小學生到停車場捉鬼，因為傳聞停車場底層有一副棺材。我不知道作者是弄錯了，還是故意改動一下棺材的傳聞。誰不知道呢，建華富邨時，工人碰到一副棺材，但有人對棺材不敬，整隊人不是生病就是行衰運，更有人暴斃，摸過那副棺材，就似中了咒語，一定有事發生。沒人再敢動那副棺材了，建築師唯有稍稍修改某個地方的設計，封了那副棺材，以免居民觸碰甚至看一眼都遇到厄運。但那副棺材不在停車場裏（王良和沒有説，但我知道他指的是華泰樓的停車場），而在居民協會對上的巴士站草叢中，至今未化，只是棺材不肯現身，無人找得到，生果報的記者用盡方法找，都找不到。

這些雖是傳聞，但傳聞有時候比正史更真實，甚至可以揭開歷史、建構歷史，最好不要扭曲啦。

10 守護華富：滿山神佛向滄海

我一個人重回華富邨，帶着照相機，沿途拍照。華美樓地下，昔日的幼稚園，變成南區長者綜合服務處。一輛接載老人的十四座小巴停在門前，車身當眼處印着「用心關懷以心連繫」。正對釣魚台，海景優美的華康樓，外牆新髹，但整幢大廈老得要用鋼架支撐。

瀑布灣公園比以前更加美麗，種了很多樹，洋紫荊盛放濃艷的紫花。我走下石階，只見海邊圍着一列長長的綠色鐵

欄，一直延伸到釣魚台。幾個工人正在修葺斜坡。

穿過鐵欄的空隙，只見左邊的山坡，密密麻麻擺滿了陶瓷神像，觀音、福祿壽、大肚佛、如來佛祖、關帝、鍾馗、八仙、濟公、財神，或站或坐，或盤腿修練，或舉臂向天，或輪轉千手，慈和微笑，怒目猙獰，回眸含悲，不憂不喜，成百上千的神佛，在山坡列出奇特的仙陣，千目凝對滄海。

而這時海浪洶湧，潮水怒擊岩礁，轟然星碎，浪花四濺，正是水漲之時。

沒想到二十多年後，這泳棚竟有如此氣象，滿山神佛，守護華富，成了華富邨海灘的一道風景。

泳棚一帶的路，都鋪了水泥，有可供上香的小神龕，有遮陽擋雨的棚屋，裏面有方桌、椅子、掛畫、電鐘，還有數十神像在供奉台上，陰影中緊盯洶湧的大海。

多少年了？終於，一個可以讓人躺臥、曬太陽的水泥平台建成了，還有方便下水的石級、扶手，不必像以前，要小心翼翼走在高低不平的岩石上，隨時摔倒。我唸初中時，農曆年後，常見泳客把家中的桃花、五代同堂移植到這裏，山坡擺放的觀音、佛像漸漸多起來，底座都加上了水泥，牢牢黏在岩石上。我曾把一個瓷觀音放到這裏，現在滿山神佛，不知我的觀音，站在哪裏觀滄海，看着日出日落，燦爛星辰，在華富邨的天空上運轉。那年代，總有一個最熱心砌建泳棚的五六十歲男人，常在這裏搬石頭，他的腦中，一定有一個夢想的泳棚和大海。水泥平台下，無數石頭，無數手掌，把水泥地上行走的人，一一承托。他還活着嗎？我彷彿仍然看見他，穿着藍色的泳褲，光着上身，或披着大毛巾，

完成了一點點工作，天黑前沿着瀑布灣的斜路，緩緩上行。

我在泳棚待了一會，就走向釣魚台。釣魚台如此殘破了，老是被鐵欄圍住，居民卻用了各種方法越過鐵欄，來到這裏游泳、釣魚。釣魚台右邊有點崩塌，我爬過水渠，來到石橋上，開始用刀片切蝦肉，拋絲釣魚。這曾經是星球人和我，他弟弟和我弟弟常來游泳、釣魚的地方。

「你還記得星球人嗎？」有一次，我問弟弟。

「記得，香樹輝吖嘛。」

「他以前住在華興樓，你有沒有碰過他？」

「沒有啦，聽説移民了，哈哈，飛到另一個星球，他都不是地球人。」

我笑了。我們是看了七十年代放映的美國電視片集《星空奇遇記》，給香樹輝改名星球人的。那些集體在華富邨看見 UFO 的人，會不會因為看了電影《第三類接觸》？那是一個時代的集體想像。UFO、飛碟、星球人。

魚絲突突突突顫動，有魚，一挫，魚絲卻輕如無物，魚餌給魚吃掉了。

又見到你，太難得了。是水下的聲音，從魚絲的另一端傳來，就像打電話。

華富邨不久要拆了，回來看看。

不下來游泳？我等了你很久了。

我長大了，知道海裏有海膽、白炸、毒海蛇、鯊魚，還有水鬼。

還有暗流。

我已經不敢在這裏游泳。

又死了一個中學生。

我知道，放學後和兩個同學在瀑布灣游泳。蛙人搜索到凌晨，才在華美樓對開的海底找到他。我在網上的新聞看到了。

他就坐在那裏。有時哭着要找媽媽，有時傻傻地望着大海不說話，有時又不斷向大海扔石頭。

我別過臉，果然看到一個穿着校服的中學生，看來剛剛游完水，校服濕濕的，坐在海邊，潮水湧到他的腳踝，偶然有浪花濺到他的身上。天空滿是陰雲，海風吹過，帶來似苔蘚又似鹹魚的氣息。

我們都不聽勸告，加上圍欄鐵鍊上了鎖都沒有用。水污流急，那一次，我幾乎沒頂，真凶險。

你應該死了很多次。

是你救我？那一次，把我往上推……

有嗎？老是下雨，天空都似大海波濤洶湧，雷電交加，頭上的帳篷積了很多水，不斷壓下來，我就用一根棍往上頂了幾下，讓水從兩邊瀉走。你知道，我們只能住在這樣的地方。你們來了，我們連躺下來的地方都沒有了。

但華富邨快要清拆，梁振英……

眼見它起高樓，眼見它樓塌了。五十年。

這裏可是我認識世界、人生的開始。

那時你真係好鬼曳。

11 日落華富：終極一釣

「有魚！」我突然感到魚絲向下一沉，下意識地往上猛

挫，那魚絲愈發沉了，繃得直直的，還向右游竄。一定是大魚！十磅絲，應該夠力，是石斑就好了。我嘴角微動，想笑，不和那魚糾纏，怕魚甩掉，左右手快速輪換拉絲。那魚卻不動了，愈往上拉愈輕，好像那魚很享受上水的感覺，甚至迫不及待，有意配合。出水的卻是一叢墨黑的海草，在水波間晃動，活潑潑的像無數小海蛇亂竄。瞪眼一看，草間一隻痛苦的眼睛。果然是大魚！我猛力一扯，魚絲倏地扯到半空，眼前晃晃的卻是個飄着長髮的人頭，海風吹開一叢髮絲，我看到一張傾側的蒼白的臉，還有一隻合上的眼睛。那眼睛，朝我，突然張開。一把聲音幽幽的問：「我在哪裏？」

「鬼呀！」我失聲大喊，急急扔掉手上的魚絲，轉身就跑——一轉身，太陽完全西沉，天就黑了，空氣冷得發抖，滿耳潮聲，滿山碧熒熒的光點。

「鬼呀！」我再大喊，張着口，卻怎麼也發不出聲。

「我釣到一個人頭。」

第二天，我壓低聲音對星球人說。

「黐線！」

「真的！不騙你！」

「在哪裏？」

「釣魚台。」

「你發噩夢！」星球人大笑。

散文，原載《香港文學》第 379 期，2016 年 7 月

張保仔（節選）

黃勁輝

　　每年農曆三月二十二日是三婆誕，三婆是媽祖的姐姐，比誕早一日。誕又名天上聖母聖誕，海上人視為重要節日。三婆是保護海盜的水神，所以紅旗幫會以三婆為神。

　　娘娘，又名媽祖，香港水上人稱阿媽。娘娘相傳姓林，湄洲嶼人。相傳林氏出生不哭不鬧，長大後以巫祝為事，知人禍福。後來父兄駕船至閩江海域，遇風浪，林氏入海拯救，不幸罹難，船民打撈遺體，葬在岸邊，其後屍骨失蹤，鄉親相信她羽化升仙，遂於湄洲建媽祖宮。宋徽宗以後，各代皇帝追封。媽祖常於海上顯靈，影響力遍及東南亞。香港建大量廟，漁民視同神靈，事無大小向娘娘求卦。

　　三婆沒有娘娘這麼受大眾歡迎，比較邪門，受海盜等黑道人物所愛戴。相傳惠州一帶，有巫婆默娘，擅於施法，能附人體說話。默娘早死，死時不過廿八歲。三婆年紀較默娘大，婆是尊稱。

　　每年三婆誕，紅旗幫眾到香港赤柱三婆廟，恭迎三婆出會，巡遊，是紅旗幫的大事。紅旗幫上下會穿戴禮儀服飾，所有船隻亦以彩帶圍繞，好像嘉年華一樣，歌舞昇平，喜慶洋洋，海陸進行。儀式前一天，在三婆廟前和船艦各搭建戲棚，兄弟們一起看戲。先由紅旗幫眾舞獅舞龍，向三婆致敬。最重要的儀式之一，就是「搶火礮」。竹籤從花礮中爆出，眾人爭相搶奪。

　　最神聖的儀式，由和尚主持供請三婆神座上轎就坐，

由八位大漢抬神轎而行。該八人不是隨便挑選的，經三婆廟和尚看其出生年日，再擲筊嚴挑細選出來的。抬轎者須七天前齋戒沐浴誦經，以淨心神。據說三婆會指點八人，巡行或停頓。八人心領神會，依三婆默傳的步伐而行，是神授的過程。

百多艘戰艦在海上繫成連環船，由繡旗隊先行，頭上戴尖帽，身穿藍衣和棕色褲。亦有些把魚蝦蟹放在身上裝飾，寓意龍宮武將。沿途打鑼擊鼓，從陸上廟，踏上連環船。

嘉慶九年，三婆誕發生幾件奇事，先有搶火礮，火礮三射不成，第四礮才打出頭礮。其後三艘船艦無故起火，時間剛巧是搶火礮時，打三礮不出。有人傳說三礮看似沒有射出來，卻神奇地礮落船艦導致火災；第二件奇事，三婆神轎走上連環船，停在一個少年旁邊，足有三個時辰，三婆不願離開。一般三婆祝福的人，都會稍為停頓，逗留這麼長時間，實屬罕見。

那少年正是張保仔！

有傳言道：「三婆默示，選定張保仔為繼承反清大業的人。」紅幫會眾，半信半疑。

三婆廟主持妙空每年會為幫會擲筊，預示全年運程。妙空三擲筊三開，第四次才成功，又是第三件奇事。

妙空解籤，道：「三婆降福於紅旗幫，預言有神子降臨，將來能帶領紅旗幫，一統天下。降臨之日，三三不盡為徵。」

幫眾不由得不相信，當日正好有三件奇事，都與「三」字有關連，搶火礮三打不着，神轎停留三個時辰，妙空禪師

三擲筊不開。

徇眾要求，順應三婆指示，鄭一當日立張保仔為義子，公開宣佈：「若鄭某有何不測，紅旗幫必聽命於張保仔，遵從『阿婆』神旨。」

幫眾俱認為神授天旨，皆接納張保仔為鄭一的義子，紅旗幫繼任人。

其實一切都是蘇懷祖精心安排。

當一個影子集團的首領，是最痛苦的。其實很多轟轟烈烈的大事，幹了亦沒有人知道。只有委託他的人才會知道。有時他真想把事情背後的種種經過告訴人家，可是不行，中營的工作是情報，密密實實，神神秘秘，是他們的專業性。

* * *

此後，蘇懷祖不斷製造神跡。

清兵知道紅旗幫崇拜三婆，事無大小請示三婆。每年三婆節，必定是幫中大事，所有幫中龍頭人物登廟朝拜。這是清兵偷襲的大好時機，每年三婆誕遂變得兇險，每有人傷亡。

張保仔一天睡醒，說「阿婆」報夢，翌年三婆誕，要紅旗幫接上船。眾頭目紛紛爭奪要親手捧「阿婆」到自己船頭。

三婆的靈，就附在三婆廟的三婆像之中。換言之，三婆肉身就寄居在三婆像中。得三婆像者，得神靈庇祐。蕭稽爛爭先，第一個要搬上自己船首。說也奇怪，蕭稽爛平日力拔山河，如今弄得臉紅腦脹，仍不能動一分，大叫：「『阿婆』

好重！」

　　三婆像，臉極黑，其身不過三四尺，活像一個初生嬰孩般大。但是說也奇怪，如是者三當家、四當家等輪番搬動，竟然無人成功，大呼怪哉。

　　石氏是女性，不能碰神物。張保仔是最後一個，竟然輕輕鬆鬆就把三婆像抱起，大家也心服了。

　　三婆像從此置張保仔的船首，但凡幫中大事要做決定，大家只好來到張保仔的船上參拜。

　　其實報夢之說，不過蘇懷祖設計。三婆像的重量，亦不過是事前用磁石相吸的作用，放了一顆巨大重鉛在像身之下。張保仔抱像時，手伸到像後，拔走磁石，鉛石不跟像身，遂變回原來重量，輕易抱起。遂有三婆選中張保仔之說，令幫中上下都臣服其下。

　　又有一次，清兵攔截水路，鄭一與眾首領商討如何用兵對抗追捕的清兵。張保仔說用火攻，引起眾首領不滿。

　　梁皮保大罵：「荒謬！現在逆風對敵，用火會反燒我船！」

　　蕭稽爛道：「我們用兵打仗這麼多年，他懂什麼呢？」

　　「丑時！丑時可用火攻。」張保仔堅定地道。

　　蕭步鰲道：「我一生好運，逢賭必勝，不過今次亦無法相信。逆風用火，不合兵法。」

　　鄭一道：「不如擲筊問卜，交由天算！」

　　眾頭目遂登上張保仔的船，船上幾位和尚在三婆神座前問用火，擲筊，三個勝杯，意示堅定不移，可用火攻。眾首領半信半疑。

蕭稽爛道：「除非風轉向，否則不可盲目盡信。」大家採納蕭稽爛的建議，海盜兩手準備，既備火攻，又備硬闖。

時近丑時，說也奇怪，忽然來一陣怪風，風向突然轉向，如有神助。

張保仔道：「時辰已到，還不出火箭？」

紅旗幫忽然乘風用火，殺清兵一個措手不及，大獲全勝。

其實一切無非自然觀察。蘇懷祖懂天文，知地理。他事先測到風向轉易，故佈神秘，而僧人擲筊問卜，籤言都是早有安排。其實只是一場政治戲，卻成功建立大家對張保仔的信任。

此後，張保仔有何建議，幫眾首領不敢輕忽。而鄭一亦邀主持妙空大師請示三婆授意，精挑香港八大高僧齊上紅旗幫船，每天為張保仔祈福誦經。

服飾，亦是攻心重要的一環。蘇懷祖為張保仔選了素衣長衫，白衣白褲，建立潔淨的形象，既簡單，又鮮明，令人印象難忘。而且在戰爭船頭上一立，多遠的船見到一位白衣人，即知道是張保仔，讓張保仔身上彷彿帶有宗教光環。

鄭一不幸去世，張保仔順應鄭一公開的遺命，繼位為幫主。蘇懷祖知道他年輕，怕不能穩定軍心，特意為他加強宗教形象。建神樓船，一艘以宗教象徵意義為主的大船，船上建高樓，讓人遠遠看見。神樓船其利是居高位，易於行軍指揮，穩定軍心；其弊亦在於敵軍攻擊目標所在，若神樓船被毀，軍心即亂。而神樓船上有高樓，又掛佛門大鐘，重量已經不輕，礮門的數量受到影響，不便裝大量礮門。船艦不

擅防守，更加要以輕身為主，其移動之便，行速飛快，比多
裝礮門更為重要。防備工作，落在八艘重型戰艦身上，以八
方陣式將神樓船團團相圍，封鎖任何一個方向的攻擊。為了
建立氣派，八大高僧隨張保仔上高樓，八僧坐在八個方位的
蒲團上，張保仔居中。高樓下都是僧人，負責誦經敲鐘，
製造戰爭士氣。因此張保仔軍一出，海盜信心百倍，因為勇
氣是來自宗教的，幫內對張保仔的崇敬之心更大，更能穩定
人心。

* * *

更不為人知的是，黎復的出現。

黎復，天生具有一副跟張保仔相似的相貌，而且幫中幾
乎沒有人見過他的相貌。蘇懷祖靈機一觸，想到一個絕世妙
法。他多建一座神樓船，從三婆廟廣招八大高僧。

黎復加入「中營」，成為影子一〇一。他的身份神秘，
擔任張保仔的替身。戰時先頭部隊由黎復扮演張保仔登神樓
船，引敵方注意力在黎復身上。正式部隊卻隱埋，偷偷繞到
敵方後營。當雙方作戰時，信號通報，黎復退下，張保仔從
後方攻過來，殺敵方一個措手不及，奇兵突襲，百戰百勝。
一方面令敵方親眼目睹張保仔恍如有分身之術，面對傳說中
有三婆托庇的海上之子張保仔，心裏一怯，已輸了一半；另
一方面，這個消息完全保密，恍如掩眼法一樣，能夠令紅旗
幫士氣更壯，大家都相信張保仔非平凡之人，在張保仔神秘
力量帶領下，旗開得勝。

蘇懷祖身為「中營」情報頭子，特別看重情報。他會

查閱不同戰艦所用礮門的火力，事先知道火礮能射距離。所以護航戰艦會阻隔其他船艦接近神樓船，敵方船艦一心瞄準神樓船上的張保仔（或替身黎復）開礮，其實從未進入射程範圍，那些礮彈自然未射到張保仔，已經墜落水中。這個設計，進一步加強張保仔的神話，讓大家迷信張保仔擁有來自三婆的神秘力量，能呼風喚雨，不懼彈礮。

張保仔神話，全仗蘇懷祖領導的「中營」苦心經營。當然嚴守秘密，是「中營」最痛苦的事情。蘇懷祖一直保持低調，不常露面，甚少公開與張保仔以外的人對話，好像一個影子，一個守護張保仔的影子。

＊　＊　＊

蘇懷祖的一番話，本來半醉的張保仔，好像清醒過來。

江湖上流傳的張保仔神話，幾乎九成都是出自蘇懷祖的計劃和謀略。

如果不聽蘇懷祖的意思，意味張保仔的神秘力量會隨之消失。

蘇懷祖取了一個地球儀出來，告訴張保仔世界大局。

普天之下，莫非英土，率土之濱，莫非英臣。今天下盡歸大不烈顛帝國。英國，又名日不落帝國，只要一日有太陽，英國就不會倒下。

英國水師，天下無敵。印度亦被英國臣服，種植鴉片，大量售賣給滿清，換成白花花的大銀。

英國與滿清，早晚一戰。

蘇懷祖一向知天文，通風水，精命相。屈指一算，香港

百年後乃世界重要城市，百載福地。不過福地不會落在清人之手，英國早已看中了香港地利之便，成為殖民囊中之物。

張保仔要懂世界大勢，我們要跟東印度公司合作，要跟英國合作。

如何合作？張保仔感到消息實在太刺激了，又開了一瓶酒。

聯英抗清，共同建立香港的殖民城市，為漢人謀福祉。漢人從此多了一個殖民城市，在清人管治以外，得享東西文化交匯的榮華。

原來你一直跟英人合作！張保仔變得更清醒。

哈哈哈……蘇懷祖得意地笑。

上次跟東印度公司簽合約，買軍火，都是你安排的。張保仔變得愈來愈清醒。

哈哈哈……蘇懷祖得意地笑。

你的英語十分標準，你一直有跟英國人通話，交換信息。張保仔變得愈來愈清醒。

哈哈哈……蘇懷祖得意地笑。

蘇懷祖，你就是英國的間諜！張保仔變得愈來愈清醒。

哈哈哈……蘇懷祖得意地笑。

你是一個人才！英國進入滿清，需要熟悉清人的當地人引路。我們培植你多年，教你熟悉水路。養兵千日，用在一時，今日正是你回報大英帝國之時了。蘇懷祖陰聲細氣地說。

哈哈哈……張保仔大笑。

如果你願意協助英國政府，榮華富貴，永享不息。

哈哈哈⋯⋯張保仔大笑。

大不烈顛是全世界最強大的帝國，擁有世界各地殖民的資源。你只有答應，可以封為爵士，從此可以自由出入英國皇土。自由，是真正可以擁有。

哈哈哈⋯⋯張保仔大笑。

張保仔放下酒杯，喝了一口冰水。酒能醉人，冰能醒神。酒愈喝愈醉，水愈飲愈冷靜。若果我不遵從呢？

蘇懷祖的笑容收斂起來。若不從者，以後就是大不烈顛的敵人。你會死無葬身之地。

張保仔無言，只是喝冰水。

你在海上沒有靠山，一切的力量都是虛幻的。別忘記你的一切神話，都是大英帝國和我一手策劃出來的。獨立，你沒有真正的實力；降清，你就是大英帝國的敵人。英國是全世界的盟主，船堅礮利，文化強盛，再給一百年大清，都不可能趕上的文明。

張保仔無言，只是喝冰水。

你是聰明人，你應該明白如何抉擇。天亮之前，你提着燈籠，登我船上，以後你我在大英帝國，共享榮華。

張保仔無言，只是喝冰水。

你好像有選擇，其實你沒有選擇。人從來只是跟着命運走。天下一切都早有安排，這是命中注定，不可抗命的！你好自為之。

張保仔無言。為什麼今夜這麼難熬？這麼多人逼我要做決定，天亮之前？天可以一直不亮嗎？就讓天一直黑暗，永不光明好了。

　　煩惱的時候，張保仔又想喝酒。還是先來一杯伏特加吧！舉頭伏特加，低頭威士忌。

　　半醉半醒中，蘇懷祖那個矮小醜陋的身影，消失在眼前。但是蘇懷祖魔鬼一樣的陰聲細氣，邪惡巨大的權力黑暗影子，卻好像不斷瀰漫，逐漸吞噬了整個房間，吞噬了整頭船艦，吞噬了整個艦隊，吞噬了整個香港，吞噬了整個的天，整個的地，整個的海……

小說，黃勁輝《張保仔》（香港：文化工房，2019 年）

濕重的一天

王証恒

　　他左手的指骨奇大，且長有厚厚的繭，在深刻的紋理間，滿是皮屑。輕輕一拍，碎屑散落。

　　他已累了，身體彷彿不屬他的。疲累時他便想她的手。拿起一條尚未乾透的、滿佈霉點的毛巾，在身上抹了一會，掛回銀色的鉤子上待乾。他又換了衣服，準備上班。他走到鏡前，鏡已為水氣濛上，只能隱約看到自己的面孔。

　　雨被隔於窗外，拳館寂靜。

　　他是業餘拳手，參加過好幾場拳賽。他依然深刻記得第一次參賽的場面，那是少有值得記起的時刻。那天他穿過人群，魚腹般的白光照射在他身上。看身形便知他不是職業拳手，他雖然強壯，身體卻毫無美感可言：兩列腹肌一高一低，像傷口癒合後的疤；兩臂一粗一幼，左臂明顯較強壯。對手的身形勻稱，這場拳賽彷彿勝負已定。他背上的旗魚刺青，是唯一亮眼的地方，這使他看起來像個落泊的黑社會。

　　拳證示意比賽開始，對手走近，見他是個駝子，拳套破舊，步法凌亂，想趕快了斷他。先踢他的大腿，聲音低沉，響徹全場，如巨物墜地。他微微一晃，繼續前行，以臂護面，以手肘護着肋旁，逼近對手。對手見他紋風不動，隨即踢向他的小腹，試探虛實。他的小腹強壯得如蓋上了皮革，他稍稍退後，毫無損傷。對手以直拳繼續試探，卻毫無效果，於是焦急起來，轉而擊打他的下巴。駝背使他的頭常常低垂，難以擊中，倒有好幾拳擦過他的面，留下瘀傷。他一

直沒還擊，退至繩欄，對手見他無路可逃，想作致命一擊，先以右直拳擊向他護面的前臂，再以左勾拳擊向他的腦側。他以前臂擋住直拳，晃身避過勾拳。他向左踏步，俯身向前，以左拳擊向對手的右肋。對手後退，他追前一步，以下勾拳擊向他的下巴。

對手倒地，低沉的碰撞聲響起，先是身體，然後是雙臂墜地。他看着躺在地上的對手，面色青白，眼睛像魚一般瞪得極大，無法合上，燈光鑽進他的瞳孔，眼中白茫茫一片。

在比賽勝出後的一天。他全身無力，每一根血管都像注滿鉛水。他住在深水埗，樓上有一家按摩店。放工後，他乘車回家，到十三樓按摩。走廊盡頭有一個裝有七彩小燈的、招搖的廣告燈箱，他走到門前，彩光照在臉上。他按門鈴，門開了，風鈴作響，冷風吹在為汗沾濕的衣上，他不禁顫抖。來應門的女子操帶鄉音的廣東話，說歡迎光臨。

店狹小，只有三個房間，陳設簡陋。她領他進了房間，着他先脫掉衣服。她在門外等，進來時，他在下身圍上毛巾，伏在床上。他背上的旗魚紋身手工粗糙，旗魚的嘴太短，看起來不太兇猛。這拙樸的紋身落在他的身上，卻表現出奇異的生命力，像遠古的圖騰。他背部的肌肉並不對稱，異常繃緊，她要使力按壓，才能使之鬆弛下來。

她跟他說，她叫珍。他說，可以喚他作輝。她叫了聲輝哥，再以潺滑的按摩油塗在他的身上。她每次完成工作後，總要洗手，皮膚逐漸變得脆弱，如爬蟲般不斷脫落、替換，卻沒有時間長成繭。最終，她的手掌失去紋理。她的指尖在他的背游移，恍如鱔魚。過了十分鐘左右，才開始按壓他的

身體，頗有力。他先感到痛楚，然後感到聚在肌肉的痛楚如水排去。她的手宛若細浪。開始時，她問一些關於他的事，他只含糊的說幾句，直至放鬆下來，他才談起一些往事。

他有點口吃，語句紊亂，以前別人笑他咬字不正，他開始變得沉默。你做哪一行？她問。在碼頭做，他說。做水手嗎？她問。不是，本來是個漁民，後來轉了行，在碼頭當龍機手，他說。龍機是什麼？她問。就是吊起貨櫃的那些機器，他說。為什麼轉行？她問。他的父親是漁民，本來生活還過得不錯，但他父親把船賣掉，拿錢去炒樓，後來樓市爆破，一無所有。她說人生無常，她來自湖北，從沒想過自己有天會來香港工作。他問湖北近不近香港。她說很遠，要回家鄉的話，要乘高鐵，再乘一程大巴。他從來沒離開過香港，沒有這方面的概念。當她按到他的大腿側，手勢輕柔，問他要不要加服務。他問多少錢。她說五十。他說好。她先洗去手上的按摩油，叫他轉身。她手勢頗為純熟，他感受到她手上龜裂的紋理。過了幾分鐘，便完事，他付錢，離開，說他住在樓下。

他離開了拳館，在車站等了一會，登上巴士上班去。天橋糾結如繩索。走了一段路，越過山谷，是海，岸上的碼頭宏大，貨櫃堆疊如牆。

下車，迎着雨，走了一段路，到達工作的地方。拿出銀包，拍在感應器上，記錄上班時間。他走到龍機下，乘升降機到達半空，走過鐵橋，才到控制室。天氣潮濕，他彷彿在雲中作業，窗外的景物模糊不清。隔着玻璃，彎着腰，專

注俯瞰地上的貨櫃。他是個左撇子，但工作時，總是用上右手，這不是他特意的，只不過根本沒有公司會為左撇子特設一座機器。他手執操控杆，逐寸移動，對準貨櫃，鋼索垂下架子，下方的人拿起鎖頭，扣好便揮手示意。他再拉動操控杆，滑輪轉動的聲音頗為尖說，貨櫃緩緩上升。有次鎖沒扣緊，貨櫃在風中打轉，幸好那夥計及時走避，不然會被壓死。貨櫃上升至合適高度便停下來，他移動操控杆，對準貨櫃車，放下。一響，貨櫃安放車上，地面的人緊鎖貨櫃於拖架上。

車駛走，他看看地面，迷霧中，車龍恍如一列螞蟻向前移動。他繼續把貨櫃吊起、放下，車離去，車又來。

控制室的冷氣機已壞掉數月，仍未修好，縱是下雨，仍酷熱難耐，他乾脆只穿內褲。雨點仍不斷打在玻璃上。劇痛閃過，他呻吟，坐正，靠住椅背，脊骨咯咯作響。

他的背總是酸痛，大概是長期俯身造成的。她早已察覺到這點。她先按壓他的背肌，然後跪在他的背，拉他的手，他仰後，脊骨發響。當握着那失去紋理的手，他總害怕脆弱的皮膚會被握破。她掌心的皮膚，有時會破裂，要待很久才癒合。拉背後，她使力按壓他的左臂。按摩油一直刺激着她的傷口。她愈來愈了解他的身體，就像慢慢熟悉附近的橫街雜巷般。他沒有太多錢，只能數天找她一次，但已經很滿足了。

為了微薄的出場費，他決定參加第二場拳賽。比賽激烈，對手身手靈活，拳既密且快，不斷擊向他的小腹、前

臂，有幾回他的頭差點被踢中。他的步法生硬，只能不斷後退，以雙臂護頭。退至繩欄，只好緊緊箍着對手的腰，再使力推倒對手。對手本以為他疲憊不堪、無力反擊，但想不到他竟忽然衝前，兩人一同失去重心。就在倒地的一刻，他仰後，以額頭撞向對手。暈眩、步履不穩，四周的景物不住顛搖。他已抵禦乏力，只能在拳賽再次開始時使出全身力氣，作最後一擊。拳證示意比賽開始，他揮拳，手臂如鞭子揮出。一陣風聲傳來，撞向耳膜。對手忽地眼前一黑，如夜驟來。牙膠飛至擂台之外。拳證數了十聲，對手還沒醒來。他也累了，坐在台上，汗如雨下。

雨一直下着，貨櫃車絡繹不絕。痛楚中止，他又感尿急，拿出瓶子，拉下拉鏈，掏出陽具，對準瓶口。尿色澄澈，注入淡黃的瓶，有些流在瓶外，落在他的手。完事後，他隨意在褲上一抹，弄乾手。再看窗外，是夜晚，細雨綿綿，融化對岸的璀璨燈光。這是盛世。

他看得呆呆出神，腦袋空白一片，當他意識到自己頭腦空白，嘗試回想剛才的事，卻什麼都想不起來。他每次工作完了，總覺得，碼頭這地方，好像沒有時間似的。

他穿回褲子，推開門，機器隆隆作響，伴着陰鬱風景。他沿鐵橋往升降機去，握住既冷且滑的扶手。粗糙的手，把晶瑩的水點抹平。過了一會，水珠又再冒生。踏着鐵橋，聲音如鐵釘刺進耳膜。他在半途停下，看雨中的海。雨落在他赤裸的上身，使他背上那尾旗魚恍如活着。他的牛仔褲已吸滿了水，像一片突然冒生的厚厚的皮。他的五官平平無奇，顴骨高鼓，眼睛很小，嘴唇肥厚。他漆黑的眼睛，反映着對

岸的燈火。

　　每次見面，他都會跟她分享一些有關海的故事，例如從前有一個漁夫，無意捕捉到一尾大魚，將牠放生。後來那漁夫遇上風暴，船沉沒了，幸好魚領他回岸邊。她很喜歡有關海的故事，每當她聆聽這些，彷彿能夠忘掉局促的城市，面朝大海。

　　而她的雙手，在最後的一場比賽後，成了他生命中唯一的慰藉。自連勝了幾場比賽後，觀眾對他的期望愈來愈高。然而在一場賽事中，他不用一秒便被擊倒了。比賽前一天，他連續工作了十八小時。開賽不用一秒，對手便踢中他的小腹。他感到腹部絞痛，像養了一尾噬人的蛇，不住蠕動。他倒地時，不經意排出了稀爛的糞便，糞便從褲管流到擂台上。對手嗅到糞便的味道，看到他的褲管有棕色的液體流下來。

　　第二天他去了找她，像一個病漢伏着，她輕掃他的背，如風吹過起伏的原野。她感到他在抖，肌膚是肥沃的黑土，雙手若犁，翻鬆泥土。她忽然想起故鄉的房子，以及那些種田的日子。她告訴他，她家從前是種田的，老家旁有河，她小時候常到那裏游泳，有一次她從河中捉了幾尾蝌蚪回家，蝌蚪長大了，卻一直沒長成青蛙，最後將牠們放生了。他說，蝌蚪在河裏總會變成青蛙。她又曾在深圳打工，宿舍的窗有鐵欄，員工不可以聊天，有次她的同房自殺了，但她覺得像個陌生人死了。他說城市險惡。她說鄉下沒工做。她那天按摩的力度和以往幾次有點不同，沒問過他便伸手到他的下身。他離去時，給了她多一點的小費。

　　雨一直落在他的身上，沿着馬路走，兩旁是疊得高高的貨櫃，像兩面牆，中間是峽谷，人、甚至路上的貨櫃車，都顯得渺小。它恍如永存，但下星期，便是另一面牆。走了一段頗長的路，拐彎，前方有一個貨櫃箱，是工人的休息間，熹微的燈光照亮雨點。雨仍未停下來，到處是水窪，飛蟻浮在水面，有的掙扎，有的已經死掉，屍體隨雨點激起的漣漪飄蕩。

　　休息間散發一陣臊味，每次嗅到這氣味，就像掉進了一堆鱔魚中，近乎窒息。雨連綿不斷，氣味久積，更為濃烈。休息間中，幾個工友在打牌九，有的則閒聊，其餘的已蒙頭大睡。他在休息時，總獨自擊打霉爛的沙包。

　　他不時想起那炎熱的一天。那天大廈停電，她不能工作，便拿電筒到樓下找他。他打開門，是她。他們滿身是汗。她約他吃晚飯，他說好。拿着電筒，下樓梯，老鼠四竄。他們去了吃牛腩麵，然後再到海邊。

　　他們坐在載貨的木架上，靜默不動，就像等待運走的貨物。海水有獨特的氣味，她說。對，他說。看到前方的長堤嗎，阻住了水流，他說。她點頭。他想，如果陽光普照，便可以看到黑色的海水漂浮着死魚、垃圾。

　　她從口袋拿出了一根煙，遞給他，為他點火，也為自己點火。要到遠一點的地方，才可以看到無際的海，他說。總有一天會看到，下次來的時候，要去大嶼山看大佛，她說。為什麼這次不去，他問。只怕時間不夠，她說。什麼時候回去，他問。賺夠便回去，她說。風是熱的，他們大汗淋漓。你賺夠，我們便一起去，他說。他將煙蒂丟到海中，星火熄滅。

　　那個晚上，他們在大廈對面的便利店門口坐着，抽煙，等待大廈恢復供電。到日光微明時，大堂的燈才忽地一亮，他帶她上樓，開了第一道鐵閘，再到走廊的盡頭，開門進到逼仄的房間。她坐在床上。要做嗎，她問。不夠錢，他說。待你離去前的一晚，我們去大嶼山，他說。

　　他開了電視，播《香港早晨》。他們坐在沁涼的地磚上，開了冷氣，但剛才的暑熱仍未完全消除。他拿出了一條黑冰，又到雪櫃，拿出兩罐涼粉，他說這樣配最好吃。他遞她涼粉以及湯匙。

　　罐子冰涼，沾滿水點。他想替她打開罐子，但指甲太短，陷不進拉把。他將罐子放在地上，一拳打在罐頂上，中心凹陷，邊緣破開，他伸指進去，掀起蓋子。他又開了自己的。他給她一根煙，他點火，抽了一口煙，吐了一口，薄荷蝕進舌頭、喉嚨。吃一口涼粉，起初混和了煙的苦澀，後來一陣甜意湧來。香港人都這樣吃涼粉嗎，她問。不是，我自創的，他說。消暑不錯，她說。那天，他們還是做了。她說，錢可以遲點還。他給了她二百，說是上期。完事後，他們又睡了一會，已是十時正了，他們坐在窗前，看着大廈之間的天空。像不像河流，她問。你想像力真豐富，他說。

　　她離開香港前，他們去了看海。

　　他們到中環乘船，已是夜晚，海反射大廈的彩燈，像一片油污。他們下船，沿路到了酒店。放下行李，再到海灘。時候已晚，遊人散去。他們走向海。她起初有點害怕，但最後還是一步一步走前，迎着湧來的浪。直到浪浸過半節小

腿，才停了下來。他説，這是海。前方有幾艘船亮着燈，大概在捕魚。他們再走前。她開始覺冷，抱着他，沙逐漸埋住了他們的腳掌。他忽然有一個奇想，如果在這裏站一天，他們便會被沙掩埋。海好闊，她説。

海風把她的頭髮潮成一束一束的，他撫弄着她的髮。他們回到海灘後的酒店。她來了南方那麼久，也沒試過在酒店安睡一晚，往往完了事，便離去。

進了酒店房間，她把手袋放在一角，然後坐在鏡前，將飾物一一除下，再卸掉濃妝。他細看着她的每一個動作。

第二天早上他們仍然相擁，日光散落在他們赤裸的身體上，她醒來，從眼縫間看見他仍然沉睡。他的相貌平平無奇，她以指尖輕輕撫着他枯乾的、厚厚的嘴唇，像探測一隻擱在乾地上的蚌是否仍然生還。他張開眼睛，看着她的臉。她不想讓他看見她的臉，便轉身，背向他。太陽已經冒起，日光照着她的背，那些平時沒法看到的幼細的汗毛反映着微弱的金光。他握住她的手。密雲忽至，雨驟然落下，打在玻璃上。

雨愈下愈大，休息間成了廢置的鼓，跟外面隆隆的機械聲相互呼應。他打開儲物櫃門，拿出毛巾，把上身的水點抹掉，再換掉濕透的褲子、內褲。更換衣服後，他從雪櫃拿出一尾昨天釣獲的魚，又拿出刀。不消一分鐘，便刮去魚鱗，再剖開魚腹，伸指進切口，掏出內臟。他很輕手，害怕把魚膽弄破，流出苦澀的膽液。將魚放在碟上，待它蒸熟。

以水沖走手上的魚血後，他到沙包前，轉動它。沙包懸

垂，因吸滿水而變形，像久擱、發霉的肉塊。水點沿着皮革滴在地上，聚成水窪。直至摸到凹陷處，他才穩住沙包，停住它。退後一步，略略熱了身，便揮拳擊向凹陷處。這是毫無章法的一拳，拳頭擊打在潮濕的沙包上，沙礫因為濕透而發出比平時低沉的響聲。力量穿透沙包，他又準備揮出另外一拳。聲音迴蕩不止。

幾個工友看過來。他繼續擊打沙包，聲音愈來愈低沉，直到某一刻，聲音平定，就像外面那些巨大機器的聲音。他的同事曾經開過一個賭盤，到底沙包何時破掉。

機器的聲音單調，偶然有磨擦聲，很尖銳，刮在耳膜上，驚醒他們。他繼續擊打沙包，沒有停下來。直至魚熟後，他吃完，才找一個比較乾爽的地方躺下來。他已疲憊不堪。在四小時後，他又要工作，將貨櫃從陸上運到車上，從車上運到地上。

雨沒停，他想在睡前抽一根煙。他點了火，嘗試燃點香煙，星火掉下，冒起白煙，是水氣。過了一會，仍未能點燃，他說了一句髒話，將香煙丟到牆角。

合上眼後，很快進入夢鄉，他夢見了她的裸體。濕暖的空氣重重包裹着他，恍如胎盤，他回到安逸的母體。機器聲也許已在他的心中劃下刻度，在某一刻，金屬磨擦聲響起後，他便會自覺醒來，爬上半空中，在濕重的霧中工作。啪的一聲，沙包的線鬆脫了，沙在微光中如泉水瀉下，聚成小丘。而他的陽具，流出了銀白色的液體，褲子濕了一片。這些，都無人察覺。

小說，王証恆《南歸貨車》（香港：後話文字工作室，2021年）

「港」是早期住民聚居和地方發展的中心，維港和漁港是城市的兩種面貌及雙重性格。

引言

　　長海岸、多島嶼的天然地形，使香港地擁有眾多灣闊水深的良港，成為早期人們從事捕撈漁業的立命之所，後來更逐漸發展為全球貿易的重要節點。香港一詞裏的港字正說明了「港」（harbor）對於這座城市的重要性，既蘊含城市的發展史，更銘刻城市的功勳與使命。

　　從默默無名的漁村發展成舉世矚目的國際金融中心（以維多利亞港兩岸商業大樓及霓虹燈為標誌），漁港與維港，在這樣的歷史敍事裏被塑造成香港的前世與今生，但事實上，兩者較像是城市的雙重性格，一顯一隱，漁港與維港並不完全是華麗變身的遞嬗關係，兩者現今依舊並存，只是人們總讚嘆維多利亞港的璀璨，卻忽略漁港作為重要庶民生活空間的價值。我們可以這樣說，「港」對於香港有兩重意義，維港和漁港是兩種截然不同的「港」的延伸、兩種大相逕庭的城市面貌。

　　「自然」與「人工」恰可作為解讀「港」的一組對照詞，漁港是先人依地理條件、與自然共生的智慧，維港是後人積累財富、人為創造的奇蹟。一九三〇年代初，王志成乘船途經香港，在維多利亞港作短暫停留，以遊客的眼光觀看當時維港的景致，欣賞港灣自然的壯麗與岸上人工的熱鬧，留下的作品〈香港〉已揭示「自然與人工」作為閱讀香港文學

中「港」之意義的重要概念。同樣的，李育中〈維多利亞市北角〉寫站在北角港邊欣賞維多利亞港及兩岸山水互映的景致，但在詩人看來，自然風光的靜美與眼前船隻、電車、馬達等工業文明人工製品的嘈雜，卻形成這座城市不協調的風景。一九八○年代何福仁的〈維多利亞港〉可說把維港的「人工性質」闡釋到了極致，他把維多利亞港與觀賞魚缸做巧妙連結，魚缸儘管再光彩奪目，也僅能在侷限的空間裏燦爛，且窄仄的缸內環境太容易受外力介入而掀起浪濤，香港要如何擺脫桎梏，是詩人的提問。

維多利亞港的繁華，世人已說得太多，比起歌頌維港的五光十色，作家們更傾向書寫漁港漁人的自適美麗，風痕〈詩三章‧蜑歌〉、黃隼〈漁村〉、舒巷城《太陽下山了》、伍繁《香港啊香港》和王良和〈山水之間〉諸作都是相關主題的創作，在這些作品裏，敍事空間或實或虛，漁船、水屋、鮫人傳說蕩漾於山海之間，漁民日常的恬淡快樂及漁村生活的哀麗想像，交融成一幅「文明之外」的世外桃源圖像。然而，陳滅的〈船和家〉卻也提醒了我們，靠海維生、以船為家的飄盪與險峻，這是一九九○年代對香港前途的疑慮及譬喻。漁港未必是偏安的所在。

儘管一葉扁舟搖搖晃晃，卻是所有人內心情感的終極避風港。文學對於「港」的描繪，內含城市的昔日記憶、現況寄寓和未來揣想，兩種「港」的發展與想像路徑將繼續在這座城市以充滿張力的形式往不同方向擘劃。

香港

王志成

小朋友：

你們等得心焦了嗎？我們底船行動得這樣緩慢：早上五時起，蛇行到七時才進港。泊於九龍和香港之間的港面上。踏上甲板一望，群山圍拱，碧水盈盈。重重疊疊的洋樓，紅紅綠綠的窗洞，宛如鴿棚。崗巒起伏，桅檣林立。自然風景可比西湖，人工建築，勝於上海；形勢險竣，氣候宜人，誠南海之良港。我不料香港有這樣的湖光山色。

船於下午四時開，我們預備上岸去玩一下，再到館子裏去吃一餐中國飯。船上烤羊肉的滋味，實在有些厭膩了。

水手已把木梯放下了，許多小艇如燕子般飛來。攀梯面上者都是肩行李的腳夫，逆旅接客的茶房，渡船的舟子和兌換錢幣的販子。鬧烘烘一片廣東音，我們摸不着頭腦。沈君操着不二三四的廣東話和洋涇浜的英語，在人群中找到一個舟子，講定了船價，六人坐一小汽船，渡至香港岸上，共費兩元。老出門的笑我們做阿木林了。

香港的海濱旅店，接連着有六七處；永安公司，先施公司的招牌，好像在向我們點頭招呼：「噲！上海來的朋友們！你們來得不巧啊！今天新年初三，大字號都不開門，否則請進來坐坐。」一片爆竹聲起，國旗隨風招展，使我們驚覺除舊更新的新氣象。可憐我們蟄居舟中，早把舊曆新年遺忘得乾乾淨淨了。

我們上岸遊歷本無一定的目的地。先沿着海濱的馬路

走，路狹無邊道。店前的廣告和裝飾也遠不及上海的驚心觸目。家家閉戶，行人稀少。北風吹來，捲起一片塵土，大有秋景蕭條之概。折入第二條馬路，找到了郵政局，買了郵票，把信統統寄出。又乘愉園路的電車，在熱鬧的地方兜了一個圈子。香港的電車真特別，分上下兩層；上層頭等如看樓，下層二等，較上海的電車略低。全車只有一節，重疊起來就等於上海的兩節。車價也和上海差不多。一毛錢可以走盡最長的一條路線。我們坐在上層，視線與樓房的屋簷相齊，瞭望港中船隻，一覽無餘。「斯芬克司」聳起了兩個煙突，遙遙地兀立在港中，儼然是一員領袖。九龍伸出一足，浮在港心。遠山渺淡，近山蒼翠；綠樹夾道，紅花雜陳，清風徐來，滿眼春色。香港的氣候，比上海暖得多；我穿着夾大衣還嫌熱哩！馳過了跑馬場就到電車終站——愉園。愉園的房屋，精美之極。窗格牆壁俱依五色圖案雕成種種花樣。道路整潔，空氣清新，雖世外桃源，亦不過爾爾。可惜不得其門而入，只得徘徊道旁，瞻仰外觀的風采罷了。還歸海濱的電車來了，肚子有些轆轆，報告我們時近中午，添加食料的時候到了。

找尋飯館，比登天還難。上等的閉門不納，下等的齷齪不堪。打探了好一回，才闖入一爿山東館子。店主操着一口北方的藍青官話，嫡嫡親親的同鄉來了。要知道我們在香港走了半天，沒有碰到過能過言語的江浙人，山東人要算比較親暱的了。店主見我們是江浙人，招待慇懃，特別為我們煮起一大盆鍋貼來。中國的麵食，究竟比烤羊肉，豬牛排，來得適口。各人的食量大增，如風捲殘雪一般，一剎時盤底

朝天。我們果腹後打疊起精神和彎舌的山東人談話。問他們這裏有沒有江浙的菜館。一個跑堂搖搖頭，忽又伸出一個指頭說道：「我們山東館子，這條街上也只有一爿呢！」看他底神氣，鄙視我們江浙人在香港毫無勢力。江浙人真正慚愧啊！只知道靠着祖產，足不出戶在家裏享福，出外經商或辦事的人，也只顧一己之利，這是我們江浙人所以到處失勢，遭人排斥的原因。小朋友，我並不是有意鼓吹什麼封建思想的同鄉觀念，只不過點破我們江浙人的自私心太重罷了。

出了山東館，相約乘摩托車上山兜風。香港的山真美麗啊！洋房樹木在山底，下瞰如神仙洞府。車緩行盤旋而上。路途平坦，均以柏油塗成。西人的別墅墓道，雜處山凹間，人工的建築，極盡技巧之能事。一路上透迤曲折，崗巒疊障。回顧山下景色，使人眉飛色舞。九龍全景，近在咫尺；全港險要，羅列眼前。水平如鏡，江面如練；島嶼散佈，山石崢嶸。點點山峰，在林隙間疾駛而過。港中桅檣，條條如柵欄。往來汽船，形如草履。道上汽車，好比爬山耗子。一幅鳥瞰圖，把整個的港灣和島嶼攝入眼簾中了。

小朋友！西洋人收刮我們中國人底脂膏，開闢道路，建築橋樑，究竟為什麼呢？我在香港底山頂上，深感到帝國主義經濟侵略的刻毒了！

散文，王志成《南洋風土見聞錄》（上海：商務印書館，1931 年）

詩三章・蛋歌

風痕

漫漫的夜之海裏
一孃蛋歌在蜿蜒盪漾：
黑色的雲英被它底
金輝雪亮的歷歷花紋
照耀得澄明無比了。

冶媚的鮫人灑淚成珠。
那是瀲灩漣漪底品髓。
最精純確當的「南國」之歌呀，
你便從這淚珠底幽膩
挹取到溫軟的靈魂？

山歌是淒厲刺人的
紫塞胭脂總帶三分蕭殺。
這可捫可捉銷魂的幾縷
只汪着一泓「似水柔情」，
像微萌愁藥的廻眸
瞟過來炙臉的盎然春意。

漁火兩三，高低明滅：
是潯陽棄婦合奏琵琶。
這仲頁夜底夢雰如醉

竟浸酥千古的憂鬱酸辛！

現代詩，原載《紅豆》，第 4 期，1934 年 3 月 15 日

維多利亞市北角

李育中

蔚藍的水

比天的色更深更厚

倒像是一幅鋪闊的大毛毯

那毛毯上繡出鱗鱗紋跡

沒有船出港

那上面遂空着沒有花開

天呢卻留回幾朵

撕剩了的棉絮

好像也舊了不十分白

對岸的山禿得怕人

這老翁彷彿一出世就沒有青髮似的

崢嶸的北角半山腰的翠青色

就比過路的電車不同

每個工人駕御的小車

小軌道滑走也吃力

雄偉的馬達吼得不停

要輾碎一切似地

把煤煙石屑潰散開去

十一月的晴空下那麼好

游泳棚卻早已凋殘了

現代詩，原載香港《南華日報》，1934 年 12 月 29 日

漁村

黃隼

一

綠色的海浪捲上沙灘，
以粗嚎的聲音向漁村招呼。

櫓槳歡悅地發出歌唱，
漁舟的船頭濺起了浪花。

堤岸上，孩子們在嬉戲，
一個貝殼、一塊怪石便是他們的寶物。

貧瘠的田地有菜葉青青，
強壯的村婦正在除草、灌溉。

低矮的石屋前，
老嫗睜大着眼睛在補釘破衣。

美麗的少女不嫌骯髒，
餵好了豬玀又去趕鴨子。

二

這村莊既小又古老，
蜷伏在大地的邊緣，孤立於文明的領域外。

沒有出賣尼龍絲襪的商店，
也沒有充滿竊竊私語的茶樓；

路上不見腰插手槍的粗漢在遊蕩，
牆角並無塗口紅的女人底苦笑。

每一幢房子都開着門歡迎你進去，
每一個人都準備伸手幫助需要的人。

生活是樸實的，
友情卻長久豐富。

漁人們把生命拋錨在這裏，
一代又一代，永不遷離。

三
山谷熱切地迴響「螺號」的歡呼，
回航的漁舟驕傲地駛進港口。

堤岸上笑聲比浪濤還響，
雖然滿船的漁獲不值得多少錢。

豆粒大的油燈下，
合家人團聚在一起。

一碗白飯、一杯淡茶，
已滿足了每一個人的心。

次日，濱海的「天后廟」，
香火、燭光照得滿殿輝煌。

生活在漁村的人容易拭去眼淚，
也容易得到歡笑。

現代詩，原載《中國學生周報》，1958 年 4 月 4 日

太陽下山了（節選）

舒巷城

第一章

　　從香港中環——繁盛的市區——乘電車到筲箕灣去，自成一區的西灣河是必經之地。離船塢不遠，在古老的「街市」（菜市場）附近，有幾條寬闊的橫街，泰南街是其中之一。它街頭向南，面對電車路，跨過電車路，是一列專賣「價廉物美」食品的「大牌檔」[1]，附近的居民正是那些牛腩粉檔、艇仔粥檔、咖啡紅茶檔……的熟客；街尾向北，走過一片空曠的沙地是海濱，從那兒向東望，就是有名的鯉魚門海峽。輪船穿過海峽來去。你有時會聽到一個泰南街的孩子這樣說：「瞧！我爸爸在那大洋船上工作呢。」他說時，腰一挺，顯得挺神氣的樣子。早上，大輪船從遙遠的海洋回到香港來了，孩子說：「我爸爸回來了。」晚上，大輪船（燈火通明）離開香港到遙遠的什麼地方去了，孩子說：「我爸爸去了。」

　　比起那些珠光寶氣的大「洋船」或者什麼「總統號」來，停泊在筲箕灣海面的木船，艇仔，真是顯得太暗淡、寒酸了。如果說前者是盛裝打扮的貴族，那麼後者就是衣衫襤褸的流浪者了。

　　鯉魚門內筲箕灣的那個弧形的海灣，是和泰南街斜斜相

1　一般位置固定、需領「牌」照營業的街頭飲食攤「檔」。

對的。每天早晨，太陽從鯉魚門那一帶的山上升起，然後慢慢向西爬行，然後下沉；孩子們說鯉魚門的太陽是全香港最大最美的太陽；自然到了晚上，也會說鯉魚門的月亮是全香港最亮最美的月亮。成人們呢，很少有這種發現。太陽下，他們看風景，只能看到陽光照着岸上窮街和自己的破鞋，看到陽光照着灣頭的木船那一面面補了又補、破破爛爛的帆；月亮下，看風景，只能看到月光灑落在愁容滿面、憂柴憂米的妻子的臉上，看到月光灑落在那黑暗無邊的海上。

海港裏的海平靜地躺在那兒；而生活的大海卻是一點也不平靜的。海港裏的海只有在鯉魚門山上掛出強風信號燈的時候，才咆哮、喧鬧、翻騰……但生活永遠掛着強風訊號燈，生活的大海啊，在人們的心中永遠暗暗地咆哮着、喧鬧着、翻騰着……

孩子們是幸福的。藝術家是幸福的。有人說，孩子們的心靈和藝術家的心靈有許多共同的地方：永遠發現新的東西，發現可愛的東西。大概由於這緣故吧，泰南街的孩子們常常在跳跳蹦蹦的唱：「月光光，照地堂，年卅晚，摘檳榔……月光光，照海洋，鯉魚門的月亮最堂皇……」但泰南街的成人們不是藝術家；而他們的童年也早已過去了：鯉魚門的太陽、月亮升起，看慣了，麻木了；每個早上，船塢的聲音催人上班的汽笛叫鳴，聽慣了，麻木了；黃昏，他們帶着疲憊的身體回到「白鴿籠」的家裏聽嬰孩們吵吵鬧鬧哭哭啼啼，聽老婆在柴米油鹽上、在屋租上訴苦、嘮叨，還有隔鄰左右的婦人為了芝麻綠豆的小事吵架！在這樣的情形下——唔，開枱麻雀打打，散散心吧！要不，到外邊麻雀

館去耍樂一下！或者到電車路涼茶店看報紙、聽收音機坐它一晚吧，或者聽講古仔（説書）去——不知道擅講《水滸傳》的張七皮今晚開檔不開檔呢？

第二章

一九四七年。

熱天的晚上。

海濱坐滿了乘涼的男女老幼。有人在靜靜地釣魚。沙地很熱鬧，從附近幾條街跑來的人們圍着那個江湖賣武的看得很開心。在那盞比鯉魚門上空的月亮更亮得多的「大光燈」下，泰南街的人一看，就認出今晚賣武的是誰。

外號「少林廣」的余廣東赤着胸膛飽滿的上身在拳打腳踢地表演他的少林拳。——他特別聲明那是少林拳，他那個新入行的骨瘦如柴的伙記在旁助威打鑼，打得氣喘吁吁。余廣東忽然停下來一唱一頓地説：

「伙記慢打鑼。打得鑼多鑼吵耳，打得更多夜又長。……」

末了，他索性停止耍拳，宣傳起他的獨秘單方的「班中」跌打膏藥來了。

為了避免少林廣的鑼聲，張七皮開的講古檔是離開他頗遠的。張七皮的《水滸傳》不止吸引了成人們，也吸引了不少孩子，我們這故事中未來的主角林江是其中的一個。

張七皮口沫橫飛的講呀講的，忽然發現聽眾一下子潮水似的湧來，多得無法計算。憑過去的經驗，他知道那邊少林廣開始賣膏藥，於是提高嗓子，講得更加起勁了。

　　俗語説的：「世界輪流轉」。半個鐘頭後，少林廣的賣武檔又一下子大有起色，因為張七皮把武松打虎講到緊張之處，突然來一句「欲知後事如何，請各位稍候……」——人們知道那是什麼一回事：張七皮要收錢了。

　　孩子們喜歡在兩個檔口之間穿來插去：喜歡湊熱鬧的，就東看看，西望望；有辦法從爸媽那裏弄來一兩個毫子的，就幫襯[2]那些小食擔子；饞嘴而又毫無辦法的，只好欣賞人家骨碌骨碌的喝白果糖水，或者津津有味的吃「一毫炒兩味」的鹵味。但林江呢，像往晚一樣，一釘在張七皮的檔口上，就動也不動的啦。他欣賞張七皮的藝術，連帶欣賞他向聽眾收錢時那段藝術插曲——

　　「人心肉做，燒酒米做，閻羅王鬼做……十人養一肥，朋友，對不住！後事如何，下回分解……先讓小弟討口清茶淡飯吧！……」

　　張七皮邊説邊挪動着雙腿，手裏拿着個鐵罐子。他跑到每個聽眾面前，重複着那幾句話。單調嗎？——林江覺得悦耳。

　　第一個硬幣落進鐵罐子裏了。

　　「廣東人難得個『扯頭纜』……」張七皮向對方點點頭，「多謝！多謝！」

　　鐵罐子叮叮叮的響了。

　　張七皮到了林江的跟前。

2　粵語：「光顧」之意。

　　坐在前排的林江站起來，把袋裏僅有的一毫子輕輕的放進罐子裏，又陡的坐下來。他是坐在自己那雙木屐上邊的。

　　張七皮感激地望了他一眼，同時也不放過這個宣傳的機會——他故意高聲道：

　　「唉，你們看，連這個孩子也幫忙我了！」

　　更多的毫子在鐵罐裏響起來了。

　　張七皮眉開眼笑。

　　「書接上回……」他清了一下喉嚨，又開始以他的清脆、動人的嗓音把少林廣那邊的人眾引了一半回來。

　　當夜，張七皮收檔，聽眾散去，他發現林江還待在那兒。

　　「咦，細路[3]，你還沒走呀？」

　　「嗯。」

　　「你住在這兒？」

　　「這條街。」林江低聲說。

　　出乎張七皮的意料外，這個「細路」問他講水滸為什麼會講得那樣有聲有色。林江簡直是向他請教「有聲有色」的秘竅了。他說，道理很簡單：比方講武松打虎吧，他把自己當做景陽崗的打虎英雄武松，同時又把自己當做那隻吊睛白額猛虎。「這樣子不就傳神了嗎？」

　　張七皮的回答使林江悟出了什麼似的——他咧着嘴笑了笑，霎時之間，沉在愉快的幻想中。他彷彿看見了樹木陰

3　粵語：孩子，小傢伙。

森的景陽崗，還看見了武松。老虎向武松撲過去。不！他本人就是武松。不！他同時又是老虎啊。「那麼我撲過去⋯⋯武松⋯⋯」他想着陡的跳起來，穿着雙木屐踢踢躂躂的走了。

張七皮把他叫回來。

「細路，」他瞅着他說，「你剛才幹嘛問——問那個？難道你將來打算幹我這一行嗎？——我們講古這一行，做不得啊！⋯⋯」

林江笑笑沒回答他，走了。

張七皮怔怔地盯着他的背影，尋思道：「這孩子可真奇怪！」他做夢也沒想到，他那幾句關於「傳神」的話，直到許多年以後，還常常在林江的腦海中湧起來。

林江沒有立刻回家。他蹓躂着到了海濱看人家釣魚。賣武的少林廣也早已收檔了。夜似乎愈來愈靜；但不遠處還是隱隱地傳來婦人們的細碎的聲音。那些坐在矮凳子上乘涼的婦人一邊搧着葵扇，一邊談論着東家長、西家短。

泰南街尾，有幾個頑皮的孩子在圍着那街燈柱跳呀跳、轉呀轉的，彷彿一點也不知道這是個悶熱的晚上似的。

「蝦頭，你作死呀！還不睡覺去？」什麼地方響起一個女人的尖聲。

林江認出那是他們隔壁那個「哨牙婆」的尖聲。

「明天禮拜！又不用上學！時間還早呢！⋯⋯」

說這話的是蝦頭。蝦頭是「哨牙婆」的兒子。

「上學不上學，我不管！但身體要緊⋯⋯」做母親的好像心軟下來了：聲音變得溫柔起來了，但還是那樣尖得叫林

江難受。「來，跟我一起回家去⋯⋯」

「哨牙婆」跑到街燈下，把蝦頭拖着回家去了。

這一幕看在林江的眼裏——他心裏突然有了一種異樣的感覺。「禮拜天不禮拜天，我再也不用上學了。」他不明白為什麼母親愈來愈不管他。甚至有剎那間，他起了這樣的一個念頭：有人管管多好！

「不，最好誰也不管我！」他對自己說。「我這樣自由自在不好嗎？喜歡聽古就聽古，喜歡看人家釣魚就看人家釣魚⋯⋯」

釣魚，這真是一件叫人開心的玩意！他想，幾時我也學釣魚！可是哪兒弄錢來買魚絲？

他沿着海濱順步走到碼頭去。那是一個名存實亡的破破爛爛的木碼頭，渡輪早已不從這兒開到紅磡去了。他看到碼頭上有人躺在那兒睡覺。也有人在釣魚呢。

海面上吹來一陣清涼的風。林江深深地吸了一口氣，覺得渾身舒服。

他興致勃勃地在那釣魚的漢子身旁坐下。

那人低着頭老盯着一個地方。林江暗想：我才沒有他那樣子耐性！

「噯，有錢買魚絲、魚鈎，怕我也釣不來吧。」他忽然想起這點，「難道他的頸子不累的嗎？」

那人看也不看他一眼。或者根本就不知道有人坐在他的身旁。

林江學那人聚精會神地盯了一會海面，覺得頸子有點不對勁了。抬頭，他望着遠處筲箕灣的燈火。那一盞盞疏疏

落落的燈，又青又黃的，叫他想起街角那家水果店裏的一個個橙子。他幻想着自己的手變得很長；他把那些又青又黃的燈呀橙子呀抓在手裏放進口袋裏；然後回家——「媽，你瞧瞧，這是什麼？」「是電燈泡，是橙子！你怎麼得來的？」「我會變戲法啦。我能夠賺錢啦。我是個跑江湖的魔術家！」然後拍拍他的那件魔術家的黑色的「西裝」（禮服）……「媽你要不要看看那裏面——你猜有什麼？白鴿？不！兔子？不！……對了，肥雞！」

他沒有「西裝」可穿。不要說沒有，有，他也不會穿上。天氣這麼熱。他摸摸身上那件薄薄的過頭笠背心，忽然又摸摸那條牛頭短褲的後袋，差點叫起來。幸虧他沒叫起來——人家會以為他是神經病還是肚子痛呢！他記起從母親那裏弄來的那個硬幣已經送了給張七皮……他發現鯉魚門上的月亮早已溜到泰南街對面的上空去了。那上面堆着幾大塊厚厚的烏雲。忽然之間，月亮不見了，剛才柔和地照着海面，照着筲箕灣的木船、艇仔的淡青色的月光，好像一下子連光帶影的沉到海底去了。連碼頭下邊的海水也變得黑黝黝。

他身旁那個漢子扯了一下魚絲。水面上登時閃了幾閃——盪漾着一片美麗的銀光。他沒有看過從天上落下來的真正的雪。他想，雪也許是那樣子的吧？林江就是喜歡看到那一閃閃的銀光。他弄不清楚自己為什麼喜歡他，也不明白為什麼鹹海在黑暗中給攪動一下，就會閃出那樣的銀光。他記得有一年夏天晚上，他和母親坐在海濱乘涼，他偶然捵了一塊石子到水裏去，閃了那麼一閃，他嚇了一大跳；抓着

母親問原因，到母親說：「鹹海就是這樣」的時候，他開始不怕它，正相反，認為那一縱即逝的一閃，那一片替他帶來極大喜悅的銀光，是最好看不過的了。那一晚，他一連向海裏捉了十幾塊石子。母親笑他傻，但母親那時候多疼他啊。想起來，那是五六年前的事了。那時候他只不過八九歲——才真是個「細路仔」（小孩子）呢！

那釣魚的再沒有扯第二下——他牽着那條長長的魚絲，紋絲不動地坐在那兒好像牽着個什麼幻想不讓它逃去似的。林江想，除了魚，海底下還有⋯⋯

月亮出來了，又陷進雲層裏去了。林江跑到碼頭外，從沙地上撿了幾塊石子回到那人身旁坐下開始捉了⋯⋯

碼頭下的海水撲通一聲，閃出一片銀光⋯⋯跟着又是撲通一聲。

那人驚覺地轉過臉來狠狠地盯了他一眼。

「喂！你在搞什麼鬼？」

林江訕訕地笑着。

「你一個人坐在這兒那樣靜[4]——你不喜歡看到這個嗎？」

「這個什麼？」

「銀光。」

「我要看到魚鱗的光！可不是你的銀光！去你的吧，你趕走我的魚啦。」

4　粵語：「靜」可作寂寞解。

「好，我不掟了。我看你釣魚。」

「細路，我看你還是回家睡覺去吧。」

「嗳，我媽不管我，你倒管起我來了，」林江想。

「我不回家，」他說。「我喜歡坐在這兒。」

「好吧，你就坐個夠！可不要打擾我！」那人說。

你要我坐我偏不坐！林江想着站起來用勁地把他手裏最後的那塊石子往海裏掟去。

離開碼頭的時候，他聽見那人在大聲罵他。

天上的烏雲慢慢向西移動。林江沿着海濱向泰南街走去。半路上，他聽到一陣動人的椰胡聲，便放慢了腳步。

他記起有一回在海濱附近碰到一個哭得很傷心的孩子。他問他為什麼哭。那孩子說，他爸爸是個剷漆工人，在船塢工作，從船上跌下來，跌死了。

那凄涼的椰胡聲就有點像那個孩子的哭聲。林江到現在還記得那個孩子的樣貌，瘦瘦削削的，身體一點也不像他林江那樣結實。

椰胡拉的是一段「南音板面」。但林江不知道它叫什麼名堂，只知道它跟過街賣唱的盲佬所常拉的是一個調兒。不知怎的，他忽然想到這個：「我怎麼樣也不做剷漆的。」在大輪船上「上高落低」——剷漆，多危險呀！……

他跑到離街燈不遠、坐在凳子上拉椰胡的那人跟前去。他認得那人是一個吃「音樂飯」的街坊，約莫三十來歲，聽說是在中環什麼地方演奏音樂的。人們都叫他做陳師傅。林

江有時在街上碰到他，也叫他一聲陳師傅。

　　陳師傅閉着眼睛沉醉在自己的音樂中，只見他右手緩緩地拉弓，左手像幾條小蛇吐着舌頭在那根粗絃上舐呀舐的。林江靜靜地盯着他的美妙的動作和神態。一到特別聚精會神的當兒，林江就不自覺地緊閉嘴唇、鼓起那本來已經夠脹的腮幫子；他那兩條又長又黑的眉毛，這時向下擠——好像要拼命把那頗高的鼻樑擠到下邊那個微微翹起的嘴唇去似的。

　　直到他的同居李榮寬跑來的時候，林江那個怪相才回復了本來面目。清秀的長眉下，那雙亮閃閃的眼睛帶着笑意——他興奮地對李榮寬道：

　　「榮哥，你還沒睡？」

　　「上了床的啦，聽見陳師傅的椰胡就跑出來啦。」李榮寬故意提高嗓子，他邊說邊瞥着陳師傅。他一心盼望陳師傅開口叫他唱一次。

　　陳師傅這時已經睜開眼睛了；向李榮寬點點頭，再拉了一陣就停下來。

　　「才收工啊，陳師傅？」李榮寬問。

　　「嗯。」

　　「難怪陳師傅成功！拉癮真大！才拉完歌壇，又拉——」

　　「我心裏悶得發慌，」陳師傅說。

　　「這是天氣不好——」

　　陳師傅嘆了口氣搖搖頭。「家事——不提它算了。反

正這麼早也睡不着！而且⋯⋯我們椰胡不行！搵食[5]難！技不如人——沒兩度散手[6]怎麼搵食？⋯⋯就索性練它一下囉⋯⋯」他說着，忽然想起了什麼。「喂！來幾句南音怎麼樣？」

「怕——怕我交不準呢。」李榮寬忸怩地說。

「又不是叫你表演！怕什麼，來吧⋯⋯」陳師傅鼓勵地說。

他唱了。林江似乎聽懂陳師傅的南音，卻聽不懂李榮寬唱的南音。他不明白那深奧的曲詞裏面的「頻喚夢」呀、「斷魂風」呀⋯⋯是些什麼。他知道李榮寬唱得很不錯。一定唱得很不錯，不然陳師傅是不肯「拍和」的。李榮寬是一個二十歲的青年，在中環一家小商店裏當店員。林江只知道這個同居青年平常喜歡在廚房沖涼時大展歌喉，可沒想到他在廚房以外，唱得更認真、更好聽了。

林江注意到，夜空上的星星也不時向他眨着眼表示欣賞陳師傅的椰胡和李榮寬的歌喉。但那愈來愈多、愈來愈厚的烏雲不知是由於嫉妒還是由於什麼，忽然生起氣來，向那些眨眼的星星吐了一口口的墨。星星看不見了，月亮看不見了。那愈來愈濃的墨好像要向地面瀉下來了。

「唔，」林江皺了一下眉頭，心裏在嘀咕着。

李榮寬張着嘴正唱得起勁的時候，雨點嘩嘩啦啦的向他

5　這兒作「找生活」、謀生解。

6　「散手」——有本領、功夫、辦法之意。

的嘴邊上打下來了。

陳師傅挾着他的椰胡、小凳沒命的飛奔。

「我來幫你忙！」李榮寬在他後邊追着喊道。

林江這時抹抹他的頭髮和臉，彷彿把什麼都忘了；在滂沱的大雨中，他忽然興奮地跳起來叫道：

「好涼快的雨！你下吧！」

第三章

泰南街的屋宇樓高三層，已經有三十多年的歷史了；三十年前泰南街是曾經以它的新式的建築物在西灣河區稱雄過一時的。但時間無情，那街上的建築物比起別的新的樓宇來，愈來愈顯得落後了；它的齊整變為呆板，它的乾淨變為邋遢，牆剝落了，窗破了，門上有了裂痕。二、三樓上一律不設騎樓，下起雨來，寬闊卻又顯得荒涼的街的兩邊行人道，就簡直是「沒瓦遮頭」了。從外面看，除了覺得那兩列屋宇四四方方像香港大多數人稱「白鴿籠」的那種屋子以外，你還不覺得什麼，但到你進了裏面，聞到一股發霉的，打廚房，床底下，柴堆中，廢物堆裏，打常常晾着「油漆未脱」的返工衫[7]、成人們的衣裳和孩子們的破尿布的冷巷[8]上發出來的氣味了，你就認識到：這條窮街是的確住着一些生活在艱苦環境中的人。人們默默地在那環境中掙扎。不説

7　工作衣。
8　屋子裏房間外面的過道。

別的，單説拿出本身的力量來抵抗上述的那種發霉的異味，
就已經是一種日常生活的戰鬥了；能夠做到適應，就更加不
是簡單的事。尤其是在大熱天時，那異味（是可以和死老鼠
發出來的臭味相比的）直達戶外街上，保管使那些來自「高
級住宅區」的紳士淑女們掩鼻而過。而這會兒天在下雨，正
如我們的主角林江所説，好涼快的雨啊，整條荒涼卻又顯得
可愛的清靜的街，沉睡在愉快、安閒、夢一般的夜中。那兩
根各自站在街頭街尾守着雨夜的街燈，默默地聽着雨聲，默
默地祝福泰南街的人們今晚睡個好好的覺，明天起來和生活
苦鬥。

街燈睜着它那發黃的眼睛盯着雨；雨在那淡黃色的光
圈中撒着點點白珠，使喜歡幻想的林江，到了樓下的一家門
前，也禁不住回頭望了它一眼又一眼。

街燈睜着眼看到雨，卻看不到林江。他在暗處推開了
門。他家的木門像別家的木門一樣，夏天的時候，大白天開
着，晚上到了深夜還是虛掩着的。外來的小偷從來不願光顧
泰南街；它是一條窮街，再沒有什麼可偷的了。

林江在黑暗中熟練地摸上他的碌架床。睡在尾房裏的梁
玉銀剛才聽到冷巷上兒子的腳步聲，早就坐起來了。

「阿江，外邊下大雨是不是？」她問。

「剛才……嗯……」林江含糊地應着，冷不防「發」着
夢囈的小松，他的九歲的弟弟，推了他一下。他的濕漉漉的
身體顯然觸着小松的腳，以致小松在睡夢中哭起來了。

梁玉銀想，林江一定是濕着身回來；便關了燈跑出房
間，再把「冷巷」上那枝二十五燭光的電燈擰着，一看到林

江那個「落湯雞」的樣子，又好笑又好氣的咕嚕了幾句。「看你！要是阿爹在家看見你這樣子……」

「他才不理我呢。」林江想。

李榮寬送陳師傅回家；這時回來了。

他到廚房裏去換衫。

林江原是打算在黑暗中悄悄的把笠衫脫下扭乾……到明天再說的。現在母親既然發覺了，只好乖乖的換上乾笠衫、短褲。

小松給母親哄了一陣，喝了杯茶，再躺下就睡着了。

李榮寬換完了衫褲。

「都回來了嗎？」他照例問一遍。

到他知道自己是最後回來的一個時，便關上大門睡覺。當然啦，如果誰回答某人還沒回來，那大門還是照樣虛掩的，這是屋子裏多年的規矩。

李榮寬睡在上鋪的碌架床；林江兄弟倆睡在下鋪。

黑暗中，林江問道：

「以前誰教你唱粵曲的，榮哥？」

「你問這個做什麼？」

「你唱得這樣好，我現在才知道。」

「沒有人真正教過我。陳師傅說我的板路[9]很糟。……」

「陳師傅的椰胡給淋濕了，是不是？」

「嗯。」

9　拍子。

　　林江再問了幾句什麼，李榮寬睡着了。林江在別人的打鼾聲中，翻來覆去，直到二房東那個古老大鐘打過兩點了，才朦朧中睡去。他是看到這樣的一個個影像才睡去的：鯉魚門的月亮，少林廣的「大光燈」，張七皮，鐵罐子，魚絲，銀光，陳師傅的椰胡，街燈和雨。夢裏他看見陽光照着景陽崗，黑黑瘦瘦的張七皮在指揮武松打虎。

　　但第二天，張七皮不能在沙地上指揮武松打虎了。上午，雨停了一陣，這星期日輪到他休息的李榮寬請林江到外邊「飲茶」，下午，雨又來了，到了晚上，愈下愈大，露天講古的張七皮無法開檔。林江是不大喜歡他的弟弟的，但因為悶在屋子裏，也只好把昨天晚上從張七皮學來的那一套「照辦煮碗」地搬出來。他的弟弟自願送上一毫子讓他把故事講下去，因為林江講到那吊睛白額虎向武松撲過去的時候，停下來說：「你猜老虎死了，還是武松死了？」

　　小松搖搖頭。林江說：「人家張七皮收了許多毫子才肯講下去的呀……」

　　梁玉銀在燈下織手襪；那些手襪是從襪廠領回來的。她看到林江用那奇怪的方法騙取小松的一毫子，只是一聲不響的微笑着。她心裏也暗暗佩服林江的講古仔的本領，連自己也聽得入迷哩。

　　她——林江的母親是個三十八歲、性情溫和的瘦小的婦人，年輕時樣貌不錯。同居們稱呼她的時候，從來不叫她做梁玉銀，而叫她做林嫂的。她的丈夫林成富目前在荃灣的一家紗廠裏做事，職責所在，或者說由於老闆的硬性規定，他只能每個月不定期的回家兩天。梁玉銀二十七歲那年以一

個再醮婦人的身份帶着四歲的阿江（那時叫何江）嫁給當時
在筲箕灣開了家鞋店的林成富。她的第一個丈夫姓何名通，
是一個死於肺病的窮教員。說起來，除了一點點生前的恩愛
之外，他什麼也沒給她留下。在梁玉銀的記憶中，她曾經一
度恨透江仔，那小東西不是她也不是何通的親生骨肉；對一
個自身難保、廿四小時得為生活發愁的年青寡婦而言，江仔
簡直成為極大的累贅了。那孩子闖進何家之門，是有一段曲
折的經過的。

　　那一天何通在他任職的那家小學裏，聽到一個年老的校
役告訴他下邊的一件事之後，由於同情，他決定把那可憐的
孩子接過來。

　　「何老師，我想，你也許有一點辦法……而且你們還沒
有小孩呢。可我們大大小小五個……哪裏還養得起？……」
老人那天這樣說。「那孩子的來歷嗎？是這樣的。一個月
前，有一天——唉，我得從頭說起。」

　　他的老婆從前在澳門認識了一個叫做阿群的女人，年
老的校役說。有一天他老婆在街上碰到相隔多年的阿群，她
手抱着一個嬰孩；談起來，知道阿群嫁了一個「行船仔」，
在香港住下來了。原定是一頭半月回來的，但那海員一去就
是十二個月，沒有回來；阿群哭訴，不知道以後怎樣生活下
去；屋租一個月，兩個月……交不出去，二房東迫遷了。
老人說，他老婆把阿群帶回家裏；兩口子眼見她母子倆實在
可憐了，便把他們留下來暫住，可沒想到，阿群住上十來
天，忽然把孩子撇下，獨個兒走了。

　　「到現在她去了半個多月了，」老人說。

「會不會⋯⋯自殺呢？」何通説。

「誰知道？⋯⋯也許⋯⋯」

何通把後來叫做何江那嬰孩抱回家裏，梁玉銀便做起母親來了。有了那孩子，無可否認，當時寂寞的家，平添不少熱鬧。江仔一天到晚又哭又笑；他的哭聲笑聲填滿那個空虛的小房間。梁玉銀感到快樂；但快樂很快的就過去：何通把養兒的責任交給她一人永遠去了。有一個時期，她甚至有過把這不祥的小東西送給別人或者送到孤兒院去的念頭。但江仔牙牙學語了，跌跌爬爬學走路了，三歲了，那每一聲親切的「媽！媽！」的呼喚，使任何女人聽來，心裏也會升起甜蜜而又幸福的感覺。到這時候，梁玉銀才確知她一度有過把江仔送出去的念頭是不真實的。她是個女人，她同樣有母愛。她愛江仔；她怎能沒有江仔而獨自生活下去。但正是到了江仔三歲那年，那個叫做阿群的女人有一天忽然出現在梁玉銀的面前。她這生身母！

「你不能⋯⋯」梁玉銀喊道。「這兩年眠乾睡濕⋯⋯我⋯⋯」她差點哭起來了。

「他是我的孩子！」阿群説。

「你不配做他的母親！」梁玉銀説。「你不能把他拿去！」

「你放心，師奶[10]，我回來，只不過要看看他長得怎麼樣。然後⋯⋯我就走了。我走得很遠。」阿群哭了。

---

10 「師奶」是本地的廣東人對已婚婦人的禮貌稱呼。

　　她告訴梁玉銀為了兩餐，為了活命，她已經改嫁了。
「師奶，我知道你的心地好⋯⋯謝謝你。真的，我不配做他
的媽媽。我把他交給你，完全交給你⋯⋯我就走了。」半個
鐘頭後，她終於這樣說着離開她的骨肉，走出梁玉銀的家。

　　那以後，那個叫做阿群的女人再也沒有上門來過。但
一想起她，梁玉銀心裏就沉下來。有過多少這樣的晚上，每
一回別人的敲門聲，都會使她心驚肉跳！隨時有人會來把江
仔搶走的呀。這想法苦苦的折磨着她，直到她和林成富婚後
生下小松而又眼見小松一天比一天長得活潑可愛，那種由於
過分敏感而形成的精神負擔才慢慢卸下來。她有了這小兒，
再也不怕大兒子給別人搶去哪。也常常有這樣的時候：半夜
裏小松夢中驚醒叫媽媽，她抱着他，忽然想起叫做阿群那
女人上門看她的親骨肉的那一幕——她親眼看見對方含淚
遠去。那天，阿群離開她的門口以後怎麼樣呢？阿群會怎樣
想念自己的親兒呢？「將心比己，假如我永遠看不到我的小
松，我會怎麼樣？」想着，梁玉銀甚至盼望過，林江的親娘
有一天回來「母子團聚」，那情形正像自己曾經在「大戲」[11]
和電影中看到過的一樣，她願意看到這一天：像「大戲」的
下幕接上幕那樣快，這一天忽然來到，她把林江親手送回到
那女人的懷抱裏。但一年年的過去了，這一天畢竟沒有來。
梁玉銀有時靜靜的望着阿江，想起那個可憐的阿群，鼻腔裏
就不由得感到一陣子酸；也正是在這樣的時候，她心裏特別

11　這兒指粵劇。

憐惜林江。後來到了林江常常因事和別家孩子打架,驚動了林成富時,她的感情才開始有了轉變。林成富曾經率直地說出過他心裏的話:「我不喜歡他!你那寶貝兒子……」梁玉銀勸林江不要在外邊惹事生非,林江不響,點頭答應,但過得幾天,又故態復萌,這使梁玉銀一方面苦在心裏,另一方面不知如何向林成富交代了。去年秋間,不知為什麼,林成富一回到家裏來,就好像把林江身上的一切都看不順眼似的,背着他又搖頭又嘆氣,往往一罵就罵個大半天;左一聲「這油瓶仔!」[12]、右一聲「這油瓶仔!」罵得梁玉銀心裏發痛,有苦無處訴。到了年底,林成富有一天晚上喝了點酒回來,乘着點酒意,在梁玉銀的面前歷數林江的罪狀:從前那家小舖子倒閉,運道不行,而今倒楣得要替人家「打工」……這一切都是梁玉銀那寶貝兒子、「霉氣星」、「油瓶仔」帶來的霉氣。梁玉銀終於忍無可忍,第三天一清早就悄悄的把林成富拉到屋子外一個靜處,一五一十的把林江的出處數了出來。

末了,她說道:「阿林,這些天,我受夠了……」說完,她心裏覺得舒服了許多。

「唉,」林成富深深地嘆了口氣道:「阿銀,你幹嘛不早對我說?有幾個兒子對養父、養母有本心的!假如有一天,他知道你不是親生的,怎麼辦?你想想看,那時候,我們不是白白養這衰仔一場麼?我們賠了多少米飯本!還有『書

12　再醮的婦人帶孩子過門,俗稱那孩子「油瓶仔」。

金』（學費）！……」

聽丈夫那樣說，梁玉銀恍如大夢初醒；真有這麼一天，這個林江在某種機緣下和生身母會面，她梁玉銀怎麼辦？……他人不離呀，心也離了，你用大纜也扯它不回來。

梁玉銀沉思着，一時之間，簡直忘了阿群流淚告別的那回事了。現實是那樣殘酷，人往往先想到自己，然後想到別人。林江歸根究底是別人的孩子啊。假如真有這麼一天，他羽毛豐富，遠走高飛，她梁玉銀多年來的心血不是白費了？——倒不如現在放手不管……「他要走，你要管也管不來。……我為什麼還那樣子疼他呢？犯不着！……」她想。「小松才是我的孩子！只有小松才真正可靠！……」

「但阿江是怪可憐的！……」她又想。「唔，可憐嗎？要是他有一天真的要走了，（就當我沒有小松吧）我哭着跪着，求他留下來，他會可憐我嗎？……假如我們沒飯吃，人家會送一口飯給我們吃嗎？假如房租一個月兩個月交不出來，包租婆會可憐我們嗎？沒錢買柴，柴店老闆會……？」

梁玉銀自以為再也犯不着憐惜林江，也找不到憐惜林江的理由了，但到了第二天，悄悄地望着林江，她又忽然想起當年江仔母子分別的那一幕來了。感情和理智的衝突，使她的心再也不能安於前一天的想法。幾經爭鬥，她的心才算平靜下來。日子一天天的過去，她對林江原來那份感情雖還保留着，但畢竟淡了許多。到她發現這一轉變時，開頭她自己也覺得驚奇，後來她慢慢明白過來，原來是這麼一回事：她再不擔心林江有一天回到他的生身母那裏去，或者遠走高飛；她已經隨時有了準備。

　　「讀了幾年書，可真不同了。連騙錢也騙得乾淨俐落啦！」這時默默地瞧着燈下講古仔給小松聽的林江，梁玉銀想道，「不知道這小鬼頭從那裏學來的本領⋯⋯」

小說，原載《南洋文藝》雜誌第 1 至 10 期，1961 年

香港啊香港（節選）

伍鱉

（一）

　　香港東南自大鵬灣至東沙群島一帶海面，是香港漁夫蹤跡所及的漁場之一。一九三八年冬季，某一天，一顆由日本炮艇發出的炮彈，不偏不倚的落在一艘由香港開來的單桅舊漁船上。「轟」的一聲震天價響，船上一家幾口連人帶船給撕成了碎塊。其中一個正在把孩子抱在懷裏餵奶的婦人，連同一部分艙板一起給彈到鄰近另一艘船上，母親的背部完全開了花，但她懷裏那個還沒滿一歲的小孩芽兒卻絲毫無恙，當孩子讓驚魂甫定的人把他從母親懷裏抱起時，他還把沿着母親奶頭流下來的血水當作奶汁去起勁地吮吸呢。

　　憑空給飛進一個孩子和一個血肉模糊的婦人到船上來的漁船，船主叫郭帶喜。郭帶喜只知那罹難的船家姓駱，卻不曉得這死裏逃生的小孩芽兒叫什麼名字，後來就胡亂管他叫個二順。

　　海是漁夫們的天下。海面上每一個起伏不已的波浪，每一處稱為「排」的若隱若現的珊瑚暗礁，在陸上人看來也許都猙獰可怖，但對漁夫們來說卻是自然界的贈禮和恩物。因為這些去處既是他們生存所賴的好漁場，當一旦他們的安全受威脅不能好好從事他們的日常作業時，他們又可藉這裏作為藏身之所，跟那些從遠方海上來的人地生疏的強寇捉迷藏。這些隱藏在汪洋大海珊瑚排裏像豆莢般大小的浮家泛宅，除非是像駱家遭殃那天一般的出其不意，否則戰艦上那

些鞭長莫及的炮火是莫奈伊何的。不過話得說回來，長遠來說這場災難仍是難逃的，總不能在船上種出些米糧來吃吧！郭帶喜一家人便是因此不得不把船駛回香港，到陸地上另謀生計。但漁夫的本領是在海上，驟然回到陸地他們都變成了些笨手笨腳的角色，生活的艱難不在話下。

而駱二順，也一道給帶到陸地上，打開了他夢一般的童年生活——從此他跟泥巴結了不解緣。

郭帶喜的船，因在東沙群島附近珊瑚礁水域耽擱太久，把船身漚壞了，修也沒修好，海面又不靖，迫得把破船擱到灘邊上，當作房子定居。船上本來僱了一個親戚幫工的，現在打發走了。

郭帶喜有兩個孩子，大男孩叫木根，五歲。小女孩叫旺娣，還揹在帶喜嫂背上。現在連海上帶回來的駱二順，一共五口人。夫妻倆都還不過三十開外，但雨澆日曬的水上人看來總比真實年紀大上十來八歲似的，好在都有力氣能吃苦，到了岸上這還是唯一的求生本錢。

筲箕灣亞公岩有家蚊型柴米雜貨店，招牌叫仁昌盛，老闆李仁昌，是慣常幫郭帶喜買些紅衫瓜核一類下價貨醃鹹魚的老主顧。李仁昌近來常鬧風濕病，幹粗活不行了。兒子們小的還小，大的都已各奔前程。他看中郭帶喜一身蠻勁，便沉住氣等到郭帶喜瘸着肚皮跟他問工時，裝成行善似的出了個半價把郭帶喜僱下，替他簸米劈柴兼送貨。當年的香港，連中等人家的廚房也還是燒木柴的居多，單靠臂力使斧子把那些動輒碗來粗的大木頭劈成碎塊賣，真該是牛幹的事。

帶喜嫂背上揹一個，懷裏抱一個，在街上挑瓜賣菜，好

容易捱過年把光景。兩個小孩芽兒逐漸長大到會爬會站，就把他們倆分別用長帶子縛在船邊，讓他們玩沙子。帶喜嫂有時當泥工，有時還做小販去。

小旺娣長得蠻好看的，木根也不錯。二順卻醜得出奇，頭很大，兩隻長長的兜風耳，腦後勺作怪地向後上方翹起像犄角似的。叫人看來他的耳朵好像是三隻而不是兩隻。該長鼻子的地方很扁平，嘴巴又大唇又厚，有個捏泥爐子賣的老漢，說這樣子恰像三隻耳朵一張大嘴的柴爐子。這還不算，他先前跟着帶喜嫂出門賣菜，有一天在街上讓單車碰倒傷了腿，痊癒以後，走起路來就變成一拐一跛的。更糟的是，他的兩耳聽不到聲音，是個十足的小聾子。大家都說，他是當年在海上讓炮彈爆炸聲給震聾了的。因為聾，便連帶變啞。當小旺娣咿呀學話的時候，他只會「呃──呵──」地直嚷嚷。加上他又不愛乾淨，挺喜歡玩泥巴，他坐着不動時活像個小泥人。郭帶喜有時氣不過，把他捉到海邊洗一洗乾淨，才轉眼工夫他又變回老樣子。亞公岩有個從北方來落戶的阮老漢，笑着搖頭道：「這孩子醜得真不像話，簡直是個狗蛋嘛！」從這以後，大家都管他叫狗蛋。

木根七八歲入義學唸書，剩下小的兩個不大玩得在一塊兒。一方面因為小狗蛋又聾又啞，另方面他太髒，老喜歡玩泥巴，小旺娣卻一點不中意。到了帶喜嫂不再用繩子縛他們的時候，小狗蛋很自然的便慢慢向外發展。到了四歲左右，有時竟連吃飯也不見他回到艇邊，慢慢就發展到連晚上睡覺也不見人了。起初夫妻倆有點着慌，好在過了一兩天他又露臉。郭帶喜打手勢問他到哪兒去了，問他在哪兒歇哪兒吃。

他拿着塊泥巴一股勁地指手劃腳，彷彿說他吃的是泥巴，睡也睡在泥巴上，可真叫人摸不着頭腦。

過了幾天，啞謎總算偶然叫木根揭破了。那是一個星期天，木根跟同學到淺水碼頭村，在山邊草叢捉蚱蜢和金絲貓玩。傍晚時木根牽着狗蛋一起回來，跟他爸媽說：

「狗蛋在淺水碼頭村跟許多孩子玩在一起，大家都玩泥巴。狗蛋捏了許多魚呀、雞呀、鴨呀、小狗子、小人兒呀什麼的，晾在河溝石頭上曬乾。他把那些泥東西分給孩子們，大家挺高興。我和同學們也圍在一起看了許久。吃晚飯的時候，我看見有個小孩的娘端了一碗給狗蛋。我要他回家來，他不肯，我是硬把他拖上走的。」

木根還帶回狗蛋捏的幾個泥巴玩意兒，他把一條魚和一隻像狗又像人的怪東西留給自己，其餘的給旺娣。不曉得為什麼現在連小旺娣也喜歡這玩意兒了，她連哥哥的兩件也想要。木根捨不得，她哭了。狗蛋做手勢叫木根都給她，還告訴他們：

「搶什麼！明兒我給你們捏一大堆。」

郭帶喜在心裏捉摸半天，忽開口對孩子他娘說：「我明白啦！淺水碼頭村有個專捏泥巴柴爐子賣的老頭兒石有才，那兒有的是上好的黏泥，難怪小狗蛋給黏在那兒不肯走了。」

帶喜嫂做手勢叫狗蛋再不要老呆在外面，還嚇唬他說，要嘛拿些泥巴回來玩，不聽話就要再拿繩子把他拴在艇旁了。

小狗蛋很不情願地嘟着一張大嘴，點了點頭，可是第二天又恢復老樣子，大清早又要往外溜。不過帶喜嫂也沒認真要拿繩子綁他，沒時間也沒那份閒情去管。那時是一九四一

年冬，正是太平洋戰爭爆發的前夕，人人都為香港的前途擔憂。從港九鬧市到偏僻郊區以至新界，人心都一樣惶恐。最奇的是內地許多人擠到香港，而香港又有不少人往內地走，一時摸不着道理的人，就更加迷惑和不安。

早上，狗蛋臨走時，小旺娣還指着泥魚泥狗跟他做手勢。狗蛋點頭，表示答應晚上要帶許多回來給她。

每天大清早，帶喜嫂出門做工，郭帶喜也離開他的住家艇，到仁昌盛去。

仁昌盛原本開設在筲箕灣西灣河大街上，是早年老太爺李仁昌做三行散工時節衣縮食開下的。李仁昌有子女半打以上。幾個女兒，遲早是街外人，早已草草打發出嫁了事。其餘六個男孩子，唸書的唸書，在店裏幫工的幫工，店裏沒有請夥計。店子沒有多大作為，卻也能餬口。六個男孩的名字按次序排起來是：繼仁、繼義、繼禮、繼智、繼信和繼昌。兄弟們漸漸長大，各有各的不同格局。李仁昌眼看小小廟堂將來容納不了許多菩薩，有心趁自己兩腿還沒有伸直以前，預先來個安排。

老二繼義和老三繼禮，本來是一對孿生子，但容貌既不相像，性格更是水火不相容。做父親的第一着棋子，是要把這對一見面便張牙舞爪的蟋蟀隔開。這是抗戰前一年的事了：剛滿十九歲在香港唸完中學的老三繼禮，帶領着一個比他小三歲的四弟繼智，入內地繼續唸書，半工半讀，將來各自尋找自己的出路。其餘四個留在本港，最幼的兩個唸書，老二繼義進洋行做白領階級，比較持重而且已經結婚生子的老大繼仁，留在店裏繼承父業。還規定仁昌盛作為永久蒸嘗

產業，日後只許擴充不許分拆。但因陸續打發兒女出門所費不貲，而且西灣河舊舖業主要收回拆卸改建，迫得搬到亞公岩，縮成蚊型店。

郭帶喜進仁昌盛幫工，轉眼三年，這時老傢伙李仁昌已經過世。因時局混亂，貨物來源短缺，尤其是木柴，差不多斷了市。郭帶喜雖說落得省掉劈柴的苦差，可是眼看買賣前途黯淡，失業威脅比劈柴更叫他難熬。

就在這兵荒馬亂的年頭，老三李繼禮回到香港。今天是星期天，弟兄們除了還逗留在內地的老四繼智外，其餘全部李家班人馬都聚集在發祥地仁昌盛雜貨舖。一則老人家剛謝世不久，老三免不了要先到舊地憑弔一下。二則弟兄們也要藉此商量一下今後的一家大計。李家班都擠在作為住家用的後進房間內高談闊論，舖面的事就由郭帶喜一個人去張羅。

老三是剛唸完大學的。戰時內地的大學生大都很樸素，尤其是老三就讀的西南聯大，地處僻遠的昆明地方，一切都只是臨時性質的因陋就簡。老三讀書成績連他自己也自認平平，不過活動能力強，學生時代已擅長找外快。所以他的衣着雖不如香港白領階級的二哥考究，但也頗為整齊大方，並且才廿四五歲的人居然肥頭大耳的很發福，又健談，很表露出一派領袖人才的氣度。

老三繼禮首先開腔道，「世局變化太快，已經亂到了我們的門前，大家對於怎樣求生圖存，有什麼高見？」

這時，瘦長個子一副師爺格的老二聳聳肩笑道：「我們倒想先聽聽主席的高見。」

老三本來自幼便討厭老二的尖酸話，現在因為是兄弟久

別相逢，居然沒有馬上燒台炮。老大正想插嘴把兩人隔開，剛在中學畢業的老五繼信卻一本天真地說：

「三哥，所謂『皮之不存，毛將安附。』要問一個人一個家怎樣可以在這亂世求生圖存，也得先問問整個世局怎樣整個國家民族的處境怎樣啊。」

「老五！」老三說，「三哥很欣賞你又熱情又明智的做人態度。不過社會究竟是由個人組成的。先設法鞏固個人求生圖存的信心和勇氣，不僅算不得自私，其實正是造福社會和爭取勝利的起點。」接着，老三便暢論世界大勢和香港前途，並且慢慢道出他早已胸有成竹的打算。

「七七事變至今已四年，半個中國已先後淪陷……」

「三哥！」最幼的老六打岔說，「其實敵人佔的只不過是縱貫南北各重要通都大邑的點和線，廣大敵後地區並沒真正都淪亡了。」

老大搖手示意叫六弟不要打岔，老三接着說：

「不管怎樣說，這形勢對國際視聽的影響是大的。日本人自己更是給這樣重大的勝利沖昏了頭腦，更因德意軍事冒險的互相呼應和互相鼓舞，日本國內以海軍少壯派為代表的野心家，一定要在他們視為囊中之物的太平洋廣大地區發動更大的軍事冒險，這是一定的，並且時機已成熟。而香港這一塊南進的跳板他一定要馬上拿到手，這也是一定的。其實，自從三年前日本人從香港的緊旁登陸佔領廣州以來，他要拿下香港簡直易如反掌，他會把香港有限守軍看在眼內嗎？」

「不錯，時機緊迫了。」老五沉不住氣又插嘴說，「所以現在，中國內地凡有資格遠走高飛而又一定要利用香港這塊

跳板的豪門富戶，他們甚至信不過三峽天險或是千萬重關山屏障的西南高原一角天地，他們要到海外另尋避世桃源，挾帶着全部妻奴子女玉帛、全盤生財法寶連同小姨大舅子以至跟班打手傍友清客車夫廚子和狗貓一同載上挪亞方舟⋯⋯」

老三覺察到五弟的為人似乎有點過激。他接口道，「不過照我親眼所見，此外還有許多內地人，他們既不是避世大亨手提包裹挾帶的角色，也不是因為自己家裏錢多，只不過看着別人跑他也跑，他們也不問問像香港這樣一個消費城市，本身既沒糧食物資，並且除了貨物轉口以外並沒其他產業能養活許多人的，他們盲目地往香港湧過來究竟是活路呢還是死路？」

在肅穆的氣氛中，老三稍停又說：

「不過，目前香港人心的惶恐，也不單是由湧進香港的人流造成的。香港本土固有的財主們，除了超級大戶早已在遠離火藥氣味的地方安頓好外，其餘二、三流富翁甚至是不入流的窮措大而甘心到海外洗碗碟在亂世保住性命的人，現在再不打疊行裝更待何時。也有不少在香港落戶已經很久的中國人，他們抱着小亂居城大亂居鄉的傳統觀念，卻又和湧入香港的內地人反其道而行，紛紛扶老攜幼遷居內地。只有一部分人既不想回內地，又沒有條件遠揚海外的，他們眼巴巴望着那由南來北往人流所造成的人口大轉移場面，既迷惑又惶恐地乾着急。」說到這裏，老三像是專向老五解釋自己的立場似地說，「所以，一個人處在這樣亂紛紛的時世，要是沒有冷靜的頭腦和明智的求生辦法，這不僅使自己加倍吃苦，對社會也會增加了壓力的。」

　　老三還在滔滔不絕發議論，坐在旁邊一直不開腔的老二似乎有點不耐煩了。他打斷老三道：「現在不要只管清談了，你究竟有什麼有建設性的見解嗎？」

　　老三環顧了一下這雜貨舖，好像比自己五年前離家時的局面還更冷落了些似的。他轉向老大說：「父親的遺教，當然要遵守。可是現在形勢逼迫，再守着這針鼻削鐵般的小買賣，決不是活路。所以……」

　　老大插口道：「上月老二也談到過，不如收束了雜貨舖，盡力多貯起些米糧是上策。」

　　大家忽然注意到，郭帶喜慌慌張張地出現在門口。老大問他有什麼事。他聽說要關掉雜貨舖子，心裏頭又多加了一塊大石，呆呆地聽到老大提高嗓子又問他什麼事時，才向這個其實比自己還小七八歲的老大叫：

　　「大，大叔！」

　　「到底是怎麼一回事啊？」老三也不耐煩了。

　　「前，前面街，」郭帶喜面對這位威儀十足的三老闆吶吶道，「九記豬肉枱的阮老漢，剛從新界回來，說上水，說上水也聽見炮聲了。」

　　李家班各人面面相覷了好一會兒。老大叫郭帶喜照舊出去照顧舖面上的事。這時，老大的太太剛到中環辦了一點什麼事回來，說外面的空氣好像忽然又緊張了許多，所以索性把學校裏還在上課的兒子也接了回來，她並說，剛才郭帶喜所傳的事她也聽說過。但老三竭力叫大家鎮靜，他表示這也不過是意料中的事。老大又催促老三，要有什麼好主意的話就應該趕快說出。於是老三繼續說下去：

　　「為了我們的家族全體，我抱着全盤經過深思熟慮的主意專誠跑回來貢獻給大家。簡單一句話，現在中國是困處在西面的半壁山河，那裏許多人口不只照舊要解決衣食住行、教育文化、各樣日常生活所必需的普通物質問題，而且還必須解決在軍事價值上或在國計民生上有特殊意義，卻又為敵人故意切斷我們來源的許多必需品的供應問題，例如汽油。現在中國偏安政治中心是在重慶，與國外的主要交通聯繫是有限的飛機。另一重要抗戰後方的西南高原，從那裏跋涉萬水千山的艱難險阻，亦有陸路交通孔道出印支半島尋到通向世界各處的跳板。至於香港，雖然馬上就要劃入敵佔區的東半範圍內，但照我們土生土長的香港廣東人想來，可資陳倉暗渡的水陸交通小路何止一兩條。我們如果從這些雖似艱險其實大有作為的戰時交通運輸問題上面動動腦筋，而不只是坐在家裏乾着急怎樣逃難，那不僅是一個人一個家庭的區區生計問題不足掛齒，對於社會民族國家來說也簡直功德無量。」他盡可能避免涉及「走私」或「囤積居奇」一類字眼，以免惹起他面前那兩個年輕弟弟的反感。

　　老三正說得起勁，街上傳來一片叫嚷聲。原來是報販叫賣號外。老大還沒有來得及叫郭帶喜買去，老六已跳出去又跳進來，揚着手裏的號外高聲叫嚷：

　　「日本偷襲珍珠港，太平洋戰爭正式爆發了。」

　　大家圍着號外都只瞥了一個大概，老二霍地站起說：

　　「老三，你說了半天，日本人的炮彈也快落在我們眼前開花了，你的具體計劃究竟是什麼？」

　　老三斬釘截鐵地說：「立刻把全家人分成兩堆，小部分

留在香港做聯絡，大部分隨我入內地。如果沒有異議，馬上就分配人數。」

本來，老二自幼至長都沒有附和老三任何主意的習慣，他一向聽老三演說，只不過是為了挑剔及尋找抬槓的支點。但現在卻是火燒眉毛的時刻，是應該拿出些「同舟共濟」精神來的時候了。事實證明，兄弟鬩牆的把戲也總是在可共患難不可共富貴的時候發生居多。現在，老二居然主動提出，由他留下輔佐優柔寡斷的老大坐鎮香港大本營，其餘大半班人馬全由老三負責帶領入大陸。並即席簡略議定如此這般，依計行動。

大家都沒有什麼異議了。只有老六還有話要說：

「我當然也服從哥哥們的主意。不過回到國內以後，對於參加什麼工作這件事，我想預先提出保留一點發言權。」

老三明知道這位弟弟不很容易駕馭，只好暫且敷衍一句：「這以後再從長計議好不好。總之我三哥保證一定盡力發揚民主，希望大家也盡可能拿出合作的精神來，保證先父留給我們的這個家能夠在一場大災難中逢凶化吉。」

房裏各人在議論家國大事，房外舖面的郭帶喜一張嘴卻忙於打發掉還想搶買油鹽雜物一類早已短缺不堪的貨物的顧客，間中交談幾句那照例是你猜我忖的老問題：「有什麼風聲？香港會不會……？」

郭帶喜並沒留意到，小狗蛋不曉得什麼時候已拐進了店裏來。

狗蛋自從大清早溜出來，一直呆在石有才捏爐子那泥堆的旁邊，捏成了許多小玩意兒。陽曆十二月天氣已經很涼，

他把那些泥東西又晾又曬，還擱在人家的燒飯爐旁烘，都乾了，撿來一隻厚紙袋把它們盛着，就往回走，他答應過今兒要捏一大堆給木根和旺娣的。

「狗蛋！」有個挺頑皮也挺愛欺負人的瘦皮猴攔住他，指着他的紙袋做手勢要他送幾件泥東西。

狗蛋搖頭表示不行，並做手勢說明這是答應過給別人的。瘦皮猴不答應，要動手搶。小狗蛋脾氣也挺楞，他自動送給你可以，要搶偏不給。他轉過身護着紙袋裏的東西。比他高大的瘦皮猴把他推倒在地。狗蛋把紙袋藏在身下，瘦皮猴搶不到手，生了氣就掄起小拳頭打他的背。狗蛋在外面有時也受人欺侮的，現在他捱打時就想起木根旺娣可從來沒這樣對付過他，他就愈加咬着牙一定要把這些東西留給木根和旺娣。後來有個過路人把瘦皮猴拉開，他抹乾了眼淚起身，提起東西一拐一跛地又往回走。

經過仁昌盛門口，他偶然瞥見裏面房間許多人，他好奇地拐了進門望望，在房門口半天也沒人留意到他。他發覺自己的腿剛跌痛了，就坐了下來歇歇腳。他口袋裏剛巧還有一塊濕泥，信手掏了出來又捏，這在他不過是一種習慣動作。他捏了一個豬腦袋，肥嘟嘟的，可惜不夠濕泥再捏一個身。恰巧紙袋裏一個小泥人剛讓瘦皮猴碰斷了頭，他信手把新捏的豬頭接在人身上，怪滑稽的樣子。剛談完家國大事散出來的李家班人馬看了，也覺好笑。肥胖的老三認不得小狗蛋，他看他手裏拿的一塊像人又像豬的怪泥巴，心裏很不高興，臉上顏色難看極了。郭帶喜把這一切都看在眼裏，他從小狗蛋手裏把那泥玩意兒拿過來，用他的大巴掌把它抓成一團糟。

小狗蛋立刻跺着腳哭起來，郭帶喜做手勢不叫哭，他不管。郭帶喜心裏又悶又急，只好當着東家面前打了狗蛋一巴掌。

果然狗蛋立刻停住了哭。他用泥污的小手抹自己的淚眼，直瞪瞪地望着郭帶喜。這是郭帶喜破天荒第一遭動手打他，就是帶喜嫂也從沒打過。所以每次他在外面受欺負捱了打，他每次都想起郭帶喜一家人，也就不由自主地一拐一跛往回走。現在郭帶喜這一巴掌打在他心上了。他轉過身，提起紙袋就走。郭帶喜看着他的背影，心裏也有點過意不去。

李家班散去後，老大回到裏面。小狗蛋又走回來，把紙袋交給郭帶喜，指手劃腳的要郭帶喜交給木根旺娣。郭帶喜是看慣他做手勢的，一看便明白，忙不迭的點頭答應，還做手勢問他為什麼不自己提回去，又問他曉不曉得街上亂紛紛的，叫他不要再往街上跑。他不點頭也不搖頭，沒精打采地回過身，一拐一跛地走了。

幾小時以後，炮聲伴着炸彈聲吼叫起來，戰火果然燒到香港來了。狗蛋跑到哪裏去了呢？問誰也説沒看見。過了幾天，驚魂甫定的木根哭着不肯吃東西，要父親陪他去石有才家找過，也沒有消息。總之，小狗蛋從此不見了。

（二）

「小傢伙，你叫個什麼名字？」

「我叫郭木根——十六歲，不小了。」郭木根帶點孩子氣地笑着答，一面暗掐手指頭，心裏盤算：「……一九四四、四五、四六，今年該十四的。」因為急於想得到

一份工作，硬着頭皮説大了兩歲。

「看你模樣挺端正，口齒也伶俐，怎麼還數手指頭啦？」對方似笑非笑地説着，向經過門口的一個人吩咐道：「叫老源來一下！」

一會兒工夫，一個高大個子走進辦公室叫：「廠長！」

廠長指指郭木根説：「老源，這個大孩子給你的修理部。」他拿出一張表格，邊寫邊向郭木根問了些例行公事，郭木根都一一答了。然後，老源領着郭木根走出去。

郭木根的爸爸，在香港淪陷才不到幾天便給炸死了。在兵荒馬亂中，媽也死活不明。至今跟他相依為命的，只有一個妹妹旺娣。兄妹倆一向做小販，做童工，撿破爛，什麼都幹。現在租住深水埗一個舊街坊的床位。

「修理部」三個歪歪斜斜的字，用白粉筆寫在門口。牆上有拿木板蓋着的洞，兩邊牆都有彈痕。一個滿手油鏽的大孩子，用門牙漏風的聲音説：「源叔！劏開了。」

幾個人正圍着一隻鋸開了的生鏽大摩打，源叔望一望，點點頭，粗聲粗氣地説：「嘍囉們！加了一個新夥伴，他叫木根。」又回頭向木根説，「他叫大牛，他是……」

「嘭」的一聲響，大家望望一部發了神經病似的鑽床，源叔不高興道：「誰鑽過東西，弄高了砧板卻沒扭緊？」

大牛伸伸舌頭道：「那些個生鏽機器，所有螺絲要不是旋不動，便是滑了牙的。」

外面又有人叫源叔，他關照了木根幾句便走了。

「他娘的，」大牛指指周圍的舊機器説，「像這樣的破銅爛鐵，到大角咀露天爛鐵倉撿去，有的是。」

　　「別吹了，大牛！」有人跟大牛抬槓道：「既然這麼容易，你就撿他一大堆回你的淺水碼頭村，也掛招牌開起廠來，招呼招呼咱弟兄們吧！」

　　大家都笑。大牛不服氣，他說：「淺水碼頭村有個從小跟我一道玩泥巴的瘦皮猴，他家本來比我們還窮的。就在日本兵掃完馬路開回祖家那年，他爹拿麻繩鐵絲什麼的，在這裏那裏圈起了幾大堆垃圾，慢慢圍起破板爛鐵皮，都釘上塊『侯金記貨倉』、『侯金記棧房』招牌，再搭起一間破寮屋。過了年把兩年光景，昨天我在油蔴地碰見瘦皮猴一家人從私家車裏鑽出來，嗨！每個人從頭到腳全是新的。」

　　放中午飯時間，門口一堵人牆，向着對門織布廠女工吹口哨，大牛忽從後面一把拉住木根道：

　　「木根！你是木根？」

　　「不是木根我是誰啊？」木根好生奇怪。

　　大牛哈開口，伸手抱起木根離地轉兩個圈放下，道：「你記不起我了？我們是同學啊，雖然時間短得很。我們還在一道捉過金絲貓蚱蜢玩意兒的。狗蛋一直沒碰見？」

　　木根搖頭表示狗蛋沒下落。「我想起來了：你是牛大同。」他說，「你的樣子變了許多，缺了一個門牙更難認出你。」

　　大牛不讓木根回家，一定要請他吃潮州粥。兩個人談得很高興。大牛說：「今天禮拜六，下了班我回家。你要過海看看去嗎？」

　　「那邊早就沒有我的家，並且晚上我要上學去。」木根說，「不過，我倒想回去看看。我有三四年沒到過筲箕灣了。」

　　後來商量定：大牛今晚上不走，等明早大家一起過海。

大牛也在工廠附近租了床位住的。

回廠的路上，大牛說：「看你斯斯文文像個學生似的，不行！這樣你要給人欺負的。」他順手在木根臉上給抹了一點髒，又替他把破襯衣敞開了扣子，說，「這才像個樣子。罵街的話，也要學幾句。你不罵人，也留着挨罵時回敬別人。」停了一下又補充道，「別人問你這樣會不會那樣會不會，你可千萬別說不會。你慢慢會知道，這裏凡是舉得起鐵錘的人都自稱師傅的。不過當別人幹活的時候，你可要留心在後面看。」

木根笑着猶豫地點點頭，表示自己是領情的。

傍晚下班，木根回家。妹妹旺娣早已燒好飯等着。吃飯的時候，做哥哥的逗妹妹道：

「旺娣，怎不問問哥哥今天為什麼不回家來吃中飯了？」旺娣不說話，笑一笑。木根又道：「你不怕哥哥真不要你了？」接着，他把今天上工怎樣遇見大牛，怎樣約好明早去筲箕灣玩的事，說給旺娣聽。「你記不起大牛了吧？那時候你還是個小孩芽兒咧。」旺娣搖頭笑笑。木根伸手托起旺娣的下巴，說，「髒丫頭！」一面說一面替她抹臉，覺得有點不對，便問，「你哭過？為什麼哭？」

「還不是那小流氓！」旺娣嘟嘴攢眉說，「我說那糖是五分錢四顆的，多給他一顆還不算，硬要搶夠六顆。」

「算了吧，小小事情哭什麼？你九歲了。讓哥哥看看你今天吃的糖多不多，別把肚皮也吃壞了。」木根說着，數數剩下來的糖，又算算賣糖的錢，說，「可憐的小東西，連一顆糖也捨不得吃，錢倒多出五分。」

　　晚飯吃過，木根牽上旺娣，一齊出門上學去。路上，旺娣説：「哥哥，我想起來了。那小流氓給我的是一角，他多搶了兩顆糖去，只管高興，也沒想到該找回五分的，我也忘了。他哥哥在旁邊看着，也沒留神。你看這五分錢要不要還給他？」

　　「怎麼，他有哥哥在一起的？他哥哥看着自己的弟弟欺負人也不管？」木根覺得不平起來。他想起大牛的裝腔作勢，也許有時真會用得着。他説，「妹妹，你也挺好欺負的。你應該學得兇一點！要不然，將來長大了，你也要給踩在別人腳底下的。」

　　可是木根又覺得這話説得不對。他看着自己的妹妹，心想：「多叫人喜歡的小東西啊！怎忍心叫她學那種兇狠模樣呢，那會變得多討人厭啊！不過不學得強一點又叫人欺負。真難！」想來想去，到底他改變了主意，説，「旺娣，這樣吧：你還是不要學什麼兇勁，等哥哥練強點保護你得了。」

　　兄妹倆上完了課回家。為省車錢來回都走路，到家草草收拾睡覺時，已經十一點過。他們倆租的是過道上一張雙層床位。旺娣睡在下面。木根爬上去躺下了，又伸出頭向下面的旺娣説：「半夜裏別再打掉被子了，要不哥哥就拿帶子把你綑上，像媽從前把你拴在艇旁那樣，叫人看着都羞你。」旺娣翻一下身問媽媽還能不能找到，等木根回答時她已經睡着了。

　　一覺醒來已是星期天。大清早，木根帶上旺娣，到南昌街口跟大牛約定的粥攤碰頭。大牛也很喜歡旺娣，一定要請客吃豬紅粥油條。

「木根，」大牛說，「我們過海到中環搭電車，順便逛一逛。我有兩個月沒到中環了，沒錢買東西也看個飽。」他轉過去問旺娣，「好不好？」

旺娣照例沒主意，笑一下望住哥哥，彷彿說，「一切他會替我作主。」木根卻說：

「回來走中環好嗎？我想先由茶果嶺過海，路過觀塘，順便跟一個收破爛的要回一點錢。」

慣做老大哥的大牛，這一次沒有堅持己見。三個人吃完便走。

那年頭，經九龍城繞啟德機場再往東走的巴士，最遠到牛池灣為止，再往前便沒有馬路，只有崎嶇小徑可走。遠望現在偌大的觀塘工廠區，當時還是一片爛地，那是香港開埠以來每天由躉船傾下垃圾泥頭填成的。起初的形狀像一個不規則的半島，後來的觀塘道當時還有很多地方在水裏。三個人從牛池灣下車，走了差不多一小時彎彎曲曲的小路，才到觀塘。

在亂糟糟漚着霉氣的垃圾島上，東一處西一處地挖成許多橫七豎八的壕溝。大牛奇怪道：「當年『蘿蔔頭』攻港島是由鯉魚門橫渡的啊，幹嘛要在這裏挖這許多戰壕呢？」

木根笑道：「你看，前面不少人還在挖呢，難道現在還打仗嗎？」他指指旺娣說，「我也帶着她做過這行業。挖這些坑是為了採垃圾礦啊。把掘出的垃圾爛泥用簸箕在水裏淘，就可以淘出廢銅爛鐵呀、玻璃呀、骨頭破布呀，運氣好的還會淘出金銀首飾一類值錢東西來。把淘出的東西分門別類，有人會收買。」他又叫大牛看前面，「那一堆堆用垃圾

堆起來的破寮屋，不就是收買破爛的嗎？我現在就是要找一個賴皮傢伙討回一點舊賬的。」

木根牽上旺娣，跟大牛談談説説，來到一處專收廢銅爛鐵的寮屋。木根上前道出來意，一個軟皮蛇似的傢伙，東拉西扯半天，給你一個沒結果。大牛看看不是路數，把鴨舌帽往後腦勺一推，捋起衣袖，兩手叉腰對木根道：「老弟，走！別再跟他泡蘑菇了。」又故作假笑問對方，「怎樣？我明天再打發人來收吧。不過弟兄們人多，你得看着夠打發他們的茶錢才好！」大牛門牙漏風，笑着説話時更有點不清不楚，現在倒也給他平添了幾分潑氣。

對手不是容易給嚇倒的角色，不過恰巧有個人像要跟他商量一件大買賣，只好胡亂掏出幾個錢，把三個人連推帶哄給打發走了。

走到茶果嶺，三人都已渾身大汗。等了半天沒船過海，只好又向前走。木根看旺梯走不動了，便馱她。後來大牛也替木根馱了一會兒。到達鯉魚門，已經晌午。旺娣叫肚子餓。這一趟木根堅持要請吃飯。木根在這一帶倒是識途老馬，他找到一處賣便宜貨的潮州攤解決了一頓，然後過海。旺娣上了船，人也變得高興一點。水上人到底只有踏腳在艙板上時，才真正回到了老家的感覺。

到淺水碼頭村，木根只見人家比前冷落了，原來大牛家就住在當年捏泥爐子的石有才對門，可是石有才早已不知去向。大牛在灶前角落掏呀掏，還掏出當年狗蛋捏的兩件東西來，是一條魚和一隻像鴨子的東西。經過多年時間，灶火已把泥巴烤得熟透，旺娣喜孜孜的把它要去了。木根對旺娣

說：「當年爸爸捎回狗蛋最後捏的那一袋東西，埋的地方我還記得。」旺娣聽說，便吵着要挖去。

三個人向亞公岩方向走。到了當年許多住家艇擠在一起成村成落的地方，木根找到從前自己家破艇附近往下挖，可惜只挖出來一堆受過潮又乾了的泥巴，裝東西的紙袋還留了一點痕跡可以辨認。

筲箕灣和亞公岩一帶，已有不少低矮的房子在殘垣瓦礫中重建起來。仁昌盛的嶄新金字招牌，也在一座新落成的三層樓房外掛起。可是沒瞧見裏面有人，也不像是在做買賣。問問一個舊街坊老漢，他捋着鬍子說：「李家在打仗時發了財，現在家當可大啦。這祖居大概只留作一點紀念，不派什麼用場的。」

兩個大孩子和舊街坊鄰里話家常。旺娣枕住她哥哥的腿躺下，在熟識的海邊讓熟識的海風吹拂着她，才一閉上眼睛，就像從前躺在她母親懷裏那樣立刻走進了夢鄉。五年來，木根一直對她盡了母親、父親和哥哥的三重責任。

海生海長的人，海對他們是親的。海水裏有他們世世代代祖先辛苦工作時揮下的汗水，有他們流下的眼淚。像農人的血汗也滋潤過自己腳下的泥土那樣，受過滋潤的海也像泥土酬報農人那樣地酬報漁夫。漁夫也拿海賜給他的收穫物滋養他自己。於是，海的一部分又變成漁夫的血、漁夫的肉。每當他在海的面前閉起眼睛，就聽見海的聲音：「我的身上有你，你的身上也有我。」

「回去吧，不早了。」大牛碰一下正在對着海出神的木根，遞給他兩塊餅。大牛自己也在吃。

「好，等旺娣睡醒就走。」木根接過餅吃。一會兒，旺娣揉着眼睛坐起來，木根塞給她一塊餅，邊吃邊牽着走。

電車把人從筲箕灣載到中環。硬的輪子顛簸在硬的軌道上，百數十年來一直是高聲吵架似的轟隆轟隆着，那使人發昏的響聲，叫旺娣嘟着嘴說她寧願走路。

當時，中環有好些大建築物身上的彈洞，還沒給補上補釘。中央書信館騎樓底準備作逐屋戰用的防禦工事，也還沒拆除。如今擺在那裏充場面的幾件銅飾，當時也還躺在海底喝鹹水。好在大牛到中環來的目的，不是為要看這些來的。他很想見識一下的，倒是仰慕已久的玻璃皮帶。木根無所為地牽上旺娣跟着走。三個唏哩呼嚕的泥孩子，既不敢闖入連卡佛什麼的，便穿進利源東西街。好在果然有三兩條寶貝似的貨色，裝在透明盒子裏吊起陳列。有人說，水手大兵帶進來這麼一條，估計可以換去一個普通人辛苦工作十天半個月的收入。有些夠想頭的人買去割碎作成錶帶賣，還可賺錢。但真正有超級生意頭腦的人，卻正在動念頭就地建廠賺取真正可觀的錢。

鑑賞完玻璃皮帶，走出利源街口，大牛像發現了奇蹟似的叫：「這不是瘦皮猴？」於是向他大聲招呼，「侯平修！侯平修！」

又高又瘦、大顴骨凹腮尖臉的侯平修，今天倒出乎大牛意料的沒穿新衣服，手上拿着書包。

「星期天還上學嗎，瘦皮猴？」大牛看他穿舊衣服走路不坐私家車，又膽壯起來叫他的渾名。同時指指木根兄妹問他，「認得嗎？」

　　瘦皮猴搖頭表示記不起。大牛便告訴他：

　　「這是木根，她叫旺娣。以前常給你欺負的狗蛋，也是他們一家的。怎麼今天不穿新衣裳也不坐私家車了？」

　　「別提了，滿滿幾大倉的貨物，都給爹一夜輸光了，還有車子坐？」看來瘦皮猴不過比旺娣大上三兩歲光景，可是說起話來老腔老調，比木根大牛還行。他說，「我爹是個了不起會找錢的人，不過像他那樣沒知識單靠小聰明的人，只能賺小錢，不能賺大錢。這年頭，要出人頭地非認真讀書求知識不可。你們曉得仁昌盛一家吧？他們發跡了。」

　　木根不吭氣。只唸過幾個月書的大牛，抓抓自己的耳根道：「你行！世界是你的！」笑着使勁在瘦皮猴的肩上拍得他呱呱叫。大家分手。

　　木根兄妹和大牛準備從油麻地過海回九龍。木根掏錢買票，一摸口袋，大驚失色地叫了起來：

　　「糟！我的錢包沒有了。」

　　旺娣幫木根摸過他的每一個口袋，大牛也幫他摸過，錢包果然是沒有了。大牛恍然大悟道：

　　「一定是剛才看玻璃皮帶看得太入神，給扒毛光顧了。裏面有多少錢？」

　　「連討回的兩塊多，一共差不多五塊。」木根說。他想，如果儉省點，五塊錢差不多夠兄妹倆一星期的伙食，或一個月的床位租錢。他心痛地說，「回頭找找怎樣？」

　　「算了吧，你就算是拿這錢學點乖吧！」大牛掏出自己的錢包，說，「看！扒毛不敢摸我的，卻偏偏向你下手。」說着拿了一塊錢給木根用。木根說自己家裏還有點錢，沒

要，沒精打采地牽上旺娣跟大牛分手。

不知不覺又過了個把星期。木根照舊每天返工。旺娣擺小攤賣糖，做家務，又孤獨又委屈，眼巴巴看着別的孩子有機會玩，她卻沒有，有時還受人欺負。雖然每天盼到哥哥回來的時候又有説有笑了，星期天更是快樂的時光。可是這樣的時光太少太不容易盼到，她覺得一天的時間很長很長。木根並不是不曉得，每當早上他離家時旺娣牽着衣角懇求他早些回來時，他幾乎每次都要淌出眼淚。很少成年人能認真體會到小孩子處在孤獨環境中的痛苦的，這種痛苦或許跟成年人所理解的牢獄生活相近似。

工場裏人多熱鬧，木根在這裏，比起孤零零坐守着一檔小攤的旺娣，日子易過得多。

工作時除非主管人巡視太緊，大多數時候總是嘻嘻哈哈的，有説有笑。即使互相抬槓吵架，也挺熱鬧。各人的個性在這裏比在別種環境中較易被別人同化。談女人、吸煙和喝酒，在沒有女工的部分尤其易染開。孤獨這種特性，在這裏是不大站得住腳的。木根算不得是太孤獨的人，不過他記掛着旺娣，有時不知不覺的也有點顯得離群，另有一個新來的安炳也比較特別。安炳年齡比木根大牛大些，個子卻特別矮小，別人説笑打架或偷空躲到屋角賭一會錢時，安炳站得遠遠看，好像自己想做又膽怯。不過安炳和木根不是一樣人，安炳在膽怯之中顯得好像渴望被同化。

過了幾天，又是一個星期天，木根大牛為想另找新工作，一同出去了，據説現在有一種新膠廠很有前途。因此今天旺娣不能跟哥哥一同出去玩。好不容易盼到的星期天，還

得照舊一個人孤零零的擺小攤賣糖果。傍晚木根回來，只見旺娣眼淚汪汪的在做飯。木根忙問又有什麼事，她訴苦說：

「那小流氓又跑來胡鬧，跟我要前幾天那五分錢。我不依，那天他已多搶了兩顆糖，我說我再給他兩顆可以，要拿回五分不行。他笑嘻嘻地說好，等我打開瓶蓋的時候卻趁勢搶。我一急，把瓶子摔碎了，他還搶糖。我忍不住，坐在地上哭，他哥哥還站在一旁笑，真氣人！」

木根再也按捺不住了，他拉上旺娣就要往外走：「去！帶哥哥去找那個縱容弟弟欺負人的混蛋算賬去！」

「上哪兒找去呢？」旺娣一面抹眼淚一面說，「我又不曉得他們住在哪兒，連人家叫個什麼名字也不知道。」

木根也不知道。他心裏雖難過，也只好想出些話哄住妹妹，拿手巾替她揩乾淨臉吃飯。

吃過了晚飯，木根想逗旺娣高興一下，便帶她到街上玩玩。旺娣忽指着前面一大一小兩個男孩，緊張又低聲地告訴木根：「這就是他們，那個小流氓和他的哥哥。」

木根一看，吃驚不小。他起初以為是什麼三頭六臂的人馬，原來做哥哥的正是可憐兮兮的安炳。但安炳的弟弟卻是個十足小潑皮樣子，又高又粗，大概比旺娣大一兩歲。

「怎麼，難道她是……」安炳也愕然道。

「我的妹妹旺娣。」木根冷冷地說。「他是你的弟弟嗎？」

安炳點點頭。他說：「你的妹妹太弱，光會哭，你該好好訓練她，要不然將來……」安炳停一下，撥轉話頭：「我從前也弱極，老是受人欺負。我的弟弟本來也這樣。後來我逐漸覺悟，我覺得不能讓弟弟再蹈我的覆轍。所以，每趟

他受欺負捱打回來告訴我時，我不僅不同情他，反而激勵他說：『傻子，你自己報仇去吧！』果然他逐漸改變了。我曉得他現在是變本加厲，他學會欺負人了。可是有什麼辦法，為了他將來能夠生存嘛！」

木根本來想告訴安炳說，他也能照安炳的辦法教旺娣，給她粗木棍打斷那小潑皮的腿。可是他沒有這樣說，他心裏還有許多話也沒說。不管怎樣他是不會這樣去教旺娣的。他二話不講頭也不回牽上旺娣便走了。

回家的路上，經過騎樓底一處近街燈的柱腳，一個瘦長孩子正蹲在地上就着街燈光線唸書。木根一看正是瘦皮猴，手裏拿着本一兩吋厚的書，上面密密麻麻印滿蠅頭大小的英文字。他問瘦皮猴：

「你住這裏嗎？好用功！唸的是什麼書？」

「我在背字典。不吃苦中苦怎能做人上人。」瘦皮猴一本正經地說時，指指樓上，「我家就在三樓，在這裏唸書既風涼又省電費，又用不着怕同居打牌聲吵耳。」

「原來發奮唸書又是這樣難的。」木根對自己說。從這以後，對於上學唸書的興趣也受打擊不少。

往後幾天，木根沒有再讓旺娣擺小攤賣糖果。可是一時想不起叫她幹什麼好。叫她整天閒着發呆當然更不是辦法，況且少了一點收入會多少影響生活，前幾天給打荷包又損失了些錢。木根每天返工，看見安炳，更是心煩加上討厭，工作起來也難免用心不專。昨天鋸東西時傷了手還沒好，今天捲彈簧不小心又給鋼線刺一下。源叔叫他銼一塊鐵，因為手不對勁，鐵片給銼的凹腰凸肚的，不夠平，源叔不高興道：

「你上工一個多月了，連拿把銼也不學學怎樣拿得平。心不在焉的不損手便破腳，怎麼搞的！」

木根漸覺日子過得不是味兒，就自己問自己：「是不是應該換一換環境了？」他想到旺娣，更覺得非換一換環境不可。可是怎麼個換法呢，他一時還沒好主意。

有一天，木根偶然想起從前在他爹船上幫工的表親田金帶。金帶家本來在長洲的，聽說今年新造了艘索罟船出海。想到金帶表叔，他又想到海。海是在睡夢中也搖盪不定的，可是最近他每夜在不動的地面躺上不動的床，卻瞪着眼到深夜不能入夢。他決定看看金帶叔去。等到星期天，便帶上旺娣乘船到長洲。

到了長洲，木根兄妹倆問到了金帶船，把近況告訴了表叔。金帶說他船上剛缺個人手，問木根再想不想出海。

「你到底是海生海長的孩子啊！」金帶這句話撞在木根心頭上恰是時候。木根立刻欣然應允。可是問題立刻又來了：

「怎樣安置旺娣呢？」木根自言自語似的說。

「木根⋯⋯」金帶有事想說又止住。接着他問，「你知道你媽的下落嗎？」

「不曉得。」木根答。可是覺得有點蹊蹺，便問，「難道說，表叔有什麼消息嗎？」

「你媽再嫁人了，又生了兩個小的。」金帶索性一口氣說下去，「你不要怪你媽，她也是沒辦法。試想當年你爸死了，你兄妹倆又散失了，下落不明，叫她一個單身女人怎樣能夠活下去？」

木根低着頭，半天不曉得怎樣說才好。旺娣聽說媽還

在，卻十分高興，她也不管媽現在是不是還可以像從前那樣疼她，只嚷着問：

「媽媽在哪裏？」於是木根也跟着問：

「表叔，媽在哪裏？」

「你們的媽嫁的人叫石七斤，在一艘大釣艇上當艄公。這件事，我也是直到最近兩個月才曉得的。」金帶説，「你們媽在岸上有住家艇，上個月才搬到長洲來。」

長洲島從南到北像個窄頸瓶。金帶和木根兄妹一同向西灣走，那裏有一小片避風的谷地擠着很多住家艇。木根用躊躇的腳步跟着走，金帶也低頭不説話，只有旺娣卻很輕鬆。

當年的帶喜嫂，現在別人稱她七斤嫲。她見到木根兄妹立刻淚如泉湧，放開正在餵奶的一個小孩芽兒，摟住旺娣低着頭哭不成聲。剛才還高高興興的旺娣也哭了。

半天，七斤嫲若斷若續地説：「木根，你長大了，你會明理，別怪媽，我當年……況且我……」她好像還有什麼隱衷要説出，可是木根攔住她的話：

「媽！」他也流淚説，「不要再説下去！我不會怪你。」

七斤嫲和石七斤生的一個兩歲男孩，本來爬在地上玩的，不曉得各人為什麼哭，瞪着眼看了半天也哭起來。沒吃完奶給放在一旁的小孩芽兒，哭哭停停又再哭。托着腮坐在門口一直沒吭氣的金帶，進來勸住大人哄住小孩，又把木根要跟他上船出海的事告訴七斤嫲。

「好，那麼以後旺娣留在我這裏。」七斤嫲抹着淚説。又問旺娣好不好。

現在輪到旺娣為難起來，五年來她是早已習慣跟哥哥

相依為命的。木根也有點依依不捨，況且他已經很懂事，他還不清楚石七斤究竟是怎樣一個人，他擔心旺娣在這裏是不是真會開心。七斤嬸把兄妹倆的心事看在眼內，禁不住又流淚。她拉着旺娣的手懇求旺娣留下，又向木根發誓說她不會讓誰虧待旺娣的。

七斤嬸四十不到，還很健壯能幹。她從前連對撿來的狗蛋都很好，何況是旺娣。木根覺得也確實沒有不放心的理由。還有七斤嬸再生下的兩個小弟弟。木根希望他們至少會叫旺娣以後不再像前幾年那樣孤獨得可憐。想到這裏，木根便轉過來竭力勸旺娣留下，田金帶到現在也說，他也很贊成，服從慣了的旺娣結果依舊是服從了。

事情就這樣解決了。木根臨離開前，七斤嬸問他：「有狗蛋的消息嗎？」

木根搖頭說：「沒有。」

他立刻回到九龍收拾東西。第二天一早，回到廠裏。修理部所有的孩子們，聽說木根要辭工，都圍上來問長問短，大牛更加感到意外。

「木根，找到什麼好工？我猜一定是造玻璃皮帶的。是不是？」一個說。

「怎麼你不猜織布廠，也不猜手電廠，一定要說是玻璃皮帶廠呢？」另一個說。

「對呀，我也寧願猜織布廠手電廠，」第三個好像特別早熟的大個子說，「織布廠手電廠女工多。」

「開什麼玩笑呢！」第一個又搶着說，「自然是哪一種廠有前途進那種廠了。聽說以後是塑膠世界，什麼都用塑膠。

還聽說我們這鐵工廠也快要改招牌了，要不是造玻璃皮帶，也是膠鞋什麼的。」

「你們瞎扯什麼呢？」一直把木根拉到一旁說悄悄話的大牛，突然大聲說。可是大家不管大牛，他們還是瞎嚷瞎猜他們的。突然有一個人更加大聲說：

「我們打賭好不好？」

「好！」又一個聲音附和道，「我賭手電廠，買一角。」

「我買織布廠一角。」第三個聲音。

「我二角，賭玻璃皮帶廠。」又是一個聲音。

「我也買二角⋯⋯」

於是你掏錢我也掏錢，大家亂哄哄嚷成一堆，也沒留神木根早已跟大牛走了，到廠長室辦辭工手續和出糧去了。木根的家事底細和今後的行蹤，連對好朋友大牛也沒說得十分清楚。安炳卻一直站得遠遠地不吭氣。

兩天之後，木根上了田金帶的船，回到久別的海上。

小說，伍繫《香港啊香港》（香港：七十年代雜誌社，1975 年再版）

維多利亞港

何福仁

我五歲的姪女把家裏的魚缸

定名為維多利亞港

那是英女皇蒞臨的一天

她第一次乘搭渡海小輪

從一個距離發覺

自己生長的地方

黃埔的樓宇愈伸愈長愈長愈高

卻原來一直飄浮在海上

那些密麻麻的積木

許多人就在裏面讀書工作

海邊尖東走廊總有人在不停追趕

追趕什麼呢也沒有人停下來想想

只有鷗鳥在波濤的鞦韆上玩耍

大小的船去船來；海風撥亂了她的頭髮

爸爸就她抱擁，怕她着涼

她問我：你真的每天都坐這樣的船上班

而且都坐同一艘船

同樣地觀看麼？

小小的魚缸，已夠她爸爸忙碌的了

買魚餌、換水、調節溫度

當魚魚（她逐一給牠們名字）生了病

就分隔開，用鹽水飼養

病好了回到牢靠的避風塘；也有的

爸爸就告訴她已經游到好遠好遠的海洋

許多年後，她一定會看到許多許多個

真正的海洋，那時的維多利亞港

原來只是小小的魚缸

小得連地圖也沒有記載

小得誰又曾理會我們的水溫

我們是否缺氧我們想過怎樣的一種

生活？但那有什麼相干

只要一家人同心協力

當風翻動，波濤再洶湧

我們總會安然渡過

而且總會有什麼吸引她的目光

現代詩，陳大為、鍾怡雯主編：《華文文學百年選‧香港卷 1：散文、新詩》（台北：九歌出版社，2018 年）

船和家

陳滅

記得你的家在搖蕩裏
風靜的晚上
向我談起苦澀的海水
帶腥味的魚以及你們
睡覺時從一端搖到另一端

有時帶着滿載的魚獲回歸
風靜的避風塘
你說你還是要再出海
闖入帶幾分危險的生活、汪洋
但今夜泛黃燈泡微微搖晃
你也享受這安詳
房間內各種新奇物件此刻安放
也承認這是值得珍惜的一刻

收音機播出時代曲、
新聞報道及新聞背後
所透露的氣溫與風力之變化
木板上有書刊　你略讀那些
細小的、不安定的文字
扭曲的電波　電視機苦澀的影像
彷彿也是個帶腥味的世界

大人們在下面商討些什麼

沉沉地說着大事或瑣事？

都不在你我掌握之內

最後你簽一張聖誕咭送我

可惜後來搬家時遺失

殘缺記憶略去名字就只有這些

咭上不是慣見的香港落日歸帆

而是一個家

一條船

在海上冒大小風險作業的船

現代詩，陳滅《單聲道》（香港：東岸書店，2002 年）

山水之間

王良和

那天我們又去探訪大尾篤了。你知道我惦念那一片山水。許多水屋和小艇、白色的長堤，還有濱海的農田，偶然飛過一隻、兩隻白鷺鷥。生命中有這樣快的抉擇嗎？説去的時候就去了，踐着滿地松針，沿着醫學院的斜路下山。微暖的輕風一吹，我們像葉子瞬間吹到山下，登上了往大埔墟的火車。隔着透明的窗玻璃，只見一列靜穆的青山，站在月台後面送行。午後的天空是蔚藍色的。

從前坐火車好像沒有感到過這麼愉快、平靜，我不想推究原因；只想着，短短的一站旅程，車廂裏可以做什麼呢？譬如隨意假設，此刻我們身在流動的電影院，看一部大自然的立體電影。窗玻璃多像菲林的格子，不停放映活動的風景。窗外的畫面比弧形大銀幕更大，顏色更亮麗、逼真，可以讓凝視它的眼睛，像偷偷拍翅起飛的青鳥，飛出這幅山水畫，飛到水外的水、山外的山，盤旋於另一片柔藍的水波、靛青的山影。

到站下車的時候，抬頭但見一脈蒼然的青山俯身相迎。萬年的佇立，堅守每一個晴晨雨夕，彷彿只為等候兩個年輕的過客。電氣化火車沿雙軌的鐵路鏗鏗把我們載來，盤盤的青山一路跟進；車停，山，就停了，相送和相迎的情意，盡在連綿起伏中。

我們在車站買了咖啡和漢堡包，從容登上往大尾篤的公車。那時，午後的陽光漸漸傾斜，照進車來映着我們的臉。

不遠處的山坡上，孩子曳着初春飄起的第一隻風箏，一根線便牽住了整個藍濛濛的天空。

我清楚記得那天是元月十三，再過兩天就是元宵。農曆年還沒有過去，大埔的新春氣氛不見得很濃，只有商店的門外貼着吉祥的揮春。車窗外面的街景，不是和平常一樣稔熟麼？那些日子，經常一個人乘這樣的公車，不管秋冬趕往大尾篤看日落。我更喜歡看水屋上的漁民，晚來生火燒飯，一縷白煙在有無之間。昏暗的光影裏，只見他們圍着圓桌，一邊吃飯一邊閒談，不時傳來孩子的笑聲，甚至連筷子輕輕碰響飯碗的聲音都歷歷可聞。夜愈深時海更靜，我在長堤散步片刻，便乘着來時的公車回去。

此刻我又乘着這樣的公車往大尾篤了，票價和路線並未改變，轉入汀角路，依舊左邊是農田，右邊是海；但其實，一切都改變了，只因為，你坐在我的身旁。相同的旅程，不同的心境。敞開的車窗吹來早春的暖風，混和着草葉的清香。

我彷彿聽見大海以潮水來呼喚我，以港灣上虛浮交錯的大小漁船。每次車過汀角路，遠遠便看見一張藍色的地氈，邊緣放着一雙雙小木屐。那當然是美麗的錯覺了。待得近時，才清楚看見狀如木屐的漁船上，一根繩晾掛各式各樣的衣服，紅紅綠綠飄揚於風中，像鼓動的翅膀，隨時飛去了船，留下了海。你聽見大海的呼喚嗎？我說，提早下車吧，我喜歡這條漁村；但我的話剛説完，漁村的車站已經過了。我們在下一站下了車，攜着手折回去。

兩個年輕的過客，就這樣闖入了漁人的小千世界。斜坡

上的鐵皮木屋，用一根根的鐵柱撐着，像俯身拾蛤蜊的漁童捲起褲管，露出光光瘦瘦的雙腿。農曆年還未過去，出海的日子仍很遙遠。大人悠閒地在門外的空地賭博，小孩子玩跳飛機，踢毽。我們在熟食檔買了一串牛丸，又跟路旁的老頭買了一塊糖葱薄餅，一邊吃一邊看孩子嬉戲笑鬧。家家戶戶縱橫的天線上，是一片廣大的藍天。那蔚藍的色素，不會因俯臨豪廈或貧戶而深淺有別。最破舊的小屋，也容得下一個幸福的家庭。離開這條陌生的漁村，一步步沿階走下，我心裏又無故懷着欣喜和感動了。

海旁的公路，此刻鋪在我們的腳前，蜿蜒伸向大尾篤。從這裏乘車而去，不過幾分鐘的光景；步行，卻不知道要走多少時間。我們不打算再乘車了，黃昏的汀角路寧靜明麗，最宜散步的旅程。春陽倒轉，山和海以其立體和平面承接片片暮色。地上的兩個人影漸漸拉長，前路無限，踐着樹影踐着光陰，每一步都是意思。

一路上看不見行人，整條公路，甚至整個世界，彷彿全屬於我們。有時不免懷疑，六百萬香港居民，都擠到他處了，只有這一片山水寧靜無擾。偶然一輛汽車駛過，好像從另一個時空，穿過空間裂隙闖了進來，倏地一閃，又從另一條空間裂隙闖了出去，消失得無影無蹤。路邊野草很多，有些長得高與人齊。我折了一根望冬握於手中，用力一抖，頂部的柔絮簌簌顫落。

不知不覺間，大尾篤的水屋在望了，雖然還要走一段路才能到達。站在公路上四顧，只覺得風景更加廣闊。左邊是一大片農田，鋪向遠處的山腳；右邊是潮漲的吐露港，藍浪

粼粼浮着幾座小島。從前坐車經過這裏，雙眼像攝影機頻頻捕捉風景，往往教我驚喜得張着嘴巴無端端地笑。而此刻，逐漸隱退的暮色下，山水更見明淨空廓之美了。

其實這裏也可以稱做鳥的天堂。山水沒有飛鳥來點綴，很難想像有什麼靈氣。我們看見一隻灰色的大鳥，在遠處的田野低飛，谿着比鶴和鷹還要巨大的翅膀，徐徐打圈像在尋覓適合的居停。麻雀成群在樹上跳躍，那啁啾的叫聲，是唱歌呢，還是交談？大可由人去想像，反正我們不懂，懂了更沒意思。偶然一隻冒失的白鷺鷥匆匆飛過，像玩漂水花似的，激盪得整片山水都有一點不真實，等到一切平靜下來的時候，風景已沉澱得水清清的照得人透明。

田野有許多平房，疏落聚散，低矮而且設計簡單，當中卻屹立着一幢幢三層高的西班牙式別墅。我們在一所房子前停下來，攀着籬笆翹首踮足，透過敞開的玻璃窗，觀察室內的佈置。守門的小狗慵懶地走近，吠了兩聲又走開了。我們都覺得好笑，很快又邁着前進的步伐，對於將來，彼此都懷有許多美麗的憧憬。

我想，也許在這裏我們會有一所小小的房子，會有屬於自己的家，像那些漁人和農民一樣。葉慈在〈湖心的茵島〉中，不也渴望結一座小小茅廬嗎？種九行豆畦，搭一個蜜蜂的窩巢。幾年之後，我應該有幾本著作了，可以在柔和的燈光下一起展讀，回想過去的日子，山水見證我們年輕的歲月，以及攜手走過的每一段路。

有時我們在一株芭蕉前停了下來，觀察吊在半空的芭蕉花，交換一點生物學的常識；又或者蹲下逗玩含羞草，感應

莊嚴的生命。路再長我們都不愁寂寞。夕陽完全落下而明月開始升起，未到十五已經圓圓的滿在前面的樹頂，像新鮮發亮的果實，入夜後在眾葉中閃光。踏着月色和樹影。終於，我們來到大尾篤。

白天騎着單車和划船的人消失了，水濱的小艇連首銜尾在列隊，乘載路燈映下的光柱。一個漁人提燈站在舢板上，讓船盪向水湄茂密的紅木樹叢，好像在教船尾的小孩捕捉一點什麼。我們沿着無人的海岸行走，拐彎後停下，面對一排水屋和漁船，佔據半篙波暖的一角水域。水屋此刻亮着安詳溫馨的青燈，漁人像星群圍着月色進膳。我問：你聽見筷子輕輕碰響飯碗的聲音嗎，隔着這麼遠的距離？你點點頭。我想，這不僅是一片供人欣賞遊樂的山水，它恩澤了漁人和農民自足的收穫；只要有湛藍的潮水、蒼翠的農田，世界，總容得下一首愉快的民謠或漁歌。而我呢，面對這片天地差不多三年了，漸漸不再把自己當作過路的遊客，我不過以另一種生活方式，像他們一樣俯仰於山水之間。

如今我們站立的位置，就是我昔日一個人面海站立的位置了。你曾經說過，不能理解我不管秋冬晝夜，總愛獨自跑到大尾篤來看海，或者在同學忙於準備考試的時候，漫無目的在校園散步。你說你不能想像。現在我也不能想像，今天由下午開始，你和我沿着公路步行，步落了黃昏，步起了月夜，走過了那麼綿長的路程，只為探訪大尾篤，我經常惦念的郊野公園。

此刻，八仙嶺屹立在我們的右邊，吐露港浮在面前，前景無礙，可以清楚看見更遠的地方。斜對岸橫臥在黃濛濛的

街燈下的，不正是我們先前走過的路麼？

散文，王良和《街市行者》（香港：中華書局，2017 年）

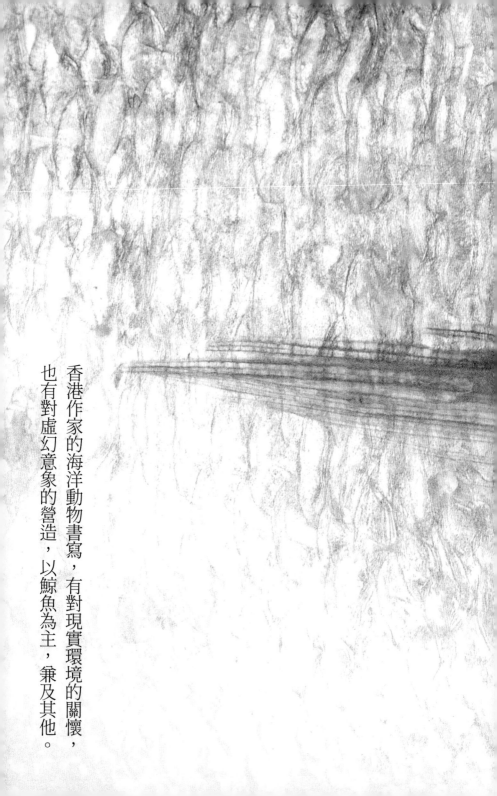

香港作家的海洋動物書寫，有對現實環境的關懷，也有對虛幻意象的營造，以鯨魚為主，兼及其他。

引言

地方傳說是本土文化的重要構組部分，神異色彩與地方屬性相互詮釋，讓人迷醉於真幻之間。香港的地方傳說並不多，但盧亭傳說早在唐代文獻裏便有記載，直到清初屈大均《廣東新語》，才具體述及香港地名「大魚山」（大嶼山）。相傳盧亭是人首魚身，有雌雄，雌者會媚惑人，但不能言語。也有記載指盧亭能在水下活動數天，也會用漁獲跟居民換米。這些早在開埠之前的傳說，跟香港漁村發展至商港的關係，一直鮮有進入港人視野。謝曉虹〈人魚〉寫父親幻化成魚，如母親一樣消失無蹤，其身世隱喻耐人尋味。一九九七年起連續三年，香港舉辦了盧亭藝術展覽，編寫了疑幻似真的盧亭人歷史，及後在電影、舞台劇頗不乏盧亭題材的作品，這個古老傳說儼然成為香港文化身份的符號。

一九五五年四月十二日，一頭長達二十七尺的長鬚鯨闖進維港，在明生碼頭（現址上環）擱淺，消息傳出，「干諾道西萬眾圍觀」（《大公報》一九五五年四月十三日港聞標題），需要警察到場疏導交通。擾攘兩小時後，鯨魚被槍殺，然後拖到岸上。此事哄動一時，有些報章順勢說明鯨魚特點和習性，又報道了一些生物學家的觀點，好像給香港市民上了一節生物課。這頭長鬚鯨的骨架模型在香港大學待了數十年，到了一九九二年香港大學太古海洋實驗室在鶴嘴成立，轉移

放置在保護區。二○一八年超強颱風山竹襲港，鯨骨受嚴重破壞，後來實驗室用 3D 打印技術將鯨骨複製，以代替原始骨架在原址眺望南中國海，宣揚保育海洋的重要性。

長鬚鯨被消費、被研究一個甲子，經歷風災天變，終化身成保育海洋生態的象徵。鯨魚死亡後會沉在深海分解，滋養海底生物，發揮剩餘價值，叫「鯨落」，這是個多麼富有詩意與人文精神的名詞！

根據海洋公園海洋生物擱淺行動組資料，二○○六年至二○二三年，每年有二十至五十宗鯨豚擱淺事件，只有少數是鯨魚。維多利亞港號稱港闊水深，但航道水深介乎十二至四十三米，多年來偶爾有誤闖維港水域的鯨魚擱淺死亡。梁偉洛《鯨魚之城》寫眾人見證鯨魚如宇航船飛向晨星，緊接「座頭鯨失蹤，或已出公海」的新聞稿。鯨魚是否已回到理想的居所了？至少，維港不會是牠的墳墓——船上十二人快樂地哼歌。

人與魚能否建立更平等的關係？鍾偉民的詩雖記捕鯨經過，但人與鯨在海洋戰場上搏鬥，竟至相知相忘，詩歌滿溢着對鯨魚的崇敬。黃秀蓮寫出海觀豚的興奮，同時反思觀豚意義，表達人與豚友好相處的願望，及對白海豚絕跡港灣的預言。麥樹堅細辨「看鯨」和「觀鯨」、「賞鯨」之別，並融入生物學知識。他的觀鯨心癮不僅緣自童年在海洋公園看的鯨魚表演，也在知識追究及目擊印證下，激發他面對現實困難的勇氣。

海洋公園的殺人鯨海威是香港人的集體回憶，長達十八年的表演，帶給無數港人和遊客難忘回憶。牠於一九九七年

病死後，獸醫擔心病毒傳人，故即焚化，人們只能在檔案和電影裏追念其身姿。

　　碩大無比的鯨魚需要廣濶無邊的大海，洪慧和呂永佳不約而同地以「房間」和「水族館」限制鯨魚的自由，藉以抒發都市的抑壓和焦躁。

　　魚與大海、人與城市，在文學作品裏儼如互喻，供我們細味。

捕鯨人

鍾偉民

（一）

太陽還沒有升起來

我的船就在黑夜啟碇

我帶了足夠的餌

銀鱗的星星就擱在船舷

彎長長的沙灘上

鱟魚的軟殼映着月光

黑浪捲去無數鱟魚

一些寄居蟹，一點點牡蠣

巨大的彎月倒影

還是彎長長的一片銀白

鱟魚的六雙足

竟沒留下一個腳印

在空冷的黑暗中央

我絞起沉重的鐵錨

我要將船遠遠的航出去

航出珊瑚蟲森黑的墓地

縱然墓地外的風浪滔天

但我厭惡船底黏着淺礁的腐藻

況且漁人真正的噩夢

是船舶驟然變成畫的

永遠停在畫的海上頭

漁人絕不會害怕大海的呼吸

害怕自己的呼吸

更不會任小船僅是陸地上

藍衣水手醉後的絲毫記憶

如想起發霉的魚子醬

或一些嘔吐的乳酪

我要將船遠遠的航出去

桅頂這時正懸着一盞月

我將血污的帆高高揚起

日乾的魚鱗

就悄然一閃一閃地旋下

猛抬頭，桅頂那一盞月

卻還完好的輕輕盪着

我要將船遠遠的航出去

在遠方，在黑夜

也透白空靈的海域

琉璃般的水藻上，多少世代

海水流過鯨脊

如風滑過長桅

在這沒床緣的水榻上

鯨魚和我都為對方醒着

且都準備殺死對方

但我們是最好的朋友

甚至是孿生兄弟

鯨魚信服我

正如我信服鯨魚

然而陸地對於鯨魚

對於捕鯨人

都是一首唱不完的悲歌

（二）

雖然太陽還沒有升起來

但天已微亮

海的呼吸漸漸重起來

睡醒的海洋臂膀在舒張

小船在臂彎顛簸着溜過

又衝進帶着淡綠的呵欠內

我看到紫色水母埋伏浪中

鯊群劃破海的一點皮肉

這是貿易風要闖來的先兆

但我掌得一手好舵

我是一個漁夫

就要將船遠遠航去

真正的漁人絕不滿足於

近岸的河豚或小鮪魚

這時小船顛簸得更厲害

風颳得更猛，雲聚得更多

我聽到船頭被海浪掌摑的聲音

黏稠而帶着鹹味的海風

吹直我粗麻的衣我暗黃的髮

我的帆就要裂

烏雲將小船層層厚裹

浪的巨手直劈到船內

我聽到船舷被海浪鞭打的聲音

但是遠航就得容忍

我鬆開濡濕的帆腳索

將帆放下，讓高削的桅杆

剖開撲來的貿易風的胸膛

墨綠的海水愈翻愈白

尖頂的船桅狂揮

如巨大的魚叉

墨綠的海水愈白愈翻

翻動的小船

翻動在白海的沸騰的窩內

而我隱隱聽到鯨魚

在為我打氣

只是海水太白

鯨魚呵！我要用你的血

將白海染紅

（三）

太陽就要升起來

風浪已打去我的桅燈

我銀鱗的餌

亂揮的魚叉也漸漸歇下來

湧雪的海原重綻新綠

衣髮是黏稠稠的貼在頸上身上

帆更破了，但增加了經驗

我將濕透的破帆重新揚起

向着日出的方向航行

烏雲漸漸在眼前散開

散成中空的拱門

太陽的巨額響噹噹地崩出海面

萬千黃金鐵馬

震天爆響自圓拱奔出

火矛颼颼飛來

風燒着，浪熔着

燃着我的小船我的髮

我的漁帆鍍了金

顫巍巍墜下鏗鏘的音色

帆上鯨魚標誌的一雙炯目

閃爍地凝望着顫響的水平線

而火矛愈飛愈多

颼颼颯颯的火燄

燃着鯨徽的眼我的眼

我們的眼眸都流着金黃的戰意

且都同時凝望着太陽

太陽冉冉地裂出

只有長槁擋着火矛

而海卻熊熊的燒着

船頭割出了火的聲音

我用手捧了一瓢火呷下

一種金色的溫飽流過血脈

如風飄過帆索

我感到一陣鯨魚可愛的血腥

而太陽徐徐地升起

金風吹着

飛魚的金鱗炫閃着

成群躍過船舷

一尾灰鯨吹了很多道小巧的虹

隆然的呼吸應着船頭的破浪聲

但那小魚並不屬於真正的鯨族

鯨魚和我都知道

船頭血紅的羅盤下

就築着金色的運河

鯨魚在太陽背後等我

太陽紅紅的在虹彩間舉起

離開顫響的水平線

船舷幾頭大海龜抬起頭

怔怔地望着太陽

在千里外的虹彩間

悠揚地升起，升起……

………………………………

（四）

太陽已升到中天

在水族群無盡鬱藍的草原上

小船是一翅逐水草而居的蒼鷹

滑過草原的青空，我想到

一紙孤鳶拖着雪白的長尾

天空變得晶藍藍的

風脆弱得像年青水手的掌心

當桅頂飄起數卷盤旋的雲

都是日光下自然的千氅白鷗

一片嫋娜的雲屑落在船頭

溫柔如海湄穿着白裙

拾着蛤蜊的少女

溫柔的風吹着

而我幾就忘卻天上——

空氣漸漸沉默下來

我坐在爬滿海鹽的桅下抽煙

撫着微陷的木片剝落的船欄

年青時候，水手們

就這樣敲着船欄歌舞

如今我深深的抽煙

少管雪白的海鹽爬落黃髮

對着腿上臂上的傷疤

興致勃發地説風話

當我想到我是一個漁人

當我想到我的鯨魚

我高傲地仰天笑了

我走到船頭

讓空氣在我兩鬢流過

像海水滑過鯨脊

空氣愈來愈沉默

這是決戰將臨的先兆

縱使我和鯨魚

都不能對勝負預知

縱使鯊肉也並不美味

但我們都有耐性

且我們的戰鬥

將比日出更壯烈

我要用鯨血

濺成永遠的日出

空氣更加沉默了

鯨徽和我都望着前方

在無底也無垠的鬱藍上

只有捕鯨人的歌聲

和遙遠的遙遠的鯨魚

和捕鯨人的歌聲

現代詩，鍾偉民《捕鯨之旅》（香港：新穗出版，1983 年）

人魚

謝曉虹

　　沒有人知道是為了什麼，那些體型巨大的魚從四方八面游進了城市的海域。從海岸向遠處望去，海裏延綿起伏着的並不是波浪，而是魚群銀灰色的背部。整個城市的空氣裏都瀰漫着魚的腥氣，這種氣味滲入人們衣衫的纖維裏，在洗熨過後仍久久不散。港內的渡輪已經停航，為遊客而設的觀光遊輪都滯留在新的碼頭，外來的貨輪被迫轉到其他口岸卸貨。直升機每天早晚往返於市中心島嶼，人們從直升機往下望，起伏的海面像某一刻凝固了，一動不動的魚群似乎進入了沉睡狀態。有些人說，那些魚會一直停留，直到秋天，長出雙腳，像人一樣在陸地上走動，當誰也無法從我們之間辨別出牠們來，一切便會回復正常。

　　「不要隨便相信這些說法。」妹妹赤着腳從房間裏奔跑出來，關上收音機，打開了所有的窗，帶着腥味的風便從牆與牆的交界吹來。天空很低，人們穿着單薄的衣衫默默地行走，在十字路口聚攏然後流散。妹妹告訴我，自從四月起，她一直夢見許多奶白色的泡沫，在牆壁的中央，像噴泉一樣不斷湧出來。「漸漸的，一切都像蜜蠟一樣開始軟化。包括你，我，父親，以及整個城市。不久以後，我們都會軟化成海洋的生物，沉到海裏去。」

　　妹妹最近常常幻想，一天她終要變成一尾魚，每天洗澡時她都小心查看自己身體的各個部分，看有沒有鱗片長出來。因為缺乏頭髮的遮掩，妹妹的頭部和耳朵醜陋地坦露

着，脱光了衣服在屋裏奔走時，簡直就像是另一種生物。我還記得，那是後山那一片樹林被砍去時，妹妹要求年好的理髮匠她剪去所有的頭髮（那是我們居住的地方裏，最後一個會説故事的理髮匠）。現在，後山的新樓房剛剛建起來，而妹妹略帶青色的髮亦再次長出來。

「但願她並不是為了紀念它們。」坐在碼頭石壆上的父親背向着我，而前面是片灰濛濛的海。「城市裏消逝的事物那樣多，誰能夠把它們一一記住？」當父親那樣説的時候，母親連同那些雞隻像垃圾一樣被傾倒進海裏的情景便再次浮現在我的腦海。

「那些銀灰色的龐大身體會否就是母親和雞隻的幽靈？」

妹妹對這個説法絲毫不感興趣，因為她根本沒有一點關於母親的記憶。對她來説，更值得懷念的也許只是後山那些老樹，但最近她對岸上的一切似乎也不再抱任何希望了。「總有一天我們都將在海裏生活。」妹妹説。妹妹似乎堅信這一點，她躺在我的大腿上，想像並期待着海，彷彿等待一個巨浪向我們撲過來。然而，魚群似乎使時間暫時停頓了——最好的證明就是進行中的碼頭拆卸工程被迫停止。海也許終不至於被填平吧？我回過頭去想要問父親，但他早已坐在那張老舊的椅子上熟睡。

拒絕讀報的父親應該比所有人更早覺察到魚群的來臨。在碼頭被封起來前，父親幾乎沒有一天不到海邊去，那時，老舊碼頭的四周已架起竹棚，前來的人群比往日多些，總有幾個外國人在拍照，船準時抵岸，蒼老的叮叮的聲響依舊，父親的身體恍如碼頭的一部分。在最後那天，父親費力地站

起來，那雙短小的腿下聚攏了一團衰老的影。

　　現在，父親似乎哪裏都不去了，待在家裏的時候既不讀報也不看電視。父親是否早已預知城市的未來，還是他只是習慣忍受？妹妹說，當她變成一尾魚的時候，她將遠離這個城市，也許不會再記得我們。

＊　＊　＊

　　不知道這是第幾天，我們的餐桌上幾乎都是那些闖進城市水域的魚。妹妹對於我們毫無顧忌地分吃着魚肉及魚湯，不時流露出她的憤怒。

　　「如果一天我變成了魚，你們會否同樣也把我吃掉？」妹妹抱着膝，坐在客廳的一角，以敵視的目光看着我們。

　　我提議妹妹在身上畫一個紅色的記號，那麼在發現它時，我們便會把她放回海裏去。但父親搖搖頭說：「像你這種大魚，魚販會先把你的骨肉割得支離破碎，再分賣給不同的人。那時，無論是你的哥哥，還是我，將也無法辨認出，那就是你的身體。」

　　妹妹低着頭，看着地板不再說話。我並不認為妹妹將會變成魚，或是其他海洋生物，在她還沒有長大以前，海也許便要消失了，但我開始懷疑我們是否正在分吃着母親的身體。我們眼前的這些魚是否曾以母親或其他人的母親果腹。我向漁販詢問魚群的來歷，他們只是說：牠們的肉質異常鮮美，可用來清蒸，或是做刺身。

　　要捕捉那些巨魚並沒有難度，沉睡的魚並不掙扎，只是任由陸地上的人把牠們抬走。碼頭濕滑地面上整齊地躺着

魚／人魚

的，幾乎只有這些體積與人相仿的銀灰色的魚。而那些臉色黝黑，把毛巾盤在頭上的人就是城市裏最後一批漁民了。妹妹蹲在欄杆前，看着些人像打鼓一樣，以木棍猛力地敲打已經糜爛的魚肉，再剜出一顆顆雪白的魚丸，排滿了圖形的竹盤。另外一些漁民把一大片一大片的魚肉即席割下來，放在支起了的爐上烤熟，高聲叫賣。

父親曾經告訴我，這個城市的漁民早已不再出海捕魚，並且快將在這個城市裏消失。「那些仍堅持居住在船上的漁民只是在作毫無的抵抗，無論如何，在填海工程開始前，他們便會被送走，就像你的母親當年被丟到海裏去一樣。」父親在說這些話時並沒有流露出絲毫的傷感，只是把魚肉切成更容易咀嚼的碎塊，就像漁民把魚身割開時一樣。

然而，無論人們如何捕殺，海面上那些魚的數量似乎並沒有絲毫減少。海面上很平靜，依然沒有人能夠明白那些沉默的魚，但人們對魚群的恐懼卻漸漸減退，有些人爬到魚光滑的背上，讓岸上的人替他們拍照，雖然有時會出現因為魚身太滑而幾乎掉進海裏去的驚險鏡頭，但海邊仍只是充滿了笑聲，以及喜氣洋洋的血腥味。

回去時，我仍然從漁販手上買來了魚。但晚飯時卻再也不敢碰牠們。人們似乎沒有注意到，魚的形體正在悄悄地起着變化。父親把一盤雪白的魚肉端出來時，我禁不住想起牠們修長的像人手一樣的魚鰭。我走進睡房，打算把沾滿了腥味的衣服脫去，妹妹卻突然跑進來卻抱着我兩腿，像狗一樣把鼻子湊近我，大力嗅起來。

「我們都有相同的氣味。」妹妹抬起頭對我說。

　　我把妹妹推開，和妹妹不同，我已經吃過那些魚，連血液裏都滿是牠們的氣味，即使脫去衣服也無法改變。我無法不想起母親，以及無數母親的幽靈，而父親對於一切卻顯得那樣漠然，他安靜地吃每一頓飯，洗淨自己的身體，然後沉默入睡，彷彿一個並不存在記憶的人。

＊　＊　＊

　　人們開始把那些魚稱為「人魚」的時候，海上的狀態並沒有任何改變。

　　回到家裏，我把街上看到的一切告訴父親，但父親闔上眼睛說：「他們只是為自己已經厭倦的事物起一個新的名字，以便在牠們身上獲得更多樂趣而已。」

　　我知道父親將不會和我們一同到碼頭去，他並不知道，漁民編織了許多新的巨大的籠，把魚養在自己的船上、岸上。那些被帶到岸上的魚似乎並不再需要海洋，牠們不發一言，竟都在陸地上生存下來。

　　遠遠看去，籠裏囚禁的，像是許多蜷曲着身體的人，但走近便會看到那些其實仍然是魚的身體，只是明亮的銀灰色漸漸淡化成滲淡的白，牠們的前鰭變得更為修長圓渾，原來扁平的尾部亦從中間裂開，像是兩截自孩童手肘處切斷的殘肢。籠裏的魚吸引了不少圍觀的人，他們熱烈地談論這些變化中的生物，像是談論着這個城市裏其他極為平常的新鮮事物。

　　「小妹妹，要和人魚拍個照嗎？不貴。」

　　妹妹沒有理會那個脖子裏掛着相機的漁民，她正專注地

看着另外幾個漁民把一尾魚從籠裏拉出來。「哪裏像人呢？牠們真的能像人一樣行走嗎？」人群裏不少這種質疑的聲音。「瞧我們的吧！」一個手臂粗壯的漁民說。他從背後扶着「人魚」的「腰」，左右另外兩個漁民則各抓緊牠的「手」，開始把魚在地上拖行。魚的尾部與地面磨擦時，發出沙沙的聲響，但魚只是默默地忍受着。讓魚在路上「行走」了一段後，他們便互通眼色，在同一時間放開了手。在一聲巨響中，魚倒在地上，眼睛沒有焦點地向着天空，然後便再也不動了。那幾個漁民似乎很有些失望，但其中兩個很快便返回艇上，剩下一個還沒有死心的，仍然端視着魚的身體。他從腰間裏拔出一把刀，試着沿魚的兩「腿」之間割開，但魚並沒有變更像真正的「人」，那裏只是汨汨地流出無法止住的鮮血。魚始終那樣沉默，不一會，牠的身體便被割開，分賣給路上的人經過的人。

我們終於什麼也沒有買回家去。但牠們真的會變得像人一樣嗎？在回去的路上，妹妹問。

「報紙裏不是這樣寫嗎？牠們大概是一種兩棲動物，冬天的時候在海裏生活，夏天的時候長出雙腳，爬到陸地上去。雖然擁有雙腳，牠們與人並不盡相同——牠們的膚色蒼白，沒有眉毛，嘴唇呈淡紫色，微微厥起像魚唇；體形雖然像未發育的女孩，但下體沒有陽具也沒有陰道……」

妹妹對我所說的一切似乎並沒有興趣，我知道，她仍然記着理髮匠告訴她的另外一個故事。年老的理髮匠把一隻乾瘦的手按在妹妹的頭上，另一隻拿着剃刀，慢慢地削去她新長出來的頭髮。

「……那是一個沒有男人生活的島嶼,只有那些長得和你一樣漂亮的女孩住在上面,她們漸漸長大,到了夏天,成群的女人總會赤裸着身體,躺在美麗沙灘上,讓陽光把她們的身體曬成金黃的顏色,但她們真正等待的,是魚群的來臨……」

「……那是一片一望無際的海,當潮漲的時候,海水帶着鮮活的魚群,爬上她們的身體,帶給她們莫大的快樂。然後,部分女人會在第二年誕下嬰孩。這些孩子出生後,便被他們的母親拋到海裏去。他們像其他魚類一樣在海中生活,直到第二年夏天,重新長出雙腳,便會爬上岸,尋找自己的母親……」

「那麼人魚會找到他們母親嗎?」

理髮匠搖了搖頭:「那些只尋求肉體快樂的女人根本拒絕承認她們的孩子,於是人魚又會重新回到海裏生活。如果他們沒法遺忘他們的母親,那麼他們的一生只能懷着不能實現的盼望,來回於陸地與海洋之間,而他們的母親卻在島上無憂地生活,直至她們的種族滅絕……」

妹妹説,沒有母親有什麼稀奇呢?我不是也沒有母親嗎?理髮匠露出淒慘的笑容,不再説什麼了(妹妹並不知道,理髮匠的妻子和我們的母親在同一年被拋進大海)。如果有一天,妹妹真的化身成魚,她會在海裏遇上母親嗎?然而,即使她們相遇,恐怕也將無法辨認出彼此。

* * *

我們發現,屋裏強烈的魚腥味來自父親的房間。

「我在打開門的時候便發現了牠，誰知道牠是怎樣爬到這裏來的。」父親皺着眉，提着一桶水來到自己的房門前，而我們則看到巨大的魚的身體出現在父親的床上。妹妹像是意識到什麼，她彎身從父親的兩腿間穿過，跑進了廚房，把所有刀藏了起來。父親沒有理會妹妹，只是用濕了水的毛巾把魚身上的沙泥擦去。

這天的餐桌上只有蔬菜煮成的湯和米飯。晚上，我們悄悄打開了父親的房門，看到魚仍然躺在床上，而父親卻在床邊席地而睡。妹妹似乎相信魚不會被殺死，便很安心的躺到父親的身邊。

魚群真的會在夏季大舉的爬到岸上來嗎？理髮匠說，即使不是，也總會有另外一些「人」，想要把我們擠走。理髮匠說着便低下頭去，把帶有鏽跡的剪刀與殘舊的髮卷收進鐵皮箱。這時我才注意到，在我們附近的許多店舖都關上了門，那些人在什麼我不察覺的時候，已經遷離了這個地方。理髮匠把結業的告示貼在理髮店的門外後，便在街角裏消失了，四周變得更為寧靜。

那是一個悶熱的清晨，我獨自到街上隨處行走。街上並沒有一個行人，燈柱後卻藏着好些身體——那都是一些赤裸的人體，沉默、油亮、像柔軟的瓷器。「他們」其中一個微微扭曲着腰肢，立在燈柱下，把一隻蒼白的手臂伸向半空，好像正仔細檢查自己的皮膚，而另一個卻以一條狗的姿態坐在地上，臉上彷彿沒有五官。清晨的街道上並沒有其他人，只有「他們」，沉默的，都把臉向着我，既不微笑，也不顯示其他表情。我記得，那天，街道上幾乎無處不是「他

們」。

當我再次打開父親的門，床上的魚似乎變得更具「人形」了，當我走近牠，才發現那是父親赤裸的身體，父親鬆弛的肉體像重新注滿了水，豐滿而油滑，然而，他既沒有毛髮，也沒有陽具。父親已經失去了性別，而且長出了尾巴，魚的尾巴，閃亮的，全是鱗片。

我以為一切就會這樣結束，但我終於還是在另一個清晨再次醒來。妹妹說，你也夢見了嗎？原來不是我，而是父親，終於變成了魚。

大清早上，父親和魚都不見了，我和妹妹一同來到海邊，才發現碼頭、漁民，以及魚群已經在一夜之間消失。這是一個異常毒熱的日子，幾乎每一個人都躲在屋裏，只有濕漉漉的父親從海面上冒出頭來，當父親向我們招手的時候，我們發現魚已經回到海裏去，漸漸游進海的中心。

我將會記得，那是這個夏季裏我們唯一一次到海裏游泳。然後，初秋將不知道在什麼時候已經到來。海旁的道路上仍然會聚結一些看海的人，但他們都看不到人魚了，海面上只有許多泛白的泡沫，他們看着那些泡沫在大廈投射的光前漸漸消失，直至夜深以後，才願意歸家。

小説，原載《今天》第 77 期，2007 年。2023 年修訂

鯨魚之城（節選）

梁偉洛

10

年輕人說，電視不再好看了，太單調，而且節目主持，不懂跟人打招呼。他們喜歡聊天，用互聯網打招呼，互相說你好，問對那邊的天氣可好。呆媽仍是電視的支持者，看了幾十年，有感情嘛。電腦語言學不懂，兒子變呆後，也沒有人教她了。

看過今天的《超級百貨公司》，便到新聞時段了，報道員說：滯留本城水域的座頭鯨，今早在短洲附近海面出現，吸引大量市民撐龍舟出海觀看，水警向船隻派發單張，上面寫着要請刻意騷擾鯨魚的人，到警署喝杯茶。

呆媽對鯨魚有好感，在街市裏，魚檔就在菜檔對面，下班嗅嗅自己的衣服，也有股魚腥味。她知道鯨魚不是魚，跟人一樣是哺乳類，但生活在海裏的生物，和蔬菜一樣可愛，它們從不喧嘩。蔬菜和瓜果長在泥土裏，攤在菜檔上，不會說一句話；魚在水裏游，在魚販的刀下，也不會出聲。它們默默奉獻自己，只望人類吃完之後，說一句真好吃。

阿呆也喜歡鯨魚，白天在菜檔陪呆媽的時候，他選了一塊薑，摘了一條菜心，都是形狀似座頭鯨的。看見報紙或電視上鯨魚的照片，他便說，好美麗。呆媽問他，是鯨魚美麗呢，還是栩栩美麗？他抬頭想了一會，然後說，我不告訴你。

只是這兩天，阿果發現阿呆出現在玻璃窗前，手裏拿

着報紙，他低頭看看鯨魚，又抬頭看看栩栩，看鯨魚三秒，看栩栩五秒。阿果不單愛看鯨魚在報紙和電視出現，他更想出海看座頭鯨。他在那條未建好的天橋上，跟莉莉和阿木約定，一起去見證本城第一次鯨魚出沒事件。

愛麗斯從網上新聞知道鯨魚來了，便在台上跟大家說，「神愛鯨魚，甚至將大海獻給牠們，叫一切信牠的，不致滅亡，反得吃魚」，阿門，阿門。阿果待大家吃過餅，喝過葡萄汁後，問她說，你也喜歡鯨魚嗎？

——喜歡，耶穌創造的，我全都喜歡。

愛麗斯說。

——他為什麼要創造鯨魚？

阿果問。

因為要讓人看見鯨魚之後，大聲讚美，說阿門，阿門。愛麗斯說。於是阿果將觀鯨之旅的事告訴她，愛麗斯對此大感興趣，說，我探訪過長者、孤兒、戒毒青年和囚犯，但沒探望過鯨魚，我也要去。第二天，她如常到喜樂街探訪街坊，跟大家說，來，來，一起去看耶穌美麗的創造，出海看鯨魚。

這次旅行的報名手續很簡單，不需要報團費、船票或身份證明文件，只需要好奇，和擁有一顆欣賞事物的心。米高從沖印店探出頭來，跟愛麗斯說，我要去。喜愛拍照的他，從未拍過鯨魚，相機鏡頭那麼小，鯨魚那麼大，應該怎麼拍？米高說，可以只拍尾巴，只拍鯨魚的大鰭，拍牠翻身時激起的水花，這些都很美。他並不擔心，店裏有許多的器材和工具，如果都要帶去，說不定船也會沉沒。

阿髮在電話裏，知道哥哥要去看鯨魚，便說：政府叫大家不要去啊。阿果便問她說：將來的美麗新世界，要有鯨魚嗎？

——要有。

——因為鯨魚很美麗。

阿髮說。

那麼，阿果說，我們更要去看鯨魚，為美麗新世界做預備。阿髮便答應去了，如果可以的話，她真想帶全班學生一起去，不過她轉念又想，政府規定，老師帶學生出外活動，要給學校填寫大量的文件，寫一千字介紹參觀的地方，再寫三千字詳述活動計劃，另加五千字解釋活動和教案如何配合。阿髮擔心，填寫完這些文件後，鯨魚早已回到大海，更甚者，這個學期可能也完了。

如果只得她一個自己去，也不是壞事，她可以拍照片，拍錄像，寫筆記，回校將所見所感的告訴學生，這不正是老師應做的事嗎？她一直認為，老師不是錄音機，把課本裏教的背熟，再唸給學生聽的；老師要「通識」，便要好好生活，將自己的回憶和生命，摺成一隻紙飛機，飛向學生，讓他們接住。所以，紀念學生被坦克壓扁的聚會也好，第一次在本城出沒的座頭鯨也好，她都要「送給」學生。

這時，莉莉已經收拾好一切，有相機和黃色救生圈，準備隨時去看鯨魚。她擔心鯨魚不懂回家，跟自己一樣。她明白，迷路是一件叫人害怕的事，鯨魚在茫茫大海，東南西北都是藍藍的海水，四處都一個樣子，要找回正確的歸家路線，談何容易呢？每次回到馬蹄山，她都有類似的感覺，老城還好，

但衛星城市幾乎全部都一個樣，餅印似的。大廈是一樣的，天橋是一樣的，鐵路、商場、單車徑，都是一樣的，這種單調感覺，她在其他國家沒有體驗過，唯一的好處是，同一樣事物，拍一張照片便夠了，哪像外國的房子，各有特色，外國的牆到處是漂亮的塗鴉，謀殺許多菲林或是記憶卡。

跟阿果帶自己回家一樣，說不定鯨魚也需要有人帶領，才能回到北冰洋，誰是牠的領航員呢？是警察嗎？還是專家？他們阻擋其他人去探望鯨魚，也許會攔下一個懂得教牠歸家的人。這是莉莉最擔心的事，每次想起，她便寧願鯨魚快點離開，不要再留在這兒玩耍。

平安街上，除了積木似的村屋外，還有些老屋用灰白的磚頭砌成，外面再用磚牆和鐵門圍着，防禦盜寇和猛獸。人們叫這些村子做圍，圍有不同的模樣，大的叫大圍，小的叫小圍，新的叫新圍，老的叫老圍。在老城是很難找圍的，它們大都散落在衛星城市和附近的郊野，住在裏面的人大都是同一個家族，例如這個圍的人都是姓鄧，叫自己做鄧家圍，那個圍的人都姓鄭，叫做鄭家圍。他們一代傳一代，爺爺奶奶，爸爸媽媽，子女孫兒，都住在圍裏，外人覺得他們像動物園的動物，但他們一點不介意。他們喜愛自己的圍，這些圍很古老，當城裏的人還是打漁的時候，已經存在了。

那時男人們還束着辮子，女人還在紮腳，有班英國人乘着大帆船到來，說我們要租下這地方，奉女皇的名字，建立維多利利城。可是，等到百多年後，他們搬回老家的一天，還沒付過一毫租金。那時住在圍裏的人說，英國人都是洋鬼子，不可走進我們的圍。他們便和英國人打起來，用刀劍和

弓箭敲對手的防營，可惜一點也敲不動；英國人用火槍和大炮還擊，把村外的圍牆一一推倒，連鐵門都搶走了。住在圍裏的人認輸，跟城裏所有人一樣，默默生活一百七十年，等到租約期滿，大回歸的日子。

　　莉莉覺得，這城市不就是一個超級大圍嗎？大家都有一百七十年的靈魂，彼此都是好朋友。座頭鯨游到這兒來，知道自己游進一個圍牆四立的地方嗎？這城的人，既想緊抱一百七十年來的故事，活出獨有的面貌，但同時又怕被人遺忘，被人趕上，逼到最邊緣的角落。鯨魚啊，你來是要留下跟我們在一起？還是提醒我們，要游出去，尋回歸家的路呢？

＊　＊　＊

　　人們說，這是專家之城，凡住這兒的人，都篤信專家的話。這城厲害之處，是專門出產專家，有財經專家、健康專家、運動專家、教育專家、製片專家、談判專家、氣象專家、升學專家、親子專家、脫髮專家、攝影專家、美肌專家、瘦身專家、調查專家、離婚專家、慳錢專家……可以說，城裏每人都是專家，只是專長不同，程度各異。一刀髮老闆不是剪髮專家嗎？阿木是維修專家，米高是沖印專家，海報獨男是呆望專家，而莉莉則是讓照片滿屋飛的專家。

　　扭開電視、翻開報紙、連線上網，便會看見許多專家，他們不住地說話，擔心沒有人注意，擔心另一個專家說話的聲音，響亮過自己。單就座頭鯨這件事，已經專家四出了。

　　——根據本城法例第七章《野生動物保護條例》第四條，任何人除按照特別許可證，否則不得狩獵或故意干擾任

何受保護野生動物。

鯨豚專家說。

——「故意干擾」包括罔顧行為後果，即雖然沒有特定目標，但明知後果仍照做的情況。

法律專家說。

——我在外國也曾近距離觀鯨啊，什麼事都沒發生。

外籍觀鯨專家坐在獨木舟上說。

——今天水警、海事處將聯同漁護署繼續在海上執勤，勸喻觀鯨船離開，亦不排除針對個別事件有執法行動。

漁農署專家這樣說。

他們好像談論着同一件事，但其實在各說各話。人們說，我們頭上有言論自由的帽子，可以暢所欲言，如果說的話沒有人聽，我們便把帽子拉下來，拉到腳尖，蓋住自己，再自言自語說個夠。

那我們也聽聽以下三位專家，有關觀鯨的意見。第一位是動物專家，主修貓咪學，牠就是大粒痣，這時正躺在板藍根箱子上，舐舐自己肚子的毛髮。牠說，我是貓，除了吃魚的方法，對魚的其他事並不認識。不過聽說鯨魚跟人類一樣是溫血動物，又是哺乳類，我認為鯨魚有兩件事，是現時千萬不要做的。

第一，不要減肥，我們貓咪，跟人類都很怕冷，溫血動物一感到冷，便會打哆嗦。你想想，這麼大的一條鯨魚，在海裏打哆嗦，是不是會激起大浪，弄翻附近的船隻呢？如果牠打的哆嗦很大，說不定還會引發海嘯，那後果便不堪設想了。馬蹄山沿近海邊，老昌陳的藥材全被浸濕，小陳哪有錢

再買貓糧給我？

　　不要減肥還有一個原因，人類覺得寵物長得肥，就是可愛。他們喜歡自己瘦，卻不讓自己的寵物長得瘦，瘦的貓、瘦的狗，他們會覺得好奇怪，好羞家，就像他們的小孩子不長肉，代表家裏沒錢開飯一樣。要肥，人類才會喜歡你，你減肥，他們便離你而去，所以，不要偏吃，找不到磷蝦和小魚吃，便找到什麼吃什麼吧。

　　第二，千萬不要上岸，聽說你從前是在陸地爬的，不知怎的又回到大海，游呀游，游了不知多少年，腳都變成了魚鰭。我擔心你想重返陸地，千萬不要啊，這城是很危險的。這兒，早已被我們貓咪一族佔據了，你以為這裏是人的地方，其實是錯覺，我們跟人類說，我餓了，他們便送飯來，我悶了，他們便跟我們玩，這兒是貓咪掌權的。你一旦上岸，全城的貓咪都會跑出來，抓着你，把你翻來翻去，甚至拋在半空，又或是咬着你的尾巴，拖着跑步。雖然近日你搶盡風頭，但切忌得意忘形，爬上岸來，要緊記這城裏有三萬多隻家貓，七萬多隻流浪貓啊。

　　換領專家波子，是喜樂街上最早看報紙的人，對座頭鯨訪城的事，顯得十分關心。她將以鯨魚出沒做頭版新聞的報紙，放在顯眼位置，又跟同事把一盒盒的貨品，堆砌成座頭鯨的形狀。這是七十一的鯨魚祭，她說。她跟店長說，城裏掀起了鯨魚熱潮，如果便利店購物換領鯨魚，一定會大受歡迎。店長想了想，不禁搖頭說，鯨魚那麼大，店裏連半條也容不下。

　　她在電視看過，有些鯨魚會突然的衝上岸曬日光浴，或

許牠們覺得太舒服了，竟然就癱在沙灘上一睡不醒。如果這條座頭鯨，竟也喜愛日光浴，那怎麼辦呢？政府會用夾走碼頭的機械臂，把牠拋回大海嗎？幸好，住在這城的人，不喜歡吃鯨魚肉，跟日本人不一樣。

座頭鯨游到這兒，是聰明還是幸運呢？如果牠游到日本去，也許便變成日本人筷子上的一片刺身了。他們的大船，裝備有電波追蹤器和捕鯨炮，並掛有科學研究的旗幟；那些粗獷的漁夫也穿起白衣，裝扮成科學家。他們說，捉一兩條鯨魚來研究，看看怎樣保護和繁殖牠們吧。

結果日本的市場，總是見到一塊塊嫩紅的鯨肉，冷凍庫裏，也有數千噸未賣出的鯨肉，當乘坐小船的環保朋友問他們，為什麼要吃鯨魚的時候，他們便說，這是我國的傳統文化。環保朋友不滿這個答案，便投擲臭彈到捕鯨船上抗議，臭彈是個玻璃瓶，裏面裝滿變壞發臭的黃油。

波子以專家的口吻說，既然政府這麼關心座頭鯨，便不單要派水警保護牠，還要等牠游離本城，回到大海後，派船護航，直到北冰洋，以免牠又迷路，或是遇上捕鯨船。那些鯨豚專家、漁農專家應該一同去，親眼見證鯨魚回到北冰洋，和牠揮手說再見，然後才可以回家。這樣才是愛護動物的表現啊。

這時，天色已晚，成叔到來收拾七十一的大袋垃圾。對這位垃圾專家來說，座頭鯨的現況是叫人擔憂的。成叔拉着垃圾袋，一邊走一邊說，大家知道，鯨魚今天衝進了肥沙嘴和中環之間的海港，那裏有填海工程，水質差到了極點，如果我是座頭鯨的話，一定會鼻敏感，狂打噴嚏。政府應該拒

絕鯨魚入境，或者把牠抓起來，放進大海公園的水族池裏，讓牠跟鯊魚和中華鱘一起游泳。要不，便立即遣返。

為什麼城裏的水質那麼差呢？還不是因為每天數之不盡的垃圾，如果鯨魚繼續留下來，總有一天會被困住，將來啊，這個城市哪裏還有海？到時肥沙嘴和中環之間，會變成第二個將澳啊，是堆積垃圾得來的土地。那兒有一小片休憩土地，四周商廈和酒店林立，或者，為了刺激旅遊業，政府會在這繁榮地段，擺放一個史無前例的大魚缸，養一條座頭鯨，如此才有大都會的氣派。

聽見愛麗斯説阿果等人要去看鯨魚，成叔便暗暗決定，要跟他們一起出海。只有他明白，這兒並非專家之城，而是垃圾之城，在這裏，任何東西都可變成垃圾，連這些那些專家們，明天也可能是堆填區的肥料。

11

我在 Facebook 網站説：出發去看座頭鯨。朋友 B 君留言説：我不會保釋你的。Y 君説：你洗淨八月十五吧。E 君説：我們要隔着玻璃談電話了。

這些話，是見怪不怪的。

我們正式出海的一天，是個晴朗的日子，氣溫二十五度，濕度百分之五十七，紫外線指數為高，空氣污染指數為中等。多得愛麗斯到處宣揚，參與觀鯨之旅的，除了阿木和莉莉，還有呆媽、阿呆、米高、成叔和波子。阿髮和阿安接到我的電話後，也一同來了，我們一行十一人，加上躲在背包裏的大粒痣，一起乘坐巴士，穿過蔚藍天空，到了西洋貢

一個碼頭。

　　許多人在碼頭，有拍照的，有買海鮮的。漁夫站在艇上，跟岸邊的人説，你要買什麼？他們答，要一斤蝦，兩隻花蟹，還有那爬來爬去的八爪魚。漁夫將他們要的海鮮放進膠袋裏，灌入半袋海水，用安在長桿子的漁網盛住，遞給岸邊的人。岸邊的人把錢扔在網裏，漁夫便把長桿子收回去。

　　——你們要去哪裏？

　　一個船伕過來跟我們説。

　　去有鯨魚的地方。我答。不可以，警察會抓人的。船伕搖搖手説，阿木便問他要多少錢呢。他説不是錢的問題，政府説什麼都要聽，警察説的都是對。他説。正當阿髮和成叔想跟他爭論時，背後傳來一把聲音説：

　　——我載你們去看座頭鯨。

　　——要多少錢呢？

　　阿木問。

　　——你們説多少便多少吧。

　　跟我們説話的，是一位貌似五十歲，跟漁夫一樣壯健和膚色黝黑的男人。於是，我們別了原先的船伕，上了這人的船。他説，我叫阿游，多多指教。我們逐一説出自己的名字，再請大粒痣咪叫兩聲，便把背包和行李攤在船艙。背包們埋怨説，很擠啊，而且好熱。它們的肚子裏，有相機和電池、貓糧、呆媽預備的食物、風衣、雨傘、愛麗斯那本又重又厚的地圖、阿髮帶來的攝錄機，以及其他不知名的東西。阿木的背包是最重的，裏面不知是什麼，從凸起來的形狀看，似乎又硬又大。

　　連同阿游，我們有十二人，他的船叫木頭號，像一片葉，船頭尖長，船尾寬平。船身由多條長木板造成，上面用鐵桿和木塊蓋一個小船艙，艙裏有膠椅、茶壺、掃把、滅火筒、草帽和其他雜物，艙頂張起帆布篷，馬達在船尾。阿游就坐在那兒，搖着一根空心鐵棒，鐵棒向左，船便往右轉，向右船便轉左航行。浪花在船尾微笑着。

　　我知道，出海並不一定見到鯨魚，聽說牠是神出鬼沒的，有時在紅柱出現，有時在短洲出現，而且大部分時候躲在水底，只有少數追鯨船上的人，能夠跟牠見面打招呼。

　　莉莉坐在船頭，抱着懷裏的相機，阿安坐在船尾，跟我妹阿髮在一起。海風問我，還生阿安的氣嗎？她少看你，又反對你做髮型師。我輕聲地説，我是有點生氣的。既然她已經原諒我，我願意和她握手做朋友。我反而想起爸爸，聽阿髮説，經濟愈來愈差，他開工的日子更少了。阿髮希望我早點回家，除了叫媽媽不用擔心外，也能支持爸爸，我應該怎樣做呢？這時，海風轉了方向，好像在迴避我的問題。

　　要原諒一個人真不容易，記得在 Facebook 上，我問朋友，對傷害過自己的人，應該要怎樣做，J 君説：想一想，除了他傷害你，你有沒有傷害他呢？E 君説：生氣總難免，但一天好了，長時間生氣會胃痛的。S 君説：原諒他吧。只有原諒別人，自己才會得着原諒。U 君問：那要原諒多少次呢？S 君回答説：可以的話，原諒他無限次。

　　木頭號駛過許多小島，有像吊鐘、牛尾、龍蝦、恐龍、海螺的，身處清水灣時，海水沒有特別清澈，反而垃圾處處，駛過大浪灣時，則浪頭高高，木頭號被拋上半空，如果

有人在船上看見，會覺得它像隻奔跑的野鹿。這時海面上有
三艘船，最近的一艘是遊艇，有身穿泳衣的少女，在甲板上
被攝影師追來追去。稍遠的一艘是快艇，正拖着長長浪花；
最遠一艘是大貨船，在水平線上緩緩航行，甲板上是幾個紅
色、藍色的貨櫃。

——我們跟着那快艇吧，他們是追鯨的。

阿游說。

——我們真能找到鯨魚嗎？

成叔問。

不一定。阿游說，我和他們已經找了幾天，每次我們往
東去，鯨魚便在西邊，我們在南面等，牠卻游到北面的肥沙
嘴。不過，我有信心。他又說。

我們尾隨快艇，不一會便看見前方有兩三艘船，好像繞
着什麼，慢慢行駛。阿髮馬上舉起攝錄機，放大熒幕裏的影
像說：他們繞着一個噴泉。阿游聽見，第一時間全速開動馬
達，追隨快艇，跟在那些船隻後面。我看見水裏噴出一條水
柱，比木頭號還要高。

大粒痣好奇的走到船頭，但轉眼便被灑下來的水花濺到，
嚇得躲回艙裏。我們一起擠到船頭，莉莉和米高不忘拍照，
噴泉每噴射一次水柱，便傳來大象的叫聲，低沉而響亮。誰
在放屁？阿呆問。放什麼屁，是鯨魚啊。呆媽沒好氣的說。

果然，海面忽然翻一個大浪，令木頭號升起來，水柱在
半空消失了，接着一條巨大的黑色尾巴露出水面，好像跟我
們揮手。莉莉走過來，指着相機的熒幕說，真是鯨魚！我看
看照片，又看看水面，不由得感到快樂。這真是個好日子，

能夠一睹這巨大又神秘的動物。我不用儲錢買澳洲、台灣或加拿大的機票了。

正當鯨魚要表演翻身，跟我們正式見面聊天的時候，背後忽然傳來很大的聲音。我聽出那是誰在說話，不過聲音明顯經過揚聲器而來，變得刺耳又沙啞。那人說：我們是警察，騷擾鯨魚是嚴重罪行，前面船隻請馬上離開。

跟其他船的船長一樣，阿游還未反應，鯨魚已被這喧擾的廣播嚇倒，貓似的尾巴一擺，潛到水裏去了。米高拍得的最後一張照片，是水中一個巨大黑影，我覺得，如果鯨魚能夠參加奧林匹克運動會的韻律泳比賽，一定能得金牌。

警察將追鯨船都趕散了，木頭號孤伶伶的在海裏緩緩航行，這時太陽正趕往下班的地方。阿游說，這已是第三次了。等好幾天，只是看見鯨魚的尾巴。阿游繼續說，我自小便跟爺爺出海，在船上生活。六歲那年，我們的船遇上鯨魚，爺爺為了讓我見見牠，追趕了許多天。有一晚，爺爺忽然叫醒我，他說鯨魚又出現了。我連忙跑到甲板，看見射燈照着的位置，升起一條水柱，然後鯨魚便沉到海裏，不再浮上來了。由六歲等到今天，我終於再看見鯨魚噴水的樣子。

——你追蹤鯨魚幾十年喇？

波子問。

不是，阿游說，爺爺賣鹹鴨蛋後，我便在這城定居。我是水上人，一輩子住在船上，從不暈船。三、四十年前，許多人沒有房子，住在避風港裏，我可以從自己的船，跳到別人的船，好像武俠小說高手一樣，只怕是火燒連環船。我是賣水的，開着船將一桶桶淡水，送到人家的船上。不管天氣

多熱，船艙永遠是清涼的，我也永遠不會口渴。後來，他們都租房子，搬到陸地了，我留在船上，跟爺爺一樣，天生就是和大海一起生活的人。

這天，阿游告訴我們很多關於自己的事，從小便在海上流浪，周遊列國，真叫我羨慕。阿木問他說，最美的地方是哪兒？阿游想了一想說：海洋。

我不禁問自己，哪裏是最美的地方？是馬蹄山、喜樂街、自己的家，還是我居住的這個城市呢？也許阿髮會答，是美麗新世界，一個現在還在孕育，必須我們努力去創造的地方。真難想像那是什麼樣子的，我深深希望，是那本又厚又重的童話書（愛麗斯說是地圖）裏寫的，沒有眼淚、悲哀、哭號和疼痛，到處像黃金和寶石建造的閃閃生光，又有河流像通透的玻璃，有樹每月結出又大又活潑的果實。

太陽快下山了，你們要回去嗎？阿游說。我們彼此望了一眼，阿木說：天文台說往後幾天會有大霧，看來再沒有機會了。成叔說：只見尾巴，怎回去見江東父老？莉莉則想多拍幾張照片。而阿髮的錄像仍嫌太短，未能作教材給學生學習。不單如此，連大粒痣也未想回去，牠發出咕咕的聲音以示抗議，這種語言莉莉懂。

——那好吧，要碰運氣了。

阿游說着，再次開動木頭號的馬達。

——我們要到哪裏找鯨魚呢？

阿安問。

到有魚吃的地方。阿游說，我在這城市鄰近水域活了幾十年，什麼時候哪兒有魚，我是最清楚不過的。我聽到這番

話便安心了，真是沒找錯幫手。

＊　＊　＊

時間：十一時二十七分

入夜後，天色黑得什麼也看不見，只有木頭號船艙掛的小燈泡，以及阿游手裏的電筒，能夠讓阿安看看書。我們的晚餐是呆媽做的飯糰，裏面有粟米、荸薺、菜粒、磨菇和洋蔥。全是有機蔬菜，她強調説。

——一整天在海上，不悶嗎？

我問。

——起初有一點點，但看見鯨魚尾巴後，我想再碰一次運氣。

阿安合上書説。手裏是那又厚又重的童話書，愛麗斯借給她的。

她告訴我一個書裏的故事，從前地球人都説一樣的口音和言語，他們自以為世上無難事，決定建一座城，連一座比天還高的塔，顯出他們有多神氣。天使知道了，便從天而降，變亂他們的語言，於是有人説中文，有人説法文，有人説愛斯基摩語。

——後來怎樣呢？

我問。

——他們雞同鴨講，各自回家，丟下那座城和塔不理了。

到底人類能不能建立美麗新世界呢？對於這問題，每人一定有不同的答案，但想到這個從小到大的願望可能會落

空，我便感到難過，相信阿木、阿髮和莉莉都一樣。如果阿木說的沒錯，世界會一天一天壞下去，並突然故障，停止轉動，那我們活下去，到底是為了什麼？

地點：不知名海灣

阿游關掉船尾的馬達，我們唯有耐心等待，他說天黑後，魚兒都會到這裏休息，鯨魚肚子餓的話，很可能會游到這兒來。

——你看見什麼呢？

呆媽問。

我看見彎彎的海浪，保鮮紙似的皺摺着。阿呆說，四周黑漆漆，只隱約見到遠處有些光禿的山頭。山下有燈光，一串兒的，是火龍嗎？是公路。呆媽說。

——山上有什麼？

太黑太遠了，看不見啊。再往上望，比山頂還高，是無窮無盡的天空，上面有月亮和星星，好似珍珠鑲嵌着。還有一條透明的白布，是仙女的裙子嗎？那是銀河，地球是銀河系裏的一點塵埃。阿游說。

——有沒有看見人？

那兒沒有人，他們一定都很細小，小得連天上的星星也不如，比塵埃還要難以看見。天和海大得驚人，鯨魚又有大尾巴，人算不了什麼。不過呢，我好像看見太空人，他們穿着厚厚的棉花糖保護衣，罩着金魚缸，浮在太空。他們以為去到很遠的地方，而且將來要去得更遠，其實不過是圍着地

球團團轉而已。

——你看見日出嗎？

還沒日出，時間還早呢。日出是什麼樣子？每天我起床，太陽已經出來了。四周還是黑漆漆的，我覺得自己過去幾年，好像一直在這兒，什麼也看不見。只記得爸爸和媽媽你，還有一個女孩，她總是在一片玻璃前微笑着，但我忽然記不起她的名字。她是我同學嗎？還是算吧，我只想離開這兒，白天快點來臨就好了。

——你還看見什麼？

暫時沒有其他的了，只有撲燈的飛蛾，非常的多。你聽見牠們拍動翅膀的聲音嗎？牠們撞在燈泡上，然後便消失了，彷彿只存在過一秒。

人物：阿木、莉莉、阿髮、阿安、呆媽、阿呆、米高、愛麗斯、大粒痣、波子、成叔、阿游和我

——天快亮，看來沒有機會了。

阿游看看手錶說。

這時，只有阿木和我睜着眼睛，其他人都睡着了。阿游問我們說，為什麼非要看見鯨魚不可？鯨魚對你們來說是什麼？阿木打開他的背包，倒出許多工具，有螺絲啦、螺絲起子、釘子啦、士巴拿啦、鋸子啦，還有鉗子、錘子、剪刀、鐵線、等等。他說：迷路的座頭鯨，是故障的機器，我來是要修理它。

阿游有點意外，他笑了笑，然後望着我。這問題不是挺

簡單嗎？鯨魚是在海裏游來游去，大得可以吞下小木偶的動物，牠不是魚，但跟魚一樣，跟人一樣，是美麗又偉大的生命。我說。

那麼你覺得人和魚，和鯨魚都沒有分別啊？阿游說。是一樣的，阿木答，都是機器。我說不一樣的，人會追着鯨魚，但鯨魚不會追着人。

突然，海面響起一陣奇怪的聲音。大粒痣最先醒來，弓着身子站在船尾，咕咕地叫。阿游將燈泡調校到最亮，聽見聲音由遠而近，好像有人向這邊傾倒什麼，又像滾滾沙塵。不是鯨魚，阿游說。我和阿木連忙叫醒大家，莉莉和米高急忙舉起相機。聲音已經很接近木頭號了，阿木緊張地握着士巴拿，呆媽摟着阿呆，波子拿着手電筒左照右照，氣氛非常緊張。

來了，一團銀色的小東西，從船尾而來，快速在木頭號兩邊掠過，不但發出沙沙啪啪的聲音，還濺起不少水花。呆媽嗅見強烈的魚腥味，在莉莉拍的照片裏，隱若可見黑暗裏許多小眼睛，在燈光下閃耀。

——是飛魚。

阿游說。

我靠着船邊，看着無數飛魚從水裏跳起，在水面滑翔。牠們的動作太快了，我看不清牠們的樣子。在我眼中，這片景象好似一齣武俠電影，許多人拿着刀子在打鬥，刀光劍影，狂風掃落葉。不一會兒，牠們便到船頭，躍進看不見的黑暗去了。大粒痣很興奮，幾乎要跟牠們跳入水裏，千鈞一髮之際，波子抓住了牠的尾巴。

整個大海忽然平靜下來，連一丁點聲音也沒有。

　　阿游低聲地說，鯨魚要來了，飛魚一定是被牠嚇得躍出水面。果然，在燈光底下，我看見船底浮現一個巨大的影子，牠像個女人似的扭着腰，又似壯健的男人張開雙臂，那是牠的胸鰭，足有木頭號那麼大。米高興奮得呼叫起來，鯨魚一聽見，便潛下水裏，失去了身影。牠是多麼靈活呢。

　　阿游從波子手裏搶過手電筒，喃喃自語說，六歲那年，同樣是晚上，這一次你逃不了。他用電筒照向離船頭不遠的海面，發現鯨魚在那兒浮上來。牠距離木頭號有一輛巴士那麼遠，牠似乎也發現了我們，不過沒有惡意，也不害羞。牠在我們前面嬉戲、噴水、搖尾巴。

　　我們全部擠在船頭，大粒痣由愛麗斯抱住，成叔和阿游則捉住阿木，因為他手裏握着士巴拿和螺絲釘，想要游過去把鯨魚修理修理。就在這時，牠尾巴用力一撐，躍出水面，彷彿要飛上天去，並在半空張開那巨大的雙鰭，像劃個十字一樣。然後牠身子一彎，再次撲回海裏，如果問木頭號愛不愛看這表演，它一定喜歡，因它不住的點着頭。

　　大海上，只有我們的掌聲。我想我們拍掌一定拍得太響了，吵醒了這個世界。往海灣的出口看，水平線已經透現出淡淡的紫紅色，天上有許多星星，但都不及水平線上的一顆十字星明亮，它閃耀着，彷彿有個燈塔在那兒，塔裏有人向我們招手。

　　——那顆是晨星，黎明快來了。

　　阿游說。

　　接下來發生的事，我一輩子不可能忘記。鯨魚又噴了一次水，然後在水裏轉身，朝向海灣的出口，就是晨星閃耀的

方向。阿游說，對了，游出去便可以離開這個城市的水域。牠彷彿聽見阿游的話，緩緩游向出口，我能看見牠那深黑的身體，在水裏時隱時現，拉動着長長的波浪。

牠游到出口，手電筒的光已經照不到了，唯靠天邊晨星的微弱光芒，我們看着牠從海裏慢慢上升，然後整個身體露出水面，懸浮半空，垂着尾巴和胸鰭，海水從牠身上流下來，變成超小型的局部地區性驟雨。

這浮在空中的巨大鯨魚，體積像飛機，形態則似莉莉家裏的照片。米高舉起相機拍照，由於背光，只怕到半空中龐大的黑影。阿木看得發呆，一鬆手，士巴拿便丟在甲板。

我們十二個人，一隻貓，親眼看着這條在城裏流連多日的鯨魚，朝着晨星的方向，飛往天空。沒有隆隆的引擎聲，沒有超音速，而是靜靜、慢慢的，愈飛愈遠，直到我們一個一個再看不見，最後消失在近視度數最小的莉莉的瞳孔裏。

——原來鯨魚是艘宇航船。

阿木說。

——我們十二個人，做了同一個夢。

我說。

阿游得償心願，感到很開心，我們也懷着快樂的心情，哼着歌。太陽升起時，晨霧像白粥變得又濃又稠，這次天文台算得好準。新聞報道員起床了，這時他還未知道，今天的新聞稿裏將有一句：

座頭鯨失蹤　或已出公海

小說，梁偉洛《鯨魚之城》（香港：日閱堂，2009 年）

我的房間住着一尾鯨魚

洪慧

在門縫和桌子之間轉身
牠的靈就充滿整個房間
我坐在牆角
牠深藍色的皮膚閃爍着海洋的光澤
平日，我打個呵欠也會碰傷膝頭
牠揚起尾巴
卻連一個水杯也沒有掃下來
無眼。無舌。無轉生之盼望
我幻想着門外是甘甜的水源
但鯨魚真是一個現實主義者：
「你可以認為自己業已出航
甚至在汪洋中和魯賓遜一同追逐
白鯨」
但房間將依然是房間
房間甚至不會成為屋子、輪船
以及每人在生命裏只有一次的春天

現代詩，原載《香港文學》第 344 期，2013 年 8 月

追蹤白海豚

黃秀蓮

　　小輪「馬灣一號」，滿載一船有心賞豚的觀光客，在東涌碼頭拋錨啟錠，昂然向着赤鱲角新機場附近的水域進發。

　　然而輪船的馬達轟轟隆隆，高呼長嘯，震天價響，那魚雷一樣的聲音，不會唬得水族海群慌張逃竄嗎？海豚不是靠聽覺來進行回聲定位嗎？水底嘈音豈不擾亂了海豚探測身邊的環境？在名為「環保行」的活動中，我顯得格外敏感，甚至有點忐忑不安。為什麼要追逐中華白海豚的影蹤呢？為了觀賞有香港吉祥物之稱的海上族類？還是只為了滿足人類的好奇？我因事而不能不登上「馬灣一號」，卻對此行的意義不無懷疑，生怕冒昧造訪，不但無益於環保，反而妨礙這些另類的「香港居民」，驚擾了正在寧神養靜的「鄰居」，污染了可供呼吸可容繁殖的海洋生態，最終淪為海豚眼中的不速之客甚至是好事之徒。

　　我的憂慮雖然算不上是杞人憂天，但也實在有點過慮了，因為小輪在駛近機場時，船速已放緩至十海里，馬達聲也變得克制起來，低低的，低得像呼吸，不像剛才那麼喧囂，顯然是有意識地盡量減低騷擾，小心翼翼，不魯莽不張狂，那姿態，不是君臨水域漠視生靈，反而露出探索的誠意；船再駛前一點，就在機場西北偏北的水域，索性完全停下來，靜靜的，悄悄的，若有所待。這無疑是一個訊號——我們已進入海豚的活動範圍了，於是人人都屏息斂氣，靜心張望。穿上「環保行」制服的導遊更指點迷津，原

來中華白海豚愛在沿岸淺水區及鹹淡水交界覓食，而春冬二季，只在大嶼山之北出沒；機場位於大嶼山正北，東北面是大小磨刀洲，西北面是龍鼓洲，那一帶海闊而水不甚深，一頃碧濤，萬丈清波，水光粼粼漣紋漾漾；放眼四眺，海面沒有垃圾，亦無油漬飄浮，若沒有人為干擾，這海段應是海豚自在游弋浪中泅泳的樂園。

「看！海豚就在兩點那邊。」男導遊興奮地喊，他事先教曉我們以船頭為十二時，周圍三百六十度的區域以時針來畫分；一船人立刻順着指示，飛身撲向船舷，果然不遠處正湧起水花飛沫，不見豚身和咀喙，只見數峰灰色的背鰭露出水面，入水復再出水，如是者一下、兩下、三下，最後一下背鰭稍稍直立，插水而入，激起一陣歡呼騷動的浪花，然後不知潛入何處了，「是小海豚哩」。原來白海豚每隔二十至三十秒就會到水面上呼吸一次，往往是出水三次，然後潛泳數分鐘。至於白海豚身體的顏色，正好說明其一生歲月，初生幼豚呈深灰色，長約一米，年歲漸長，體色漸變為淺灰；兩至三歲時便踏入少年，身長約一點八米，轉為灰粉紅色，滿佈灰色斑點，那樣子最不好看，可說是醜小鴨階段；從少年而成年，海豚愈來愈出落得標致了，不止斑點漸褪，體色也為之大變，一身淺緋淡臙，嬌滴滴的。既然名為白海豚，因何體色泛紅？答案雖無定論，可是多數科學家認為白海豚因游動而血管膨脹，紅色的血液令皮膚白裏透紅，愈是活躍，體色也就愈見粉紅。總之，海豚樣子逗人喜愛，流線身段，偶而輕輕一躍，俏靈靈的，便在水上波間畫上一抹嬌紅一拱嫣姿，也難怪觀豚的船隻不絕如縷了。

　　「我們今天太幸運了，等了不夠十分鐘便看見白海豚，唔，白海豚在今早十時零十分出現，太好了，我要記錄下來。」女導遊和我們一樣高興，一樣投入，笑容中不自覺地流露出對海豚的一份真情。「哎！Ringo 在九點那邊」，男導遊眼力真好，不止善察海豚行蹤，更能憑海豚身上獨特而持久的印記及疤痕，一眼就認出這條那條；資深的研究員還把常見的海豚冠上名字哩。

　　那一小時之內，接續親睹幾群海豚或遠或近地嬉水，最近的只距船舷三四呎，粉紅的背鰭和柔滑的背肌，驚鴻一瞥，亮一亮相，身影乍閃，即泅游而去；正因稍縱即逝，可遇而不可求，所以能一窺神貌，已是難能可貴的經驗了。無怪乎海豚凌波逐浪，能磁石般吸引着一船遊人，哪兒湧起水花冒出豚影，都教一船人興奮莫名；有時跑往船頭，有時擠到船尾，忽而西走，再而東奔，倘若小輪不是有相當噸位，準會因乘客過分密集於一點而翻側沉沒。看海豚最過癮者莫如躍身擊浪水花四濺那一招了，次者是舉頭探視與向前躍浪，可惜看不到。

　　「居住在香港的白海豚有一百五十二條，海豚的壽命可達四十歲，不過香港的白海豚最老的只有三十三歲。海豚面臨的生存威脅是漁民誤捕、船隻撞擊、海水污染、水底噪音和生存空間遭受破壞。」導遊又遞來一些照片，其中一張的背鰭有一道清晰刀痕，「牠受了傷，給船隻的推進器打傷的，有的海豚甚至給高速船撞死。」這邊話音未落，那邊已出事了：一艘髹了橙、白、綠色的渡輪奔突而來，「那艘船撞倒海豚了，開船的見到海豚也不閃避。」導遊在嘆息，我

的心揪了一下，待會兒海上會浮起滿身傷痕的豚屍嗎？政府不是在九六年已成立了沙洲及龍鼓洲海岸公園，規定船隻必須慢行嗎？渡輪怎可以在海豚棲息之地橫衝直撞？再者，發現海豚的五百米海域內，同一時間內只可以有一艘觀豚船，何以在短短十數分鐘內有兩艘渡輪在觀豚船附近穿梭？

　　船踏歸浪了，那麼賞豚之行有何意義？一開眼界的獵奇心態得能滿足？還是因認識海豚而知所珍惜呢？於我而言是兩者兼得。據研究，海豚並不害羞，反而喜歡有意無意地游近人類，若能謹遵觀豚守則，想也不至於傷害海豚。何況不走一遭，也不知道財團的渡輪竟可以如此大剌剌的橫行，而漁農自然護理署為何那麼樂觀，不愁海豚絕跡！

散文，黃秀蓮《歲月如煙》(香港：匯智出版，2004 年)

看鯨記

麥樹堅

　　八景島海島樂園重編了樂曲，我耗費不少時間才從牢牢抓住的幾個副歌旋律，得知劇場表演的背景音樂是哪首英文歌。歌詞被削，但旋律滾至「you raise me up」時，一條白鯨將女訓練員由池中央的水底托起，如一朵透明的蓮花開出纖纖仙女來。之後，池裏冒出兩條白鯨，游到池邊親吻訓練員的面頰。接着總共四條白鯨把頭擱在池邊合唱，裝模作樣，搖頭擺腦。樂園內有宣傳海報介紹牠們，在分不出特徵的情況下，牠們叫 Sima、Kururu、Pururu 和 Parara。表演為時七分鐘，牠們向觀眾噴水謝幕作結。全場掌聲雷動，我拍得更加起勁，因為牠們是我第二，或第三種看到的鯨魚。

　　大學畢業後，我乘郵輪往越南旅行，去程的傍晚，船在橘色的南中國海上航行。我本想在左方的甲板看幾眼紅霞，忽然發現幾百米外的水面有異樣：粼粼中露出泛光的物體，之後出現短小的背鰭，尾鰭以微妙的角度入水。那條可能是神秘的布氏鯨，但也可能是我的幻覺。我不敢肯定目擊野外的鯨魚……故此二十七歲那年，我想盡辦法把自己帶到東京，包括挑個旅遊淡季、事前極端的省吃儉用、連續熬夜以提早完成承接的工作、溫習忘了大半的日語。此行的目的地，是橫濱市金澤區的八景島海島樂園。

　　我要看鯨——觀鯨、賞鯨的對象，該是野生的鯨魚；人工飼養的，我只敢稱為看鯨。澳洲、夏威夷和南非的海岸都是觀鯨的理想地點，可是我負擔不起旅費，又怕乘船出海

的時候，鯨魚游到別的水域。財力緊絀又不想錯失時機，便跑去看圈養的齒鯨——鬚鯨龐大、力氣猛、游得快，不能在狹小環境下生存，況且水族館也無法提供足夠的磷蝦和小魚。

我那代人，第一條看到的鯨魚大抵是海洋公園的逆戟鯨海威。我對牠看似光滑的皮膚印象深刻，還有牠上、下顎細細而整齊的牙齒，似個勤奮護齒的好學生。此後我一直想看體型巨大的鯨魚，卻只能在書籍、紀錄片中看到我憧憬的抹香鯨、藍鯨、座頭鯨、弓頭鯨等等。觀鯨的願望，不時因電視台播放海洋生物紀錄片而重生，而在那個關口，我暗暗作了看鯨的決定。

＊　＊　＊

由於旅費有限，且希望在旅途上設法省錢，我選擇廉航客機的清晨班次，而預約的旅館遠離車站，拖着行李走三十分鐘才可到達。我在東京逗留四天，但第三天才去看鯨，全為避過周末的人潮。那個東京的周末，有一天我花在吉祥寺，在悄靜的住宅區內漫步，看河道裏碩大的鯉魚，看體育場上初中生競跑。另一天我鑽入中野和秋葉原的商場，不吃不喝務求逛最多的漫畫店和玩具店。星期一是令人樂透的大晴天，我很早便起床梳洗，未夠九點已在橫濱出閘。時間充裕，轉車也很順利，我在海島樂園開門後十分鐘進場。

樂園的遊樂場區正進行大維修，僅開放海族度假中心——園方主動為入場費打折，於我而言是求之不得。遊人比想像中少，路上只遇見寥寥幾個中老年人，冷清局面使

我擔心海族之館是否開放，或者鯨魚要休息不公開露面。為鎮定心神，我急着重溫三種鯨魚的知識：白鯨，分佈於北極及亞北極地區，是北極圈人類的重要資源。沒有背鰭的白鯨擅於潛泳，適應浮冰環境。牠們額部凸出，臉部表情豐富，嘴短而闊，叫聲動聽。白鯨約有六十年壽命，年長白鯨的尾部曲線優美，且其白色會更純淨。牠們不是梅爾維爾《白鯨記》裏的無比敵，書中寫的是白化的抹香鯨。偽虎鯨其實和虎鯨不甚相似，出沒於溫帶或熱帶海域。短肢領航鯨的頭比長肢領航鯨的圓，分佈水域較廣。牠們被視為大的黑海豚，喜吃烏賊，過去是漁民捕獵的對象，每年至少殺掉一千條。三種鯨魚中，只有白鯨屬齒鯨亞目的一角鯨科，另外兩種是海豚科。

此行我要看白鯨。

鯨魚不是魚？

不是，鯨鯊才是魚，鯨魚是海中的哺乳類。哺乳類脊柱的活動方向是上下，但魚類是左右。

鯨和河馬一樣是哺乳類偶蹄目的後裔，表示牠們曾在陸地生活。四千七百萬年前，似狼又像鼠的鯨魚祖先棲於水邊，先過着兩棲生活，逐漸成為水中生物。試想像同屬偶蹄目的駱駝、牛、豬……要變成在深海長途游動的動物，四肢、尾巴、皮毛、牙齒要退化和進化，呼吸方式改變致令鼻孔移往頭頂，為抵抗水流體形不斷增大，且為保暖而蓄積脂肪。活於三千四百萬年前的龍王鯨證明鯨已演化至完全適應水中生活，雖然還有後肢，但已經沒有任何功能。若以龍王鯨為界線，前面是矛齒鯨、羅德侯鯨、慈母鯨、巴基鯨和步

鯨等古鯨，後面是各種齒鯨和鬚鯨。每項能辨認的變化皆花費幾百萬年，譬如頸骨接合，膝蓋骨變細直至消失，背鰭微隆以至成形，都是幾十年壽命的人類無法量度的。

＊　＊　＊

表演五分鐘前我已端坐觀眾席上等候。我刻意遠離那些帶着小孩的家庭，靜靜地看着晃動的池水。水池興許有五米深，連接鯨豚休息區。我想像白鯨在水閘外被陽光充滿的水池迴游。我當然心痛牠們不能盡情游移幾百公里追逐理想氣候，不能戲弄魚群與海床的蝦蟹，不能跟初次見面的同類歌唱溝通。牠們是園方吸引遊客的工具，我買票入場便成為幫兇，且我最後敵不過一種心癮——未看過海豚科以外的鯨。也叫虎鯨的逆戟鯨屬海豚科，在我的感覺裏始終不那麼鯨魚。

按照我當時的工作狀況，未來能動身去旅行的機會無多，而且應該不太可能有觀鯨節目。除了生物學家和海員，大抵沒有多少人看到十種或以上的鯨魚，而我的心願是親眼看五、六種，野外與否成了次要條件。

表演完結後，水池回復平靜，像一碗藍色果凍。劇場前排的座位一直沒有人坐，我本可在幾米之遙看白鯨表演，卻又時常不忍心，覺得愧疚。步出海洋劇場，在樓梯旁發現幾個連接鯨豚休息區的玻璃窗。因角度關係，視野有限，但耐心等一下，便看到眾鯨上下迴游。前鰭一划，擺動軀體，單靠餘力白鯨已能來去自如。多次在將要撞上池邊的關頭，白鯨的頭一轉，便緊貼着池邊去到很遠。短肢領航鯨和偽虎鯨

互不瞅睬，各自游弋或在池底假寐。

　　離開劇場場館，以為心願達成，卻忽略了有圓柱形水槽的夢幻館。該陣子展示的是白鯨，如今則換成翻車魚。我想，總有人喜歡翻車魚，其熱情跟我喜歡鯨魚不相伯仲。朋友中有人喜歡大象、水豚、科莫多龍，均千方百計要親睹牠們。只要該動物不能馴養在家，就可能要在購票入場與野外觀察之間抉擇。

　　香港臨海，總有看到野生鯨魚的時遇。二〇〇九年，一條座頭鯨在香港水域迷路，在東博寮海峽、鯉魚門、將軍澳海面盤桓數日才離去。不少人在西灣河海旁守候，也有人租船出海追蹤，但都看不到座頭鯨上水換氣。二〇一四年，近百條偽虎鯨在葵涌貨櫃碼頭對出海面覓食，一小時後向西北方離去。二〇一五年初，一條近三米的年幼領航鯨在尖沙咀碼頭附近迴轉，幾小時後失蹤，數日後被發現擱淺於大嶼山沙灘。牠們不是迷途就是路過，而我來不及追蹤牠們便消失了。

　　海島樂園的夢幻館酷像美國電影的科學基地，昏暗中一條明亮的圓柱形水槽不令遊人陌生。訓練員用了多久去教導白鯨吐出水泡？白鯨在水槽裏是否覺得自在？牠久不久上水換氣，攪動水面的陽光，光影變成火焰，燃燒着白鯨的想像力。牠身上的光紋變幻莫測，是自古以來最耐看的刺青。

　　好幾分鐘我看着水槽內的白鯨思考一道問題：五千五百萬年前，第一批潛進水裏的鯨魚祖先，出於什麼原因選擇落水生活。如果出於兒戲，鯨的祖先大抵沒有足夠智慧預視到，後代的生理結構翻天覆地，還演化成地球上最大的生物

（藍鯨）、潛水最深的哺乳類（抹香鯨）。但如果選擇出於成熟思慮，又或環境促成，準確判斷、忠於己見、勇於挑戰，便從鯨的體態得到讚美。

　　從古鯨化石、活鯨身上，生物學家找不到驅使鯨祖先行動的確切念頭。我卻想起好些生物學家臆測：龍王鯨並沒有因繼續進化而滅絕，有少數藏身於偏遠海域並朝着與鯨截然不同的方式演化，結果成為所謂鬼鯨、海龍、利維坦等等描述的實體。我的想像力沒有那麼豐富，眼前是水槽裏被染成藍色的白鯨，牠只連繫到我行將轉換工作之事。我將要跳至另一個行業，頓覺自己是隻四蹄走獸從陸地遷居水裏，要麼迅速溺斃、屍身發脹；要麼艱難地適應……最終蹄變成槳，尾變成鰭，身體光滑而具流線型。

　　果然，在日後某些艱難得想放棄的日子裏，我想起鯨魚和牠們的進化史，而白鯨將訓練員由水池中央推起的畫面，恆久伴着背景樂曲的點題歌詞——「你引領我」、「你勉勵我」。然後，我又能提起一點點咬緊牙關的勇氣。

散文，麥樹堅《絢光細濃》（香港：匯智出版，2016 年）

我是象你是鯨魚

呂永佳

今天我開始忘記，綁在背包上的禮品蝴蝶結
失去糖分或者水，如果可以肯定地撫摸
豢養在手背上凸起血管裏的情緒們
像一往無前踏破水窪的黃色膠水鞋

你背着我看那廣袤的那片深藍
像迫使自己陷入自己的故事裏
我知道在這個年紀，已無法修補你斷開的眉毛
我的眼睛留下，你喝過一半的水
滋養那無法圈起涼意的殘舊吊扇

我們仍然在海邊的小店
在賭氣的話裏尋找安全
我説我像極馬戲團裏的大象
你説你是水族館裏賣快樂的鯨魚

是誰在唱歌，修剪自己
修剪整個殘餘的海
假如氧氣要永遠躲在瓶子裏
假如長街的微光必須衰竭
我想我們，我們依然
依然像深海極地裏的

僅餘的兩尾魚

現代詩，原載《聲韻詩刊》第 35 期，2017 年 4 月

作家簡介

作家	簡介
馬蔭隱 （1917－？）	原名馬任寅，筆名火蒂士、薩克非、浪客，廣東台山人。曾加入中國詩壇社、中華全國文藝界抗敵協會香港分會，亦曾任教於嶺南大學和廣州暨南大學中文系。詩作及評論散見於《星島日報‧星座》、《大公報‧文藝》、《立報‧言林》、《華僑日報‧文藝》和《華商報》等，著有詩集《航》及《旗號》。
葉靈鳳 （1905－1975）	原名葉蘊璞，筆名秦靜聞、葉林豐、燕樓、鳳軒、臨風等，江蘇南京人。上海美術專門學校肄業，後加入創造社，曾任多種文藝刊物之編寫工作，1930年代擔任上海現代書局總編輯。抗日戰爭時期來港，歷任《立報‧言林》、《大同》、《新東亞》等刊物編輯，長期主編《星島日報‧星座》。作品有小說《菊子夫人》、《女媧氏的遺孽》、《紅的天使》等，散文隨筆《忘憂草》、《晚晴雜記》、《北窗讀書錄》等，香港歷史方志著述《香港方物志》、《香島滄桑錄》、《香島浮沉錄》、《張保仔的傳說和真相》等，另有翻譯《九月的玫瑰》等多種。
綠騎士 （1947－）	原名陳重馨，香港作家、畫家。香港大學英文系畢業，曾任翻譯、編輯、教師等職，後赴法國，肄業於巴黎國立高等美術學院，1977年起定居巴黎。寫作包括散文、小說、詩和兒童文學，著有《綠騎士之歌》、《石夢》、《神秘旅程》等，另有《Chants de thé》（茶曲）、《Chants de Voyage》（旅曲）等法文詩畫集。
鄧阿藍 （1946－）	原名鄧文耀，筆名卡門、阿藍、藍阿藍、鄧凡凡、鄧阿藍。1960年代參加端風文社而開始寫作，曾獲第二屆青年文學獎新詩獎，詩作發表在《中國學生周報》、《大拇指》、《詩風》、《素葉文學》、《香港文學》等刊物。曾任職工廠工人、的士司機，被稱為草根詩人，曾兼讀澳門東亞大學公開學院文史學系課程並獲頒文學士學位。著有《一首低沉的民歌》、與馬若合著《兩種習作在交流》等詩集。

作家	簡介
西西 （1937－2022）	原名張彥，筆名愛倫、藍馬店、阿髮、杜麗和、陸華珍等。祖籍廣東中山，生於上海，1950年隨父母移居香港。葛量洪教育學院（今香港教育大學前身）畢業後任小學教師，退休後專事寫作。曾與友人合辦《大拇指周報》和素葉出版社。曾獲花蹤世界華文文學獎、紐曼華語文學獎、紅樓夢獎專家推薦獎、香港藝術發展獎終身成就獎等，作品有長篇小說《我城》、《哀悼乳房》、《飛氈》、《織巢》、《欽天監》等，小說集《像我這樣的一個女子》、《手卷》、《母魚》、《白髮阿娥及其他》、《石頭與桃花》等，散文集《旋轉木馬》、《縫熊志》、《試寫室》等，詩集《石磬》、《西西詩集》等，另有讀書筆記和藝談等多種。
楊牧 （1940－2020）	原名王靖獻，早年筆名葉珊，台灣作家、學者，台灣花蓮人。美國柏克萊加州大學比較文學博士，曾任麻州大學助理教授、西雅圖華盛頓大學教授、中央研究院中國文哲研究所創所所長、香港科技大學人文社會科學學院、東華大學人文社會科學學院創院院長。曾獲時報文學獎、中山文藝獎、吳三連文藝獎、國家文藝獎、花蹤世界華文文學獎、紐曼華語文學獎等。曾共同主編志文出版社新潮文庫、共同創辦洪範書店。作品被翻譯成多種語言，著有詩集《水之湄》、《海岸七疊》、《時光命題》等，散文集《柏克萊精神》、《搜索者》、《亭午之鷹》等，另有評論和譯著等多種。
蘇偉貞 （1954－）	台灣作家、學者，台灣台南人。香港大學哲學博士，曾任《聯合報》副刊主編、成功大學中文系教授，現任教於致理科技大學。曾獲聯合報中篇小說獎、中華日報短篇小說首獎、時報文學百萬小說評審團推薦獎、聯合報散文獎、台北國際書展大獎等。著有長篇小說《離開同方》、《沉默之島》、《時光隊伍》、《旋轉門》等，小說集《陪他一段》、《魔術時刻》等，另有散文集《單人旅行》、《租書店的女兒》和評論多種。

作家	簡介
葛亮 （1978－）	原籍南京，現居香港。香港大學中文系博士，現任香港浸會大學中國語言文學系教授。曾獲首屆香港書獎、香港藝術發展獎、梁實秋文學獎、魯迅文學獎等。著有長篇小説《北鳶》、《朱雀》、《燕食記》，小説集《謎鴉》、《浣熊》、《戲年》、《飛髮》等，散文集《繪色》、《小山河》、《紙上》和評論多種。
劉克襄 （1957－）	原名劉資愧，台灣作家，台灣台中人。中國文化大學新聞學系畢業，曾任《台灣日報》、《中國時報》副刊編輯、中央通訊社董事長。曾獲台灣詩獎、時報文學獎、吳魯芹散文獎、台中文學貢獻獎等。長期從事自然觀察、歷史旅行與探查，著有散文集《旅次札記》、《四分之三的香港：行山·穿村·遇見風水林》、《虎地貓》、《野狗之丘》等，詩集《河下游》、《漂鳥的故鄉》等，小説《風鳥皮諾查》、《座頭鯨赫連麼麼》等，另有繪本和攝影作品等多種。
張婉雯 （1972－）	香港大學中文系博士，曾任出版社編輯，現任香港理工大學中國語文教學中心語文導師。曾獲聯合文學小説新人獎、時報文學獎、香港書獎、中文文學雙年獎等。著有小説《甜蜜蜜》、《微塵記》、《那些貓們》等，以及散文集《我跟流浪貓學到的十六堂課》、《參差秒》等。
韓麗珠 （1978－）	香港嶺南大學文化研究碩士，曾任《字花》編輯、香港中文大學中國語言及文學系兼任講師。曾獲聯合文學小説新人首獎、中文文學雙年獎、紅樓夢獎專家推薦獎、香港藝術發展獎年度最佳藝術家獎（文學藝術）等。著有長篇小説《灰花》、《縫身》、《空臉》等，小説集《輸水管森林》、《寧靜的獸》、《人皮刺繡》等，以及散文集《回家》、《黑日》、《半蝕》。
夫澧 （？－？）	生平不詳。在梁之盤主編的《紅豆》有三篇散文，刊期在 1934-1935 年間。

作家	簡介
適夷 （1905－2001）	原名樓錫春，筆名樓建南、樓適夷，浙江餘姚人。在上海時於《創造日》、《洪水》等刊物發表作品，曾赴日本，回上海後參加中國左翼作家聯盟。抗戰時曾到廣州、香港，助茅盾編《文藝陣地》，並往來滬港兩地。1949年返回內地。作品見《大公報》、《立報》、《星島日報》等。
黃凝霖 （？－？）	戲劇工作者。於1939年在香港參加《黃花崗》公演，是七人導演團成員。後與馬鑑、姚克、柳存仁等成立中英學會（Sino-British Club）中文戲劇組，於1954年開始出版《戲劇藝術》月刊。著有《怎麼演學校劇》、《科學之王》等。
梁秉鈞 （1949－2013）	筆名也斯，廣東新會人，辭世時任嶺南大學中文系比較文學講座教授。除創作、文學研究及文化評論外，亦從事攝影、錄像、編劇、排舞等。獲獎無數，出版作品數十種，作品被翻譯成英、日、德、法等多種語言。重要作品有《雷聲與蟬鳴》、《剪紙》、《後殖民食物與愛情》、《東西》等。
馬若（1950－）	本名馬港生，香港出生。曾任雜誌編輯，《羅盤》創辦人之一，作品見《素葉文學》、《大姆指》及多種報刊。
潘國靈 （1969－）	香港科技大學人文學部碩士，曾任記者、策劃編輯、助教、大學客席講師等。作品主要為小說、散文、評論，曾獲香港青年文學獎、中文文學雙年獎、香港藝術發展獎年度最佳藝術家獎（文學藝術）、香港書獎，2006年赴美參加愛荷華大學國際寫作計劃。著有長篇小說《寫托邦與消失咒》，小說集《傷城記》、《失樂園》、《靜人活物》、《離》、《原初的彼岸》等；散文集《愛琉璃》、《七個封印：潘國靈的藝術筆記》、《消失物誌》等，詩集《無有紀年》，以及文化評論集多種。

作家	簡介
鄭政恆 （1981－）	現職嶺南大學環球中國文化高等研究院研究主任、香港電影評論學會會長。2013 年獲香港藝術發展獎年度最佳藝術家獎（藝術評論），2015 年參加美國愛荷華大學國際寫作計劃。著有《字與光：文學改編電影談》、《記憶散步》、《記憶前書》等，編有《香港文學大系 1950-1969：新詩卷二》、《香港當代詩選》等。
廖偉棠 （1975－　）	廣東出生，後移居香港，現為臺北藝術大學文學跨域創作研究所客座副教授。1990 年代開始發表作品，以詩歌、雜文、小說、攝影為主，曾獲香港青年文學獎、中文文學雙年獎、香港藝術發展獎年度最佳藝術家獎（文學藝術）、時報文學獎、聯合報文學獎等。出版《少年遊》、《八尺雪意》、《櫻桃與金剛》、《玫瑰是沒有理由的開放：走近現代詩的四十條小徑》等。
陳滅 （1969－）	原名陳智德，香港出生，嶺南大學中文系博士，曾在嶺南大學、香港教育大學任教，現任教於台灣。學者兼詩人，有研究論著《板蕩時代的抒情：抗戰時期的香港與文學》、《根著我城——戰後至 2000 年代的香港文學》，編有《香港文學大系 1919-1949：新詩卷》、《香港文學大系 1919-1969：文學史料卷》、《香港文學大系 1950-1969：新詩卷一》等，出版詩集有《單聲道》、《市場，去死吧》、《香港韶光》等。
侶倫 （1911－1988）	原名李林風，筆名林風、林下風、貝茜、李霖等。祖籍廣東惠陽，香港出生，是早期香港文學的拓荒者。1929 年與謝晨光組織島上社、出版《島上》雜誌，1936 年與劉火子、李育中等組織香港文藝協會，亦曾任《南華日報》文藝副刊編輯、電影編劇、采風通訊社社長等。著有長篇小說《窮巷》，小說集《黑麗拉》、《無盡的愛》等，散文集《無名草》、《向水屋筆語》、《紅茶》等。

作家	簡介
吳煦斌 （1949－）	原名吳玉英，美國聖地牙哥州立大學生態學碩士。作品包括小説、散文、詩和翻譯，著有小説集《牛》、散文集《看牛集》、詩集《十人詩選》（合著）等，譯有尚－保羅・沙特（Jean-Paul Sartre）的《嘔吐》。
陳冠中 （1952－）	生於上海，祖籍浙江寧波，香港長大。香港大學社會學系畢業，先後獲香港大學、香港浸會大學榮譽大學院士。曾參與創辦一山書屋、《號外》雜誌、台灣超級電視台等，任職記者、電影編劇、編輯、出版、媒體等工作，為香港作家與文化人。獲 2003 年香港書展年度作家，著有長篇小説《盛世》、《裸命》、《北京零公里》等，小説集《香港三部曲》，評論與文集《半唐番城市筆記》、《移動邊界》、《事後：本土文化誌》、《又一個時代》等多種。
余光中 （1928－2017）	生於南京，祖籍福建永春，1950 年移居台灣，台灣作家、學者。香港中文大學榮譽文學博士，曾任教於美國西密西根大學、台灣師範大學、中山大學、香港中文大學等。曾參與創辦「藍星詩社」、主編《中華現代文學大系》，曾獲吳三連文學獎、花蹤世界華文文學獎等，著有詩集《白玉苦瓜》、《與永恆拔河》、《紫荊賦》、《高樓對海》等，散文集《左手的繆思》、《聽聽那冷雨》、《記憶像鐵軌一樣長》、《隔水呼渡》等，另有評論和譯作多種。
董啟章 （1967－）	香港大學比較文學系哲學碩士，曾任中學教師，後專事寫作並於香港中文大學等院校兼職講師。曾獲聯合文學小説新人獎首獎、中文文學雙年獎、紅樓夢獎決審團獎、香港藝術發展獎年度最佳藝術家獎（文學藝術）、香港書獎、台北國際書展大獎、梁實秋文學大師散文獎等，著有長篇小説《天工開物・栩栩如真》、《時間繁史・啞瓷之光》、《愛妻》、《後人間喜劇》等，小説集《安卓珍尼》、《衣魚簡史》、《地圖集》、《V 城繁勝錄》等，以及散文集《在世界中寫作，為世界而寫》、《刺蝟讀書：董啟章隨筆集》等多種。

作家	簡介
樊善標 （？－）	香港中文大學中國語言及文學系文學士、哲學碩士及博士，並曾任該系教授，現已退休。作品有詩與散文集《力學》、詩集《暗飛》、散文集《發射火箭》、評論集《爐外之丹：文學評論及其他》、《諦聽雜音：報紙副刊與香港文學生產（1930-1960年代）》等，編有《香港文學大系 1919-1949·散文卷一》、《香港文學大系 1950-1969·散文卷一》等，合編《疊印：漫步香港文學地景》、《墨痕深處：文學、歷史、記憶論集》和《陌生天堂——五十年代都市故事選》等。
關夢南 （1946－）	原名關木衡，祖籍廣東開平，1962 年移居香港。曾創辦《秋螢詩刊》、主編《星島日報》副刊「文藝氣象」和「陽光校園」文藝版、任《詩潮》月刊、《成報詩頁》等編輯，創作以詩及散文為主，曾獲大拇指詩獎、香港中文文學雙年獎，出版詩集《關夢南詩集》、《看海的日子》等，編《香港散文選讀》、《香港新詩選讀》、《香港文學新詩資料彙編（1922-2000）》等。
陳志華 （1970－）	香港出生，畢業於香港城市大學。曾任《字花》編輯、香港電影評論學會會長。曾擔任金馬獎、ifva 短片比賽評審，香港獨立出版團體「廿九几」創始成員。主要寫影評，兼及小說創作，著有小說集《失蹤的象》，編有《2012 香港電影回顧》、《香港電影 2018》、《聲音與象限——字花十年選小說卷》等。
王良和 （1963－）	香港出生，香港浸會大學中文系博士，現為香港教育大學文學及文化學系副教授。曾獲中文文學創作獎、中文文學雙年獎、香港藝術發展獎年度最佳藝術家獎（文學藝術）等。著有詩集《樹根頌》、《尚未誕生》、《時間問題》等，散文集《山水之間》、《魚話》、《街市行者》等，小說集《魚咒》、《破地獄》、《蟑螂變》等；另有評論集《打開詩窗——香港詩人對談》、《文本的秘密：香港文學作品析論》等多種。

作家	簡介
黃勁輝 （？－）	香港大學中文系碩士，山東大學文學與新聞傳播學院哲學博士，曾任香港公開大學創意寫作與電影藝術榮譽文學士課程主任，現任台北藝術大學電影創作學系助理教授。從事文學與電影的創作、研究，曾獲金馬獎最佳原著劇本、香港電影評論學會大獎最佳編劇、華語電影傳媒大獎最佳編劇等。有小說作品《香港：重複的城市》、《張保仔》等，電影劇本《鍾無艷》、《辣手回春》、《奪命金》等，評論《劉以鬯與香港摩登：文學・電影・紀錄片》等，編導香港文學家紀錄片《劉以鬯：1918》及《也斯：東西》。
王証恒 （1991－）	畢業於城市大學中文系，曾獲青年文學獎、中文文學創作獎、城市文學獎、大學文學獎等。曾任教師、記者、地盤工人，現為自由撰稿人，作品散見於《端》、《字花》、《方圓》等刊物，並著有短篇小說集《南歸貨車：新界西短篇故事集》。
王志成 （1905－1974）	原名王嵩基，江蘇吳江人。畢業於江蘇省立第一師範學校，曾任職於上海商務印書館附設尚公小學、上海市第一師範學校校長。出版有散文集《南洋風土見聞錄》，編著《抗戰文選》。
風痕 （？－？）	生平不詳。1930年代在梁之盤主編的《紅豆》發表現代詩、散文與翻譯作品，刊期在1934-1935年間。
李育中 （1911－2013）	筆名李航、白盧、韋陀、李遠、馬葵生等。廣東新會人，香港出生。曾任翻譯、中學教師、華南師範大學中文系教授。曾共同發起成立「香港文藝協會」，創辦《詩頁》、《南風》，其詩作、散文、評論和翻譯作品散見於香港《大光報》、《紅豆》、《星島日報・星座》、《南華日報・勁草》、廣州《烽火》、《文藝陣地》和桂林《野草》、《詩創作》等刊物。

作家	簡介
黃隼 （1932－1992）	原名黃崖，筆名陸星、葉逢生、莊重等。福建廈門人，1950年移居香港。曾任友聯出版社編輯，參與《大學生活》、《中國學生周報》編務，後移居馬來西亞，曾創辦《星報》週刊、主持《蕉風》編務。著有詩集《敲醒千萬年的夢》，小說集《草原的春天》、《秘密》、《聖潔門》等。
舒巷城 （1921－1999）	原名王深泉，筆名秦西寧、邱江海、舒文朗、秦城洛等。祖籍廣東惠陽，香港出生。1950年代起於《伴侶》、《文藝世紀》、《海光文藝》、《七十年代》等刊物發表作品，創作包括小說、散文、詩歌，1977年曾參與美國愛荷華大學國際寫作計劃。出版有長篇小說《再來的時候》、《太陽下山了》、《巴黎兩岸》等，小說集《山上山下》、《霧香港》等，散文集《燈下拾零》、詩集《都市詩鈔》等。
伍蠡 （？－1997）	原名吳藹凡，曾任職香港上海書局編輯，晚年移居加拿大。著有長篇小說《伶仃洋恩仇記》、《水綠山青》、《鹽》、《香港啊香港》、《太平山故事》和《矮簷下》。
何福仁 （？－）	筆名方沙，祖籍廣東中山，香港出生。香港大學文學院畢業，曾任教於聖保羅書院。創作包括詩、散文、讀書隨筆、文學評論，曾獲中文文學雙年獎。著有詩集《如果落向牛頓腦袋的不是蘋果》、《飛行的禱告》、《花草箋》等，散文集《再生樹》、《書面旅遊》、《那一隻生了厚繭的手》等，並有與西西對話集《時間的話題》、《西方科幻小說與電影——西西、何福仁對談》，編有《西西卷》、《浮城1.2.3——西西小說新析》等。
鍾偉民 （1961－）	香港出生，成長於澳門，嶺南學院文史系畢業。曾任報章編輯，作品有新詩、小說、散文、雜文、遊記等，出版詩集《捕鯨之旅》、《屬於翅膀和水生根的年代》、《故事》等，另有「狼心系列」、「優遊系列」等散文集，《雪狼湖》、《玩具》等十多種小說。

作家	簡介
謝曉虹 （1977－）	現為香港浸會大學人文及創作系副教授，曾獲聯合文學小說新人首獎、中文文學雙年獎等，《字花》發起人之一。作品收入兩岸三地散文、小說選集，出版小說《好黑》、《無遮鬼》、《鷹頭貓與音樂箱女孩》等，部分作品被譯成英文。
梁偉洛 （1979－）	筆名可洛。香港浸會大學中文系畢業，曾獲中文文學雙年獎、青年文學獎等，寫作班導師。出版作品有《女媧之門》（7集）、《小說面書》、《鯨魚之城》、《幻城》等。
洪慧 （？－）	本名黎浩瑋，詩人，寫作班導師，有詩集《最後，調酒師便在 Salsa 裡失蹤》、《借火》，文學評論文章多載於網刊《微批》。
黃秀蓮 （？－）	廣東開平人，香港中文大學崇基學院畢業，主修中文，副修藝術。曾獲中文文學創作獎、中文文學雙年獎等。出版作品集有《灑淚暗牽袍》、《歲月如煙》、《此生或不虛度》、《揚眉策馬》等。
麥樹堅 （1979－）	香港浸會大學中文系學士、碩士，現職香港浸會大學語文中心講師。曾獲全球華文青年文學獎、大學文學獎、中文文學雙年獎、香港藝術發展局藝術新進獎（文學創作）等。出版散文集《對話無多》、《目白》、《絢光細瀧》，長篇小說《囂長夜多》等。
呂永佳 （1982－）	香港浸會大學中國語言文學系博士，現職中學老師。曾獲青年文學獎、中文文學創作獎等，作品主要為詩歌、散文，出版著作有《無風帶》、《而我們行走》、《天橋上看風景》、《我是象你是鯨魚》等。

黃冠翔
葉倬瑋────主編

字造海洋

香港．文學．海洋讀本

責任編輯　葉秋弦

裝幀設計　簡雋盈

排　版　時　潔

印　務　劉漢舉

出版

中華書局（香港）有限公司

香港北角英皇道 499 號北角工業大廈 1 樓 B

電話：（852）2137 2338

傳真：（852）2713 8202

電子郵件：info@chunghwabook.com.hk

網址：http://www.chunghwabook.com.hk

發行

香港聯合書刊物流有限公司

香港新界荃灣德士古道 220 - 248 號

荃灣工業中心 16 樓

電話：（852）2150 2100

傳真：（852）2407 3062

電子郵件：info@suplogistics.com.hk

印刷

美雅印刷製本有限公司

香港觀塘榮業街 6 號海濱工業大廈 4 樓 A 室

版次

2023 年 12 月初版

©2023 中華書局（香港）有限公司

規格

16 開（210mm x 145mm）

ISBN

978-988-8860-62-3